清洁女工手册

[美] 露西亚·伯林 著
王爱燕 译

北 京 出 版 集 团
北京十月文艺出版社

新经典文化股份有限公司
www.readinglife.com
出　品

A Manual for Cleaning Women:
Selected Stories

Lucia Berlin

目录

前言：故事才是关键

莉迪亚·戴维斯

露西亚·伯林的故事是带电的，它们如同火线相触，嗡嗡震颤，噼啪作响。作为回应，读者的头脑也活跃起来，陶醉、狂喜，所有神经突触统统被激活。这就是我们阅读时喜欢的感觉——运用大脑，感受心跳。

露西亚·伯林的文笔具有勃勃生机，部分原因在于节奏：有时流畅宁静，平稳徐缓，从容不迫；有时则断断续续，跌宕起伏，疾风骤雨。部分原因在于她赋予事物的特殊名称：小猪扭扭（一家超市），豆豆熏肠奇迹（一种奇怪的烹饪创意），胖妈连裤袜（用这种方式告诉我们叙述者体型庞大）。部分原因在于对话：这是什么感叹句？“上帝都被你整哭了。[①]”“好吧，怪我喽！”还有部分原因在于人物塑造：接线员们的老板说她可以根据西尔玛的言谈举止判断快到下班时间了——“你假发歪斜，而且开始说脏话。”

① “Jesus wept.” 这一句在不止一篇中出现，根据上下文翻译为“上帝都被你整哭了”“糟了糟了”等。

还有语言本身的原因，每字每句。露西亚·伯林总在倾听，总能听见。她对语言所发出的声音一直都很敏感，而我们，也在品味音节的节奏，或者声音与意义的完美巧合。一位愤怒的接线员“砰砰啪啪地摔打着自己的东西”。在另一篇小说中，伯林描摹“笨拙聒噪的乌鸦”的叫声。二〇〇〇年她在从科罗拉多寄给我的一封信中写道：“积雪重压下的树枝，咔嚓折断，垂在屋顶，风撼四壁。但很舒服，如置身于一艘坚固的好船，驳船或拖船。”（听听那些单音节，那种节奏。[①]）

她的小说也充满惊奇：出人意料的词语，洞见，事件的转折，幽默感。比如在《别情依依》中，叙述者当时住在墨西哥，大多时候都说西班牙语，她略带伤感地评论道：“当然，在这里我拥有自我，有个新的家，几只新的猫，开新的玩笑。但我总是试图回想起那个说英语的自己。”

在《多洛莉丝的万神殿》中，叙述者是个孩子，在与一位难以相处的母亲抗争——正如在其他几篇小说中一样：

> 一天夜里，他回家后，妈妈走进我们俩的卧室。她不停地喝酒，哭泣，在她的日记本上胡乱涂鸦，真的是乱写乱画。
>
> “你没事吧？”终于，我问她。她扇了我一耳光。

在《亲爱的康奇》中，叙述者是个古灵精怪的大学生：

① 原文为：Branches heavy with snow break and crack against my roof and the wind shakes the walls. Snug though, like being in a good sturdy boat, a scow or a tug. 全句除了四个双音节词之外，均为单音节。限于语言差异，中文无法完全还原其形式。

> 我的室友艾拉……真希望我们能相处得更融洽些。她妈妈每个月都会从俄克拉荷马给她寄高洁丝卫生棉。她是学戏剧的。天哪，如果流点血都那么紧张，她怎么能演麦克白夫人呢？

有时这种惊奇以比喻的形式出现——她的小说有着丰富的比喻：

在短篇小说《清洁女工手册》中，她写道："他曾对我说，他爱我，是因为我像圣巴勃罗大道。"

接着她用了另一个更加出人意料的比喻："而他像伯克利垃圾场。"

而她描写垃圾场（无论伯克利的还是智利的），就像描写遍地野花一般抒情：

> 我真希望有去垃圾场的车。我们对新墨西哥思乡心切的时候，就到那里去。那地方一片荒凉，老是刮风，海鸥翱翔着，如同沙漠上的夜鹰。放眼望去，四周、头顶尽是天空。垃圾车雷鸣般轰隆隆穿过灰尘汹涌的土路，仿佛灰色的恐龙。

正是这些具体可感的意象，使她的小说总能扎根于真实的物质世界：卡车"雷鸣"，灰尘"汹涌"。意象有时是美丽的，有时则不那么美丽，但强烈，真实可感。我们体验每一个故事，不只是用头脑和心灵，也通过我们的感官。《好与坏》中历史老师身上的气味，她的汗水与发霉的衣服。或者，在另一篇小说中，"柔软塌陷的柏油碎石路面……尘土与鼠尾草的气味”。群鹤飞起，“伴着洗牌似的声音”。“生硝土与夹竹桃”。还有另一篇小说中的“野生向日葵和紫草”；多年前在更景气的年月种下的一大片杨树，在贫民窟里茁壮生长。她总是在观察，即便只是透过窗户（在她行动不便后）：同样是在二〇〇〇年她写给我的那封信中，喜鹊们朝着苹果果肉“俯冲轰炸”——“白雪中飞快地闪烁着水蓝色和黑色”。

一段描述可以浪漫地展开——“韦拉克鲁斯的教区，棕榈树，月光下的提灯”——但就像在现实生活中一样，浪漫被福楼拜式的现实主义细节所斩断，“舞者锃亮皮鞋间追逐的狗和猫”，被她如此敏锐地观察到。当作家看到与非凡并立的平凡，与美好共存的庸常或丑陋时，她对世界的拥抱才更不言而喻。

她，或者说她笔下的一个叙述者，将这种敏锐的观察力归功于母亲的教导：

> 我们还记得你观察人与事的方式，什么都没有遗漏。你将这给予了我们。观察。
>
> 而非倾听。你可能会给我们五分钟时间来向你讲述某件事，然后你会说：“够了。”

母亲待在她自己的房间喝酒。外公待在他自己的房间喝酒。女孩在睡觉的门廊上，听着他们各自的酒瓶发出汩汩声。在故事中，但也可能是在现实中——或许这故事就是现实的夸张——观察如此敏锐，如此滑稽，甚至当我们感受其中的痛苦时，也从叙述方式中获得自相矛盾的快乐，而且快乐要大于痛苦。

露西亚·伯林的许多小说都基于她自己生活中发生的事件。她去世后，她的一个儿子说："妈妈写的是真实故事，不一定是自传性的，但也相差无几。"

尽管人们谈论在法国被称为"自小说"（auto-fiction）的那种虚构作品时仿佛是在谈论一种新生事物，但是，叙述自己的生活，将之几乎原封不动地从现实中拎出来，经过精心挑选，再审慎而巧妙地加以讲述——据我所知，露西亚·伯林一直在这么做，或是有类似的做法，从一开始就是如此，可以追溯至二十世纪六十年代。她儿子接着说："我们家族的故事和记忆被慢慢重塑、润饰、编辑，以至于我始终无法确定哪些事是真正发生过的。露西亚说那并不重要：故事才是关键。"

当然，在塑造故事的过程中，考虑到平衡或色彩，她不得不在必要时做出改动——事件的细节和描述，时间顺序。她承认夸张。她笔下的一个叙述者说："我夸张了许多，我混淆了虚构与现实，但我从未真正说过谎。"

她当然会虚构。比如，她一本早期作品集的出版人阿拉斯泰尔·约翰斯顿公布了这段对话："我喜欢你描写舅妈在机场的那段。"他对她说，"你陷进她庞大的身体，像陷进一辆轻便马车。"她的回答是："实际情况是……没人去接我。那个场景是我几天前想出来的，我在写那篇小说的时候，它就自己编排进去了。"实际上，正如她在一次采访中解释的，她的某些小说是完全虚构的。不要以为只读过她的小说，就能够了解她这个人。

她一生多姿多彩，跌宕起伏，而她从中提取的小说素材也色彩斑斓，题材广泛，戏剧性十足。在她的童年与青年时代，她和家人的居留之地由父亲决定——她小时候住在他工作的地方，之后他参加二战，等他从战场回来后，她又去他工作的地方生活。如是，她在阿拉斯加出生，最初成长于美国西部的采矿营地；之后，父亲离家期间，她随母亲前往埃尔帕索，住在母亲的娘家；再之后又南迁，移居到智利截然不同的环境之中，过起养尊处优的奢华生活，这些经历在她相关的小说中有所描述——在圣地亚哥生活的少女，那里的天主教学校，动荡的政治，游艇俱乐部，裁缝，贫民窟，革命。成年后，她继续过着居无定所的生活，在墨西哥、亚利桑那、新墨西哥、纽约居住过；据她的一个儿子回忆，他小时候大约每九个月就会搬一次家。晚年，她在科罗拉多的博尔德教书，最后搬至洛杉矶，好离儿子们更近。

她写她的儿子们——她有四个儿子，基本都由她独自抚养长大——以及为抚养他们而从事过的职业。或者，应该说，她写的是一个有四个儿子、从事着她做过的职业的女人——清洁女工、急诊室护士、病房管理员、医院接线员、教师。

她在那么多地方生活过，有过那么多经历，足以填满几辈子。我们大多数人至少知道她所经历过的某些事：困境中的孩子，或早年受到的骚扰，或疯狂的恋爱、酒瘾的挣扎、疾病和残疾的艰难、手足间意想不到的牵绊，或沉闷的工作、难处的同事、苛刻的老板，或狡黠的朋友，更不用说面对自然的敬畏之情——站在没膝深的火焰草中的海福特牛，遍地的矢车菊，生长在医院后面小巷中的一朵粉红色火箭花。因为我们已经知晓了部分故事或类似的过往，当她带领我们在文字中穿梭时，我们就陪在她身边。

她的小说中的确有故事发生：满口牙齿一次性拔掉；一个小女孩因为打了修女被开除；一位老人死在山顶木屋中，床上有他的山羊和狗陪在身边；一位穿着发霉毛衣的历史老师被开除——“但只说这些就够了。就是我对父亲说的一句话。那个周末的某个时候，她被解雇了，我们再也没有见到她。”

是否就因为这一点，一旦开始阅读露西亚·伯林的小说便几乎欲罢不能吗？是因为里面总有什么事情发生吗？又是因为叙述者的声音如此迷人，如此富有同情心吗？还是因为作品的语言简洁，节奏独特，意象丰富，表达清晰？这些故事让你忘记自己在做的事，忘记身在何处，甚至忘记自我。

“等等。”一篇小说这样开头，“听我解释……”这声音和露西亚自己的声音很相近，但绝不相同。她的机智和讽刺流淌在她的小说中，也洋溢在她的信件中。二〇〇二年，她在写给我的信中提及一位朋友：“她正在服药，这使她判若两人！在百忧解发明之前，我们都在干什么？我猜都是在打马解闷吧。”

打马解闷。这想法从何而来？往事，连同其他文化、其他语言、政治、人性的弱点，在她头脑中鲜活地存在着；她涉笔广博而丰富，甚至富有异域色彩：接线员俯身靠向总机，就像挤奶女工靠向奶牛；又或者一个朋友来到门口，“她的黑发……用锡纸发卷高高卷起，像歌舞伎的头饰”。

往昔——我津津有味、满怀惊叹地将《别情依依》中的这一段读了好几次，最后才明白她在做什么。

一天夜里，寒冷刺骨，本和基斯跟我一起睡，穿着风雪服。百叶窗在风中砰砰作响，与赫尔曼·梅尔维尔一样古老的百叶窗。那天是星期天，所以没有车来车往。楼下的街上，制帆工人乘马车经过。马蹄嘚嘚。雨雪嘶嘶打在窗上，冷入骨髓，麦克斯打来电话。喂，你好，他说，我就在街角的电话亭里。

他买来玫瑰花、一瓶白兰地和四张飞往阿卡普尔科的机票。我叫醒孩子们，一起离开。

他们当时住在曼哈顿下城，那时候你要是住阁楼，到下班时间暖气就会停掉。也许百叶窗真的像赫尔曼·梅尔维尔那样古老，因为曼哈顿有些地段的房子确实是在十九世纪六十年代建造的，也有现今新建的，但那时候的更多。尽管有可能她又在夸张——如果是夸张，也是一种美妙的夸张，一种华美的修饰。她接着写道："那天是星期天，所以没有车来车往。"听起来很写实，于是，当时我就被下面出现的制帆工人和马车给愚弄了——我相信了，接受了，只是重读一遍后才意识到，她定是又轻松地跳回了梅尔维尔的时代。那"马蹄嘚嘚"也是她喜欢干的事——绝无废词，顺笔添上一个细节。"雨雪嘶嘶"让我身临其境，置身于那四面寒壁之间，接着情节加速，眨眼间，我们就上路去阿卡普尔科了。

这种写法令人兴奋。

另一篇小说的开头是典型的开门见山，平铺直叙，让我可以轻易地认为是直接取材自伯林本人的生活："我如今已在医院工作多年，要说我从中学到了些什么，那就是病人病得越重，就越安静。

所以，我不理会病人的呼叫器。”读到此处，我联想起威廉·卡洛斯·威廉姆斯做家庭医生时写的小说——他的直接，他的坦率，对医疗状况和治疗细节渊博的学识，他的客观的陈述。甚至不只是威廉姆斯，她还将契诃夫（也是一位医生）视作典范和老师。实际上，她在给斯蒂芬·爱默生的一封信中说过，赋予他们作品生命力的，是作为医生的超然，加上同理心。她接着提到他们对具体细节的运用和表达的简练——“无一字不必要”。超然，同理心，具体细节，表达简练——已经十分接近我们在优秀创作中发现的最重要的东西。但在此之外，总是有更多可说的东西。

她是怎么做到的？做到让我们永远无法确切知悉下面将会发生什么。一切都不可预测。但是一切又自然而然，符合生活，符合我们的心理和情感预期。

在小说《H.A.莫伊尼汉医生》的结尾，母亲对她那位酗酒、刻薄、顽固的老父亲态度似乎缓和了点：“‘他活儿干得挺好。’妈妈说。”这是小说的末尾，于是我们以为——经过这么多年小说阅读的训练——现在母亲应该变温和了，有问题的家庭可以和解，至少暂时和解。但当女儿问：“你不再恨他了吧，妈妈？”答案却诚实得残忍，从某种意义上来说也令人满意：“哦，恨……我还是恨他。”

伯林毫不畏缩，毫不客气，然而她对人性弱点的同情、叙事语调的风趣机智，以及她温和的幽默，总能让人生的残酷有所缓和。

在题为《沉默》的小说中，叙述者说：“假如能把可怕的事讲得好玩，我也不介意给人讲讲。”（但她又补充，有些事就是不好玩。）

有时候，喜剧性很夸张，就像在《性魅力》中，漂亮的表姐贝拉·琳戴着充气胸罩,坐上飞机,奔赴她梦想中的好莱坞演艺事业——可当飞机爬升到巡航高度时，胸罩爆了。

通常，她的幽默更加轻描淡写，是叙述性对话的自然组成部分。比如，讲在博尔德买酒之难:“那些酒品店是像塔吉特超市那样的巨无霸噩梦。你恐怕还来不及找到放占边威士忌的货架，就已经死于震颤性谵妄了。”接着她又告诉我们:“最好的城市是阿尔伯克基，那里的酒品店有免下车窗口，所以出门买酒连睡衣都不用换。”

就像在生活中一样，喜剧可以出现在悲剧中:身患癌症、将不久于人世的妹妹痛哭着说:“我再也见不到驴了！”最后姐妹俩都大笑不止，但那种心酸的感叹却萦绕心头。死亡变得那样直接——再也看不到驴了，那么多东西都再也看不到了。

她那奇妙的讲故事的才能是从与她一起长大的讲故事的人那里学来的吗？还是说她总是被讲故事的人吸引，找到他们，向他们学习？无疑,两者兼有。她对故事的形式、结构有种天然的感觉。天然？我是指她的故事有着均衡、坚实的结构，却带着那样一种自然的错觉，从一个话题转到另一个话题，或者在某些小说中，从现在跳转向过去——甚至是在一句之内完成跳转，比如下面这个例子:

“我在办公桌前机械地工作，接电话，呼叫氧气和化验室人员，飘向银柳、香豌豆和鳟鱼池塘那温暖的意识流中。初雪过后，夜间矿场上的滑轮与索具。璀璨星空下的野胡萝卜花。”

关于她小说展开的方式，阿拉斯泰尔·约翰斯顿有这样的洞见:“她的写作是宣泄，但不是逐步建立起的某种顿悟，而是更加慎重地唤起高潮,让读者感知到它。就像格洛丽亚·弗瑞姆在《美国书评》

中所写，她会‘含蓄处理，迂回包抄，让那一时刻自己显现’。”

然后，再说说她的结尾。在那么多小说中，砰！结尾都是戛然而止，既出人意表又无可避免，是故事材料有机发展而成的结果。在《妈妈》中，妹妹最终找到了与她难以相处的母亲共情的方式，但是叙述者姐姐的最后几句话——这时是自言自语，或是对我们说的话——让我们吃了一惊：“而我……我毫不怜悯。”

对露西亚·伯林而言，一篇小说是如何诞生的呢？约翰逊认为：“她会以某个简单的东西开始，比如一个下巴的线条，或者一朵金合欢花。”她本人则接着说：“但是那意象必须与某种特定的强烈体验有关。”在别处，一封写给奥古斯特·克莱恩扎勒的信中，她描述了自己是怎么写下去的：“我开始写，之后就会像给你写这封信一样，只不过表达更清晰一些……”与此同时，她大脑的一部分必须始终控制故事的形态、顺序以及结尾。

她说，故事必须真实——无论真实于她意味着什么。我认为是不矫揉造作，不事出偶然或毫无理由：必须给人深切的感受，传递重要的情感。她对一个学生说，他以前写的东西都太聪明，不要故作聪明。她曾用热金属在一台莱诺排铸机上为自己的一篇小说排版，忙活了三天后，又把全部铅字条扔进熔炉，因为她说，这故事“假”。

那处理（真实）素材的难度如何？

《沉默》是取材自某些真实事件的小说，这些事她也曾向克莱恩扎勒简单提及，不过只是痛苦地一带而过：“与霍普的争吵是种毁灭性的打击。”在小说中，叙述者的舅舅约翰是个酒鬼，带着小外甥女醉驾卡车，撞伤一个男孩和一条狗，狗受了重伤，但他没有停车。露西亚·伯林对克莱恩扎勒说起这件事：“当他撞伤那个孩子和那条狗时所引发的幻灭感使我极为痛苦。”这个故事被她写进了小说，里面有同样的事件、同样的痛苦，但得到了某种解决。叙述者了解到约翰舅舅后来的生活，他结了婚，戒了酒，生活幸福，平和温柔。故事中她的最后一句话是：“当然，我已经明白了他当初停不下卡车的所有原因，因为那时候，我也成了酒鬼。”

谈及处理那些艰难的材料，她解释道：“无论如何，必须对现实进行最难以察觉的改变。对真相进行转化，而非歪曲。如此一来，无论对作者还是读者来说，故事本身便成了真相。在任何优秀的作品中，令人激动的不是对某一情境的认同，而是这种对真相的接纳。”

对真相进行转化，而非歪曲。

自从得到一九八一年龟岛出版社出版的那册薄薄的米黄色平装本《安杰尔自助洗衣店》起，我接触露西亚·伯林的作品已有三十多年。她出版第三本选集时，我已经与她有了私交，尽管是间接结识的，而我已经记不得是怎么认识她的了。那本漂亮的《安然无恙》（柏特龙出版社，1988 年）扉页上有她的题词。我们从没见过面。

她的作品终于由小型出版社进入了黑雀出版社这样的中型出版社，之后又进入了戈丁出版社。她的一本小说集获得了美国国家图书奖。但即便赢得了这一认可，那时她依然未拥有她应得的广泛读者群。

我以前总会想起她另一篇讲母亲和孩子们外出采摘初春的野芦

笋的小说，但迄今为止，我只在她二〇〇〇年写给我的另一封信中找到这段。之前我给她发去了普鲁斯特对芦笋的一段描写。她在回信中写道：

> 我所见过的生长中的芦笋，只有那种细细的蜡笔绿色的野生芦笋。在新墨西哥，我们住在阿尔伯克基城外，靠近河边。春季的一天，它们会从棉白杨树下冒出来。大约六英寸高，正好是该掰下的时候。我和四个儿子会采上几十棵。与此同时，普赖斯大妈和她的儿子们在河下游采摘，瓦格纳全家在上游采摘。好像从来没人见过它们一两英寸高的样子，只见过它们长到最佳高度的时候。一个儿子会跑进屋高喊："芦笋！"普赖斯家和瓦格纳家的人也是这样。

我一直有种信念：最好的作家就像奶油，迟早有一天会浮到最上层，获得他们应得的认可——他们的作品会被谈论、引用，走进课堂，搬上舞台，拍成电影，谱上曲子，选入文集。也许，有了眼下这本选集，露西亚·伯林会开始得到她应得的关注。

我几乎可以引用露西亚·伯林任何小说中的任何一段话，来沉思、玩味，但这一段是我的最爱：

> 那么，婚姻到底是什么？我从来没有搞懂过。而如今，我搞不懂的是死亡。

导读

斯蒂芬·爱默生

鸟儿把我种的蜀葵和飞燕草的种子全吃掉了……它们坐成一排，就像在自助餐厅一样。

——露西亚·伯林给我的信

一九九五年五月二十一日

露西亚·伯林是与我交往的挚友之一。她也是我遇到过的最卓越的作家之一。

我这里想写的，是她作为卓越作家的那一面。她不平凡的一生——其多姿多彩，痛苦磨难，尤其是她在战胜严重的酗酒劣习过程中表现出的非凡勇气——在本书附录的作者简介中已有描绘。

露西亚的作品明快生动。想到她的作品，有时我头脑中会出现一位站在一大套架子鼓后面忙活的高明鼓手，左右开弓，敲打着一列军鼓、嗵鼓、节奏镲，同时双脚还踩着踏板。

不是说她的作品像打击乐，而是指其中有复杂的内容同时进行。

她的文字从纸上爬出，虎虎有生气，极具表现力。

她这样描写一九五〇年前后一辆怪模怪样的电动小汽车："那辆车看上去和别的汽车没什么两样，只不过很高，又很短，像动画片里撞到墙上的汽车。一辆汗毛倒竖的汽车。"

那辆车很高又很短。在另一处，游客去安杰尔自助洗衣店洗衣服，店外：

> 肮脏的床垫，生锈的高脚童椅捆在有凹痕的旧别克车顶。油底壳漏着油，帆布水袋漏着水。洗衣机漏着水。男人坐在车里，打着赤膊。

还有写到母亲（哦，母亲）：

> 你总是精心打扮……带接缝的长筒丝袜。一条桃红色缎面衬裙，你总是故意露出一点边，好让那些乡下人知道你穿了衬裙。一条带垫肩的雪纺连衣裙，一只镶碎钻的胸针。还有你的外套。我当时五岁，可就连那时我都知道，那是件破烂不堪的旧外套。红褐色，口袋污渍斑斑，磨得飞了边，袖口脱了线。

她的作品中有快乐，一种珍贵的商品，不那么常见。这让我想到巴尔扎克、伊萨克·巴别尔、加西亚·马尔克斯。

散文式的小说在她的笔下变得如此浩瀚，这世界也因之而流光溢彩。快乐涌出她的作品，照耀世界。那写作自始至终充溢着抑制不住的人性、地域、食物、气味、色泽、语言。我们看到的是一个永动的世界，具有令人惊异甚至喜悦的倾向。

这与作者本人悲观与否、描写的事件和情感是否是快乐的无关。呈现在我们眼前的事物具有明确的、清晰可触的性质：

> 我们周围车子里的人都在邋里邋遢地吃东西：西瓜，石榴，压扁的香蕉。一瓶瓶啤酒向车顶喷射，泡沫像瀑布一般沿车内壁流下……我饿了，我哼唧说。斯诺登太太很有先见之明。她用戴手套的手递给我用光滑的舒洁纸巾裹着的无花果酥。那点心在我口中像日本樱花一样绽放开来。

关于这“快乐”：不，它并非无处不在。没错，有的故事是纯粹的凄凉无望。我所指的是那种凌驾一切的效果。

想想《流浪狗》。这篇小说的结尾如詹尼斯·乔普林[①] 的民谣一样心酸。染上酒瘾的女孩，被当厨师兼管理员的饭桶情人出卖，身陷一个戒酒项目，参加小组活动，努力学好。后来她逃走了。她上了一辆卡车，坐在一个电视摄制组的老头身边，向城市驶去：

> 我们驶上高坡，宽广的山谷和格兰德河在我们脚下伸展，美丽的桑迪亚山脉在我们上方屹立。
>
> “先生，我要回巴吞鲁日的家，需要钱买票。大约六十块，你能帮我出吗？”

---

①Janis Joplin（1943－1970），美国创作女歌手。

“好办。你需要车票，我需要喝一杯。都没问题。”

也与詹尼斯·乔普林的民谣一样，这一结尾有着轻快活泼的调子。

当然，与此同时，一种奔放的幽默感也让露西亚的作品生机勃勃。这与“快乐”这个主题息息相关。

例如《502》中的幽默，故事讲到发生了一起醉驾事故，可车上没有驾驶员。(司机喝醉了,在楼上睡觉,而停着的车溜下了山坡。) 同为酒鬼的“莫”说：“谢天谢地你没在车上，妹子……我做的第一件事就是打开车门问：‘她人呢？’”

另一篇小说中，关于母亲：“她讨厌孩子。有一次我去机场接她，当时我四个孩子都还小。她叫道：‘叫他们走开！’好像他们是群杜宾犬似的。”

毫不意外，露西亚的读者有时会用“黑色幽默”这个术语来形容其作品。我倒不这样看。她的幽默太好玩，且并非另有所图。塞利纳[1]、纳撒尼尔·韦斯特[2]、卡夫卡——他们的幽默属于另一领域。而且，露西亚的幽默轻快活泼。

但如果说她的写作有什么秘方，那便是突兀性。她的字里行间，变换与惊奇制造出一种生动感，成为她艺术的标志。

她的行文切分跳跃，抑扬顿挫，主题多变，迸发出许多火花。

你不常能听到有人探讨行文的速度。谈得当然还不够。

---

① 路易－费迪南·塞利纳（Louis-Ferdinand Céline，1894－1961），法国小说家，代表作《茫茫黑夜漫游》《死缓》。

② Nathanael West（1903－1940），美国作家、编剧，代表作《寂寞芳心小姐》《蝗灾之日》。

露西亚的《多洛莉丝的万神殿》是一篇主题宽广且具有情感深度的小说。但也保持了她作品的轻快风格。读读开头“而非倾听”那段，一直到“因为污染严重”。[①]

或者这段：“妈妈，在你眼中丑陋和邪恶无处不在，在每个人身上，在每一处地方。你到底是神经病还是预言家？”

露西亚写的最后一篇小说《B. F. 与我》很短。没有冲击，没有宏大主题，没有杀婴犯，没有毒品走私，没有母女冲突或和解。从某种意义上说，这正是其艺术的不同凡响之处。它温柔，但迅捷。

对那个来她拖车上干零活儿的老头，她做了如下介绍：

> (B. F.) 在爬过三级台阶后，正气喘吁吁，咳嗽不止。他块头超大，挺高，又胖又老。尽管他人还在门外喘气，我还是能闻到他身上的气味。烟草和脏羊毛，酒气汗臭。一双带血丝的婴儿蓝的眼睛，笑眯眯的。我立马就喜欢上他了。

那句“我立马就喜欢上他了”几乎是个不合逻辑的推论。就在这种几乎不合逻辑的推论中蕴含着速度。还有机智。(想想吧，其中透露出多少关于“我”的信息啊。)

对于这样有水准的作家，通常你只看一个句子就能辨认出她的作品。下面这句同样出自最后那篇小说，写的仍然是 B. F. 和他的

① 在露西亚的作品中，标点经常不合常规，有时前后不一致。速度是原因之一。她痛恨导致停顿的逗号——在说话时那逗号是听不到的，或者，逗号会制造她不想要的减速。在其他情况下，回避一个逗号会导致某种推动的忙碌感。绝大多数时候，我们避免为追求常规而修改她的标点。她的个别语法怪癖源于口语习惯，属于她特有的匆忙简洁的表达方式，对这些我们也同样保留。——英文原版注

中文版也尽量保留了这种特征，以尽可能还原原作的语言风格，因此有些表达在中文语法习惯中也显得“不合常规”。——中文版编者注

气味：

臭亦可好闻。

这便是纯粹的露西亚·伯林。如此老生常谈(“好闻”),近乎憨傻。但是它真实、深刻。除此之外，那句子近乎狡猾，还抵消了她惯常的城市气息。这也是她行文迅疾的部分原因。语气的变换，甚至是声音的变换，就这样一下子把我们送往新的领域。

同时,那句子也很干爽。(臭怎么会真的“好闻”呢。)干爽——其中事物的实质多于表象——恰巧就是迅捷。

只有五个单词，都是单音节。[①]

说到 B. F. 身上的恶臭——不，她不能称之为恶臭。难闻？不。她必须借用英式英语的俚语，从中找出一个足够强烈但依然中立、不作评判的词。

“异味（Pong)”。他的异味。它把我们引向——普鲁斯特。

“他身上的异味对我如同玛德琳小蛋糕。”

除了露西亚 · 伯林，谁会这样写？异味如同玛德琳小蛋糕。

编辑这本小说集在许多意义上都是一种快乐。人们发现，自从她最后一部书问世，在她去世之后，她作品的声望提高了。

黑雀出版社以及她早期的出版人都给了她很好的起点，当然她还有一两千位忠实的读者。但那太少太少了。她的作品将给予最敏锐的读者以莫大的回报，但又绝非曲高和寡之作。相反，它们引人

① 原句为“Bad smells can be nice”。

入胜。

但在当时，她只能在小出版社出书，读者人数有限，这或许在所难免。总归，露西亚的整个存在基本上是局外的。

西海岸放荡不羁的文艺群落，办公室与蓝领工作，洗衣店，戒酒互助会，卖“单只袜子”的商店，以拖车为居所，是她成年后大多数的生活环境（而自始至终，她都保持彬彬有礼的风度）。

而实际上，正是这种“局外”，赋予她的作品特殊的力量。

她从博尔德寄给我的信中（提到了她晚年的忠实伴侣——氧气瓶）写道：

> 旧金山湾区、纽约和新墨西哥，只有（在）这些地方我才感到自己不是他者。我刚刚购物回来，人人都跟我打招呼，祝你今天愉快，他们对我的氧气瓶微笑，仿佛那是一条狮子狗，或者一个小孩子。

我自己无法想象，有谁会不想读她的作品。

清洁女工手册

安杰尔自助洗衣店

一位高大的印第安老人，身着褪色李维斯牛仔装，系一条精美的祖尼人腰带，长长的白发用红莓色毛线绳扎在颈后。怪的是，有一年左右，我们总在同一个时间去安杰尔洗衣店。但不在同一个点。我是说，有时候我周一七点到，或者可能周五晚上六点半到，而他已经在那里了。

阿米蒂奇太太情况不同，虽然她也岁数大了。那是在纽约第十五街的圣胡安洗衣店。波多黎各人开的。地板上肥皂水横流。那时我还是位年轻妈妈，每周四上午都要洗尿布。她住我楼上，4–C室。一天上午，在洗衣店，她递给我一把钥匙，让我拿着。她说，要是我哪个周四见不到她，就说明她死了，拜托我去找她的尸体。要人帮这样的忙真是太可怕了；再说了，周四我还得洗衣服呢。

她死在某个周一，我再也没有回圣胡安洗衣店。是管理员发现她的。我不知道是怎么发现的。

在安杰尔洗衣店，有好几个月时间，我和那个印第安人谁也没和谁搭话，但我们并排坐在相连的黄色塑料椅上，就像在机场那样。椅子在撕裂的地板革上直打滑，声音让人听了牙疼。

他常坐在那里，一边抿着占边波本威士忌，一边看我的手。不是直接看，而是透过我们对面速比坤洗衣机上面的镜子。一开始我没在意。一个印第安老头通过脏乎乎的镜子盯着我的手，镜子一边是泛黄的“熨衣每打 1.5 元”，一边是橙色幻彩荧光漆的宁静祷文：“愿上帝赐我平静，让我接受我无法改变的事。”可后来我开始纳闷，是不是他的手有什么问题。他盯着我，看我抽烟、擤鼻涕、翻阅陈年的旧杂志，这让我紧张。约翰逊总统夫人穿越激流。[1]

最后，我被他弄得也看起自己的手来。他瞧见我盯着自己的手，差点儿笑出来。我们的目光第一次在镜子里相遇，在“请勿使机器超负荷运转”的提示下面。

我眼神中有惊慌。我凝视自己的眼睛，又低头看自己的手。讨厌的老年斑，两道疤痕。非印第安人的、紧张而孤独的手。我从自己的手上看到了孩子、男人和花园。

那天（我注意到自己手的那天），他两手分别放在蓝牛仔裤紧绷的两条大腿上。大多数时候那双手抖得厉害，他也任由它们在膝上抖，但那一天他攥着手不动。他使劲攥着，不让手哆嗦，土坯色的关节绷得发白。

我唯一一次在洗衣店外和阿米蒂奇太太说话，是她家卫生间发大水那回，水顺着吊灯哗哗落到我家地板上。灯还亮着，水在吊灯间飞溅，映出了彩虹。她用冰凉的垂暮之手抓住我的胳膊，说：“真是个奇迹，对吧？”

---

① 指旧杂志上的内容。

他叫托尼，是从北方来的杰卡里拉阿帕奇印第安人。一天，他那好看的手落在我肩上，我没看，但知道是他。他递给我三枚十美分的硬币。我没弄明白，差点儿就要说谢谢，但接着我看到他难受得浑身哆嗦，开不了烘干机。人清醒时，那东西就不好用。你得一手转箭头，一手塞硬币，推一下活塞，然后把箭头转回来，再放下一枚硬币。

后来，就在他的衣服软塌塌地掉下来快要烘干时，他回来了，喝得醉醺醺的。他打不开机门，倒在黄色椅子上昏睡过去。我的衣服干了，我正叠着。

我和安杰尔把他抬回熨衣间的地板上。很热。安杰尔负责嗜酒者互诫协会所有的祈祷词和格言。“不要想，不要喝。”安杰尔把一只湿答答的凉袜子搭在托尼头上，跪在他身边。

“兄弟，相信我……我也沦落过……和你一样，到过你现在所处的阴沟里。我完全明白你的感受。”

托尼没有睁眼。不管是谁，说自己明白别人的感受，都是傻瓜。

安杰尔洗衣店在新墨西哥州的阿尔伯克基。第四街。破败的店铺和垃圾场，几家二手商店，里面摆着行军床，几盒不成双的袜子，一九四〇年出版的《健康卫生》杂志。粮店，还有汽车旅馆，供情人、酒鬼以及来安杰尔洗衣店洗衣的红褐色头发的老太太们住宿。十几岁的墨西哥裔新娘来安杰尔洗衣店。毛巾，粉红色短睡衣，上面印着“星期四”的比基尼内裤。她们的丈夫们穿蓝色工装裤，口袋上写着名字。我喜欢等着看那些名字出现在烘干机的观察窗中。蒂娜，考基，朱尼尔。[1]

① 本书仿宋体字对应原文的斜体。

旅行的人常来安杰尔洗衣店。肮脏的床垫，生锈的高脚童椅捆在有凹痕的旧别克车顶。油底壳漏着油，帆布水袋漏着水。洗衣机漏着水。男人坐在车里，打着赤膊，把喝光了的哈姆啤酒罐捏扁。

然而来安杰尔洗衣店的大多是印第安人。来自圣费利佩、拉古纳和桑迪亚的普韦布洛印第安人。托尼是我见过的唯一一个阿帕奇人，不论是在洗衣店还是在别处。我喜欢稍稍斗着眼，盯住装满印第安服饰的烘干机。亮丽的紫橙红粉，转成模糊的旋涡。

我来安杰尔洗衣店，说不清是为什么，不只是因为印第安人。这里和我住的地方隔着整个城区。距我只有一个街区的地方就有校园洗衣店，店里有空调，有抒情摇滚背景乐。有杂志，《纽约客》《女士》《时尚》。助教的妻子们会去那里给孩子买零牌糖棒和可乐。和大多数洗衣店一样，校园洗衣店有块“严禁染色”的牌子。我带着一条绿色床罩，开车转遍全城，最后来到安杰尔洗衣店，看到它的黄色招牌：“在这里你随时可以染死。”[①]

我看得出，床罩虽没有变成深紫色，却成了更暗的污绿色，但我还是想再来。我喜欢那些印第安人和他们洗的衣物。坏掉的可乐售卖机和到处淌水的地板让我想起纽约。波多黎各人拖了又拖。他们的投币电话总是出毛病，和安杰尔洗衣店里的一样。我当初会在周四去找阿米蒂奇太太的尸体吗?

“我是我们部落的酋长。”印第安人说。他刚才一直坐在那里，呷着波特酒[②]，看我的手。

① 原文为“You can die here anytime”。英文中“die”（死）和“dye”（染色）发音相同，店主在玩一个谐音文字游戏，表示这里接受染色。

② Port，一种产自葡萄牙北部的酒精加强型葡萄酒。

他告诉我，他太太给人打扫房子。他们原本有四个儿子。最小的自杀了，最大的死在越南。另外两个是校车司机。

“你知道我为什么喜欢你吗？”他问。

“不知道。为什么？”

“因为你是红皮人[1]。”他指指镜子中我的脸。我的皮肤确实是红的，可我确实从没见过红皮肤的印第安人。

他喜欢我的名字，用意大利语发音。露－琪－亚。二战时期他在意大利。果然，他美丽的银嵌绿松石项链上有块身份识别牌。上面有个很大的凹痕。“子弹打的？”不，是从前他害怕或欲火难耐时自己咬的。

有一次他提议我们到他的露营车上，一起躺着歇歇。

“爱斯基摩人说要一起欢笑。”我指了指黄绿色的幻彩荧光漆牌子：“禁止丢下机器无人看管。”我们在相连的塑料椅上咯咯笑起来。然后，我们坐着，默默无言。一片寂静，只有洗衣机有节奏的哗哗水声，像海浪翻涌。他佛陀般的手握住我的手。

一列火车驶过。他用胳膊肘轻轻碰碰我：“好大的铁马！”我们又咯咯笑起来。

对于人，我有很多毫无根据的概括，比如黑人一定都喜欢查理·帕克[2]。德国人很可怕。所有印第安人都像我妈妈，有种古怪的幽默感。我妈妈最喜欢的一个笑话是，一个人弯腰系鞋带，另一个人过来打了他一顿，说：“你总是在系鞋带！”另一个笑话是，一个服务员上菜时，把豆子撒在某人的腿上，于是说：“哦，哦，豆子遍

① Redskin，指北美印第安人。

② Charlie Parker（1920－1955），美国爵士乐手，中音萨克斯演奏家。

地跑，秘密泄露了[1]！”洗衣店生意寥落的日子里，托尼经常反复给我讲这些笑话。

有一次他喝得酩酊大醉，撒酒疯，在停车场和几个俄克拉荷马州来的农民打了一架。他们摔碎了他那瓶占边威士忌。安杰尔说，只要他听话乖乖回到熨衣间，就会给他买半品脱酒。我把我的衣服从洗衣机拿出来放进烘干机时，安杰尔正对托尼讲“每天进步一点点”。

托尼出来时，把硬币塞进我手里。我把他的衣服放进烘干机，而他正和占边酒瓶的盖子较劲。我还没来得及坐下，他便冲我大吼。

“我是酋长！我是阿帕奇部落的酋长！浑蛋！”

“你才浑蛋，‘酋长’。”他只是呆坐着，喝着酒，透过镜子看我的手。

“阿帕奇人的衣服干吗要你来洗？”

我不知道自己为什么要说那句话。那样说很过分。也许我以为他会笑。结果他还真笑了。

“你是什么部落的，红皮人？”他说，看着我的手。我掏出一支烟。“你知不知道，我的第一支烟是一位亲王给点的？你相信吗？”

“我当然信。要火吗？”他给我点着烟，我们相视而笑。我们挨得很近，而后他又昏睡过去，镜子里只剩我孤单一人。

有一位年轻姑娘，不在镜子里，而是坐在窗边。水汽中，她的秀发卷成一缕缕小卷，如飘逸的波提切利。我读着牌子上所有的文字。“愿上帝赐我以勇气。全新婴儿床，从未使用——宝宝夭折。”

那姑娘把衣服放进绿松石色的篮子里，离开了。我把我的衣

① 原文“I spilled the beans”（我弄撒了豆子）有“泄露秘密”之意。

服放到桌子上，查看一下托尼的，又投进一枚硬币。在安杰尔洗衣店，我独自同托尼在一起。我看着镜子中自己的手和眼睛。漂亮的蓝眼睛。

多年前，我乘游艇驶离维尼亚德尔玛[①]。平生第一次，我向人要了支烟，向阿里·汗亲王[②]借火。“很荣幸。”他说。其实他并没有火柴。

我叠好衣服，安杰尔回来后，我就回家了。

我不记得自己什么时候才意识到，我再也没见过那位印第安老人。

---

① Viña del Mar，智利中西部港市。

② Prince Aly Khan（1911 – 1960），即阿里·萨尔曼·阿迦·汗亲王（Prince Ali Salman Aga Khan），穆斯林伊斯玛仪派领袖，曾与美国女影星丽塔·海华丝结婚。

H. A. 莫伊尼汉医生

我讨厌圣约瑟学校。得克萨斯炎热的一天，我被修女们吓着了，失手打了塞西莉亚修女，被开除。作为惩罚，暑假期间，我每天都得去外公的牙科诊所干活。我知道真正的原因是他们不想让我和邻居家的小孩一起玩。墨西哥人和叙利亚人。没有黑人。但妈妈说，那也只是早晚的事。

我肯定，他们也想让我避开垂死的外婆梅蜜，避开她的呻吟，她朋友们的祷告，臭气和苍蝇。夜里，靠吗啡的帮助，她迷迷糊糊地睡去，妈妈和外公便在他们各自的房间里自斟自饮。从我睡觉的门廊上，我可以听到他们各自倒波本威士忌时的汩汩声。

整个夏天，外公几乎没和我说过话。我给他的器械消毒，并一一摆好，给病人脖子上围毛巾，端着斯托姆无菌漱口杯，叫他们吐。没有病人的时候，他就到他的工作间里造假牙，或者到办公室里粘剪贴簿。这两个地方都不准我进。他粘贴厄尼·派尔[①] 和

① Ernie Pyle（1900－1945），美国战地记者，曾获普利策奖，在冲绳战役中阵亡。

罗斯福总统的剪报；对日和对德战争的剪贴簿是分开来贴的。他制有犯罪事件剪贴簿，得克萨斯剪贴簿，奇闻怪事剪贴簿：有个男人发了疯，把一只西瓜从二楼窗户扔了出去。西瓜打中他妻子的脑袋，要了她的命，又弹开，砸中婴儿车里的孩子，把孩子也砸死了，可西瓜竟然都没摔裂。

人人都讨厌外公，我猜只有我和梅蜜除外。他每晚都喝得醉醺醺，还发酒疯。他残忍、顽固又自负。他有次吵架，开枪把我舅舅约翰的一只眼睛打了出来，他还羞辱了我妈妈一辈子，让她丢脸。她不跟他说话，甚至不靠近他，因为他脏得让人恶心，吃饭淋淋漓漓，随地吐痰，把湿答答的烟屁股到处乱扔。牙模上的石膏弄得他满身白点子，让他看起来像个油漆工，或者一尊塑像。

他是得克萨斯西部最好的牙医，也许是全州最好的。很多人这么说，我也相信。妈妈说，他的病人不完全是老酒鬼或梅蜜的朋友。一些有头有脸的人甚至从达拉斯或休斯敦过来看牙，因为他造的假牙棒极了。他的假牙既不打滑，也不漏风，而且看起来和真牙一模一样。他发明了一种秘方，能把假牙做成合适的颜色，有时甚至会让牙有点缺口或泛黄，还带填补痕迹和牙冠。

他不让任何人进他的工作间——只有消防员进去过一次。那里四十年来没有打扫过。有次趁他去洗手间，我溜了进去。尘土、石膏和蜡，让窗户蒙上厚厚一层黑色。仅有的光亮来自两盏摇曳的蓝光煤气喷灯。大袋大袋的石膏靠墙堆着，牙模碎块、盛有各式各样单颗假牙的瓶瓶罐罐高高低低散落在地板上，覆盖着一层石膏粉。墙上挂着一团团粉色和白色的厚蜡，上面垂着蛛网。架子上塞满生锈的工具和一排排假牙，咧嘴笑的，颠倒放的，表情不悦的，如同舞台面具。他一边干活一边哼歌，抽了半截的烟卷经常会引燃一团团蜡或糖纸。着火了，他就往火上泼咖啡，蒙了石膏粉尘而变软的地板因此被染成幽深洞穴般的棕色。

工作间通往一间小办公室，里面有一张翻盖书桌，那是他做剪贴簿、写支票的地方。他签完名后，总是大笔一挥，在署名中间划一条黑线，有时把数额都盖住，让银行不得不打电话来跟他核对。

他给病人看牙的诊室与候诊室之间没有门。工作的时候，他会转过身同候诊室里的人说话，手中挥舞着牙钻。拔过牙的病人在躺椅上休息；其他人则坐在窗台沿或暖气片上。有时候，电话间里也会坐着人。那是一个木板搭成的大隔间，里面有一部投币电话、一台风扇，还有一块牌子："我从没遇到过不喜欢的人。"

一本杂志都没有。要是有人带来一本，落在那里，外公会把它扔掉。妈妈说，他就是故意跟人对着干。他说那是因为看到有人坐在那里翻书，他会发疯的。

病人不坐着等时，就会在房间里溜达，摆弄两个保险柜上的东西。佛像，嘴里用铁丝串着假牙、可以开合的骷髅头，一扯尾巴就会咬你的蛇，翻转过来后会下雪的水晶球。天花板上贴了句提示语："你仰着头到底瞅啥呢？"保险柜里存的是做牙齿填料用的金和银，以及一沓沓钱，还有一瓶瓶杰克·丹尼威士忌。

所有窗户都冲着埃尔帕索的主街道，窗户上贴着大大的金字："H.A.莫伊尼汉医生。本人不接待黑人顾客。"其他三面墙上挂的镜子反射着那些字。通往走廊的门上也写着那句标语。我从来不对着那扇门坐，因为我害怕会有黑人来，越过标语往里看。但除了开电梯的吉姆，我在凯波斯大楼里没见过一个黑人。

有人打电话预约时，外公让我告诉他们，他不再接诊了，于是随着夏季一天天过去，活儿越来越少。最后，就在梅蜜去世前，一个病人都没了。外公把自己关在工作间或办公室里。我有时到楼顶上去。从那里，你可以看到华雷斯①和整个埃尔帕索的市区。我会在人群中挑出一个人，用目光追随他，直到他从视野里消失。但大多数时候我只是坐在屋里的暖气片上，俯视着扬德尔大道。我花几个小时破解神奇队长笔友的来信，尽管那真的很乏味；密码不过是A代表Z，B代表Y，等等。

夜晚漫长而炎热。就算梅蜜睡着了，她的朋友们也不走，读圣经，有时候唱歌。外公出门，去麋鹿俱乐部，或去华雷斯。8–5号出租车的司机扶他上楼。妈妈说她出去打桥牌，可也是酒醉归家。墨西哥孩子们在外面玩到很晚。我在门廊上望着那些女孩。她们蹲在路灯下的水泥地上丢石子儿玩。我渴望和她们一起玩。石子儿发出的声音在我听来充满魔力，将石子儿一抛，那声响像唰地掠过鼓面，又像一阵狂风过处，雨点敲打着窗玻璃。

凌晨，天还没亮，外公就叫醒了我。那是星期天。我穿衣服的时候，他打电话叫出租车。他对接线员指名要8–5号车，等电话接通了，他说："跑一趟怎么样？"司机问他，我们星期天去办公室干吗？他没有回答。大厅里黑洞洞的，很吓人。蟑螂在瓷砖上咔嗒嗒四散奔逃，杂志在格栅后冲我们咧嘴狞笑。他启动电梯，狂躁地操纵它轰隆隆上去下来又上去，直到终于在高于五楼的地方停下，我们便从电梯里跳下来。我们停下后，四周一片寂静。只能听到教堂的钟声和华雷斯有轨电车的声音。

---

① Juárez，墨西哥北部边境城市，与美国的埃尔帕索市隔格兰德河相望。

一开始，我很害怕，不敢跟他走进工作间，但他把我拽了进去。里面很黑，像电影院。他点燃嘶嘶作响的煤气喷灯。我还是不明白，弄不清他到底想让我干什么。他从架子上取下一副假牙，把它拿到大理石块上的火焰前。我摇摇头。

“好好看看。”外公张大嘴巴，让我在他的牙齿和那副假牙之间看来看去。

“这是你的牙！”我说。

那副假牙是外公嘴里那口牙齿的完美复制品，就连牙床都一样难看，呈一种病态的浅粉色。牙补过，有裂纹，有些有缺口和磨损。他只换了一颗牙，前面的一颗，加了黄金牙冠。他说，就是这个使之成为艺术品。

“你是怎么弄出这些颜色的？”

“相当不错吧，嗯？怎么样……算得上我的杰作吧？”

“是啊。”我握住他的手。我真开心能在那里。

“你怎么把假牙装上呢？”我问，“能装上吗？”

通常他会把所有牙都拔掉，等牙龈愈合，再在裸露的牙龈上做印模。

“如今有些新牙医这样做。拔牙之前做印模，做好假牙，不等牙龈萎缩就装上。”

“那你什么时候拔牙呢？”

“就现在。我们这就拔。把东西准备好。”

我插上生锈的消毒器。电线已经磨损，迸出火星。他起身去够：“用不着——”我拦住他：“不行，必须消毒。”他笑起来。他把威士忌酒瓶和卷烟放在托盘上，点了支烟，倒了满满一纸杯杰克·丹尼威士忌。他坐在椅子上。我固定好反光镜，给他系上围嘴，把椅子抬高后仰。

“好家伙，我敢打赌，你的很多病人都会希望处于我现在的位置。”

“那玩意儿煮沸了吗？”

“还没呢。”我在几个纸杯里倒满漱口水，取出一小罐嗅盐。

“你要是昏过去怎么办？”我问。

“好事啊，那你就可以拔牙了。夹住牙齿，夹得离牙根越近越好，边拧边拔。让我喝一口。”我递给他一杯漱口水。“机灵点。”我给他倒了杯威士忌。

“你的病人可没有谁能喝口酒。”

“那是我的病人，你的另说。”

“好了，水沸了。”我把消毒器里的水倒进痰盂，铺开一条毛巾；又用另一条毛巾垫着，将器械在他胸口上方的托盘中摆成弧形。

“替我拿着小镜子。”说着，他拿起钳子。

我站在他双膝间的脚踏上，把镜子凑近。前三颗牙很容易就拔了下来。他把牙递给我，我将它们丢进靠墙的垃圾桶。门牙难拔一些，其中一颗尤甚。他停下来干呕，牙根仍深陷在牙床里。他发出一种怪声，把钳子硬塞进我手里。“拿着！”我接过钳子。“剪刀，你这傻瓜！”我在他两脚间的铁板上坐下。“等一下，外公。”

他探身越过我拿过酒瓶，喝了一口酒，然后从托盘里拿起另一件工具。他开始拔剩下的下牙，不照镜子。那声音是树根被拔出的声音，好像树从冬日大地上连根拔起。血滴到托盘上，啪嗒，啪嗒，滴到我坐着的铁板上。

他开始哈哈大笑，笑得那么凶，我还以为他疯了。他栽倒在我身上。我吓坏了，猛地跳起身，把他推回到后仰的椅子上。“拔掉！”他大口喘息着。我很害怕，飞速地想，要是我给他拔牙，结果他死了，那算不算杀人呢。

“拔呀！”他啐了一口，一缕细细的红瀑布顺着下巴流淌。

我把椅子调正。他瘫软下来，似乎感觉不到我把他的上后槽牙往旁边拧着拔掉了。他昏了过去，嘴唇像灰色的蚌壳般闭合。我掰开他的嘴，往一侧塞进一张纸巾，以便拔剩下的三颗后槽牙。

所有的牙齿都拔出来了。我试着踩脚踏放低椅子，但碰错了控制杆，让他打了转，血溅在地板上，洒出一个个圆圈。我往后一闪，椅子嘎吱嘎吱慢慢停下来。我想找几个茶包，他曾让病人咬着这东西止血。我把梅蜜抽屉里的东西全倒出来：滑石粉，祈祷卡，收到花束后写的感谢信。茶包放在电炉后面一个小罐里。

他嘴里的纸巾已被血浸透，一片猩红。我把它丢在地板上，抓起一把茶包塞进他嘴里，按住他的两颌合上。我惊叫起来。全口的牙都没了，他的脸就像一颗骷髅头，一副白骨下面是血淋淋的喉咙。可怕的妖怪，成精的茶壶，茶包上黄黑色立顿标签像游行的装饰般耷拉着。我跑去给妈妈打电话。没有硬币。我想掏他的衣兜，但搬不动他。他失禁了，尿滴在地板上。血泡不断从他鼻孔里涌出，爆裂。

电话响了。是妈妈。她在哭。炖肉，周末大餐。甚至还有黄瓜和洋葱，和梅蜜做的一模一样。“救命啊，救救外公！”说着我挂了电话。

他吐了。哦好了，我想，接着又咯咯笑起来，因为觉得自己好傻，都吐了还想着“哦好了”。我把茶包丢在一片狼藉的地板上，浸湿几条毛巾，给他擦脸。我打开嗅盐，放在他鼻子底下，我自己也闻到了，不由得浑身一抖。

“我的牙！”他叫道。

“拔掉了！”我喊道，像对一个孩子说话，“都拔了！”

“新的呢，傻瓜！”

我去拿假牙。我现在明白了，那副假牙和他嘴里之前的牙一模一样。

他伸手来接，跟个华雷斯的乞丐似的，可他的双手抖得太厉害。

“我装吧。先漱口。”我把漱口水递给他。他漱口，没仰头就吐了出来。我在假牙上倒上双氧水，把牙放进他嘴里。“嘿，看哪！”我举起梅蜜的象牙镜子。

“嚯，牙龈真他妈不错！”他笑起来。

“杰作啊，外公！”我也笑起来，亲吻他汗津津的脑袋。

“哦，天哪！”妈妈惊声尖叫，张开双臂向我走过来。她在血泊中滑了一跤，撞到扔牙的垃圾桶上。她抓住桶边站稳。

“妈妈，瞧瞧他的牙！”

她甚至都没注意到。看不出区别。他给她倒了杯杰克·丹尼威士忌。她接过来，心不在焉地回敬他，把酒喝掉。

“你疯了，爸爸。他疯了。这些茶包都是哪儿来的？”

衬衣黏在他皮肤上，往下揭时，发出撕裂的声音。我帮他清洗了前胸和皱巴巴的肚子。我自己也洗了洗，穿上梅蜜的一件珊瑚红色毛衣。在等 8–5 号出租车时，他们俩默默地喝酒。我把电梯开下去，停得离地面相当近。我们到家后，司机扶外公上楼。他在梅蜜的门口站住，但她睡着了。

外公也上床睡了，他龇着牙，露出一副贝拉·卢戈西[1]式的笑容。肯定很疼。

“他活儿干得挺好。”妈妈说。

“你不再恨他了吧，妈妈？”

“哦，恨，”她说，“我还是恨他。”

① Bela Lugosi（1882－1956），美籍匈牙利演员，以饰演吸血鬼而著称。

星星与圣徒

等等。听我解释……

我这辈子总碰到这种情况，就像那天早上与心理医生之间发生的事。他的新房在装修，他就暂住在我家后面的小屋里。他看上去和善极了，人长得也帅。我当然想给他留下好印象，本想送他巧克力蛋糕，又不想让他觉得我太主动。一天清晨，天刚亮，我和往常一样，一边喝咖啡，一边望着窗外的花园。那时的花园很美，香豌豆、飞燕草和大波斯菊争奇斗艳。我感觉，怎么说呢，我感觉满心欢喜……我为什么会犹豫一下才告诉你呢？我不想让你觉得我很矫情，我想留下好印象。总之，我当时很开心，往露台上撒了一大把鸟食，笑眯眯地坐在那里，看几十只哀鸠和雀鸟飞下来啄食。然后冷不丁地，两只大猫跳到露台上，开始撕咬鸟儿，一时间羽毛乱飞。恰在此时，心理医生走出门外。他看着我，表情惊愕，说了句“真可怕！”便逃开了。自从那个早晨之后，他拒不与我照面，而且这可不是我的想象。我根本没法解释，当时一切发生得太快，我笑，不是因为看到鸟儿被猫一通大嚼，而是因为看到香豌豆和鸟雀的喜悦还没来得及消退。

打记事起，我给人留下的第一印象总是十分糟糕。在蒙大拿那次，我不过是想脱下肯特·施里夫的袜子，那样我们就可以光着脚，谁知他的袜子竟和秋裤是缝在一起的。可我真正想说的是圣约瑟学校的事。喏，心理医生们（请不要误解，我不是对心理医生有什么迷恋）——在我看来，心理医生过于关注原初场景① 和前俄狄浦斯期匮乏，却忽略了小学以及别的孩子给人造成的创伤，而孩子是残忍无情的。

我甚至无须细讲在维拉斯发生的事。那是我在埃尔帕索上的第一所学校。完完全全是一场天大的误会。三年级，开学头两个月，我来到圣约瑟学校外的操场上。我的新学校。我怕极了。我本以为穿校服会起点作用。可我背上箍着一副沉重的金属矫形架，为的是矫正所谓的弯曲，明说吧，就是驼背。因此，我不得不在矫形架外面套上肥大的白衬衣和格子裙，而我妈妈当然也想不到，至少该把裙边收短一点。

另一个重大误解。几个月后，梅赛德斯修女正在维持纪律。她是位年轻温柔、肯定经历过一场悲剧恋情的修女。那男人可能是投弹手，死在战场上。学生们两两并排从她面前经过时，她碰了碰我的驼背，轻声说："亲爱的孩子，你有十字架要背呢。"可她怎么知道呢？那时的我已经成了宗教狂，而她那些毫无恶意的言语只会让我相信，自己命中注定和我们的救世主紧密相连。

（哦，还有母亲们。就在几天前，在公交车上，一位母亲带着

① 属于精神分析理论：儿童首次目睹父母性行为的时机，被认为对儿童性心理发展有深远影响。

她年幼的儿子上了车。显然她是位职业女性，刚把孩子从幼儿园接回来，神情疲惫，但看到孩子还是很开心，问他一天过得好不好。他把自己一天做的事原原本本讲给她听。“你真是个特别的孩子！”她搂着他说。“特别就是说我是弱智！”孩子说。他眼含大颗大颗的泪珠，坐在那里，怕得要命，而他妈妈还在笑，和我看鸟儿的情况一个样。）

那天，在操场上，我知道自己一辈子也无法融入环境。何止是无法适应，是根本就融不进去。操场一个角落里，两个女孩在摇一条很重的绳子，脸蛋儿红扑扑的漂亮女孩们排着队，一个接一个地跳到绳子下面，跳，跳，然后及时跳出来，正好又排回队列中。啪，啪，没有一个人跳错一拍。操场中间有架圆秋千，上面有个圆形的座位，欢快地转啊转，从不停下，令人眩晕，但孩子们欢笑着跳上跳下，竟然没有……没有一个掉下来，也没有一个改变速度。操场四周，我目之所及都对称整齐，和谐同步。两位修女，她们手中的念珠发出协调的咔嗒咔嗒声，她们干净的脸庞宛若一样，同时向孩子们点头示意。抓子游戏。小球在水泥地上弹起，声响清脆，几十颗石子儿飞向空中，细小的手腕一翻，唰的一下将它们同时接住。啪啪啪，其他女孩在玩错综复杂的拍手游戏。有个小小的荷兰人。[①] 啪啪。我游来荡去，不仅无法融入，而且仿佛隐形人一般，这倒是好坏参半。我逃到大楼一角，在那里可以听到从学校厨房传来的动静和笑声。我离开操场，躲在那里，里面传出的友好声音让我心安。但那里我也不能进。可就在那时，尖叫声、呼喊声响起，一位修女在说，哦不行，我就是做不到。这

① 孩子们拍手时唱的歌谣。

时我便知道我可以进去了，因为她不敢做的，是把死老鼠从夹子上取下来。“我来吧。”我说。那些修女们因此十分高兴，对我进厨房这件事也没说什么，只有其中一人悄悄对另一人说了句：“新教徒。”

我就是这样开始融入的。她们还给了我一块小点心，涂上黄油，热乎乎的，味道好极了。当然我已经吃过早饭，但点心实在太好吃了，我两三口就吞了下去，于是她们又给我一块。每天我帮她们清理并重置两三个老鼠夹子。作为回报，我不光得到了小点心，还有一枚圣克里斯托弗奖章，后来我把它用作午餐代币。这让我省去了上课之前排队拿硬币换午餐代币的尴尬。

由于我后背有问题，我被获准在体育课和课间休息时留在教室。只是早间很难熬，因为校车到达时，学校还没开门。我勉强自己去交朋友，和同班女生说话，但这根本没用。她们都是天主教徒，从幼儿园起就在一起。说句公道话，她们人很好，是正常的孩子。我跳过级，年龄要小得多，战前只在偏远的矿区生活过。我不知道怎样才能说出这类话：“你喜欢课上讲的比属刚果吗？”或者：“你有什么爱好？”我只会冷不丁走到她们面前，没头没脑地说：“我叔叔有只玻璃眼珠。”或者：“我发现了一头死掉的科迪亚克棕熊，脸上爬满了蛆。”她们要么不搭理我，要么咯咯笑起来，要么说：“瞎扯，瞎扯，裤子着火！”

所以，一时之间，我上学前有了可去的地方。我感觉自己有用，为人所欣赏。可后来，我听到女生们小声议论，不光是“新教徒”，还有“贫困生”，后来她们开始叫我“老鼠夹子”和“老鼠米妮”。我假装自己不在乎，再说了，我喜欢厨房，喜欢厨房中穿着朴素睡衣样式修女袍的厨师们发出的轻柔欢笑和絮语。

当然，那时候我已经立志要成为一名修女，因为她们看起来从不紧张，但主要还是因为她们穿戴的黑袍子和白头巾，那种像上过浆的巨大白色鸢尾花的头巾。我敢打赌，自从她们开始打扮得像普通女交警，天主教会便失去了很多准修女。后来，我妈妈到学校来，看看我过得怎么样。修女们说我功课优秀，行为举止无可挑剔。塞西莉亚修女告诉妈妈，她们厨房里的人是多么欣赏我，她们保证让我早饭吃得好好的。我妈妈是个势利眼，穿着破烂的旧大衣，脖子上围着破烂的狐狸毛领，上面的珠子眼睛都已脱落。关于老鼠的事让她觉得很难堪，很厌恶，而圣克里斯托弗奖章的事更令她火冒三丈。因为我一直每天早上都能得到十美分硬币，全用来在放学后买糖吃了。鬼鬼祟祟的小毛贼。啪。啪。真丢人！

就这样，我的好日子到头了，这件事从头至尾都是天大的误会。显然，修女们以为我老在厨房晃悠，是因为我是个贫穷饥饿的流浪儿，她们只是出于善心，才把老鼠夹子的活儿交给我干，根本不是因为她们真正需要我。问题是，我至今也不明白，那时候该如何避免这样的错误印象。也许，我就不该要她们的小点心？

就这样，我开始在上学前去教堂里待着，而且真的决意要当修女，或者圣徒。第一件神迹是，偌大一间教堂关得严严实实，那些沉重的大门一扇都没开着，可是摆在每一尊雕像——耶稣、圣母玛利亚和约瑟——下面成排的蜡烛都在闪烁、抖动，仿佛有阵阵风吹进来似的。我相信在这些雕像之中上帝的灵太强大，能使蜡烛摇曳，嘶嘶作响，因受难而战栗。每次烛光细微的跳跃闪动，都照亮耶稣那瘦骨嶙峋的煞白双足上的凝血，仿佛那血还是湿的。

起初我待在最后面，被焚香的气味熏得头晕眼花，像醉酒一样。

我跪下，祷告。因为驼背，矫形架嵌进脊椎骨中，跪着时无比痛苦。我确信这会使我变得圣洁，是基于我的罪孽的苦修，可疼得太厉害，最后我只得作罢，只是在阴暗的教堂里坐着，等待上课铃响。通常情况下，教堂里只有我一个人，除了星期四，那一天安塞尔莫神父会将自己关进忏悔室。几个老太太、高年级女生，偶尔还有小学生会走进来，在圣坛前停住脚，跪下，在身上画十字，走进另一边的忏悔室之前，又一次跪下，画十字。令人不解的是，离开忏悔室后，她们祷告的时间长短不一。要是能弄明白忏悔室里发生了什么事，我愿意拿整个世界去换。我说不清自己过了多久才鼓足勇气走进忏悔室，心怦怦直跳。里面比我想象的要精致得多。缭绕的没药[①]烟雾，天鹅绒的跪垫，圣母玛利亚以无尽的怜悯和同情俯视着我。雕花隔板的另一面是安塞尔莫神父，平时他是个心事重重的小个子男人。但此时他是剪影，像梅蜜墙上那个戴高帽子的男人。他可以是任何人……泰伦·鲍华[②]，我父亲，上帝。他的声音根本不像安塞尔莫神父的，而是深沉而轻柔的回声。他要我说一段我不知道的祈祷词，于是他提词，我重复，为冒犯天主而感到万分难过和抱歉。然后他问我有何罪过。我没有撒谎，我的的确确没有罪过可以坦白。一件都没有。我感到很惭愧，我总归能想起点什么来吧。深深挖掘你的内心，我的孩子……没有。实在没办法，我太想让他高兴，就编了一个。我用梳子打过妹妹的脑袋。你嫉妒妹妹吗？哦，是的，神父。嫉妒是一种罪，我的孩子。祈祷吧，用祈祷来除掉这罪，念三遍万福玛利亚。跪着祈祷的时候，我意识到这个忏悔很短，下一

---

① myrrh，一种芳香树脂，用于制作香水、药物等。

② Tyrone Power（1914－1958），美国偶像影星，出演大量冒险片与爱情片的主角。

次我会做得更好。但没有下一次了。那一天，塞西莉亚修女在课后留下我。她太善良了，这只让情况变得更糟糕。她理解我有多想体验教会的圣餐和神迹。神迹，是的！可我是一个新教徒，我没有受洗，没有行坚振礼。我能获准来到她们学校，她很高兴，因为我是一个听话的好学生，但我不能加入她们的教会。我要和其他孩子一起待在操场上。

我有种不祥的念头，从口袋里掏出我的四张圣徒卡。每次我们在阅读或算术上得满分，就会得到一颗星星。到了星期五，星星最多的学生会得到一张圣徒卡，跟棒球卡相似，只是圣徒卡上的光环闪闪发亮。我可以留下圣徒吗？我问她，心里很难受。

“当然可以啦，而且我希望你能赢更多的卡。”她笑眯眯地看着我，又赐给我一个恩惠。“亲爱的，你仍然可以祈祷，祈求指引。我们一起念一遍万福玛利亚。”我闭上眼睛，热切地向我们的圣母祈祷，圣母一直长着塞西莉亚修女的脸。

每当外面街上响起警报声，无论远近，无论我们在做什么，塞西莉亚修女都会让我们停下，把头枕在桌子上，念一遍万福玛利亚。我现在仍然这么做。我是说，念万福玛利亚。好吧，我还是会把头枕在木桌上，侧耳倾听，因为桌子的确会发出声响，像在风中摇晃的树枝，仿佛它们依然是树的形态。那些日子里，确实有很多东西令我困扰，比如是什么给了蜡烛生命？桌子里的声音又是从哪儿来的？如果在上帝的世界，万物皆有灵，甚至包括桌子，因为它们发出声音，那就一定存在天堂。我不能上天堂，因为我是新教徒。我只能去灵薄狱[1]，但我宁可下地狱，也不愿去叫什么“灵薄”的鬼地方，

① Limbo，意指地狱的边缘，在天主教神学中指带着原罪死去却未下地狱者的栖身之处。

多难听的词，听起来就蠢[①]，像胡诌八扯[②]，一个毫无尊严可言的地方。

我对妈妈说，我想成为天主教徒。她和外公大发雷霆。他想把我送回维拉斯学校，但她说不行，那学校里全是墨西哥人和少年犯。我告诉她，圣约瑟学校也有很多墨西哥人，但她说那些都是好人家的孩子。我们是好人家吗？我不知道。我现在还经常透过落地窗看别人全家围坐在一起，想知道他们在做什么，他们之间都是怎么聊天的。

一天下午，塞西莉亚修女和另一位修女来到我们家。我不知道她们为什么来，她们也没有机会开口。一切都乱成一团。妈妈在哭，外婆梅蜜也在哭，外公喝醉了，冲她们扑去，叫她们乌鸦。第二天，我害怕塞西莉亚修女会生我的气，担心课间休息她留我一个人在教室时，不会对我说“再见，亲爱的”。但是离开前，她递给我一本叫《理解贝琪》的书，说她认为我会喜欢的。那是我读的第一本真正的书，我爱上的第一本书。

她在班上表扬我的作业。每次我得到一颗星，或者在星期五赢得一张圣徒卡时，她都会向其他同学评论一下。我尽心竭力地取悦她，在每页纸上端仔仔细细写上 A. M. D. G.[③]，抢着擦黑板。祷告时我的声音是最响的，她提问时我是第一个举手的。她继续给我书读，有一次她给我一张纸书签，上面写着：“求你现在和我们临终时，为我们罪人祈求天主。”我在食堂把它拿给梅丽莎 · 巴恩斯看。我傻

① 原文为“dumbo”，有“蠢笨、傻瓜”之意，与“limbo”音近。

② 原文为“mumbo jumbo”，有“胡言乱语”之意，与“limbo”音近。

③ 拉丁语“Ad Majorem Dei Gloriam”的缩写，天主教耶稣会箴言，意为“为了天主的更大荣耀”。

乎乎地以为，既然塞西莉亚修女喜欢我，女生们也会开始喜欢我的。然而这时，她们不再嘲笑我，而是开始痛恨我了。我上课站起来回答问题时，她们就窃窃私语“走狗，走狗，走狗”。塞西莉亚修女选我来收大家的硬币并分发午餐代币，每个女生接过代币时都小声说，走狗。

后来有一天，突如其来地，妈妈对我大发脾气，因为爸爸给我写的信比给她写的多。那是因为我给爸爸写的多。不对，你就是他的走狗。有一天，我回家晚了。我没赶上购物中心的公交车。她站在楼梯顶上，一手拿着一封爸爸寄来的蓝色航空信，一手的拇指指甲上点着一根火柴。当我飞奔冲上楼梯时，她便开始烧信。那景象总令我毛骨悚然。小时候我没看见火柴，还以为她点烟是用燃烧的拇指呢。

我不再说话。我并没有说，好吧，我从此再也不说话了，我只是渐渐不说了，当警报声呼啸而过时，我把头枕在课桌上，喃喃低语，小声祈祷。当塞西莉亚修女叫到我，我摇摇头，重新坐下。我不再得到圣徒卡和星星。为时已晚。现在她们叫我呆瓜。同学们离开教室去上体育课时，她留在教室里。“怎么啦，亲爱的？我可以帮你吗？拜托请跟我说话。”我紧咬牙关，就是不看她。她走了，我在半明半暗的炎热教室里坐着。后来她又回来，拿来一本《黑美人》，放在我面前。“这是一本很好的书，只是读了会让人很伤心。告诉我，你在为什么事伤心吗？”

我没拿书，从她身边跑开，进了衣帽间。当然，因为得克萨斯很热，衣帽间没有衣帽，只有装着积了灰的课本的箱子。复活节装饰品。圣诞节装饰品。塞西莉亚修女跟着我进入这小小的房间。她让我转过身，按着我跪下。“我们来祈祷。”她说。

万福玛利亚，你充满圣宠，主与你同在。你的亲子耶稣受赞颂……她的双眼满含泪水。我无法承受其中的柔情。我挣脱她的手，不小心把她撞倒。她的头巾挂到一个衣帽钩上，被扯掉了。她并没有像女生们所说的那样剃了光头。她惊叫一声，冲出了衣帽间。

同一天，我被遣送回家，因为打了修女而被圣约瑟学校开除。我不明白，她怎么会认为我要打她。事情根本不是那样的。

清洁女工手册

42 路—皮德蒙特路。[1] 开往杰克·伦敦广场的慢车。女仆和老太太们。我坐在一位瞎眼老太太旁边。她正在读盲文，手指滑过书页，缓慢而无声地，一行接一行。越过她肩头看她读书，让人心生安慰。老太太在第二十九街下车。那里有块牌子，“盲人国货”，除“盲”字外，其他字均已脱落。

第二十九街也是我下车的站点，但我还得一路走到市中心，去兑现杰赛尔太太的支票。她要是再用支票付工钱，我就不干了。再说了，她从来都不给我坐车的零钱。上周我自己花了二十五美分大老远赶到银行，可她竟然忘了在支票上签名。

她什么都忘，连自己生的病都记不得。我一边掸灰尘，一边替她收拾那些记着疾病名称的小纸条，放在桌子上。壁炉架上的一张纸上写着“上午十点，恶必”。沥水板上的一张写着“腹泄”。[2] 炉

① 本书黑体字对应原文的全大写单词。
② “恶心”“腹泻”的笔误。

灶上那张，“头晕健忘”。她通常会忘记自己有没有服过安眠药，或是忘记自己已经从家里给我打过两次电话，问我她有没有服药，她的红宝石戒指在哪里，等等。

她跟着我从一个房间到另一个房间，反反复复说着同样的事。我都快变得跟她一样疯癫絮叨了。我一直说我不干了，可我又为她难过。我是唯一会听她说话的人。她丈夫是位律师，打高尔夫球，有个情妇。我想这件事杰赛尔太太不知道，或者不记得。清洁女工什么都知道。

清洁女工确实偷东西。但并不是雇主担心我们会偷的东西。最后到手的都是些多余的玩意儿。我们才不要小烟灰缸里的零钱呢。

桥牌聚会上的某位女士造谣说，要想试探清洁女工是不是诚实，就在房间里随处放几个小玫瑰花苞烟灰缸，往里面留点零钱。我的应对方式是，经常在里面添几分钱的硬币，甚至添十美分的。

我一开工，就会立即弄清各类手表、戒指、绣金晚宴手包放在哪儿。之后等他们气喘吁吁、满脸通红地跑进来，我只会淡淡地说：“在你枕头底下，在黄绿色马桶后面。”我真正偷过的只有安眠药，以备不时之需。

今天我偷了一瓶香料岛牌芝麻。杰赛尔太太难得做饭，做饭只做芝麻鸡。菜谱贴在调料橱柜里面。另有备份放在存邮票和细绳的抽屉里，还有一份夹在她的通讯簿里。她每次订购鸡肉、酱油和雪利酒时，都要再订一瓶芝麻。她有十五瓶芝麻。现在是十四瓶。

在公交站，我坐在路缘上。另外三个女佣都是黑人，穿着白制服，在我身边站着。她们是老朋友，在乡村俱乐部路工作多年。一开始我们都很气愤，因为公交车早到了两分钟，我们没赶上。该死。

司机知道我们这些女佣总在这里等车，而“42路—皮德蒙特路”车每小时只有一班。

我抽烟，她们在比较战利品。她们顺手拿走的东西：指甲油、香水、卫生纸。人家送给她们的东西：不成对的耳环、二十个衣架、破胸罩。

（给清洁女工的建议：女主人给什么都收下，并表示感谢。你可以把那东西扔在公交车上，塞进座位缝里。）

我想融入谈话，便给她们看我那瓶芝麻。她们一阵爆笑。“哎呀，真是孩子气！芝麻？”她们问我怎么能在杰赛尔太太家干了这么久。大多数女工连三次都撑不下来。她们问我，她是不是真有一百四十双鞋。那倒没错，只可惜，那些鞋大多一模一样。

一小时愉快地过去。我们把每个人伺候过的女主人都评头论足一番。我们开怀大笑，但也不无怨恨。

大多数资历老的清洁女工不会轻易接纳我。打扫的活儿也不容易找，因为我是“受过教育的”。当然眼下别的工作也根本找不到。我学会了开门见山地告诉女雇主，我的酒鬼丈夫刚死，撇下我和四个孩子，我以前是全职妈妈，从没出来工作过之类的。

43路—沙特克—伯克利。写着“饱和广告”的长凳每天清早都被水浸得湿淋淋的。我向一个男人讨一根火柴，他给了我一包。“预防自杀”。是那种笨拙的设计，摩擦面在背面。小心点总没错。

街对面，洁净洗衣店的女人正在打扫门前的人行道。她两边的人行道上都飘着垃圾和树叶。奥克兰正值秋天。

那天下午晚些时候，在霍维茨家打扫完回来，洁净洗衣店门前又是满地的落叶和垃圾。我把换乘车票也丢在那儿了。我总是会拿着换乘车票。有时候我会把票给出去，但通常还是攥在手里。

特尔从前老取笑我，干吗总是攥着东西不放。

“听着，玛吉·梅，这世上没有什么东西是攥得住的。也许，只有我除外。”

晚上，在电报大道，我醒来，感觉他把一个康胜啤酒罐的拉环放进我掌心合住。他微笑着低头看我。特里[①]是一个年轻的牛仔，来自内布拉斯加。他不肯去看外国电影。我刚意识到那是因为他看字慢，跟不上。

特尔难得看书，每当他看书时，就会看一页撕一页，再扔掉。我回到家时，窗户总是敞着，或窗玻璃破了，书页满屋子飘荡盘旋，仿佛喜互惠超市停车场上的鸽子。

33路—伯克利快车。33路车迷路了！本该在西尔斯百货那里上高速路的，可司机开过了一个路口。大家都在按铃，而司机满脸通红，往左一拐上了第二十七街。结果我们一头扎进一条死胡同。人们涌到窗前看公交车。四个男人下车帮司机把公交车从停满车的狭窄巷子里倒出来。一上高速路，他就开到八十迈左右。太吓人了。我们七嘴八舌议论起来，这件事让大家挺开心。

今天是琳达家。

（清洁女工：一般说来，绝对不要去朋友家打扫。他们迟早会因为你对他们了解太多而讨厌你。要不然就是你不再喜欢他们了，因为你对他们了解太多。）

可琳达和鲍勃是我很要好的老朋友。即便他们不在家，我依然能感受到他们的温情。床单上的精液和蓝莓果冻。卫生间的赛马新

① Terry，特尔（Ter）名字的全称。

闻报和烟头。鲍勃留给琳达的纸条：“买些烟，开车去……”等等等等。安德里亚画的画，送给亲爱的妈妈。披萨饼皮。我用稳洁牌清洁剂给他们擦吸食可卡因用的小镜子。

在我打扫的人家中，这是唯一一户从来就没干净过的。实在是肮脏不堪。每周三，我就像西西弗斯那样爬上楼梯，进入他们的起居室，里面永远像是一幅正在搬家的景象。

给他们家打扫我挣不到多少钱，因为不按小时计费，也没交通费。午饭是肯定没有的。我干得确实很卖力，但我也闲坐很长时间，待到很晚。我抽烟，看《纽约时报》，看色情书刊，看《如何建造屋顶露台》。多数时间我只是望向窗外，看隔壁的房子，那是我们以前住的地方。拉塞尔街2129 ½号。我望着那棵结着榅桲的树，从前特尔经常朝它射击。木栅栏上嵌着亮闪闪的气枪弹珠。贝金斯商店的招牌，曾在夜晚照亮我们的床。我想念特尔，我抽烟。白天的时候听不到火车声。

40路—电报大道。米尔黑文疗养院。四个坐轮椅的老太太老眼昏花，呆望着街道。在她们身后的护士站里，一个美丽的黑人姑娘伴着歌曲《我射杀了警长》起舞。那音乐连我听着都很响，可老太太们根本听不见。她们下面的人行道上有一块粗糙的牌子：“肿瘤研究所I:30”。

公交车晚点了。车子一辆辆驶过。车里的富人从来不看街上的人，根本不看。穷人总是看……实际上，有时候他们好像只是开着车转悠，看路上的人。我就那样做过。穷人老是需要等待。社保救济，失业求职，自助洗衣店，投币电话亭，急诊室，监狱，等等。

等40路车时，大家向米尔和艾迪洗衣店里张望。米尔出生在佐治亚州的一个磨坊里。[①] 他正横躺在五台洗衣机上，在机器上方安装一台巨大的电视。艾迪冲我们表演滑稽可笑的哑剧，做出电视永远安不上的样子。过路人都停下脚步，和我们一起围观米尔。我们的影子都反射在电视上，仿佛在演街头真人秀。

沿街下去，富歇殡仪馆正举行一场盛大的黑色葬礼。以前我一直把那块霓虹招牌上的字看成“着剑”[②]，总想象死神戴着面具，剑尖抵住我的心口。

我现在已经有三十片药，从杰赛尔、伯恩斯、麦金泰尔、霍维茨和布卢姆几家拿出来的。我这些主顾每家的兴奋剂和镇静剂存量都很大，足以将一个地狱天使[③] 飞车党在监狱里关上二十年。

18 路—公园—蒙特克莱尔。奥克兰市中心。一个醉酒的印第安人如今已经认识我了，总是说：“这就是生活，你无能为力，宝贝儿。”

在公园大道，有一辆县警局的蓝色大巴，窗子都用板子封了起来。里面约有二十个囚犯，正被押去接受审讯。那些人被链子锁在一起，移动时有点像穿着橙色连体衣的机组成员。实际上他们也怀有同样的队友情谊。车内一片黑暗，窗玻璃上反射着交通指示灯。黄灯“等一等”。红灯“停一停”。

漫长又昏沉的一小时，驶入雾蒙蒙的富裕区蒙特克莱尔丘陵中。车上都是女佣。路德会锡安堂下面有一块很大的黑白牌子，上写“小心落石”。每次看到它我都哈哈大笑。其他女佣和司机都转头盯着

---

① 男子名 Mill，原词有“磨坊”之意。

② 把“Fouché”误看作“Touché”。

③ Hell’s Angels，臭名昭著的摩托车黑帮。

我看。如今这成了惯例。过去每逢经过天主教堂，我总不由自主地在胸前画十字。后来我不这样了，可能是因为车里的人总是转头盯着我看。每当听到警笛声，我仍然下意识地默念一声万福玛利亚。这是件麻烦事，因为我住在奥克兰的皮尔丘上，挨着三家医院。

开丰田车的女人们在蒙特克莱尔丘陵脚下等她们的女佣下车。我总是跟梅蜜搭车驶上蛇路，她的女主人总是说："喂梅蜜，我们戴上那种挑染的假发，我穿上我那身喷涂艳丽的衣服，是不是很漂亮？"我和梅蜜抽烟。

女人们同清洁女工或同猫讲话的时候，声调总要提高两个八度。

（清洁女工：说到猫……千万别和猫交朋友，不要让它们玩拖把或抹布。女主人会吃醋的。但是，绝对不要把猫从椅子上拨拉下去。相反，要常和狗交朋友，第一次上门时，花五到十分钟给切洛基或斯迈利[①]挠痒痒。记得放下马桶盖。不然毛茸茸的下巴会到处滴答水。）

布卢姆家。这是我打扫过的最怪异的地方，唯一的一所漂亮房子。两口子都是心理医生，婚姻咨询师，领养了两个"学龄前儿童"。

（千万不要去有"学龄前儿童"的人家打扫。婴儿很好——你可以一连几小时看着他们，抱着他们。可是再大点……你就得忍受吱哇乱叫，对付干了的脆谷乐麦片，那是被打翻后又被穿史努比连体睡衣的脚踩实了的事故现场。）

（也千万不要去心理医生家干活，你会发疯的。我也能帮他们分析分析……穿的是增高鞋吧？）

布卢姆医生，那个男的，又病休在家。他有哮喘，真要命。他

① 均指狗的名字。

穿着浴袍，无所事事，用拖鞋搔着苍白的毛腿。

喔喔喔喔，罗宾森夫人。[①] 他有套价值两千多美元的立体声音响和五张唱片。西蒙与加芬克尔[②] 的，琼妮·米歇尔[③] 的，还有三张披头士的。

他站在厨房门口，这会儿在搔另一条腿。他问我干吗偏选这一行做。我像“清洁先生”一样做出旋转拖把的撩人动作，一转身从他身旁闪到早餐桌边。

“我想是因为内疚或愤怒吧。”我慢吞吞地说。

“等地板干了，我可以给自己泡杯茶吗？”

“哦，听着，你坐好，我去端茶。加糖还是蜂蜜？”

“蜂蜜。要是不太麻烦的话。再来点柠檬，要是不……”

“坐着去。”我给他端来茶。

有一次我给四岁的娜塔莎拿来一件带亮片的黑色女士衬衫。是让孩子装扮着玩的。那位女布卢姆医生大发脾气，大喊大叫，说这是搞性别歧视。有那么一会儿，我还以为她责怪我勾引娜塔莎呢。她把衬衫丢进垃圾箱。我后来又给找了回来，现在我自己偶尔穿，只是打扮打扮。

（清洁女工：你会遇见很多思想解放的女性。第一阶段是女性意识觉醒团体；第二阶段是清洁女工；第三阶段，离婚。）

布卢姆家有大量的药片，过剩的药片。她有兴奋剂，他有镇静

① 指下文提及的西蒙和加芬克尔的歌曲《罗宾森夫人》。

② Simon and Garfunkel，美国男声双重唱组合，因演唱电影《毕业生》原声歌曲而知名，代表作《寂静之声》《斯卡布罗集市》。

③ Joni Mitchell（1943－ ），加拿大创作歌手、诗人、画家。

剂。男布卢姆医生有贝拉冬娜[1]。我不知道那药是做什么用的，但倒是希望我能有那样好听的名字。

早上，我听他在早餐桌边对她说："今天我们做点随性的事，带孩子们去放风筝吧！"

我的心不由得被他牵动。一部分的我很想像《星期六晚邮报》背面的女佣一般冲进去。我会做漂亮的风筝，知道在蒂尔登哪里是有风的好地方。蒙特克莱尔没有风。另一部分的我打开吸尘器，这样我就听不到她的回答。外面大雨倾盆。

游戏室里一片狼藉。我问娜塔莎，这么多玩具，她和托德真的全都玩过了吗。她告诉我，每到星期一早晨，她和托德起床后，就把玩具倒在地上，因为我要来了。"去把你弟弟叫来。"我说。

我正让他们俩收拾着，女布卢姆医生进来了。她教训了我一通，说我指手画脚，说她拒绝让孩子"承受任何负罪感或责任义务"。我听着，面带愠色。她转念一想，让我去给冰箱除霜，并用氨水和香草精清理冰箱。

氨水和香草精？这下我不讨厌她了。这么简单的事。我看得出，她确实希望拥有一个温馨的家，不想给自己的孩子施加负罪感或责任义务。那天晚些时候，我喝了杯牛奶，尝起来一股氨水和香草精味。

40路—电报大道—伯克利。米尔和艾迪洗衣店。艾迪一个人在店里，清洗巨大的厚玻璃窗。在她身后的洗衣机上，一颗硕大的鱼头从一只塑料袋里探出来，瞪着一双怠惰的瞎眼。一个朋友，沃克先生，带鱼头来让他们炖汤。艾迪在玻璃窗上飞速画着硕大的白圆圈。街对面，圣路加托儿所里的一个孩子以为她在冲他挥手。他

---

[1] belladonna，即颠茄，用于止痛、消炎等，字面意思是"美丽的夫人"。

也挥手回礼，胳膊画着同样的大圆圈。艾迪停下来，笑了，这次是真的挥手回应。我等的公交车来了。沿电报大道向伯克利开去。魔杖美容院的橱窗里，一颗铝箔的星星连在一只苍蝇拍上。隔壁是一家矫形用品商店，里面有一双恳求的手和一条腿。

特尔不肯搭公交车。坐在车里，周围的人让他感觉压抑。但是他喜欢灰狗车站。从前我们去过旧金山和奥克兰的车站。还是以奥克兰为主，在圣巴勃罗大道上。他曾对我说，他爱我，是因为我像圣巴勃罗大道。

而他像伯克利垃圾场。我真希望有去垃圾场的车。我们对新墨西哥思乡心切的时候，就到那里去。那地方一片荒凉，老是刮风，海鸥翱翔着，如同沙漠上的夜鹰。放眼望去，四周、头顶尽是天空。垃圾车雷鸣般轰隆隆地穿过灰尘汹涌的土路，仿佛灰色的恐龙。

特尔，你死了，对此我不知该怎么办。但这一点你知道。

就像那次在飞机场，你就要登上履带坡道，飞往阿尔伯克基。

“哎，见鬼。我不能走。你肯定找不到车的。”

还有一次，你要去伦敦，你一遍又一遍地问：“玛吉，我走了你可咋办呢？”

“凉拌呀，傻瓜。”

“玛吉，我走了你可咋办呢？”

“你真以为我那么需要你呀？”

“是啊。”简简单单，一句内布拉斯加式的回答。

朋友们说我沉溺于自怜和懊悔。说我眼中再看不到别人了。我一笑，手就下意识去捂嘴。

我搜集安眠药片。我们曾经有过一个约定……假如到一九七六年生活还是没有转机，我们就到码头尽头开枪自杀。你信不过我，说我会先打死你，然后跑掉，或者先打死自己，诸如此类。特尔，我已经厌倦了讨价还价。

58 路—大学—阿拉米达。奥克兰的老太太们都去伯克利的欣克百货商店。伯克利的老太太们则去奥克兰的卡普韦尔百货商店。车上的人，包括司机在内，不是年轻的黑人，就是上年纪的白人。白人老司机脾气坏，又紧张，尤其是开到奥克兰技校附近的时候。他们总是开得跌跌撞撞，急踩刹车，嚷嚷着不要吸烟，不要开收音机。他们猛开猛停，砰！把白人老太太们晃得撞到杆上。老太太们的胳膊立即泛起瘀青。

年轻的黑人司机开车快，欢乐谷路就算亮着黄灯，他们也大摇大摆地轻快驶过。他们的车很吵，烟雾腾腾，但是不会颠簸。

今天去伯克太太家。她家的活儿也得辞。那里一成不变。总是一尘不染。我不明白自己去她家干什么。今天我感觉好受些。至少我搞明白那三十个蓝圣斯桃红葡萄酒瓶是怎么回事了。这次有三十一个。显然，昨天是他们的纪念日。他的烟灰缸里有两个烟头(不只是他的那一个)，一只酒杯（她不喝酒)，还有我新见到的桃红酒瓶。保龄球赛奖杯挪了位置，一点点。我们共同的生活。

她教了我很多家务方面的知识。放卫生纸的时候，要让它能从下面抽出来。彗星去污粉的拉环只打开三个孔，而不是六个。勤俭节约，细水长流。有一次，我一阵倔劲儿上来，把整个拉环扯下来，不小心把去污粉全撒到了炉灶里。一片狼藉。

（清洁女工：让雇主知道你打扫得很彻底。第一天上班，把所有家具挪回去的时候都错开点……离原来的位置五到十英寸远，或者放反朝向。掸尘土的时候，把暹罗猫雕塑的位置颠倒一下，将奶油壶放在糖的左边。把牙刷上下反过来放。）

我在这方面的杰作是在清理伯克太太的冰箱顶时留下的。她什么都看得见，但假如我没有留着手电筒没关的话，她就不会注意到我把华夫饼烤模擦干净，重新涂了油，修好了艺妓娃娃，还把手电筒清洗过。

把一切都放错，不但让他们觉得你打扫得很彻底而感到放心，还给了她们绝对自信的机会，让她们有种做“老板”的感觉。大多数美国女性对雇人打扫感到很不舒服。你在那里，她们都不知该干点啥好。伯克太太会重新核对她的圣诞卡收件人名单，或者熨去年的包装纸，诸如此类的活儿。在八月份。

争取给犹太人或黑人干活。他们会管午饭。但主要是因为犹太女性和黑人女性尊重工作，尊重你做的工作，而且她们也不会为一整天无所事事而羞愧。她们付钱给你了，对吧？

基督教东方之星[1]信徒则是另一种情况。故而她们不会心存愧疚，不会总是摆出一副样子，要做一些她们绝对不会做的事：站到炉灶上清理飞溅到天花板上的可口可乐。把自己关进玻璃淋浴房。把所有家具，包括钢琴，推过去抵门。她们绝对不会这样做，再说了，她们也进不去。

谢天谢地，她们总算至少有一个看上瘾的电视节目。我把吸尘器打开半个小时（那声音让人安心），躺在钢琴下面，手里攥一块除尘抹布，以防万一。我就那样躺着，哼着歌想心事。特尔，我拒绝前去辨认你的尸体，这招来很多麻烦。我担心自己见了你会忍不

① Eastern Stars，共济会附属宗教组织。

住要打你，因为你竟然会做那样的事。死去。

擦拭伯克家的钢琴，这是我收工离开前做的最后一样活儿。糟糕的是钢琴上只有《海军陆战队赞歌》。结果每次去汽车站，我总是昂首阔步唱着："从蒙特—祖—玛的大厅……[1]"

58 路—大学—伯克利。一个坏脾气的白人老司机。天色已晚，下着雨，车上很挤，很冷。圣诞节可不是乘公交车的好时候。一个喝醉的嬉皮女孩吼道："让我从这该死的车上下去！""到站再下！"司机吼了回去。一个胖女人，是个清洁女工，吐在前排座位上，呕吐物淌到别人的雨鞋和我的靴子上。那气味令人作呕，于是好几个人在下一站下车了，她也下去了。司机在阿尔卡特拉兹大道的阿尔柯站停下，拿一条水管冲洗车内，可当然只是把脏东西全部冲到了车尾，搞得车里更湿。司机气急败坏，满脸通红，在下个路口闯了红灯。拿我们所有人的生命冒险，坐在我旁边的男人这样说。

在奥克兰技校，二十来个带收音机的学生在等车，排在一个严重残疾的男人后面。技校的隔壁就是社会福利局。当那个男人十分吃力地上车时，司机说了句"**噢，老天爷！**"，男人吃了一惊。

又是伯克家。没有变化。他们有十个数字钟，都显示相同的正确时间。等辞职那天，我要把所有电源都拔掉。

我终于辞掉了杰赛尔太太的活儿。她总是用支票付我工钱，有次她一晚上给我打了四个电话。我给她丈夫打电话，告诉他我得了单核细胞增多症。她忘记我已经辞职，昨天晚上还给我打电话，问我她是不是看起来更苍白了。我想她。

今天是位新的女主人。一位真正的淑女。

---

①《海军陆战队赞歌》的第一句。

我从来不把自己当作保洁女士，尽管他们就是这么称呼我的，她们的女士，或她们的女工。

约翰森太太。她是瑞典人，说的英语夹杂着很多俚语，像菲律宾人一样。

她开了门，对我说的第一句话是“**老天儿诶！**”

“哦，我来得太早了？”

“一点也不早，亲爱的。”

她引人注目。一位八十岁的格伦达·杰克逊①。我给惊到了。（瞧，我现在说话已经跟她一个样了。）刚进门厅就被她给惊到了。

进了门厅，我甚至还没来得及脱掉外套——特尔的外套——她就向我讲了她一生的经历。

她丈夫约翰六个月前去世。她觉得日子很难熬，最难的是入睡。她开始拼拼图。（她朝起居室的牌桌比画了一下，一幅杰斐逊的蒙蒂塞洛故居眼看就要拼完，只剩右上角，一个张着大口的原虫洞穴。）

夜里，她一门心思摆弄拼图，一宿没睡。她忘了，确实忘了睡觉！实际上也忘了吃饭。她早上八点吃过晚饭，然后打个盹儿，两点醒来，下午两点吃早饭，出门去，再买一幅拼图。

约翰在世的时候，早饭六点，午饭十二点，晚饭六点。我要告诉这荒唐的世界，时间已经改变。

“不，亲爱的，不是你来得太早。”她说，“只不过我说不定哪一会儿就突然倒在床上睡了。”

---

① Glenda Jackson（1936－ ），英国电影和舞台剧演员，因《恋爱中的女人》和《金屋春宵》两度荣获奥斯卡最佳女主角奖，后来从政。

我仍然站在门厅，很热，盯着新女主人明亮又惺忪的睡眼，等待她的胡言乱语。

我需要做的只是擦窗户，给地毯吸尘。但在吸尘之前，得先找到一小片拼图。带一点枫叶的天空。我知道它不见了。

在阳台上清洗窗户，很舒服。冷，但有太阳照在背上。房间里，她坐在拼图前。很入迷，尽管如此也端着姿势。她当年一定很漂亮。

擦完窗户，下一个任务就是找那片拼图。绿色粗毛地毯上，一寸一寸地找，饼干碎屑，捆《纪事报》的橡皮筋。我很开心，这是我干过的最棒的工作。至于我抽不抽烟，她才“不管那一套”。于是我就在地板上爬来爬去，抽着烟，随手滑着一个烟灰缸。

我找到了那一片。离放拼图的桌子很远，隔着整个房间。是带一点枫叶的天空。

“我找到啦！”她叫道，“我就知道不见了！”

“是我找到的！”我叫道。

然后我就可以吸尘了。她拼完拼图，叹息一声，而我开始吸尘。离开的时候，我问她，什么时候需要我再来。

“谁知道呢？”她说。

“好吧……怎么着都行。”我说。我们俩都哈哈大笑。

特尔，实际上，我根本不想死。

40路—电报大道。洗衣店外面的公交站。米尔和艾迪洗衣店内挤满了人，在等洗衣机，但热热闹闹的，像在餐厅等位似的。他们站在窗前闲聊，喝着绿罐雪碧。米尔和艾迪像和蔼的主人一样挤在人群中，兑换零钱。电视上，俄亥俄乐队演奏国歌。密歇根雪花狂舞。

这是一月寒冷而晴朗的一天。四个留连鬓短须的自行车手像风筝串一般，在第二十九街拐角出现。一辆哈雷摩托车在公交站空转。几个孩子在一辆五十年代的道奇皮卡的后车厢里冲邋遢的摩托车手挥手。我终于潸然泪下。

我的赛马骑手

我喜欢在急诊室工作——在那里，起码你能见到男人。真正的男人，英雄。消防员和赛马骑手。他们总来急诊室。赛马骑手们的X光片漂亮极了。他们经常骨折，但只是给自己简单固定一下，下一场比赛继续上马飞驰。他们的骨骼看起来像树，像修复的雷龙。圣塞巴斯蒂安[1]的X光片。

我接触到赛马骑手，是因为我会说西班牙语，而大多数骑手是墨西哥人。我遇到的第一个骑手是穆尼奥斯。天哪。我经常要帮人脱衣服，这没什么大不了，几秒钟就搞定。穆尼奥斯躺在那里，昏迷不醒，如同一尊微型的阿兹特克[2]神。他的服装如此烦琐，让我感觉自己像在举行一场复杂的仪式。这令人紧张不安，因为花了那么长时间，如同身在三岛由纪夫的作品中，要用三页篇幅才能褪去一位女郎的和服。他的洋红色绸缎衬衫一侧肩膀和一双细小袖口上

① St. Sebastian，基督教早期圣徒和殉道者，被罗马皇帝戴克里先下令乱箭穿身，后又被乱棍打死。

② Aztec，印第安族系阿兹特克人在今墨西哥中部所建古代文明。

钉着很多纽扣；裤子用繁复的丝带系住，打着前哥伦布时代的结。他的靴子散发着马粪和汗水的气味，却如灰姑娘的鞋子那般柔软精致。他还在沉睡，一位被施了魔法的王子。

他还没醒过来就开始喊妈妈。有些病人仅是抓住我的手，而他勾住了我的脖子，抽泣着，*妈妈！妈妈！*[①]要想让约翰逊医生给他做检查，唯一的办法就是我得像抱婴儿似的把他抱在怀里。他身材像孩子一样小，但是强壮，肌肉发达。一个男人在我膝头。梦中男人。梦中婴儿？

我翻译时，约翰逊医生用海绵帮我擦去额上的汗水。毫无疑问，他一侧的锁骨断了，至少有三根肋骨骨折，很可能还有脑震荡。不，穆尼奥斯说。明天的比赛他还得上场呢。带他去拍X光，约翰逊医生说。因为他不愿躺在轮床上，我就像金刚一样抱着他穿过走廊。他害怕极了，哭泣着，泪水浸湿了我的前胸。

我们在黑暗的房间中等着拍X光片的医生。我安抚着他，就像安抚一匹马。*冷静，宝贝，冷静。别急……别急。*别急……别急。他在我怀中安静下来，轻轻呼着气，打着鼾。我抚摸他细腻的后背。他的背战栗着，闪烁着微光，像一匹漂亮的小马驹。不可思议。

---

① 本书楷体字代表原文为西班牙语。有时为英语行文中夹杂的西班牙语单词，有时为整句话。

蒂姆[1]

每间教室门口都站着一位修女，黑色的长袍被风吹起，飘向走廊的方向。一年级的声音，在祷告：万福玛利亚，你充满圣宠，主与你同在。走廊对面，二年级开始了，声音清朗：万福玛利亚，你充满圣宠。我在楼中间站定，等待三年级意气洋洋的声音，与一年级的声音融为一体：我们在天上的父。接着又加入四年级，声音深沉：万福玛利亚，你充满圣宠。

孩子年龄越大，祷告语速越快，所以渐渐地，各种声音开始混合，融为一曲突然迸发而出的欢快吟诵……奉圣父、圣子、圣灵之名。阿门。

我在新开办的初中部教西班牙语。初中部的教学楼位于操场对面，像孩子的彩色玩具。每天早晨上课前，我穿过小学部——但也只是为进入那幢楼——会听见他们祈祷，如同走进一座教堂。这所

①El Tim，el 为西班牙语中的定冠词，放在人名前，往往表示绰号，中文不便译出，文中根据语境处理。

学校曾经是一座教堂，一七〇〇年由西班牙人建造，建好后在荒漠中矗立了很久。与其他古老的学校不同，它的宁静与坚固如今依然像外壳一样，包裹着其中受教的孩子。这所学校一直保持着教会和庇护所般的安宁。

小学部的修女们笑，孩子们也笑。修女都上了年纪，但与手里攥着包在公交站等车的疲惫的老太太们不同，她们是自豪的，为上帝和她们的孩子们所爱戴。她们在厚重的木门后，以温柔克制的轻柔欢笑，来回应爱。

几位初中部的修女扫视操场，检查是否有香烟。这些修女们年纪轻轻，紧张不安。她们教“贫困儿童”“边缘型问题少年”，消瘦的脸庞疲惫不堪，厌倦了茫然的目光。她们无法像小学部的修女那样利用敬畏或爱。对付那些学生是她们的责任和使命，她们依靠的是坚不可摧、漠不关心的态度。

离上课铃响还有七分钟，和往常一样，露德修女打开九年级的窗户，一排排窗户闪闪发光。我站在标有名称大写首字母的橙色门外，望着我的九年级学生们。他们在铁丝网栅栏前踱来踱去，身体灵活而散漫，走路时脖子一晃一晃的，胳膊和腿随着只有他们自己听得到的小号般的节奏和韵律摆动着。

他们靠在铁丝栅栏上，说着混合英语、西班牙语和流行语的杂拌方言，无声地笑着。女生们穿着海军蓝校服，如同静音的鸟儿一样，与男生们调笑。男生们歪着鸡冠头，穿着绚丽的橙黄蓝绿色锥形裤。他们空身穿着敞领黑衬衫或V领套头衫，十字架在光滑的棕色胸脯上隐隐闪光，那是花衣小子[①]的十字架，他们手背上也文着。

① pachuco，一类亚文化群体，以身着“阻特装”（zoot suit）为标记的墨西哥裔美国青少年。

“早上好，亲爱的。”

“早上好，嬷嬷。”露德修女走出来，查看七年级有没有排好队。

露德修女是校长。她雇用我，是因为没有一个修女会西班牙语，她只得不情不愿地花钱雇人教课。

“哦，作为圣马可学校的第一位非神职教师，”她说，“你可能很难管住学生，尤其是，很多学生和你差不多大。千万不要犯下我的许多年轻修女犯过的错误。不要试图和他们交朋友。这些学生以强弱论英雄。你必须保持强势……通过疏远、训导、惩罚、控制。西班牙语是选修课，你愿意给多少人打不及格都行。开始的前三周，你可以把任何一个学生调到我的拉丁语班。我的课是没有人主动选的。”她微微一笑，“你会发现这样说很有用。”

第一个月进展顺利。用拉丁语课威胁很奏效；到第二周结束时，我已经淘汰掉七个学生。能够教这样一个规模相对较小的班，而且是打发掉了后四分之一的差生，这是难得的奢侈。我地道的西班牙语也大有帮助。学生们很惊讶，一个“外国婊”[①] 竟然和他们父母说得一样好，甚至更为地道。他们见我能听出他们说的脏话，听出他们用来表示大麻和警察的俚语，便觉得我不简单。对他们来说西班牙语亲切而重要，所以他们很用功，表现很不错。但闷闷不乐的服从和机械式的反应，在我看来就是一种冒犯。

他们模仿我惯用的字词和表达方式，开始像我一样频繁地使用它们。他们奚落我的发型是“*菠萝*”。但不久后，女生们也剪成我的发型。“傻瓜不会手写体。”当我在黑板上写印刷体时，他们窃窃私语，可他们也开始在上交的作业里写印刷体。

---

① gringa，拉丁美洲人对外国（多指美国）女人的蔑称。

这些学生还不是他们努力想成为的花衣小子，他们在书桌洞里甩弹簧折刀，手一滑掉在地上时，脸总是涨得通红。他们还没说过："你什么也教不了我们。"他们耸耸肩，等着，看你能教他们什么。所以，我能教他们什么呢？我所了解的世界并不比他们敢于反抗的世界更好。

我观察露德修女，她的优势不像我这样，只在于学生们表面上的尊敬。学生们看到她对上帝、对她所选择的生活怀有信仰；他们尊重这种信仰，从来不让她知道，他们对于她严厉的控制是容忍的。

她也无法与他们一起笑。只有当某个人提了问题，笑出了声，犯了错误，或放了屁，他们才会出于嘲笑而笑。当我制止他们阴郁的哄笑时，总会想起在小学部听到的咯咯的欢笑声和开心的叫喊。

每周一次，我会和九年级开怀大笑。每个星期一，脆薄的金属门突然会发出一阵震天的声响，蛮横的**砰砰砰**声在整幢楼中回荡，震得窗户咔嗒咔嗒响动。我总是会被这巨响吓得一跳，全班便会笑话我。

"进来！"我喊道，敲门声停下，进来的竟是个一年级的小不点儿，我们便哄堂大笑。他踩着运动鞋轻轻走到我桌边。"早上好，"他小声说，"能把餐厅用餐名单给我吗？"之后他踮起脚尖离开，咣当一声关上门，这也很滑稽。

"劳伦斯夫人，你能进来一下吗？"我跟着露德修女进了她的办公室，等了会儿，等她拉响铃声。

"蒂莫西·桑切斯要回学校了。"她停顿了一下，好像我该有所反应，"他进过少管所很多次，这是其中的一次——因为盗窃和吸毒。

他们觉得应该让他尽快结束学业。他比班里的同学大很多，根据他们的测试，他是个格外聪明的孩子。这上面说，应当对他进行‘鼓励和挑战’。”

“你要我做什么具体的事情吗？”

“没有，实际上，我根本没法给你建议……他的情况很特殊。我想我应该提一下，他的假释官会检查他的情况进展。”

第二天是万圣节，早上，小学生们穿着节日服装来上学。我多停留了一阵，看着女巫们和几百个魔鬼用颤抖的声音做晨祷。我走到九年级门口时，上课铃已经响过。“圣母玛利亚之圣心，请为我们祈求。”学生们祷告道。我站在教室门口，露德修女在点名。我一走进教室，学生们便起立说：“早上好。”他们坐下时，椅子划出刺耳的声响。

教室里静下来。“是蒂姆！”有人悄声说。

他站在门口，走廊里的天光映出他的轮廓，和露德修女一样。他一身黑衣，衬衫直敞到腰际，裤子很低，紧裹着瘦削的胯骨。一副金十字架挂在沉重的链子上，亮闪闪的。他低头看着露德修女，似笑非笑，睫毛在消瘦的脸颊上投下参差的影子。一头乌黑的头发，又长又直。他用修长的手指把头发往后梳拢，动作飞快，像一只鸟。

我看到全班敬畏的表情。我看着那些年轻女孩们，那些在卫生间里窃窃私语，不是在谈论约会和恋爱，而是在讨论结婚和流产的漂亮女孩们。她们神情紧张地望着他，脸色绯红，生气勃勃。

露德修女走进教室。“坐这儿，蒂姆。”她指着我讲桌前的一个座位。他穿过教室，弓着宽阔的后背，脖子前伸，哧—哧，哧—哧，花衣小子的节奏。“干倒疯修女！”他咧开嘴笑，看着我。全班哄堂大笑。“安静！”露德修女说。她站到他身边。“这位是劳伦斯夫人。这是你的西班牙语课本。”他好像没听到她的话。她的念珠紧张地咯咯直响。

“把你的衬衫扣好，”她说，“扣好！”

他把双手移到胸口，一只手慢慢把一颗纽扣拉到光线中，另一只手去找扣眼。修女把他的双手推开，在他衬衫上一通摸索，直到把扣子扣好。

“没有你，我还真不知道自己咋过的呢，嬷嬷。”他慢吞吞地说。她离开了教室。

这天是星期二，有听写。“把纸和笔拿出来。”全班都机械地服从。“你也是，蒂姆。”

“纸。”他不动声色地命令道。几页纸争先恐后放到他书桌上。

“儿子来了。”我念道。蒂姆站起来往教室后面走。“铅笔断了。”他说。他的声音低沉而嘶哑，像人们快要哭时的那种嘶哑。他慢慢削着铅笔，卷笔刀转动的声音就像剐蹭一张鼓面。

“他们没有信仰。”蒂姆停下来，把手放在一个女生的头发上。

“坐下。”我说。

“别急嘛。”他嘟哝着。全班都笑了。

他交了张白卷，顶上是大写的名字“蒂姆”。

从那天开始，一切都围绕着这个蒂姆转。他很快赶上了班里其他同学的进度。他的笔试成绩和书写练习都很出色。但学生只响应他在班上表现出的阴郁傲慢，只对他不可惩罚的默然否认做出反应。朗读，在黑板上列出词形变位，讨论——所有原先近乎好玩的练习，现在都几乎不可能进行了。男生轻浮散漫，羞于去做正事；女生则尴尬拘谨，在他面前束手束脚。

我开始主要布置书面作业，那种我可以挨桌检查的个人练习。我布置了很多作文和论文，尽管在九年级的西班牙语课上不该这样。这是蒂姆唯一喜欢做的，他做得很专心，一遍遍擦掉重写，一页页翻阅着书桌上的西班牙语词典。他的作文想象力丰富，语法完美，总是写不含个人色彩的东西……一条街道，一棵树。我在上面写下评语和表扬。有时候我会在班里朗读他的作文，期待学生们被他的作文所感染，受到鼓舞。我太晚才意识到，让他受到表扬只会给他们带来困惑，反正他靠冷嘲热讽也能大获全胜……“嗯，我搞定了她……”我已经把她摸透了。

埃米泰利奥·佩雷斯会重复蒂姆说的每一句话。埃米泰利奥是个弱智，在他够离校年龄之前，一直留在九年级。他发试卷，开窗户。别的同学做的事，我都让他做。他咯咯傻笑，没完没了、一页又一页地写些整齐但不知所云的东西，我给他打分，再发还给他。有时候我会给他打个B，他就十分开心。现在竟然连他也不配合了。“图啥呢，兄弟？”蒂姆对他耳语。埃米泰利奥就会变得茫然不知所措，看看蒂姆，又看看我。有时他就大哭起来。

我无能为力，眼看着班里越来越混乱，乱得连露德修女也无法控制。现在，她进教室的时候，班里不是安静，而是骚动……用手搓脸，敲打橡皮，乱翻书页。全班在等待。蒂姆的声音总会响起，缓慢而低沉。“这里好冷啊，嬷嬷，你不觉得吗？”“嬷嬷，我眼睛有点不舒服，过来瞧瞧。”每一天，每一次，嬷嬷都机械地给蒂姆扣好衬衫纽扣，这时我们就一动不动地看着。“没事吧？”她会问我一句，然后离开教室。

一个星期一，我抬眼一瞥，见一个小孩朝我走来。我瞟了一眼小孩，笑了笑，又看了一眼蒂姆。

“每次来的人都比上一次年龄小……你注意到没有？”他用只有我听得见的音量说道。他冲我微笑。我也还之以微笑，高兴之下，我心里软了下来。这时他把椅子咔嚓往后一推，朝教室后面走去。走到半路，他在多洛莉丝面前停住，那是个相貌平平又羞涩的小姑娘。他把双手放在她胸前，慢慢揉搓着。她呜咽一声，哭着跑出教室。

“你给我过来！”我冲他大吼。他一龇牙。

“有本事来啊。”他说。我靠在讲桌上，头晕目眩。

“滚出去，回家。再也不要回到我班上来。”

“好啊。”他咧嘴一笑。他从我身边经过，朝门口走去，边走边打响指……哧—哧，哧—哧。全班鸦雀无声。

我正要出门去找多洛莉丝，一块石头打穿了窗户，带着碎玻璃碴落到我的讲桌上。

“怎么回事！”露德修女站在门口。我没法从她身边过去。

“我把蒂姆赶回家了。”

她面色苍白，帽子直颤。

“劳伦斯夫人，在这个教室里管好他是你的职责。”

“很抱歉，嬷嬷，我做不到。”

“我要汇报给院长嬷嬷。”她说，“明天上午到我办公室来。回座位上去！”她冲多洛莉丝喊道，她已经从后门进来了。修女离开了。

“翻到九十三页，”我说，“艾迪，朗读并翻译第一段。”

第二天早上，我没有去小学部。露德修女正坐在办公桌后面等着我。办公室的玻璃门外，蒂姆倚墙站着，双手勾在腰带上。

我三言两语对修女讲了前一天发生的事。我说话的时候，她垂着头。

“我希望你觉得还有可能去重新获得这个孩子的尊重。”她说。

“我不打算让他进我的教室。”我说。我站在她的办公桌前，抓着木制的桌边沿。

“劳伦斯夫人,他们告诉我们,这孩子需要特殊关照,他需要‘鼓励和挑战’。”

“但不是在初中部。他年龄太大了,也太聪明,留在这里不合适。”

“那你就得学会处理这个问题。”

“露德嬷嬷，你要是把蒂姆安排在我的西班牙语班上，我就去找院长嬷嬷，找他的假释官。我会告诉他们发生了什么事。我会给他们展示，看看他来之前我的学生们做的作业，他来之后学生们的作业。我会给他们看蒂姆的作业，这样的作业不属于九年级。”

她静静地、干巴巴地说:“劳伦斯夫人，这个男孩是我们的责任。假释裁决委员会把他移交给了我们。他将留在你的班级。”她向我靠过来，脸色苍白。“作为老师，我们的义务就是控制这样的问题，不管他们什么样子，都得教。”

“好吧，我办不到。”

“你这是软弱！”她呵斥道。

“是的，我是软弱。他已经赢了。他对同学、对我做的事，我不能容忍。他要是回来，我就辞职。”

她瘫坐在椅子上,心力交瘁,说道:“再给他一次机会。一个星期。

之后就随你吧。”

“好吧。”

她站起身，开门让蒂姆进来。他坐在她的办公桌边上。

“蒂姆，”她轻声开了口，“你能向我，向劳伦斯夫人，向全班，表明你很抱歉吗？”他没有回答。

“我不想把你送回少管所。”

“干吗不？”

“因为你是个聪明孩子。我想看到你在这儿学到东西，从圣马可学校毕业。我希望看到你继续上高中，去……”

“得了,嬷嬷,”蒂姆慢吞吞地说,“你不过是想给我系衬衫扣子。”

“闭嘴！”我挥手抽了他一个大嘴巴，在他深色的皮肤上留下一个白手印。他没有动。我想吐。露德修女离开了办公室。我和蒂姆面对面站着，听她领着九年级祈祷。你在妇女中受赞颂，你的亲子耶稣同受赞颂……

“你干吗打我？”他轻声问。

我开口答道：“因为你粗野无礼，表现恶劣……”但我看到他轻蔑地笑了，仿佛正等着我说这样的话。

“我打你，是因为我很愤怒。为多洛莉丝，为那块石头。因为我感到受伤，觉得自己很蠢。”

他乌黑的眼睛在我脸上搜寻着。片刻之间，那张面纱消失了。

“那我觉得咱们扯平了。”他说。

“是的。”我说，“我们去上课吧。”

我同蒂姆一起走过走廊，避免与他步调一致。

视角

想象一下，用第一人称写契诃夫的短篇小说《哀伤》。一个老人告诉我们，他的儿子刚刚死了。我们会感到尴尬，不自在，甚至厌烦，恰好与小说中马车夫的乘客们的反应一模一样。然而，契诃夫不偏不倚的声音给予那个男人尊严。我们吸收了作者对他的同情，即便不为儿子的死所动，也会因老人对马的倾诉而深深触动。

我认为，那是因为我们都很缺乏安全感。

我是说，假如把我正在写的这个女人直接摆在你面前……

“我是个年近六旬的单身女人。我在一家诊所上班。我坐公交车回家。我每周六洗衣服，然后去幸运杂货店购物，买《星期日纪事报》，回家。”你会说，饶了我吧。

但我的小说如果这样开头：“每个星期六，在去过洗衣店和杂货店之后，她会买上一份《星期日纪事报》。”你就会倾听这个叫亨丽埃塔的女人生活中所有那些身不由己的、强迫症般的乏味细节，只因为故事是用第三人称写的。你会觉得，见鬼，要是叙述者认为这个沉闷无趣的家伙有值得一写的东西，那就肯定有。我要接着读，看到底会发生什么。

其实呢，什么也不会发生。事实上小说还没写出来呢。我希望做的，是通过运用错综复杂的细节，使这个女人变得可信，让你不由自主地对她产生共鸣。

许多作家运用自己生活中的道具和场景。比如说，我笔下的亨丽埃塔每晚在蓝色的餐具垫上吃粗茶淡饭，用的是一套精美的沉甸甸的意大利不锈钢餐具。对这个用折扣券买布劳尼牌厨房纸巾的女人来说，这是个古怪的细节，可能看起来前后矛盾，但这会勾起读者的好奇心。至少我希望如此。

我想，我不会在小说中给出任何解释。我自己吃饭就用这样考究的餐具。去年，我订购了现代艺术博物馆圣诞购物目录上的六套餐具。很贵，花了一百美元，但物有所值，似乎是吧。我有六个盘子，六把椅子。当时我想，说不定我会举办一场晚宴。可是后来发现，一百美元是六个小件。两把叉子，两把刀子，两只勺子。一张餐垫。我没好意思退货，心想，好吧，说不定明年我会再订一套。

亨丽埃塔用她那套漂亮的餐具吃饭，用高脚杯喝卡利斯托加葡萄酒。她用木碗盛沙拉，用大餐盘盛瘦身特餐。她边吃边看“今日世界”版块，里面所有的文章好像都是用同一个人的第一人称写的。

亨丽埃塔迫不及待地盼望星期一的到来。她爱上了肾脏科医师B医生。许多秘书或护士爱上“她们的”医生。有点黛拉·斯特里特[1]综合征吧。

[1] Della Street，由美国作家厄尔·斯坦利·加德纳（Erle Stanley Gardner，1889－1970）在其以法律为主题的系列小说中塑造的辩护律师女秘书形象。

B 医生的原型是我曾经共事过的肾脏科医生。我当然没有爱上他。我有时会开玩笑说，我们俩的关系是爱恨交加。他那么招人恨，肯定让我想到过男女之间，爱之愈深，有时便恨之愈切。

但我的前任雪莉爱过他。她历数自己为他买过的所有生日礼物。栽着常春藤的花盆和黄铜小自行车。有磨砂考拉熊图案的镜子。一套钢笔。她说所有的礼物他都喜欢，只有那个毛茸茸的羊皮自行车座除外。她只好换成骑行手套。

在我的故事中，B 医生嘲笑亨丽埃塔买的车座，是真正无情的冷嘲热讽，毫无疑问，他可能本就那么无情。实际上，这将成为小说的高潮，那时她才意识到他对她的鄙夷，她的爱是多么可怜。

开始上班的第一天，我预订了一次性纸质袍子。雪莉用的是棉布的："男孩穿蓝格子的，女孩穿粉红玫瑰的。"（我们的病人大多老得都用上助步器了。）每个周末，她都会拖着待洗的袍子，坐公交车回家，不光清洗，还上浆、熨烫。我也让我的亨丽埃塔这样做，星期天打扫完公寓后熨烫衣服。

当然，我的故事中很多是关于亨丽埃塔的习惯。习惯。这些习惯本身甚至也没有多坏，只是它们竟然维持了那么久。每个星期六，年复一年。

每个星期天，亨丽埃塔读粉色版块。先是星座，总是在第十六页，那是报纸的习惯。通常，星星总会说些挑逗亨丽埃塔的话。"月圆之夜，性感的天蝎座，你知道那意味着什么！准备开始燃烧吧！"

星期天，在打扫完卫生，熨好衣服之后，亨丽埃塔会做些特别的晚餐。考尼什童子鸡。炉顶牌填料和蔓越莓酱。奶油豌豆。一条"永远属于你"巧克力棒作为甜点。

洗过碗，她看《六十分钟》。倒不是说她对这节目特别感兴趣。她喜欢的是节目组成员。黛安·索耶教养极好，长得漂亮，而那些男人都很靠谱,值得信赖,关心时事。她喜欢看他们忧心忡忡地摇头，或者听到好笑的故事时微笑着摇头。她最喜欢的是那块大表的连续镜头。分针，还有时间滴答、滴答、滴答的流逝。

之后她看《女作家与谋杀案》，她并不喜欢，但没别的可看。

她的星期天我写得很吃力。要写出星期天那种漫长的空虚感。没有邮件，没有远处割草机的声音，那种无望。

还有，如何才能写出亨丽埃塔对星期一早上的迫切盼望。他自行车脚踏的啪嗒声，他换蓝大褂前锁上门的咔嗒声。

“周末过得好吗？”她问。他从不回答。他从不说你好或再见。

晚上，当他推着自行车要出门时，她替他开着门。

“再见！祝你过得开心！”她微笑着说。

“有什么好开心的？拜托，别这样说了。”

可无论他对亨丽埃塔多么恶毒，她还是相信他们之间有一条纽带。他足部畸形，走路瘸得厉害，而她脊柱侧凸、弯曲。实际上就是驼背。她忸怩而羞涩，但理解他为何会如此刻薄。有一次，他对她说，她具备做护士的两种资质……“愚蠢和奴性”。

看完《女作家与谋杀案》，亨丽埃塔泡了个澡，用花香沐浴珠来犒赏自己。

之后，她一边在脸上手上涂润肤乳液，一边看新闻。她已经烧上水，准备泡茶。她喜欢天气预报。内布拉斯加和北达科他上方小小的太阳。佛罗里达和路易斯安那上方的雨云。

她躺在床上，呷着安眠茶。她多希望自己还留着那条带低、中、热三挡开关的旧电热毯。这条新毯子，广告上说是智能电热型的。毯子知道不冷，所以不加热。她真希望它能发热，让她舒服些。它真是聪明反被聪明误！她不禁大笑起来。笑声在小小的房间里响起，吓了她一跳。

她关掉电视，品着茶，听街对面的加油站车子开来又开走。有时候，一辆汽车在电话亭边吱一声刹住。车门砰一声关上，很快又疾驶而去。

她听到有人慢慢开到电话亭。车里传出很响的爵士乐。亨丽埃塔关上灯，掀开床边的百叶窗，只开一条缝。窗户上蒙了层水汽。车载收音机播放着莱斯特·扬[1]。打电话的人把电话夹在下巴底下，用手帕擦着额头。我倚在冰凉的窗台上观察他。我听到甜美的萨克斯在演奏《波尔卡圆点与月光》。在玻璃的哈气上，我写下一个词。写的什么呢？我的名字？一个男人的名字？亨丽埃塔？爱？不管是什么，趁还没有人看见，我赶紧把它擦掉。

① Lester Young（1909－1959），美国爵士萨克斯、单簧管演奏家。

第一次戒酒

十月阴雨连绵的第四个星期，卡洛塔在县戒瘾病房里醒来。我在医院里，她想着，沿走廊摇摇晃晃地走着。一个大房间里有两个男人，要不是下雨的话，房间里本该洒满阳光。那两个男人很丑，穿着黑白相间的牛仔布衣服。他们鼻青脸肿，缠着血迹斑斑的绷带。这些人是从监狱来到这儿的，可接着她注意到，自己也穿着黑白相间的牛仔布衣服，也带着瘀青，挂了彩。她记起了手铐，拘束衣。

那天是万圣节。嗜酒者互诫协会的女志愿者教他们如何制作南瓜。你吹气球，她来打结。然后你用胶水在气球周围贴满纸条。第二天晚上，等你的气球干了，再涂成橙色。女志愿者在上面剪出眼睛、鼻子和嘴巴。想要笑脸还是苦脸，你自己选。剪刀你是拿不到的。

大家经常像孩子般哈哈大笑，因为气球滑滑溜溜，而他们的手哆哆嗦嗦。做南瓜很难。假如允许他们剪眼睛、鼻子和嘴巴，他们就能拿到又笨又钝的剪刀了。每当他们想写字，拿到的总是那种粗粗的铅笔，像一年级小学生用的。

卡洛塔在戒瘾病房过得很开心。男人们都笨拙地向她献殷勤。她是这里唯一的女性，很漂亮，没有“酒鬼相”。她的灰色眼眸清澈，笑口常开。她在腰间系了条艳丽的洋红色围巾，令她那件黑白相间的睡衣焕然一新。

大多数男人都是街头酒鬼。警察把他们送到这里来，或者每当他们花完了社保补助金，没有酒喝，没有栖身之所，就干脆自己送上门来。他们告诉她，县戒瘾所是戒酒的好地方。要是你酒瘾发作，他们会提供安定、氯丙嗪[①]、狄兰汀[②]。晚上提供大粒黄色胶囊的耐波他[③]。这种待遇不会持续太长时间，不久就只有“社会模式”的戒瘾病房了，根本没有药。“见鬼——那来这儿干吗？”佩佩说。

伙食很好，只不过是凉的。你得自己去车上拿托盘，自己把饭端到桌上。很多人一开始时做不到，或者会把餐盘掉在地上。有些人颤抖得太厉害，得有人喂他们，或者他们干脆像猫一样，弓着身子用舌头舔食。

三天过后，会给病人服用戒酒硫。要是在服用戒酒硫后七十二小时内喝酒，就会危及生命。会引发抽搐、胸痛、休克，常有人丧命。每天上午九点半，在集体治疗之前，病人要看关于戒酒硫的影片。随后，在日光室里，男人们计算过多久才可以再喝酒。他们用粗铅笔写在纸巾上。只有卡洛塔一个人说她以后再也不喝了。

“女人，你喝的啥？”威利问。

“占边威士忌。”

---

① Thorazine，治疗精神病的药物，也用于镇吐、镇痛、麻醉等。

② Dilantin，抗癫痫药。

③ Nembutal，镇静药物，亦有催眠效果。

“占边？”男人们都哄笑起来。

“哇靠……你根本算不上酒鬼啊。我们酒鬼喝甜酒。”

“哦呀，多甜呀！”

“我靠，你到底来这儿干吗？”

“你是说，像我这样本分的姑娘？……”她到底怎么沦落到这里的？这个问题她还没有想过。

“占边。你用不着戒酒……”

“她当然用得着。他们送她来的时候，她就是个疯婆子，动手打了那个姓王的华裔条子。后来她犯了严重的癫痫，差不多有三分钟时间，她都在左冲右撞，像只拧断了脖子的鸡。”

卡洛塔什么都不记得。护士告诉她，她开车撞到墙上，车子撞坏了。警察得知她是个老师，有四个孩子，没有丈夫，于是把她送到这里，而没有把她关进监狱。没有前科，哪一种都没有。

“你有震颤性谵妄[①]吗？”佩佩问。

“有。”她谎称。天哪，听我说呀……千万要接纳我啊，求你们喜欢我，你们这些抹鼻涕抹泪的流浪汉。

我不知道震颤性谵妄是什么。医生也问过我，我也说有，他记了下来。我想，假如它实际上指的是恶魔的幻象的话，那我可是这一辈子都有。

他们往气球上贴着纸条，一起哄笑。谈论乔是如何被赶出亚当夏娃酒吧，他还琢磨着能找家更好的。他爬进一辆出租车，喊：“去夏利马尔！”可那出租车其实是辆警车，他们就把他送到这儿来了。

---

① DTs，即 delirium tremens 的缩写，又称撤酒性谵妄或戒酒性谵妄，为一种急性脑综合征，多发生于酒精依赖者突然断酒或突然减量后。

行家和酒鬼有什么不同？行家会把酒瓶从纸袋里拿出来再喝。说起雷鸟葡萄酒的好处，麦克说："拉丁佬踩葡萄时忘脱袜子了。"

晚间时分，做完气球，服用了最后的安定，嗜酒者互诫协会的人来了。整场互助会，听着那些人讲述自己曾经如何堕落到底，半数的病人昏昏欲睡。嗜酒者互诫协会的一个女人说，她以前一天到晚嚼大蒜，好让别人闻不出她呼出来的酒气。卡洛塔嚼丁香。她母亲从前呼吸中总有几丝威克斯薄荷脑软膏味。约翰舅舅牙齿间总咬着清口糖，所以他看起来很像他们做的微笑南瓜。

卡洛塔最喜欢聚会结尾，大家一起手拉手，她诵主祷文。他们得叫醒同伴，将他们撑住，就像电影《壮烈千秋》中撑起战死的士兵那样。祈祷时，她感觉到与那群人有一种亲密感，他们祈祷能够保持清醒，直到永远，永远。

嗜酒者互诫协会的人离开后，会发给病人牛奶、饼干和耐波他。包括护士在内，几乎所有人都睡了。而卡洛塔跟麦克、乔和佩佩打扑克牌，直到凌晨三点。没做什么荒唐事。

她每天给家里打电话。她两个大些的儿子本和基斯，照顾着乔尔和内森。一切都好，他们说。她没什么话可说。

她在医院里住了七天。她出院那天上午，因下雨而昏暗的娱乐室竖了一块牌子："祝洛蒂[①]好运多多。"警察把她的车留在了停车场。有一处很大的凹陷，碎了块镜子。

卡洛塔开车到红杉公园。雨中，她把收音机开得很响，冒雨坐在凹陷的引擎盖上。下面，金色的摩门教堂闪闪发光。海湾被雾气笼罩。来到外面，听听音乐，感觉真好。她抽起烟，计划下个星期

① Lottie，卡洛塔（Carlotta）的昵称。

要讲的课，写下教学计划，列出她要用到的图书馆藏书。

（学校那边已经找借口请过假。卵巢囊肿……所幸，是良性的。）

购物清单。今晚做意式千层面——儿子们最爱吃的。番茄酱，小牛肉，牛肉。沙拉和香蒜面包。可能还需要肥皂和卫生纸。顺便买一块胡萝卜蛋糕当餐后甜点。这份清单让她安心，一切又重回正轨。

知道她这段时间待在哪儿的，只有她的儿子们和校长迈拉。他们都给予了她支持。别担心。一切都会好起来的。

不知怎的，一切一直都还好。她的确是个好老师，好妈妈。在家里，小小的房子中到处都是作业、书本、争论、欢笑。人人都尽职尽责。

夜晚，刷过碗，洗过衣服，批改完作业，就看电视或做拼字游戏，解答问题，玩纸牌，或者进行些傻乎乎的谈话。晚安，伙计们。随后的寂静，她要多喝几杯来庆祝，这时她不会再拼命加冰块了。

假如儿子们醒来，就会撞上她做的蠢事，而那疯狂只是偶尔蔓延到早晨。但在她所有记忆中，夜深人静时，她总会听到基斯检查烟灰缸和壁炉。关灯，锁门。

这次是她第一次同警察打交道，尽管她自己并不记得。以前她从没醉驾过，也从没旷工超过一天，从来没有……她不知道今后会发生什么。

面粉。牛奶。埃阿斯洗涤剂。家里只有葡萄酒醋，与戒酒硫同食，会引发抽搐。她在购物清单上写下：苹果醋。

幻痛

那时我五岁，住在蒙大拿州的野蛮对决矿场。下雪之前，每隔几个月，我和爸爸就会沿着老汉考克在十九世纪九十年代留下的记号，爬到山上。爸爸背着一个行李袋，里面装着咖啡、燕麦片、牛肉干之类的东西。我则背着一沓《星期六晚邮报》，差不多要背一大半路程。汉考克的小木屋坐落在山最顶端一片火山口形状的草场边，被蓝色的天空笼罩、环抱。他的狗名字就叫“蓝”。屋顶绿草青青，在门廊上方垂成一溜俏皮的流苏，他们就坐在门廊下边喝咖啡边聊天，传递一块块矿石，眯着眼透过香烟的烟雾端详。我和“蓝”玩耍，和山羊玩耍，或者把邮报粘在已经被层层过期报纸贴得厚实的木屋墙上。小屋的四面墙壁，一张摞一张均匀地贴满方方正正、整整齐齐的报纸。在漫长的冬季，大雪封门时，汉考克会逐页阅读墙报。如果读到的是故事的结尾，他就想办法猜测前面发生了什么事，或者把它与小屋墙上其他页的内容拼凑起来。等他把整个房间的贴报都读完，他就会再贴，一天又一天地贴，接着从头再读。来年开春第一次上山，我没有跟爸爸一起去，他发现老人已经死了。他的羊和狗都趴在他的床上，也死了。他曾经说过：“我冷的时候，就会再拖一只羊上来睡在我身边。”

“拜托，露，干脆把我弄到山上，丢在那儿算了。”第一次把爸爸安置到疗养院的时候，他就这样不停地恳求我。当时他只会谈论这些，不同的矿、不同的山。爱达荷州，亚利桑那州，科罗拉多州，玻利维亚，智利。他头脑从那时候起就开始糊涂了。他不仅仅是记得那些地方，而且以为就活在彼时彼地。他会以为我还是个孩子，跟我说话的时候，会把我当成曾经在不同地方生活时的年龄。他会对护士说这样的话：“小露能把《我们友好的助手》整本书都读下来了，可她才四岁呀。”或者：“帮这位女士把盘子端出去。真是个乖女孩。”

每天早上，我给他端来加了奶的咖啡。我会给他刮脸、梳头，陪他散步，在气味难闻的走廊走来走去。别的病人大多还在床上，呼喊、摇晃栏杆、按铃。年迈糊涂的老太太在自娱自乐。陪爸爸散过步之后，我会把他捆在轮椅上，这样他就不会因试图逃跑而跌下来。我也愿意那样做。我是说，我不会假装，或只是哄哄他——我当真会陪他回到过去。去亚利桑那州巴塔哥尼亚镇山上的特伦奇矿场：那时我八岁，因为得了金钱癣，涂着紫药水，浑身紫色。晚间，我们都要到悬崖边上倒垃圾、烧垃圾。鹿和羚羊，偶尔还有美洲狮会靠近，并不畏惧我们的几条狗。夜鹰在高处的悬崖峭壁前迅疾飞翔，被夕阳映成更深的红色。

爸爸唯一一次说爱我，是在我马上要回美国上大学之前。我们在火地岛的海滩上，如置身南极一般寒冷。“我们一起踏遍了这整片大陆……同样的山脉，同样的海洋，从高到低，从南到北。”我是在阿拉斯加出生的，可我不记得了。在疗养院，他一直以为我应该记得，最后我干脆假装认识加布·卡特，假装记得诺姆，那头营地里的熊。

刚开始他老是问起妈妈，问她在哪儿，问她什么时候来。或者他以为她就在身边，会跟她讲话，每次我喂他吃东西，他都要我也喂她一口。我敷衍他。说她在收拾东西，她就要来了。等他好些了，我们全家将一起住在伯克利的一所大房子里。他放心了，点点头，除了有一天，他说：“你净睁眼说瞎话。”然后又接着去说别的事了。

有一天，他干脆把她结果掉了。我到的时候，他正躺在床上，流着泪，身体像婴儿一样蜷缩着。他讲述这件事的时候，夹杂着些旁枝末节，仿佛目睹了可怕的事故，受了惊吓。他们在密西西比河的一条蒸汽船上；妈妈在船舱内赌博。现在允许有色人种上船了，佛罗里达（他的保姆）赢走了他们所有的钱。在玩梭哈最后一把时，妈妈押上了他们全部的积蓄，孤注一掷。独眼杰克[1]万能牌。“我早该看出来的，”他说，“我看见那贱货龇着金牙笑个没完，数着那一大堆钱。她在这儿给了约翰至少四千块钱。”

“闭嘴吧，你个势利鬼。”约翰在床上说道，他的床位挨着爸爸的。他从他那本《圣经》背面拿出一块好时巧克力。他不能吃糖，这块巧克力是我前一天给爸爸带的。爸爸的老花镜从约翰枕头下露出来。我把眼镜拿过来。约翰又开始呻吟，叫唤着：“我的腿！我腿疼！”他根本没腿。他患了糖尿病，双腿在膝盖以下截掉了。

蒸汽船上，爸爸原本和布鲁斯·沙瑟（一位来自比斯比的钻石

① one-eyed jacks，52 张牌中的黑桃 J 与红桃 J。

钻探工）在酒吧里。他们听见枪声，然后过了好一阵，又听见水哗啦一声响。“我没零钱付小费，但我也不想留下整的一美元。”“小气的势利鬼！差劲！差劲！”约翰在他的床上说。爸爸和布鲁斯·沙瑟飞奔绕到船右舷，正好看到妈妈顺流漂走。血在船后的航迹中荡漾开去。

他只为她伤心了那一天，但一连几星期都在谈论她的葬礼。有几千人到场。我的儿子们都没有穿正装，但我看起来很漂亮，优雅有礼。驻秘鲁大使艾德·提特曼来了，男管家多明戈也来了，就连老瑞典人查理·布卢姆也从爱达荷州的穆兰赶了过来。查理有一次告诉我，他总在麦片粥里加糖。要是没糖怎么办？我自作聪明地问。我造加不误[①]。

爸爸结果掉妈妈的那一天，正是他再也认不出我的那一天。从那之后，他就像使唤秘书或仆人那样把我指挥得团团转。一天，我终于问他，我在哪儿。我跑掉了。天生坏种，像我妈妈和约翰舅舅一样的莫伊尼汉家的人。一天下午，我抬腿便走了，就在疗养院外面，和一个不成器的小痞子坐着一辆四孔别克，沿阿什比大街走了。他描述的那个男人，肤色黝黑的痞子，实际上正是我觉得迷人的类型。

从那时起，他大部分时间处于幻觉中。垃圾篓变成了会说话的狗，墙上树叶的影子成为行军的士兵，大块头的护士现在则是男扮女装的间谍。他没完没了地谈论艾迪和小乔；两个人好像都不是他从前可能认识的人。每天晚上，他们都在长崎郊外的弹药船上、在

①“造”应作“照”，原文为“I put it on yust the same”，其中“yust”是“just”之误，说话者是瑞典人，带口音。

玻利维亚上空的直升机里进行一些随心所欲的疯狂冒险。爸爸会哈哈大笑，放松而随意，我以前从没见过他这个样子。

情况如此，我宁愿祈祷他一直维持这样的状态，但他变得越来越理性，恢复了“时间感和空间感”。他谈论钱。他挣过的钱，他赔过的钱，他要挣的钱。当时他把我看作经纪人，可能是吧，唠叨着期权和利率，在舒洁面巾纸盒上随手写满数字。保证金和期权，中期国债和股票，债券和并购。他会痛斥他的女儿（我）谋杀了他的妻子，又把他关起来，就是为了把他的钱弄到手。佛罗里达是医院里唯一愿意照看他的黑人护士。他指责所有黑人护士偷东西，叫他们黑崽子或婊子。他要拿尿壶打电话报警。说佛罗里达和约翰把他所有的钱都偷走了。约翰不理他，读《圣经》，或者就在床上躺着，打着滚尖叫：“我的腿！主耶稣啊，别让我的腿疼啦！”

“安静，约翰，”佛罗里达说，“那不过是幻肢痛。”

“是真疼吗？”我问她。

她耸耸肩。“所有的痛都是真的。”

他和佛罗里达谈论我。她哈哈大笑，冲我眨眨眼睛，附和道：“她从芯里坏透了。”他告诉我们，我在方方面面都一直让他失望，从小时候的拼写比赛到长大后数次失败的婚姻。

“他开始让你心烦了，”佛罗里达说，“你已经不给他熨衬衫了——用不了多久你就不会再来了。”

可我感觉到一种新的联结。我以前从没见过他尖酸刻薄、心胸狭窄或见钱眼开。这是个曾经奉梭罗、杰斐逊和托马斯·潘恩为偶像的人。我并非幻灭。我对他原有的恐惧和敬畏开始消失。

另一件让我高兴的事是，我可以触碰他了。与他拥抱、握手，给他洗澡、剪指甲。我不再认真听他说的任何事。我会抱着他，听佛罗里达与别的护士唱歌、欢笑，听娱乐室里播放《我们的日子》时传出的震耳欲聋的声响。我会喂他吃果冻,听约翰读旧约里的《申命记》。我一直不明白，怎么会有这么多半文盲整天读《圣经》。挺难的。同样令我惊讶的是，世界各地那些没有受过教育的女裁缝，都学会了怎样缝衣袖、上拉链。

他在房间里吃饭，根本不与其他病人交流。我会和他们交流，只是为了缓口气，或者免得忍不住哭起来。布告栏上写着大字：今天是 ________。天气 ________。下一顿饭是 ________。下一个节日是 ________。有两个月时间里，一直都是星期二，雨天，午饭和复活节，但那之后，所有的横线都一直空着。

一个叫艾达的志愿者每天上午来读报。翻了一页又一页，避开犯罪和暴力。结果大部分日子里她读的都是发生在巴基斯坦的公交车相撞事故，连环画《淘气阿丹》，星座预测。加尔维斯顿的飓风。（我还有一点弄不明白：遭受了这么些年的飓风，人们为什么还在加尔维斯顿生活呢？）我渐渐喜欢起别的病人。他们大多比爸爸还老糊涂，可他们见了我很高兴，用细小的手指抓着我。他们都认识我，用五花八门的名字称呼我。

我继续去探望他。正如佛罗里达所说，也许是出于愧疚吧，但也怀着希望。我一直在等他夸奖我，原谅我。请认出我来，爸爸，说你爱我。他从来不说，我现在去只带刮脸用具、睡衣或糖。他已经不能走路了。他变得狂暴，于是他们白天夜里都给他穿着拘束衣。

我最后一次真正和他在一起，是到梅丽特湖野餐那次。同行的有十个病人。我、艾达、佛罗里达和山姆也去了。山姆是门卫。（爸爸叫他黑猩猩。）花了一个小时才把他们装进面包车，用嘎吱作响的升降机把轮椅升到车里去。那天是阵亡将士纪念日[1]的后一天，天气很炎热。不等我们出发，他们中的大多数人就尿了，让车窗蒙了层水汽。老人们欢声笑语，兴致勃勃，但也感到惊恐，每当公交车经过，听到警报，看到摩托车，就吓得直往后缩。爸爸穿着一套皱面薄料西装，看起来很不错，但后来因帕金森病淌出口水，把前襟洇成蓝色，一条裤腿也由上到下浸成深蓝色。

我本来想象我们会在水边的树荫下，可艾达让我们把轮椅摆成半圆，面向大街，挨着鸭塘。我还以为那些酒鬼会离开，可他们依然坐在老人们面前的长凳上。有些病人闻到烟味，便向他们讨烟。有个酒鬼给了约翰一支，但被艾达截走，丢在地上踩灭了。招摇的豪华轿车、低底盘汽车和摩托车排出尾气，车载收音机开得声响老大。慢跑的人经过我们身边时攒成一团，试图绕过我们时仍原地踏步，震得地面直颤。我们传递着食物，喂给老人们，他们又喂给别人。土豆沙拉和炸鸡。腌甜菜和酷爱牌饮料。我和佛罗里达给坐在长凳上的四个酒鬼端了几盘食物，艾达大发脾气。可食物太多了。三色冰激凌融化了，淌到围嘴上。卢拉和梅干脆把巧克力棒捏碎，抹在膝上玩。爸爸吃饭很干净整洁，他原本就一直是个一丝不苟的人。我把他的每根手指一一洗净。他有一双漂亮的手。我不知道他们为什么要拽衣服和毯子。这毛病叫作“摸空征”。

午饭后，一位穿着公园管理员制服的高大女人抱来一头小浣熊，给大家传看。小浣熊摸上去软软的，闻起来香香的，大家都喜欢它，简直爱不释手，抱着它，抚摸它，可卢拉太使劲捏它，它便抓了她

---

[1] Memorial Day，美国节日，每年五月的最后一个星期一。

的脸。“狂犬病！”爸爸说。“我的腿！”约翰喊。那个男人又给了约翰一支烟。艾达没有注意到，她正把食物托盘端回面包车上。管理员把浣熊递给酒鬼们。那小东西显然认识他们，安静地蜷着身子盘在他们的脖子上。艾达说，我们有二十分钟时间，可以开车带大家绕鸭塘和鸟笼兜一圈，到山上看看湖景。

我爸爸一直很喜欢鸟。我把他停在毛色斑驳的角鸮面前，给他讲我们以前见过的不同的鸟。绿毛的“箭猪鸟”。白杨树上的北美黑啄木鸟。安托法加斯塔的军舰鸟。神态端庄正在交配的走鹃。我父亲只是坐在那儿，目光呆滞。几只猫头鹰在睡觉，或者只是吃撑着了。我把轮椅推走。其他人都喜气洋洋，冲我们叫喊、挥手。约翰玩得十分开心。佛罗里达和一个慢跑的人交上了朋友，那人把录音机借给她。他们喂鸭子的时候，卢拉就抱着录音机唱歌。

把轮椅推上山很费力气。天很热，汽车声，收音机的声音，很响很吵，时不时还有跑步的人咚咚的脚步声。烟雾弥漫，几乎看不到对岸。阵亡将士纪念日的垃圾和废弃物。泛着泡沫的棕色湖面上漂浮着天鹅般宁静的纸杯。爬上山顶，我把他的轮椅刹住，点了一支烟。他在哈哈大笑，笑得很难听。

“真糟糕，是吧，爸？”

“确实很糟糕，露。”

他松开刹车，轮椅开始沿砖路向下滚去。我犹豫着，只是站在那儿看着，但就在轮椅开始加速的一刹那，我扔掉烟，一把抓住了它。

为虎咬伤

火车在埃尔帕索城外减速。我没有把小宝宝本叫醒，而是抱着他走到车厢连廊，好往外看。也好嗅一嗅沙漠。生硝，鼠尾草，冶金厂散发的硫黄味，格兰德河畔墨西哥窝棚中烧木柴的火。圣地。战争期间，我第一次去那里，与外婆梅蜜和外公一起生活，那是我第一次听说耶稣、玛利亚、圣经和罪孽，于是耶路撒冷与埃尔帕索嶙峋的山脉和连绵的沙漠全部混淆为一处。河边的灯芯草和高大的十字架随处可见。无花果和石榴。怀抱婴儿、蒙着黑披巾的女人们，贫穷枯槁、长着受难者与救世主的眼睛的男人们。夜晚的星星像歌中唱的那样硕大明亮，闪着耀眼夺目的永恒光芒，因此智者们便能不由自主地跟随其中一颗，找到路途。

我舅舅泰勒张罗着搞一次圣诞家庭聚会。一方面是希望我能和家人重归于好。我很怕见到我的父母……他们因我被丈夫乔抛弃而大为震怒。我十七岁就结了婚，当时就差点气死他们，所以离婚便成为压倒骆驼的最后一根稻草。但我迫不及待想见到贝拉·琳表姐和约翰舅舅，他正从洛杉矶赶过来。

贝拉·琳就在那儿！在火车站停车场，从一辆浅灰蓝色凯迪拉克敞篷车中站起来挥手，身穿一套镶流苏的仿麂皮牛仔女郎套装。她可能是全得克萨斯西部最美的女人，一定赢得过千万场选美比赛。一头淡金色长发，一双金棕色眼睛。她的微笑，不，应该叫大笑，一种暗哑又深沉的瀑布般的笑声，表达快乐，又体现并嘲弄着每种快乐背后隐藏的忧伤。

她把我们的行李和本的小床丢到后座上。我们莫伊尼汉家的人都很强壮，反正体格是强壮的。她把我们俩亲了又抱，抱了又亲。我们上车，穿过城区，前往艾德熊快餐店。天气很冷，但空气清澈干爽，她把车篷放下来，暖气开足，一边开车一边滔滔不绝，单手掌控方向盘，因为差不多经过的每一个人她都要挥手打招呼。

“首先我该告诉你，我们家缺乏圣诞节的欢乐气氛。约翰叔叔后天平安夜到，赞美上帝。你妈妈玛丽和我妈妈刚开始喝酒，一转眼就打了起来。我妈妈爬上车库顶不肯下来。你妈妈割了手腕。”

“噢，天哪！”

“哦，你知道，不严重的。她写了封自杀遗书，说你是如何一直在摧毁她的生活的。署名‘血腥玛丽’！她已被送到圣约瑟医院精神病房，七十二小时留院观察。至少你爸是不来了，他因为你**离－婚**的事气急败坏。我那疯外婆在家。疯疯癫癫！还有从卢博克和斯威特沃特来的一大帮讨厌的亲戚。爸爸已经把他们安顿在一家旅馆，而他们开车到家里来，一待一整天，吃吃喝喝看电视。他们都是重生基督徒，所以觉得你我都堕落透顶。雷克斯·吉普来了！他整天和我爸一起给穷人挑礼物买东西，在我爸的工作间里晃荡。所以天哪见到你我太高兴了……”

在免下车餐馆，我们点了老爹汉堡、炸薯条和麦芽威士忌，和从前一样。我告诉她，本可以跟我吃一份。他才十个月大。但她给他点了一份老爹汉堡和一杯香蕉船圣代。我们全家人都是这么铺张。哦，不，我爸根本不这样。他来自新英格兰，节俭而有责任感。结果我却随了莫伊尼汉一家。

贝拉先是原原本本向我讲了全家团聚的情况，随后又讲起她那位只共同生活了两个月的丈夫克莱提斯。她结婚时，她家人气急败坏，就和我结婚时我家人的反应一个样。克莱提斯是建筑工人，牛圈骑手，一个粗人。她给我讲述发生的事时，眼泪顺着她美丽的脸庞滑落。

“露，那时候我们像蛤蜊一样无比幸福①。我敢发誓没有人曾拥有过那么甜蜜温柔的爱。到底为什么说蛤蜊幸福？我们在南面山谷的河边有辆可爱的小拖车。我们小小的蓝色天堂。我收拾家，洗碗！我做饭，做菠萝翻转蛋糕和通心粉，做各种各样的东西。他为我骄傲，我也以他为荣。发生的第一件糟糕事，是爸爸原谅我嫁给了他，还给我们买了套房子。在瑞姆路上，你懂的，一座豪宅，前廊上有圆柱子的那种。可我们不想要他的房子，于是克莱提斯和爸爸大吵了一架。我试图向爸爸解释，我们不需要他的房子，我和克莱提斯在平板车后车厢里过得很幸福。而且我还得反复向克莱提斯解释，因为尽管我没同意搬家，他还是生了闷气。后来有一天，我去快消百货公司买了些衣服和毛巾，只有几件，用的是我用了一辈子的老信用卡。克莱提斯大发脾气，说我两个小时内就把他挣了半年的钱都

---

① happy as a clam，美国口语，意为“非常幸福”，字面意思是“像蛤蜊般幸福”。

花光了。于是我把东西全拿出来，倒上煤油，一把火都烧掉了。然后我们接吻，重归于好。唉，小露，我太爱他，太爱他了！我又做了件蠢事，到底为什么会做出那样的蠢事，我自己也永远搞不清楚。妈妈来我们家，我猜那时我是有已婚女人的感觉了，你明白吗？成年人。我煮咖啡，用小碟子端上奥利奥。多嘴多舌大谈**性－生－活**。我想我是觉得自己已经够大了，可以跟她谈**性－生－活**了。哦天哪，怎么说呢，我也确实不懂，于是我就问她，我要是吞下克莱提斯的精液，会不会怀孕？她冲出拖车，跑回家找我爸去了。这下简直天崩地裂。那天晚上，爸爸和雷克斯赶来，对克莱提斯大打出手，揍得他差点断气。打断了一根锁骨、两根肋骨，让他住了院。说他是变态狂，要以鸡奸罪送他坐牢，解除婚姻关系。你能想象吗，跟自己的合法丈夫口交，竟然犯法？不管怎么说，我就是不跟爸爸回家，陪在克莱提斯的病床前，直到可以带他回家。我们又像那对老蛤蜊一样，好好地快快乐乐地过下去，尽管克莱提斯由于有段时间不能工作开始酗酒。后来，就上一周，我往外一看，见这辆崭新的凯迪拉克停在我们的车道上，车里坐着一个巨大的毛绒圣诞老人，车周围系满缎带。我笑起来，你知道的，因为这很好笑，可是克莱提斯说：'开心啦，啊？好吧，我永远也不可能像你的宝贝老爹那样哄你开心的。'于是他就走了。我本以为他也就是一时闹闹别扭，自己会回来的。哦，露，他不回来了。他离开了！他去路易斯安那的石油钻塔上工作了。他连电话也不打一个。是他那没用的老妈来拿他的衣服和马鞍的时候告诉我的。"

小本竟然把整个汉堡和大半个香蕉船圣代都吃掉了。他吐了自己一身，还吐在贝拉·琳的夹克上。她把夹克丢在后座，用纸巾蘸水给他擦洗干净，我给他找出干净衣服和尿布。可是他一声都没哭。他喜欢听摇滚乐和乡村音乐，还喜欢贝拉·琳的声音，要不就是头发，一直目不转睛地盯着她。

我羡慕贝拉和克莱提斯，两人那样相爱。我曾经深爱乔，但一直怕他，总想讨好他。我感觉到他甚至都没怎么喜欢过我。我痛苦，主要不是因为想念他，而是因为整个婚姻失败了，而且好像都是我的错。

我三言两语给她讲了我的悲惨故事。说乔是个出色的雕塑家。他曾获得过古根海姆基金，在意大利有个资助人，得到一栋别墅和一间铸造厂，于是他离开了。“艺术是他的生命。”（我已经习惯对所有人都这样戏剧化地描述他。）不，没有给孩子抚养费。我连他的地址都不知道。

我和贝拉·琳相拥而泣，过了一会儿，她叹息道：“唉，至少你跟他还有个宝宝。”

“不止一个。”

“什么？”

“我怀孕将近四个月了。我又怀了孩子，这对乔是最后的打击。”

“这是对你最后的打击，小傻瓜！你该怎么办？你的家人是不可能帮你的。你妈妈听到这个消息，肯定会再次自杀的。”

“我不知道该怎么办。还有一个蠢透了的麻烦事……我太想回来，可中介公司连平安夜都不肯给我放假。所以我干脆辞职回来了。现在我还得挺着大肚子找工作。”

“露，你得去流产。只能这么办了。”

“去哪儿做？反正……一人带两个孩子和带一个一样容易。”

“是一样难。再说了,那也不是事实。现在的本之所以这么可爱,是因为他还是小宝宝时你就陪着他。他现在已经够大了,你上班时可以让别人照看,虽然丢下他不管也实在不像话。可是刚出生的婴儿你是不能丢下的。”

“可实际情况就是这样。”

“你现在说起话来就跟你爸似的。实际情况是,你才十九岁,长得又漂亮。你得给自己找个强壮正派的好男人,愿意视小本如己出。可要找个愿意接受两个孩子的男人,这比登天还难。他必须得是个救星、善人、圣贤之类的人,你出于感激嫁给他,然后就会愧疚,会讨厌他,于是又会疯狂地爱上某个不靠谱的萨克斯手……哦那样会很惨,很惨的,露。咱们得想想。这事很严重。现在你就听我的,让我替你拿主意。我难道不是一直为你做最好的安排吗?”

可实际上,根本不是这么回事,但我当时脑子太乱,便没有说什么。要是没告诉她就好了。我本来只想和家人重新聚一聚,开心开心,忘记自己的一切烦恼。如今却是雪上加霜,妈妈再次自杀,爸爸甚至连面都不露。

“你就在这儿等着。给咱俩点咖啡,我去打电话。”她笑盈盈地朝人们挥手,主要是男人。她走向电话亭的一路上,餐馆旁停着的其他车里的男人们冲她打招呼。她在电话亭里待了很久,出来过两次,一次借了件毛衣,要了杯咖啡,后来又要了几枚十美分的硬币。本玩了会儿收音机的旋钮,把雨刷开了又关。免下车餐馆的服务员帮我热了奶瓶;本喝过奶后,在我膝头睡着了。

贝拉回来后,把敞篷放下来,冲我微微一笑,沿着梅萨街往广场开。“边境以南……奔向墨西哥!”她唱道。

“好了，露。都定好了。这种事我自己经历过。很可怕，但是安全，那地方也干净。你今天下午四点进去，明天上午十点就出来了。他们会给你开抗生素和止痛药，让你带回家用，但不会疼得那么厉害，就像来例假一样。我给家里打过电话，说我们要在华雷斯购物，晚上住在卡米诺里尔酒店。我和小本会在那里，相互熟悉熟悉，等事一处理完，你就来找我们。”

“贝拉，等一下。我还没想清楚呢。”

“我知道你没想清楚，所以我都替你想好了。”

“出了问题怎么办？”

“那我们就在这儿给你找个医生。在得克萨斯，救命之类的事他们都做得了。就是做不了人工流产。”

“要是我死了呢？谁来照顾本？”

“我呀！而且我也绝对会是个好妈妈。”

我只好笑了。她说得有道理。实际上，卸去了我心头一个很大的负担。除了本，不用担心再来个小宝宝了。天哪，大大松了一口气。她说得对。流产是最好的选择。我闭上眼睛，靠在皮质座椅上。

“我没有钱！需要多少钱？”

“五百。现金。我热乎乎的小手里恰好就有。我有用不完的钱。每次我走到妈妈或爸爸身边——有时候只是需要一个拥抱，或是告诉他们我想念克莱提斯，或是问问也许我是不是该上个秘书学校——他们就塞给我钱，让我给自己买些漂亮的东西。”

“我明白。”我说。我明白那是什么感觉。或者说曾经明白，在我家人与我断绝关系之前。“我曾经以为，假如一头大老虎咬掉我的手，我跑去找我妈，她只会在我的断腕上拍上些钱。或者开个玩笑……‘那是啥，单手鼓掌的声音？’”

我们来到桥上，墨西哥的气味。烟、辣椒和啤酒。康乃馨、蜡烛和煤油。橘子、精美牌香烟和尿臊气。我摇下车窗，探出头，为回到家而感到高兴。教堂的钟声，墨西哥乡土音乐，比波普爵士乐，曼波音乐。旅行用品商店中传出圣诞颂歌。咔嗒咔嗒的排气管，嘟嘟的车喇叭，布利斯要塞醉酒的美国兵。埃尔帕索的主妇，表情严肃的购物者，端着彩饰陶罐和一壶壶朗姆酒。那里有新开的购物区和一家豪华酒店。一个热情的小伙子接过车，另一个拎过包，还有一个把本接过去抱在怀里，没有惊醒他。我们的房间很讲究，装饰着精致的编织品和地毯，还有质量上乘的仿古董，色彩艳丽的民间艺术品。百叶窗朝向一个天井，里面有铺着瓷砖的喷泉，植物繁茂的花园，再远处是冒着蒸汽的游泳池。贝拉一一分发了小费，再打电话叫客房服务。成罐的咖啡、朗姆酒、可乐，甜点，水果。我有配方奶粉和麦片，还有很多给本用的干净瓶子，我恳求她不要喂他吃糖果和冰激凌。

“来一点焦糖布丁？”她问。我点点头。“焦糖布丁。”她对电话里说。贝拉给礼品商店打电话，订了件八码的泳装，还有蜡笔、他们所有的玩具，以及时尚杂志。“也许我们该一直住在这儿！干脆忘了圣诞节！”她说。

我们在院子里散步，本在我们俩中间。我太放松了，太开心了，没料到贝拉·琳突然开口说：“好了亲爱的，你该走了。”

她给了我五百美元。告诉我打车回酒店，让她下来付车费。“你不能带多余的钱和任何身份证明。可以把我的名字告诉他们，还有这个号码。”

她把我送上出租车，付了钱，告诉司机去哪里后，便和木一起向我挥手道别。

出租车将我带到新博布拉纳旅馆的停车场后入口，我要在那里等两个穿黑衣戴墨镜的男人。

到那儿才两三分钟，他们就在我背后出现了。一辆旧轿车迅疾无声地驶来。一个男人拉开车门示意我上车，另一个跑到车的另一侧。司机是个年轻男孩，他左右张望，点点头，发动车子。后车窗挂着帘子，座位很低，我看不到外面；开始，感觉我们像在兜圈子，然后嗡嗡嗡开了一段公路，又绕了一阵圈子，停下来。沉重木门的吱呀声，我们又开了几码远才停下，门在我们身后关上。

我扫了一眼院子，由一位黑衣老妇领我进门。严格说来，她并没有带着鄙夷看我，但她没说话，也没同我打招呼，缺少墨西哥人惯有的热情和亲切，那感觉就像是一种侮辱。

那幢楼由黄砖建成，也许是间旧厂房，地面全由水泥铺过，但仍然有金丝雀、几盆紫茉莉和马齿苋。波列罗舞曲、欢笑声，还有碗碟叮当之声，隔着庭院传来。炖鸡，洋葱和大蒜的气味，土荆芥。

一个古板的女人从办公桌后对我点点头，我一坐下，她便同我握手，但没有做自我介绍。她询问我的名字，然后五百元，请上交。紧急联络人的名字和号码。她就只问了这些，我也没签任何字。她不大会说英语，但我也没跟她或任何人说西班牙语；那样未免显得太过熟络。

“医生五点钟来。你将会做检查，子宫里放置导管。夜间会引起宫缩，但你会服安眠药，所以感觉不到难受。晚饭之后不能再进食饮水。最常见的情况是明天早上便会自然流产。六点钟进手术室，入睡，进行扩宫刮宫。醒来时就在自己床上。我们会给你抗感染的氨苄西林，止痛的可待因。十点钟会派车送你去华雷斯或埃尔帕索机场，或者去长途车站。”

那位老妇人领我来到我的床位，是在一个阴暗的房间内，里面有六张床。她举起手示意五点钟，然后指指床，接着又冲走廊对面的起居室比画了一下。

房间里几乎没有声音，我吃惊地发现，屋里有二十个女人，全是美国人。其中有三个姑娘，几乎还是小女孩，由妈妈陪着。其他几个独自坐着，看着杂志。有四个女人四十多岁，甚至有五十岁了……我猜测是更年期怀孕，看来这样的事的确存在。其余的女人好像是十八九岁，或二十出头。每个人看样子都很惊恐，很尴尬，但最鲜明的是，极度羞耻。仿佛她们做了糟糕透顶的事。羞耻。她们之间没有同病相怜。我进了门，几乎无人注意。一位墨西哥孕妇用一把潮湿的脏拖把绕着圈拖地，盯着我们所有人看，毫不掩饰自己的好奇和鄙夷。我对她产生了一丝不可理喻的怒火。贱货，你会怎么对你的牧师说？你没有丈夫，却有七个孩子……说你只能在这鬼地方打工，不然就得挨饿？哦，天哪，说不定就是这么回事呢。我感到一阵疲惫，一种巨大的悲哀，为她，为我们房间里的每一个人。

我们每个人都孤独无依。那些小姑娘可能尤其无助，因为尽管其中的两个在哭，她们的母亲却好像很疏离，呆呆地盯着房间，隔绝在她们自己的羞耻与愤怒之中。孤独无助。泪水开始涌入我的眼眶，因为乔走了，因为妈妈不在身边，从来都不在我身边。

我不想流产。我不需要流产。我想象房间中其他女人的境遇，那都是可怕而痛苦的故事，走投无路的处境。强暴，乱伦，形形色色的严重情形。我能照顾这个孩子。我们会成为一家人。他、本和我。真正的一家人。也许是我不理智。至少这是我自己的决定。贝拉·琳老是替我做主。

我出门来到走廊。我想给贝拉·琳打电话，想离开。别的房间都锁着门，只有厨房的门开着，但厨师把我轰了出来。

有扇门哐当一响。医生已经来了。毫无疑问他就是医生，尽管他的样子很像个阿根廷影星，或拉斯维加斯的夜总会歌手。那个老妇人帮他脱掉驼绒外套，取下围巾。昂贵的丝质套装，劳力士手表。是他的傲慢和权威给他贴上医生的标签。他肤色黝黑，灵敏而性感，步履轻柔得如同窃贼。

医生抓住我的胳膊："亲爱的，回到别的姑娘那儿去，该给你做检查了。"

"我改主意了。我想离开。"

"去你的房间吧，宝贝儿。有的人一小时改十二次主意呢。我们以后再谈……去吧。*去吧！*"

我找到自己的床。别的女人都坐在床沿上。轮到那两个女孩。老妇人让我们脱掉衣服，穿上袍子。那个很小的女孩在发抖，吓得快要歇斯底里发作。他先从她开始，而我必须得承认，他很有耐心，让人安心，但她手脚乱舞，扇他耳光，踢开妈妈。他给她打了一针，替她盖上一条毯子。

"我还会回来。放心吧。"他对那位妈妈说。

他也给另一个女孩注射了镇静剂，然后开始进行敷衍的检查。他简单询问了病史，用听诊器听心脏，量体温，测血压。没有给我们采尿样或血样。他匆匆给每位女性做了盆腔检查，点点头，然后那个老妇人开始给每个女人的子宫里插入一条十英尺长的输液导管，慢慢往里推，像是在往火鸡肚里填馅料。她没有戴手套，为一个病人插完就走向下一个。有的病人大叫起来，仿佛感到剧痛。

“这会引起不适，”他对我们所有人说，“也会引起宫缩，并以健康、自然的方式将胎儿排出体外。”

他在检查我旁边的年长女人。他询问她上次月经是什么时候，她说她不知道……已经绝经了。他给她检查了很长时间。

“我很抱歉，”他说，“你怀孕已经超过五个月了。我不能冒险。”

他给她也注射了镇静剂。她呆望着天花板，十分难过。哦，耶稣基督。基督啊。

“瞧瞧这是谁。我们的小逃兵。”他把体温计放进我嘴里，用血压计的袖带裹住我的一条胳膊，又压住我的另一条胳膊。等他放开我，给我听心脏时，我把体温计拿了出来。

“我要离开。我改主意了。”

他没听见，耳朵里插着听诊器。他用手捂着我的胸部，一边听我的肺，一边放肆地冲我笑。我勃然大怒，往后一闪。他用西班牙语对那老妇人说：“瞧这小骚货的样儿，好像没让人摸过奶子似的。”于是我用西班牙语还击，翻译过来大意是：“你就是不能碰，浑蛋下流坯！”

他笑起来：“你一直让我磕磕绊绊地说英语，真是太没礼貌了！”然后他道了歉，接着说每天接诊十五或二十个病人，就会让人变得玩世不恭、尖酸刻薄。这是个悲惨却又多么必不可少的行当。等等等等。等他说完，我竟然替他难过起来，并且，上帝啊宽恕我吧，当他抚摸我的胳膊时，我竟然与他水汪汪的棕色眼睛对视起来。

言归正传。“听我说，医生，我不想做了，我想现在就走。”

“钱交了是不能退的，你明白吗？”

“没关系，我还是不想做。”

“很好。恐怕你还得在这里住一宿。我们离市区很远，司机明天早上才会回来。我会给你打一针镇静剂，让你睡觉。你明天早上十点就可以离开。你确定吗，*我的孩子*，这确实是你想要做的吗？最后的机会。”

我点点头。他正握着我的手。这感觉很安慰，我真想哭，想被人抱着。哦，就为一点小小的安慰，我们什么事做不出来呢。

“你倒可以真的帮我点忙。”他说，“角落里那个孩子受了很大的心理创伤。她妈妈身体状况很糟，帮不了她。我怀疑是她爸爸干的，或是某种特别恶劣的情况。她真的需要这次流产。你能帮我照顾她吗？今晚安抚安抚她？”

我跟着他走到小女孩床边，做了自我介绍。他让我告诉她，他要做什么，会出现什么情况；对她解释，这个过程安全又轻松，一切都会好起来的。现在他要听听你的心脏和肺……现在他要探测你体内往上的地方……（他说不疼，我告诉她会疼。）他必须这样做，以保证一切安全。

她仍然抗拒着。“*用力！*”他说。来硬的。老妇人和我抓住她。接着我和医生按住她，对她说话，试图安抚她，老妇人则往她小小的身体里插管子，一英尺又一英尺。结束后，我拥抱了她；她抽噎着，紧紧搂住我不放。她妈妈坐在床脚的椅子上，脸像石头般僵硬。

“她休克了？”我问医生。“没有。只是喝得烂醉。”恰在此时，她倒在地板上；我们扶起她，把她放到和她女儿相邻的床上。

之后，他和老妇人离开，到另外两个挤满病人的房间里去了。两个印第安姑娘端着餐盘走进来。

“你想让我在这儿和你一起吃吗？”我问那个女孩。她点点头。她叫萨丽，从密苏里来。她基本就说了这些，但是她吃饭吃得狼吞虎咽。她以前从没吃过墨西哥玉米饼，觉得要是有点白面包就好了。这是啥东西？牛油果。很好吃。放些这个和肉在玉米饼上。像这样，卷起来。

“你妈妈没事吧？”我问。

“她早上起来会难受。”萨丽掀开床垫。下面是半品脱占边威士忌。“要是我不在这儿而你在的话，把这个给她，她需要，这样她就不难受了。”

“好吧。我妈妈也喝酒。”我说。

之后她们收走餐盘，老妇人拿来大片的速可眠，让我们服下。年纪小的女孩们打了针。老妇人在萨丽妈妈身边犹豫了一下，随后也给那沉睡的女人打了一针巴比妥盐酸。

我躺在床上。床单很粗糙，一股在太阳下晒过的气味，很好闻，墨西哥粗毛毯散发着原毛的气味。我想起了纳卡多奇斯的夏天。

医生连再见都没说。说不定乔会回家的。噢，我真是一点脑子都没有。也许我该流产。抚养一个孩子都不称职，更别说两个了。亲爱的上帝啊……我该怎么……？我睡着了。

从什么地方传来可怕的呜咽声。房间里很黑，但借着走廊里暗淡的灯光，我能看出萨丽的床空着。我跑到走廊里。一开始我没能推动卫生间的门。她在地上躺着，抵住了门，已不省人事，脸色如死人般惨白。满地是血。她出现严重的大出血，被一圈圈纠结的管子缠绕，如同狂怒的拉奥孔雕塑。管子上黏着凝结的血块，绕着她拱起、弯曲，蜿蜒滑动，如同活物。她仍有脉搏，但我唤不醒她。

我在走廊里奔跑，拍打着一扇扇门，直到喊醒那个老妇人。她仍然穿着白色制服；她穿上鞋，跑进卫生间。她迅速瞟了一眼，便跑到办公室打电话。我在外面等，听着。她抬脚，把门踢上。

我回到萨丽身边，给她洗脸、洗胳膊。

“医生要来了。回你的房间去。”老妇人说。印第安姑娘站在她身后。她们抓住我，把我放在床上；那女人给我打了一针。

我醒来时，房间里洒满阳光。有六张空床，铺得整整齐齐，覆盖着亮粉色的床单。外面，金丝雀和小雀在歌唱。微风中，洋红色九重葛拂着打开的百叶窗，发出沙沙的响动。我的衣服放在床尾。我拿起衣服，走进卫生间，里面已是一尘不染。我洗漱，穿衣，梳头。我摇摇晃晃，镇静剂药效还没退。我回到房间时，其他女人被陆陆续续用轮床推回她们的床位。那个没能做流产的女人坐在椅子上，望着窗外。印第安姑娘用托盘端来加了奶的咖啡、甜面包、切片的橙子和西瓜。女人们有的吃早饭，有的朝盆里呕吐，或者跌跌撞撞地走向卫生间。每个人都行动迟缓。

“早上好。”医生穿一件绿色长袍，口罩拉到下巴底下，黑色长发乱蓬蓬的。他微微一笑。

“希望你睡了个好觉。”他说，“过几分钟，你会坐第一辆车离开。”

“萨丽在哪儿？她妈妈呢？”我大着舌头。很费劲才说出话来。

“萨丽需要输血。”

“她在这儿吗？”还活着吗？这话说不出口。

他抓住我的手腕。“萨丽没事。你东西都带好了吗？车马上要走了。”

我们五个被催着进了走廊，来到外面，上了车。车子启动，我们听到大门在身后关上。“谁去埃尔帕索机场？”其他几个女人都要去机场。

“把我放在桥头，华雷斯那边。”我说。我们继续行驶。没有人说话。我很想说点傻话，比如“多好的天气啊”。实际上，天气确实很好，晴朗明媚，天空呈现一片浓艳的墨西哥蓝。

但车内的沉默无法穿透，气氛沉重，压抑着羞耻和痛苦。只是少了恐惧。

华雷斯市区的喧嚣与气息跟我童年时一模一样。我感觉自己仍是在小时候，很想就这样到处逛逛，但我还是招手叫了辆出租车。结果酒店只隔几个街区。看门人付了车钱。贝拉·琳已经吩咐过了。他们在房间里，他说。

房间里一片狼藉。本和贝拉坐在床中间，嘻嘻哈哈，撕着杂志，一页页抛向空中。

“这是他最喜欢的游戏。看来他长大了要当评论家？”

她站起身拥抱我，盯着我的眼睛。

“天哪！你没做！你这小傻瓜！傻瓜！”

“是的，我没做！”我把本抱进怀里，哦我喜欢他的气味，喜欢他瘦骨嶙峋的小身子。他咿咿呀呀说个没完。看得出他们玩得很开心。

“是的，我没做。可我还是得付钱，不过我会弄到钱还给你的。只是别教训我。贝拉，那儿有个小女孩，叫萨丽……”

人们说贝拉·琳被宠坏了，举止轻浮，没心没肺。但没有任何人能像她那样善解人意……她简直什么都明白。我什么都不用说，尽管后来我当然还是说了。我只是哭，于是她和本也跟着哭了。

但我们莫伊尼汉家的人，哭归哭，生气归生气，也就到此为止了。本第一个哭烦了，开始在床上蹦蹦跳跳。

“听着，露，我当然不会教训你。无论你做什么，我都没意见。我只是想知道，我们现在该怎么办？来杯龙舌兰日出？吃午饭？逛街？我反正是饿坏了。”

“我也是。咱们去吃饭吧。我还想给你外婆和雷克斯·吉普买点东西。”

“那么，本，这样安排可以吗，还是你想干点别的？你会说‘逛街’吗？我们得教这孩子什么值钱了。逛街！”

客房服务员送来她的流苏夹克。我们俩换衣服、化妆，给本穿衣服。我还以为他生了疹子，结果他满脸的红色都是被她亲的口红。

我们在漂亮的餐厅吃饭，心情愉快，无忧无虑。年轻，漂亮，自由，未来在我们面前展开。我们聊着八卦，嬉笑着，揣测餐厅中每个人的人生经历。

“好了，我们最好赶紧回家团聚。”喝到第三杯咖啡兑甘露咖啡力娇酒的时候，我终于说。

我们买了礼物，又买了一只草编篮子，把东西都放进去，连同房间里所有的玩具。我们离开时，贝拉·琳叹了口气：“酒店感觉真像家啊，我总是舍不得离开……”

在泰勒舅舅乡间住宅的宽大前门里，罗伊·罗杰斯[①]和黛尔·埃文斯[②]正在纵声高唱圣诞颂歌。屋内还安装着一台泡泡机，所以第一眼看到那棵巨大的圣诞树，是透过肥皂泡五光十色的棱镜。

“老天爷！简直像在洗车！瞧这地毯弄的。”贝拉·琳拔掉机器电源，关掉音乐。

我们走下石板楼梯，走进庞大的起居室。原木，整棵的树，在壁炉里熊熊燃烧。蒂妮舅妈的亲戚没精打采地靠在皮沙发和按摩椅上，看着电视上的橄榄球赛。本径直坐下；他从没看过电视。可爱的小宝宝，从没离开过家；一切他都从容地接受。

贝拉·琳介绍了我们，但他们大多只点点头，视线几乎没从盘子和比赛上挪开。他们都衣冠楚楚，仿佛是来参加葬礼或婚礼，可看上去仍像一群佃农，或是遭了龙卷风的灾民。

我们又登上楼梯。“明天爸爸的聚会上，我真是迫不及待要见这些人呢。早上我们去接约翰叔叔，然后把你妈妈接来。之后便是盛大的家庭招待会。来的大多是钻石王老五，所以咱们跟他们不一样。但也有不少老朋友，想见见你和宝宝。”

“耶稣啊，我们的救世主！”是韦德老太太，蒂妮的母亲。她丢下拐杖，弯腰捞起本抱在怀里，抱着他在餐厅里跌跌撞撞地走来走去。他开心地笑着，以为是在做游戏，他们俩撞在餐具柜和瓷器陈列柜上，水晶摔成碎片。我妈妈最喜欢说的一句话是：“人生充满凶险。”韦德老太太抱着孩子，踉踉跄跄地走向她的房间，那里还有一台电视，正演着肥皂剧，她床上有很多破烂儿，足够让本开心

---

① Roy Rogers (1911－1998)，美国歌手、演员，以出演西部片而闻名，有“牛仔之王”的称号。

② Dale Evans (1912－2001)，美国歌手、演员、歌曲作者，罗伊·罗杰斯的第三任妻子。

地玩上好几个月。从德克萨肯纳买来的几个室外厕所造型的盐瓶，贵宾犬造型的卫生纸托盖，毛毡做的小香袋，宝石脱落的手镯。都是脏兮兮的样子，正要废物利用，当作圣诞礼物。韦德太太和本一起倒在床上。本在那儿和她待了几个小时，啃着几个夜光耶稣像；她则用皱巴巴的破纸片和纠缠成团的丝带包装礼物，大声唱着："耶稣爱我，是的我懂得！因为《圣经》那样对我说！"

餐厅的桌子颇似游轮上的瑞典式自助餐广告。我站在那里，盯着一盘盘肉、沙拉、烤肋排、花色肉冻、虾、奶酪、蛋糕、馅饼，正心想着这些东西都会到哪儿去呢，这时蒂妮的亲戚们冲了进来，一个接一个，搞鬼鬼祟祟的突袭，又急匆匆赶回去看橄榄球赛——于是这桌食物就在我眼前渐渐消失。

埃丝特穿一身黑制服，站在厨房里，弯腰拌着一大盆面糊，准备做玉米粉蒸肉。烤箱里烤着肉馅饼。贝拉·琳拥抱了埃丝特，好像与她分别了几个月似的。

"他打电话了吗？"

"当然没有，宝贝。他不会打的。"埃丝特搂着她，轻轻摇晃着。她把贝拉·琳从小带大，但不像别人那么娇惯她。以前我认为埃丝特很刻薄。好吧，实际上她就是挺刻薄的。她一见我就说："瞧啊……又一个没脑子的姑娘！"她也拥抱了我。她是个身材娇小、骨骼纤细的女人，但是她能整个包住你。

"那个可怜的宝宝呢？"她走进去看本，回来再次拥抱了我，"好可爱的宝宝。他是个有福的孩子。你感激吗，姑娘？"我笑着点点头。

"我们可以帮你做粉蒸肉，"我说，"只是我想去跟泰勒和雷克斯打个招呼。还有蒂妮舅妈。她会……"

“她不会下来的。她有电热毯、收音机，还有酒。是的，她会在上面待一阵子的。”

“谢天谢地。”贝拉·琳说。

“去给工作间里那些长不大的男人们搞些吃的。给雷克斯多来点虾。”

泰勒的“工作间”实际上是一套旧土坯房，有一间很大的休息室兼客房，一间放满新老各式枪支的巨大房间。大休息室里有个大壁炉，墙上挂满作为战利品的动物，瓷砖地上铺着熊皮。卫生间地板上铺着一块乳房地毯，上面是颜色各异大大小小的橡胶乳房。那块地毯是巴里·戈德华特送给泰勒的礼物，巴里曾经竞选过美国总统。

此时天黑了，冷而晴。我跟着贝拉·琳走在人行道上。

“骚货！白垃圾！”

我吓了一跳，屏住呼吸。贝拉笑了起来。

“那不过是妈妈，在房顶上。”

雷克斯和泰勒舅舅见到我很高兴。他们说，要是乔再踏进美国领土一步，只要告诉他们一声，他们就会把他大卸八块。他们正喝着波本威士忌，列着清单。房间里堆满了购物袋。每年他们都会给老人院、儿童医院和孤儿院送礼物，为此耗资成千上万。只是他们不开支票。乐趣就在于挑选每件礼物，然后带着食物和圣诞老人到那些地方去。

今年他们有个新计划，因为现在雷克斯有架飞机了。一架派柏单翼轻型飞机，就停在泰勒的南牧场上。平安夜，他们要把一袋袋玩具和食品空投到华雷斯的棚户区。两个男人有说有笑地谈论着他们的计划。

“可是爸爸，”贝拉说，“咱们拿妈妈怎么办？还有玛丽姑姑？我和露怎么办呢？老虎搞大了她的肚子，又来叼走了我的丈夫。”

“明天的聚会，希望你们俩都有亮眼的衣服可穿。会来几个宴会承办人，但埃丝特还是会需要帮手。雷克斯，你估计那些残疾孩子们需要多少棒棒糖？”

急诊室手记，1977

急诊室里从来听不到警报声——司机在韦伯斯特街就关掉了警报器。我用眼睛余光看ACE或联合救护公司[①]救护车上的红色尾灯。通常情况下我们有所准备，就像电视上演的那样，医疗网络广播已提前预警。“城市一：这里是ACE，代码二。四十二岁男性，头部受伤，血压190/110。有意识。预计三分钟到达。”“城市一……76542结束。”

如果是代码三，就是危重病人，医生护士就到外面，边等边聊。在里面的六号病房，即创伤抢救室，是蓝色代码团队[②]。心电图，放射科医师，呼吸科医生，心脏病护理护士。尽管大多数病人是重症急诊，开车的急救人员或消防队员却忙得来不及提前打电话。皮德蒙特消防队从来不打电话，而他们送来的急诊病人都是最危急的。犯严重冠心病的富人，吞安眠药自杀的家庭主妇，游泳池溺水的儿童。

① ACE和联合救护均为救护车服务公司的名称。

② 灾难应对系统用不同颜色和数字的代码表达不同种类的紧急状况，含义可能因国家、地区而异。蓝色代码是指心肺骤停。

一天到晚，那些像沉重灵车似的凯迪拉克急救车倒进紧急停车区最左侧。一天到晚，就在我的窗外，他们的轮床飞速经过，去做钴 60 放射治疗。救护车是灰色，司机制服是灰色，毯子是灰色，病人是黄灰色，除了他们的脑壳或咽喉处，那里被医生用荧光马克笔标上了耀眼的红色 X 记号。

他们以前要我去那儿工作。谢谢，还是算了。我讨厌拖拖拉拉的告别。我干吗还要拿死亡开无趣的玩笑呢？现在我严肃地看待死亡。研究它。不是直接研究，只是东闻闻西看看。我把死亡看作一个人……有时候是很多人，在跟我打招呼。盲人黛安·阿德利太太，吉奥诺蒂先生，Y 女士，我外婆。

Y 女士是我见过的最美的女人。实际上她看起来像个死人，皮肤近乎透明，白里透蓝，骨骼精致的东方面孔宁静恬然，不见衰老。她下身穿黑色休闲裤和靴子，上身穿中式立领短衫，是在亚洲剪裁的，还是在法国？也许是在梵蒂冈——她的衣服有主教法袍，或者 X 光罩袍的厚重。手工缝制的镶边，富丽的紫红、洋红、橙黄。

她的宾利车九点钟开来，司机是个没礼貌的菲律宾人，在停车场一支接一支地抽舍曼雪茄。她的两个儿子身材高大，身穿香港制造的西装，陪她从车旁走到放射科入口。之后还要走一段长长的走廊。她是唯一一个自己走过去的人。在入口，她转身看着儿子，微笑，鞠躬。他们躬身还礼，望着她，直到她走到走廊尽头。等她消失，他们便去喝咖啡，打电话。

一个半小时，大家立刻再次出现。她颧骨上带着两处闪亮的紫点，与她儿子、那辆宾利车和菲律宾司机，一起悄然离去。银色汽车耀眼的闪光，她的乌黑秀发，她的丝绸衣衫。整个仪式如血液一般静默而流畅。

如今她已经离世。不确定是什么时候，在我不值班的某天。反正她看起来一直像死人，只不过是很美的死人，如同一幅插图或广告。

我喜欢急诊室的工作。血，骨头，肌腱，在我看来像是一种肯定。我对人体怀有敬畏，为它的忍耐力。感谢上帝——因为拍 X 光片或打杜冷丁要等上几个小时。也许是我病态。垃圾袋里的两根手指，径直穿透一个皮条客干瘦后背、闪闪发光的弹簧刀，这些令我着迷。在急诊室里，一切都是可修复的或不可修复的，我喜欢这个事实。

蓝色代码。啊，人人都爱蓝色代码。那些人处于死亡边缘——他们心跳停止，呼吸停止——但急救小组能够，而且也经常的确让他们起死回生。哪怕病人是位八十岁的衰竭老人，回天乏术，你依然不由自主地卷入一场复活的戏剧，哪怕只是一小会儿。许多生命，年轻而丰饶的生命，被挽救。

那种速度与兴奋，十个或十五个人，表演者……简直像剧院的首演之夜。病人要是清醒，也会参演，哪怕只是对周遭发生的一切表现出兴趣。他们看上去从不畏惧。

如果有家属陪病人一起来，我的工作就是从他们口中获取信息，或者把进展通报给他们。主要还是让他们放心。

如果说医护人员认为代码有好坏之分的话——每个人是否尽到该尽的职责，病人是否响应——我则认为死亡有好坏之分。

坏的死，是那种死者"近亲"一栏内填的是旅馆经理，或者是中风患者因脱水而死，两周之后才被清洁女工发现遗体。真正糟糕的死，是那种有好几个儿女和儿媳女婿，他们被我从大老远的地方召来，却仿佛彼此陌生，跟垂死的父亲或母亲也好像素不相识。无话可说。他们不断讨论着要安排一下，得安排一下，由谁来安排。

吉卜赛人属于好的死。我是这么想的……护士和保安并不这么认为。他们总会来几十个人，要求陪着垂死的病人，亲吻他们，拥抱他们，拔掉电源，弄坏电视、监视器和各种设备。吉卜赛人之死最好的一点就是，他们从来不让孩子们保持安静。大人们哀号、痛哭、抽泣，但孩子们还都照样跑来跑去，玩耍嬉戏，没人告诉他们该伤心，该表现出尊敬。

好的死似乎恰好会对应好的代码——病人对所有救命的治疗都产生奇迹般的反应，之后才悄然逝去。

吉奥诺蒂先生的死是好的死……家人尊重医护人员的要求待在外面，但是他们人数众多，一个接一个进去，让吉奥诺蒂先生知道他们来了；出来之后又宽慰其他人，说医生已经尽力了。他们那么多人，坐着，站着，触碰，吸烟，偶尔笑笑。我感觉自己在出席一场庆祝会，一次家庭团聚。

关于死，有一点我确实知道。人“越好”，越有爱心，越快乐，越有同情心，其死亡造成的裂痕就越小。

吉奥诺蒂先生死的时候，对，他已经死了，吉奥诺蒂太太哭了，他们都哭了，但他们是一起哭，而且实实在在地陪伴着他。

不久前的一天夜晚，我在 51 路车上遇到盲人阿德利先生。几个月前，他太太黛安·阿德利送到医院时已经死亡。他在楼梯口发现了她的尸体，用拐杖碰到的。讨人厌的麦考伊护士不断对他说，别哭了。

"阿德利先生，哭根本没用。"

"什么能有用！我也只能哭啊！别管我！"

当听到麦考伊离开去做安排，阿德利先生对我说，他以前从来没哭过。这把他吓坏了，因为他的眼睛看不见。

我把她的结婚戒指套在他的小指上。她的胸罩里放着一千多美元脏乎乎的钞票。我把钱放进他的钱包里。我告诉他，面额有五十、二十和一百的，他需要找人帮他整理一下。

后来我在公交车上遇到他，他一定是记住了我走路的声音或身上的气味。我刚爬上车就疲惫地倒在最近的座位上，根本没看到他。他竟然从前面靠近司机的座位上站起来，走到我身边坐下。

"你好，露西亚。"他说。

他很风趣，描述他在山顶盲人之家的邋遢的新室友。我想象不出，他是怎么知道他室友邋遢的，但接着我明白了，对他说关于两个盲人室友，我有个马克斯兄弟[①]式的想法——剃须膏抹在意大利细面条上，在撒出来的填馅通心粉上滑倒，等等。我们哈哈大笑，沉默下来，握着手……从欢乐谷到阿尔卡特拉兹大道。他轻声哭泣。我的泪水则是为我自己的孤独、我自己的盲目而流。

我在急诊室上班的第一个晚上，ACE 救护车送来一位无名女病人。当晚医护队缺人手，于是我和救护车司机给她脱衣服，褪下她破破烂烂的连裤袜，露出静脉曲张的腿，以及鹦鹉爪子似的弯曲的脚指甲。我们揭下她的文件，不是从她脏成灰色的肉色胸罩上，而是从她黏糊糊的胸脯上。一个身穿海军制服的年轻人的照片：乔治，一九四四年。三张浸湿的普瑞纳妙多乐猫粮优惠券，还有一张

① Marx Brothers，美国喜剧演员团体，热衷于塑造痴狂或荒诞的形象。

模糊的红白蓝三色医保卡。她叫珍，珍·多尔蒂。我们试着查电话簿。没有珍，没有乔治。

老太太们的钱包，要是还没被人偷去的话，里面除了下排假牙、51 路公交车时刻表和有名无姓的通讯录，从来没有别的东西。

我和司机一起拼凑零零碎碎的信息，打电话到加州旅馆找安妮，她的名字有下划线，五点家政公司的清洁工。有时候我们只能等家属打电话来找他们。急诊室的电话一天到晚响个不停。“你们见没见过一个——”老年人。我常把老年人搞混。要给某位已经九十五岁的老人做全髋关节置换或冠状动脉搭桥手术，听他气若游丝地哀告“求求你，让我走吧”，说来真让人愧疚。

老年人好像本不该那么经常跌倒，不该洗那么多的澡。但是对他们来说，能一个人走路，能自己两脚站立，这大概十分重要。有时候他们好像是故意跌倒的，就像那个女人，把所有泻药都吞下去，就为能离开养老院。

护士和救护车司机之间常常调笑玩闹。“回头见——回头犯[①]。”他们边做气管切开术，或为方便监测边给病人剃发，边不停说笑话，这在以前会让我十分震惊。一个八十岁的老太太，骨盆断裂，呜咽着：“握住我的手！求你握住我的手！”救护车司机们却喋喋不休地谈论奥克兰运动家队吉祥物。

“握住她的手，听见没有！”他看着我，好像在看一个疯子。我已经不再和人握手了，并且经常开玩笑，只是不当着病人的面。工作紧张，压力很大。时时处于生死攸关的环境中，会让人心力交瘁。

更让人心力交瘁，而且真正使你紧张和悲观的是，急诊室接诊

① 原文为“seizure later”，是“see you later”（回头见）的谐音，字面意思是“待会儿发作”。

的病人，有那么多不仅并非身患急症，甚至根本没病。这种事太多了，让你不禁盼望来个真正被人捅了刀子或挨了枪子儿的。一天到晚，不分日夜，人们涌入急诊室，因为食欲不振、大便不规律、脖子僵硬、小便呈红色或绿色（无外乎是午饭吃了甜菜或菠菜）。

夜深人静的时候，你有没有听到那些没完没了的警报声？其中不止一辆要去接的不过是某个搞不到波特酒喝的老家伙。

一份又一份病历。焦虑反应。紧张性头疼。换气过度。醉酒。抑郁。（这些是诊断结果——病人自诉则是癌症、心脏病、血栓、窒息。）每个病人花费几百美元，包括救护车、X光片、化验、心电图的费用。救护车得到一张加州低保付费凭证，我们得到一张加州低保付费凭证，医生得到一张加州低保付费凭证，而病人打个小盹，等出租车来接他们回家，车费用低保券付。天哪，难道我已经变得和麦考伊护士一样不近人情了？恐惧、贫困、酗酒和孤独是不治之症。实际上，就是急症。

我们确实会接到危重创伤或心脏病患者，短短几分钟之内，他们会在令人惊叹的技术和效率下得到治疗，状况得以稳定，并被火速送进手术室、重症监护室或冠心病监护病房。

酗酒者和自杀者会花去几小时时间，占用别人急需的病房和护士。我的办公桌前总有四五个人等着登记。踝骨骨折，链球菌性咽喉炎，车祸导致的颈部扭伤，等等。

莫德一身酒气，迷迷瞪瞪，四肢摊开躺在轮床上，像发神经的猫一般揉搓着我的胳膊。

“你真好……真迷人……亲爱的，是我这眩晕惹的祸。”

“你姓什么？家庭住址？你的医保卡呢？”

“没了，全没了……我好惨，好孤单。他们会让我住院吗？我的内耳一定有问题。我儿子威利从来不打电话。当然了，他在戴利城，要打收费长途电话。你有孩子吗？”

“在这儿签名。”

在她手提包里那些乱七八糟的东西中，我只找到一点点信息。她用 Z 字牌卷烟纸擦口红。硕大的脏乎乎的吻，像爆米花般在她的包内翻腾。

“威利姓什么？他的电话号码？”

她哭起来，伸出双臂来搂我的脖子。

“不要给他打电话。他说我恶心。你也觉得我恶心。抱着我！”

“咱们待会儿见，莫德。松开我的脖子，在这张纸上签名。松开。”

醉酒者总是一个人来。自杀者身边至少会跟着一个人，通常跟着的人更多。可能大家普遍也都这么想。至少会有两个奥克兰警员。我终于明白，为什么自杀也被视作一种犯罪。

吸毒过量是最可怕的。惯犯。护士们通常都太忙。他们给病人服药，可病人还得喝十杯水。（这还不是那些需要洗胃的危急患者。）我真想把手指插进他们的喉咙。打嗝，流泪。“给，再喝一杯。”

有“好”的自杀。很多时候有“好的理由”，比如身患绝症，疼痛难忍。但我更钦佩的是好的技巧。子弹穿过大脑，手腕割法得当，足量的安眠药。这些人，即便自杀未遂，也似乎表现出一种平和，一种力量，仿佛经过深思熟虑后做出的决定。

让我心烦的是重复——四十颗青霉素胶囊，二十片安定和一瓶德里斯坦感冒药。是的，我意识到，统计数据显示，那些扬言自杀或试图自杀的人最终会达成目的。可我一直深信，那总是意外。约翰，通常五点钟到家，路上爆了胎，没来得及救他的妻子。有时候，我怀疑那是一种过失杀人，丈夫或其他经常去救助的人终于厌烦了，懒得再在千钧一发的犯罪时现身。

“马文去哪儿了？他准急死了。”

“他去打电话了。”

我不愿告诉她，他在餐厅，已经喜欢上那里做的鲁宾三明治。

加州大学考试周。很多人自杀，有的成功了，大多是东方人。这周最蠢的自杀者是奥蒂斯。

奥蒂斯的太太露－伯莎抛弃了他，另寻新欢。奥蒂斯吃了两瓶盐酸苯海拉明助眠药，可依然清醒得很。甚至精神头十足。

“赶紧去找露－伯莎，再晚就来不及了！”

他在抢救室不停大呼小叫，向我发号施令。“我母亲……玛丽·布洛克德，849－0917……试试亚当夏娃酒吧，看露－伯莎在不在那里。”

露－伯莎刚刚离开亚当夏娃酒吧，去了夏利马尔酒吧。电话很长时间都占线，后来才有人接，这期间史蒂夫·旺德唱完了一整张唱片《你啥都别担心》。

“把那个再给我放一遍，宝贝儿……他服什么过量了？”

我告诉了她。

“呸！你去告诉那没骨气没出息的黑鬼，他要是指望我离开这地儿，最好多吃点药劲儿更猛的东西。”

我进去告诉他……说什么呢？说她很高兴他没事，也许吧。但他正在六号病房打电话。穿着自己的裤子，上身依然穿着圆点病号服。他在自己夹克口袋里找到半品脱皇门伏特加，正一副经理派头地溜达着。

“乔尼吗？是啊。我，奥蒂斯。我在急诊室呢。你知道，离百老汇街不远。什么事啊？还好，还好。露－伯莎那贱人在跟达瑞尔鬼混……（沉默。）见鬼，不会吧。”

护士长走进来。“他还在这儿？把他轰出去！我们马上要来四个急诊。车祸，都是代码三，估计十分钟到。”

我争取尽量在救护车到达之前给更多病人登记。这些人只能稍等片刻，其中大约半数人会离开，可与此同时，他们全都焦躁而愤怒。

哦，见鬼……还有三个病人排在前面，但最好还是先让她登记。是偏头痛患者玛琳，急诊室常客。她那么漂亮，那么年轻。刚才她还在跟莱尼大学篮球队的两个队员聊天，其中一个伤了右膝。她突然停下来，跌跌撞撞地走向我的办公桌，开始按她的老套路表演。

她的号叫颇似奥内特·科尔曼[①]的早期作品《孤独女人》。一开始，她主要是拿脑袋撞我办公桌旁边的墙，一挥手把我桌上的东西全扫到地上。

然后她开始号叫。高声叫喊，极度痛苦地尖叫，让人联想到墨西哥斗牛，得克萨斯情歌，“哎咦——，喂，咦！”

“啊哈，圣安东！[②]”

她已经跌坐在地上，我只能看到一只指甲修剪得精致的手，把一张加州低保卡伸到桌上。

“难道你看不出我快死了吗？我要瞎了，老天！”

“行了，玛琳——你那假睫毛是怎么粘上的？”

---

① Ornette Coleman（1930－2015），美国爵士萨克斯、小提琴及小号演奏家，作曲家。

② 出自维克多·杨（Victor Young，1899－1956）创作的歌曲《啊哈，圣安东》，这首歌是美国西部片《边疆铁骑兵》（*Rio Grande*）中的插曲。

“可恶的臭女人。”

“玛琳，坐起来，登记。救护车马上到了，不然你还得等。坐起来！”

她坐起来，开始点一支酷牌薄荷烟。“别点烟，在这儿登记。”我说。她登记了，泽夫过来了，要带她去病房。

“哎哟，这不是我们愤怒的老伙计玛琳嘛。”

“别逗我，你这蠢护士。”

救护车到了，果然是急诊。两死。一个小时内，所有护士和医生，轮班的，当值的，外科的，大家都守在六号病房，围着那两个幸存的年轻伤者。

玛琳一只手费力地往天鹅绒外套的袖子里钻，另一只手在涂洋红色口红。

“老天啊——我可不能整晚都耗在这破地方，是吧？回见啦，亲爱的！”

“回见，玛琳。”

逝水年华[1]

我如今已在医院工作多年，要说我从中学到了些什么，那就是病人病得越重，就越安静。所以，我不理会病人的呼叫器。我是病房管理员，首要职责是开药和输液，打发病人去做手术或拍片。当然最后我还是会应答他们的呼叫，通常告诉他们：“护士很快就会过去的！”因为护士早晚会露面。我对护士的态度已经有了很大转变。以前我认为她们死板、无情。但那是疾病的错。我现在把护士的冷漠看作对抗疾病的武器。与它搏斗，踏扁它。你也可以说，无视它。迎合病人的每一种突发奇想，这只会鼓励他们喜欢上生病——这是事实。

刚开始的时候，当呼叫器上一个声音喊道：“护士！快来啊！”我会问：“怎么啦？”那太耽误时间；再说，十次有九次不过是电视不出颜色了。

只有那些说不出话的呼叫我才重视。呼叫器灯亮了，我按下按

① 原标题为法语。

钮。没有声音。显然他们有话要说。通常是出了问题，比如结肠造瘘袋满了。如今，这是另一个仅有的、我可以肯定的状况。病人会被他们的造瘘袋吸引。不只是那些精神错乱或老年痴呆的，他们真的会摆弄那东西玩；但每个用上造瘘袋的病人都不可避免地为那一过程的可见性而惊叹。假如我们的身体是透明的，像洗衣机的观察窗，那会如何？观察我们自己该多么奇妙。慢跑的人会跑得更卖力，看血液循环喷涌。恋人们会爱得更猛烈。哇塞！瞧那精子老弟冲得多带劲！人们会改善饮食——猕猴桃与草莓，罗宋汤配酸奶油。

总之，当4420病房二床的呼叫灯亮起的时候，我走进他的病房。布鲁格先生，一位上了年纪患过严重中风的糖尿病患者。首先我看到造瘘袋满了，正如我所料。“我会告诉你的护士。”我说，微笑着看着他的眼睛。天哪，我一下被击中，好似从自行车把手上翻下来，如同在东四街现场聆听一曲凡德伊的奏鸣曲[①]。小珠子般的黑眼睛，从内眦赘皮的灰白色褶皱间欢笑。仿佛是佛陀的眼睛……黑刺李的眼睛，慢吞吞的眼睛，几近蒙古人的眼睛。肯特施里夫的眼睛，冲我开心地笑……我被爱的记忆，不是被爱本身，淹没了。布鲁格先生无疑也有同感，因为从现在起他整夜没完没了地按他那爱意绵绵的呼叫铃。

他摇着头，笑话我误以为是造瘘袋又满了。我左看右看。电视屏幕正在播放《天生冤家》，令人眼花缭乱。我调了下电视，离开，匆匆回到办公桌前，回到记忆的柔波之中。

一九四〇年，爱达荷州，穆兰市，晨颂矿。我五岁，正对着初

---

① 指普鲁斯特《追忆似水年华》中斯万听女友奥黛特演奏的一首曲子。凡德伊是普鲁斯特虚构的作曲家。

春的太阳用大脚趾照影子玩。我先是听到他。苹果的声音。芹菜？不，是肯特施里夫，在我的窗下吃风信子球茎。他嘴角粘着泥巴，肝紫色的嘴唇，像布鲁格先生的嘴唇一样湿湿的。

我飞奔向他（肯特施里夫），头也不回，毫不犹豫。至少我记得的下一件事是，我自己也开始啃那又脆又凉的鼓胀球茎。他冲我咧嘴笑，葡萄干眼睛在肉嘟嘟的眼缝里熠熠生辉，鼓励我好好品尝。他并没有用那个词——我第一任丈夫确实向我展示过韭葱和红洋葱的微妙之处（在我们圣达菲的厨房，椽子和墨西哥瓷砖）。后来，我们（我和肯特施里夫）吐了。

我在办公桌前机械地工作，接电话，呼叫氧气和化验室人员，飘向银柳、香豌豆和鳟鱼池塘那温暖的意识流中。初雪过后，夜间矿场上的滑轮与索具。璀璨星空下的野胡萝卜花[1]。

“他了解我身体的每一寸肌肤。”我在哪儿读到过这句话吗？当然不会有人说过这种话。那个春天稍晚时，我们在树林中脱光衣服，数对方身上的每一颗痣。每天数到哪里，都用墨汁标好。肯特施里夫指出，墨汁留下的点，就像猫咪的小鸡鸡。

肯特施里夫识字。他名肯特，姓施里夫，可他告诉我的时候，我以为肯特施里夫是他的名。初相识的那晚，我一遍又一遍自言自语，念这个名字，唱这个名字，就像从前认识杰里米和克里斯托弗时一样。肯特施里夫肯特施里夫。他甚至会读邮局里张贴的通缉令。他说等我们长大了，说不定他会读到我的通缉令。当然那时候我会用化名，但他会知道那说的是我，因为告示上会写着，左脚前掌上有颗大痣，右边膝盖上有白斑，屁股缝里有颗痣。说不定我的某个

① Queen Anne's lace，北美称为“安妮女王的蕾丝花边”。

昔日情人会读到。我敢打赌你已经不记得那些事了。肯特施里夫会记得。我的三儿子出生时有同样的痣，就长在屁股缝里。他出生那天，我亲了亲那里，想到有一天也许另一个女人也会亲吻那里，或者数他身上的痣，我感到十分欣慰。数清肯特施里夫身上的痣花的时间比我的长，因为他还有雀斑，而两者之间差别细微。我数到他后背上时，他不相信我，怪我夸大其词。

正当我思绪纷纭之际，来了两个术后病人，医嘱一页又一页，让人心烦。从 4420 病房二床接收到的爱的冲击波，与以往所有的爱情难以区分。肯特施里夫，我的复写本。长大后成为一个爱冷嘲热讽、机智幽默的知识分子，沉迷于食色。他开始了持续终生的野炊，自锡瓦塔内霍[①] 至纽约上州。和诈骗犯哈里森一起在一座祖尼人坟墓上吃汉堡。

没有比这更诱人又吓人的了。因为他识字，所以他能告诉我，我们生了火，意味着要缴一千美元的罚款或坐牢。受罚的不是我们，是我们的父母，他哧哧笑着，又朝火焰里丢了些松球。乳头按摩霜，烤灯加热会阴处，苯唑卡因痔疮喷雾，坐浴每日三次。我飞速处理完处方，好重新回到过去，嗅一嗅松果的香气，尝一尝他白面包上熏牛肉片的滋味。涂面包的酱是一瓶杰根牌护手霜——蜂蜜杏仁——此后再没有甜酸味的酱能与之媲美。他能烤出得克萨斯、爱达荷和加利福尼亚形状的薄饼。他星期六吃过甘草汁后，直到下星期三牙齿都是黑的，整个夏天嘴里都是蓝莓色。

我们尝试学人做爱，但还是作罢，于是专注于看谁对着一个目

① Zihuatanejo，墨西哥格雷罗州第四大城市，临太平洋。

标尿得准。当然，他比我强，但对一个女孩子来说撒尿瞄准可不是件容易事。他冲我点点头，眯缝的眼睛一闪，认可了我的成绩。

他带我去鳟鱼池塘，那是我第一次去。只是个鳟鱼池塘。我的意思是，空池塘，鳟鱼孵卵的地方。一年只有几次，人们会把这些浅塘的水抽干，而他清楚该什么时候去。尽管他的眼睛像睁不开似的，如同爱斯基摩人的木制太阳镜，但他什么都能看透。窍门就是，趁他们还没清理干净那个空池塘，找个暖和天去。池塘边有一行三英寸深、黏糊糊凝胶状的鳟鱼精液烂泥。我会先推他一把，把他发射到池塘尽头，而他往后一跳，弹回到我身上，像一只喷气式癞蛤蟆。于是我们身子一歪，像滑溜溜的气压输送管，从池塘壁滑下去，浑身沾满鳟鱼鳞片，闪闪发亮。

为了除味，我们用番茄汁洗头，可味道还是洗不掉。好多天之后，他去上学，而我躺在那儿，举着脚指头在墙上照影，依然能闻到一股死鱼的腥气。于是我便渴望他，渴望能听到他向山坡上走来，午餐饭盒撞着腿砰砰作响的那一刻。

我们躲在 J. R. 家厨房后的小棚子里，看他和他那瘦骨伶仃的老婆干那事，动作滑稽极了，以至于我后来人生中许多的销魂时刻，都被我一阵咯咯傻笑给毁了。他们坐在铺着油布的桌前，闷闷地抽烟、喝酒，没完没了，只是抽烟、喝酒，一声不响，接着他会扯掉那顶带灯的矿工帽，吼一声“狗爬式！”便一把将她从厨房的凳子上掀翻过来。

矿工大多数是芬兰人，收工后就会去淋浴、蒸桑拿。桑拿房外围着木栅栏，冬天的时候，他们会跑出来，跳进雪中。大块头男人，小个子男人，胖男人，瘦男人，都变成了粉红色的男人，在雪地上翻啊滚啊。起初我们透过栅栏孔往里张望，看到那些冻得发青的鸡鸡和蛋蛋，咯咯窃笑，可后来，看到他们头顶湛蓝湛蓝的天空，脚踩皑皑的白雪，玩得那么开心，我们干脆哈哈大笑起来。

夜晚，医院安静下来。护士长温迪和她最好的朋友桑迪在我旁边的桌子上随手乱涂。真的是在涂鸦，练习写“1982”，然后写假如嫁给她们现在交往的人会使用的姓名。这年头的成年女人啊。我为她们感到惋惜，这些可爱的年轻护士们，还没尝过浪漫的滋味。

“你在做什么白日梦？”温迪问。

“旧日恋情。”我叹了口气。

“真了不起——你到这把年纪还能想到爱。”

我都懒得回答。可怜的傻瓜，根本不知道我与4402病房二床之间刚刚迸发的激情。

事实上，他的铃一直响个不停。我接起：“护士马上就来。”我告诉桑迪，他想回床上去。因为此时我已经了解他，只须接纳那双肯特施里夫的眼睛。桑迪让我呼叫护理员帮她。死沉死沉的。

我一直善于倾听。那便是我最优秀的品质。也许所有点子都是肯特施里夫想出来的，但我才是那个聆听的人。我们是对经典情侣，一如泽尔达与斯科特[①]，保尔与薇吉尼[②]。我们曾三次登上爱达荷州华莱士市的周报。一次是我们失踪。其实我们根本没有失踪，只是在宵禁之后还待在城外的树林里，但他们还是抽干了几条沟渠。后来

① Zelda and Scott，美国作家弗朗西斯·斯科特·菲茨杰拉德和他的妻子泽尔达。

② Paul et Virginie，法国作家贝纳丹·德·圣比埃在小说《保尔和薇吉尼》中塑造的一对青梅竹马的悲剧恋人。

我们又在树林里发现一个死去的流浪汉。先是听到了他的死，隔着一段距离，从林中空地就听到了苍蝇嗡嗡嗡地飞。最后一次是梯子倒在塞克斯图斯身上那次。至少报纸还是喜欢那起事件的，可我们的家人根本不喜欢。肯特施里夫得照看婴儿塞克斯图斯[1]（家里的小六，刚满月）。只是个不声不响的小襁褓，整天睡觉，所以如果抱他到屋外，到棚子里去，好像也没什么关系。我们打算爬到椽子上荡秋千，便把那小襁褓放在地上，去爬梯子。肯特施里夫一次都没有责怪过我踢倒了梯子。对于这样的事，他总是坦然接受。当时的情况是，梯子向婴儿倒去，横档四面恰巧都没砸到婴儿，而婴儿甚至没被惊醒。奇迹，只是我想那时候我们还不知道这个词。我们就那样，一连几个小时吊在宽四英寸厚两英寸的狭窄椽子上，远离地面，膝盖弯着，倒挂金钩，吓得不敢坐起来。脸上充血通红，大头朝下，说话也怪怪的。没有人听到我们的喊叫。我们两家人都去了斯波坎，近处没有别的人家。天越来越黑。我们想办法坐起来，一点点挪到边上，轮流靠在墙上。我们假装猫头鹰和蝙蝠，瞄准某些东西。我尿湿了裤子。塞克斯图斯醒了，开始哇哇大哭。我们在婴儿上方，大声地罗列出所有想吃的东西。面包抹上黄油撒上糖。肯特施里夫一天到晚都吃那个。我知道他现在已经得了糖尿病，偷吃杰根牌润肤露，导致休克。他老是呼气，格子衬衫上撒的白糖在阳光下熠熠闪光。

他得撒尿，于是有了个主意：如果他能瞄准，尿到塞克斯图斯旁边，就会让他暖和点，开心点。就在他尿的时候，我爸爸进来了，大叫起来。我吓坏了，一下从椽子上跌下来。就这样我第一次摔断

---

① Sextus，古罗马名字，意为“第六”。

了胳膊。接着，肯特施里夫的爸爸瑞德来了，一把抱起婴儿。没人帮肯特施里夫下来，甚至没人注意到梯子四面都没砸到婴儿这一奇迹。我坐在车里，疼得直发抖，看到瑞德正在痛打肯特施里夫。他没有哭，隔着院子，朝我点点头，他的眼神告诉我，挨这顿打还是蛮值的。

我和他一起睡过一夜，就在我的小妹妹切除扁桃体的那一晚。瑞德爬上梯子，把我连带毯子一起送到阁楼上去，他的五个大些的孩子都睡在上面的稻草上。那里没有窗户，只在屋檐上开了一个洞，上面盖着黑油布。肯特施里夫用碎冰锥在油布上捅了个小孔，于是便冲进一股喷气，像在飞机上那样，只不过冷冰冰的。如果把耳朵贴在洞上，就能听到松树上的冰凌、枝形吊灯，还有矿井和矿车发出吱吱嘎嘎的声音。空气中弥漫严寒的气味，烧木头的烟味。当我把一只眼睛贴在那个小洞上时，看到了星星，仿佛那是第一次看到放大了的星星，天空璀璨而浩渺。哪怕我只是一眨眼，整个天空便会消失。

我们强撑着不睡，等着听他爸妈干那事，可他们一直没干。我问他，他觉得那事是什么感觉。他抬起一只手，和我的手对在一起，十指相触，让我用另一只手的拇指和食指抚摸我们相触的手指。你分不清谁的是谁的。肯定就像这样的感觉，他说。

休息时间我没有去餐厅，而是去了四楼的阳台。一月的寒夜，但路灯下的李子花已悄然绽放。加州人为自己的季节辩护，说这里的四季微妙难辨。谁会想要一个微妙的春天呢？给我爱达荷冰雪消融季节里的任何一段旧日时光，让我和肯特施里夫坐着压扁的纸板箱，沿泥泞的山坡飞滑而下。给我一树傲然怒放的丁香，一棵熬过严冬灿然盛开的风信子。我在阳台上抽烟，金属椅子在大腿上留下冰冷的条纹。我渴望爱情，渴望晴朗冬夜里的喃喃私语。

我们只有在星期六去华莱士看电影时会吵架。他认识片头片尾的字幕，却不告诉我上面写了什么。我很嫉妒，就像后来我嫉妒一个丈夫懂音乐，嫉妒另一个丈夫吸毒。湖底女人。当第一段字幕出现时，他会压低声音说：“喂，安静！”字幕在屏幕上滑动，他眯着眼睛，点着头。有时他会摇头，或者窃笑，或者说：“哼！”如今我知道，标题最难说清楚电影，可我依然确信我错过了什么东西。那时我便急得扭来扭去，拼命摇晃他的胳膊。快点啊，上面说的啥？嘘！他甩开我的胳膊，在座位上身体前倾，捂着耳朵，蠕动嘴唇默念着。我渴望上学，盼望二年级赶快到来。（他说一年级是浪费时间。）到那时候，我们俩之间就没什么不能分享了。

4420 病房二床的铃声响了。我走进他的房间。探视他同屋病友的客人走时不小心把帘子拉过去，挡住了电视。我给他拉回帘子，他冲我点点头。还需要什么吗？我问，他摇摇头。《达拉斯》的字幕正在屏幕上浮动。

“你知道，我最后还是学会认字了，你这讨厌的小气鬼。”我说。他笑起来，滚珠般的眼睛闪着光。真说不好那到底是不是笑——只是像生锈的管子一样发出呼哧呼哧声，摇撼着他的折流式病床，但那种笑，无论在哪里，我都听得出来。

活在当下[1]

对于日渐衰老，多数时间我感觉还好。有些事会一下子刺痛我的心，比如溜冰高手。他们看起来多么自由自在，修长的双腿飞掠而过，头发向后飞扬。还有些事物让我张皇失措，比如湾区捷运[2]的自动车门。车停之后，要等很久车门才开。不是很长，但还是太久了。来不及上下。

还有自助洗衣店。但即便在我年轻的时候，洗衣也成问题。时间太长了，哪怕是用速比坤洗衣机。你枯坐在那儿苦等，时间长得足够让你在眼前过一遍人生走马灯，如溺水者临终之际。当然，假如我有车，就可以先去五金店或邮局，然后再回来把洗好的衣服放进烘干机。

没有服务员的洗衣店更为糟糕。那种情况下，店里好像永远就只有我一个人。可所有洗衣机和烘干机都在运转……大家都去五金

① 原标题为拉丁语。

② BART，Bay Area Rapid Transit 的缩写，旧金山湾区的有轨大众交通系统。后文有时简称为“捷运”。

店了。

我结识了那么多洗衣店的服务员，他们来来回回如同冥河摆渡者，有人帮人换零钱，有人自己手头从来没零钱。现在的服务员是胖胖的奥菲利亚，总把“没什么”说成“没撒么”①。她的上牙被牛肉干硌断了。她胸脯巨大，进出门时需要把身子扭向斜对角，就像搬着张餐桌一样。当她沿着过道拖地时，大家纷纷挪开，移走洗衣篮。她喜欢换台。《新婚者游戏》我们才刚看进去，她又啪的一下换成《瑞恩的希望》。

有一次，出于礼貌，我告诉她我也有潮热，于是她就把这一点和我联系起来……更年期。见了我不打招呼，而是问：“你现在更得咋样了？”嗓门很大。这只能是雪上加霜，让我坐在那儿，不停反思，衰老。如今儿子们都已经长大成人，所以原先用五台洗衣机，现在减少到一台，可用一台的时间也一样长。

上周我搬了家，这大概是第二百次了。我把所有床单、窗帘和毛巾都带来，在我的购物车里堆得高高的。自助洗衣店很拥挤。没有挨着的洗衣机。我把所有东西分塞进三台机器，去奥菲利亚那里换零钱。回来后，我投了币，放了洗衣液，启动洗衣机。只不过我启动了三台错误的洗衣机。那三台机器里是一个男人的衣服，刚刚洗完了。

我被逼退到洗衣机旁。奥菲利亚和那个男人黑云压顶般站在我面前。我是高个子女人，如今穿胖妈连裤袜。可他们俩都是大块头。奥菲利亚手里拿了瓶预洗喷雾。那个男人穿了条毛边牛仔短裤，粗壮的大腿上长了一层密密的红毛。他浓密的胡子根本不像毛发，而

① 奥菲利亚说话漏风，把“No Sweat”说成“No Thwet”。

像个红色的填充式减震垫。头戴一顶印着大猩猩的棒球帽。帽子并不小，但是他头发太浓密，都把帽子顶起来了，使他看起来像有七英尺高。他正用一只沉重的拳头捶着自己另一只发红的手掌。“倒霉！我真倒了血霉！”奥菲利亚并不是来威胁我的，而是来保护我的，准备挡在他和我之间，或他和洗衣机之间。她总是说，洗衣店里没有什么事是她搞不定的。

“先生，您最好坐下，放松放松。机器一旦启动就没法停下来了。看会儿电视吧，喝罐百事可乐。”

我把几个二十五美分的硬币放进正确的机器里，启动。然后我想起自己已经没钱买洗衣液了，而且那几枚硬币是烘干用的。我哭了起来。

“她哭个他妈的什么劲儿？你这蠢蛋，把我这个周六都搞砸了，知不知道？上帝都被你整哭了。”

我主动提出，要是他想去哪儿的话，我可以帮他把衣服放进烘干机。

“不许你靠近我的衣服。离我衣服远点，明白没有？”除了挨着我，他没别的地方可坐。我们看着洗衣机。我巴不得他能出去，可他就坐在那儿，挨着我。他粗壮的右腿像运转的洗衣机一般颤动。六个小红灯冲着我们闪烁。

“你总是把事搞砸吧？”他问。

“听着，我很抱歉。我很累。我着急赶时间。”我紧张地哧哧笑起来。

“我也赶时间啊，爱信不信。我是开拖车的。一周上六天班，一天工作十二个小时。今天休班。我这一天算毁了。”

“你有啥可急的？”我是出于好意，可他以为我是在讽刺。

“你这蠢娘们儿，你要是老爷儿们，我就把你摁水里洗了。再把你那空脑壳塞进烘干机，开机烤了。”

“我说过对不起了。”

“没错，你当然对不起我。你这胆小鬼就会说对不起。在你碰我衣服之前，我一眼就看出你是个没出息的。真不敢相信。她又哭了。上帝都被你整哭了。”

奥菲利亚矗立在他面前。

“你别烦她，听见没？我碰巧知道她这段时间日子不好过。”

她怎么知道的？我很惊讶。她什么都知道，这个巨人黑女巫，这个斯芬克斯。哦，她一定是指更年期。

“要是你愿意的话，我可以帮你叠衣服。”我对他说。

“别说话，姑娘，”奥菲利亚说，“问题是，有啥大不了？系百年[①]之后，谁会在乎这点事？”

“系百年，”他小声嘀咕，“系百年。”

我也在想这个问题。一百年。我们的洗衣机还在不停震动，所有的脱水指示小红灯都亮着。

“至少你的衣服洗干净了。我的洗衣液都用光了。”

“行了，我给你买洗衣液。”

“来不及了。但还是谢谢你。”

“她不是毁了我这个休息日。她把我整个星期都他妈毁了。还没有洗衣液呢。”

奥菲利亚又回来，俯身小声对我耳语。

---

① 奥菲利亚说话漏风，把“A hundred years”（一百年）说成“A hunnert years”。

“我那事还星星点点地来。医生说不停的话就需要扩宫刮宫。你呢？”

我摇摇头。

“你会的。女人的麻烦总是没完没了。一辈子的麻烦。我现在浮肿。你肿吗？”

“她脑袋肿。”那个男人说，“听着，我到外面车上去拿罐啤酒。你得跟我保证，不会靠近我的洗衣机。你的是三十四、三十九、四十三号。记住没有？”

“记住了。三十二、四十、四十二。”他不觉得这有什么好笑的。

衣服已经快转完了。我得把洗过的衣物挂在栅栏上晒干。等我拿到工资，再回来用洗衣液洗。

“杰姬·奥纳西斯[1]每天都换床单，”奥菲利亚说，“要我说，就是有病。”

“有病。”我同意。

我等那个男人把他的衣服放进篮子里走到烘干机前，才把我的衣服取出来。有人在笑，但我没有理会。我把潮湿的床单和毛巾放进推车。重得几乎推不动，而且湿了之后，就有些放不进去了。我把艳粉色窗帘搭在肩上。房间另一头，那个男人开口说了什么，接着把目光移开。

我花了很长时间才回到家。一样样挂起来用的时间更长，但我总算还找到一根绳子。起雾了。

① Jackie Onassis（1929－1994），即美国总统约翰·肯尼迪的夫人杰奎琳·肯尼迪，后改嫁希腊船王亚里士多德·奥纳西斯。

我倒上一杯咖啡，坐在后门台阶上。我很幸福。我感到很平静，很从容。下一次坐捷运，车停之前我绝不会想着下车。等车停下来，我会及时下车。

月月，年年[①]

Toda luna, todo año
Todo día, todo viento
Camina, y pasa también.
También, toda sangre llega
Al lugar de su quietud.

——《奇拉姆－巴拉姆之书》[②]

不由自主地，爱洛依丝·戈尔开始在脑子里翻译这首诗。每月，每年。不好。逐月，逐年，这样可以有摩擦音。*Camina*？走。可惜在英语中讲不通。西班牙语中形容钟表用“走”，不用“跑”。前进，逝去。

---

① 原标题为西班牙语。

② *Books of Chilam-Balam*，一部以西班牙语字母表音、尤卡坦玛雅语写成的十七八世纪的文献杂辑，主要记载古代玛雅人的传统，内容包括神话、预言、医药知识、历法信息和历史记事等。书名意为“预言者的秘密”。

她啪一声合上书。度假的时候不该看书。她呷着玛格丽特鸡尾酒，强迫自己从酒店阳台望向下面的风景。天上珊瑚色斑纹状的云彩已褪为青灰的荧光，下面海浪的波峰在灰白的沙滩上拍成一地细碎银。从锡瓦塔内霍城到海滩，一路都是朦胧缭乱的璨光，飞舞的绿色微光。萤火虫，霓虹般的淡黄绿色。黄昏时分，村里的女孩们三三两两地漫步，用萤火虫装饰她们的秀发。有的女孩将萤火虫随意散放在发间，有的则把它们编成绿宝石的王冠。

这是她来到这里的第一夜，餐厅里只有她一个人。穿白色制服的服务生站在靠近游泳池和酒吧的台阶上，大多数客人仍在酒吧里跳舞、饮酒。曼波！多么美妙的曼波！冰块和沙槌。服务生点上蜡烛，烛光摇曳。没有月亮；星星仿佛给大海洒上一层金属光泽。

皮肤晒得黝黑、穿着花哨的人们陆续走进餐厅。她想，是得克萨斯人或加利福尼亚人，比科罗拉多的任何人都更放松、更活泼。他们隔着桌子相互招呼："加油啊，威利！""酷毙了！"

我在干吗在这儿？自三年前丈夫过世以来，这是她第一次出门旅行。夫妻俩都是西班牙语教师，每年夏天都会到墨西哥和拉美其他地方旅游。丈夫去世后，没了他做伴，她哪儿都不想去，每年六月都报名教授暑期班。今年她太累，教不动了。旅行社的人问她需要什么时候回来。她被问得一愣，打了个寒战。她不需要回来，根本不需要再教课。没有什么地方是她必须待的，她也无须向任何人交待。

此刻，吃着酸橘汁腌鱼，她感觉自己扎眼得难受。她的灰色泡泡纱套裙，适合在墨西哥城上课时穿，可在这里……不合适，古板过时，滑稽可笑。丝袜又黏又热。说不定等她站起来时，上面已经洇出一片汗渍。

她强迫自己放松，品尝蒜烤海螯虾。流浪乐队的艺人从一桌巡回到另一桌，走过她桌边时，看到她僵硬的表情，便没有停留。品品你的味道。你的滋味。想象一下，一首美国歌曲会唱品品某个人的滋味吗？在墨西哥，一切都是有滋味的。刺激的大蒜、芫荽、酸橙。这些东西的味道都很强烈。花则不同，根本没有气味。可是大海有气味，朽败的丛林有令人愉快的气味。猪皮座椅、煤油抛光的瓷砖、蜡烛，腐臭之味。

沙滩上天色已经暗下来，萤火虫自在飞舞，形成朦胧的绿色旋涡。远处海湾中闪烁着诱鱼的红色照明弹。

“嗯，味道怎么样？”服务生问。

“很美味，谢谢。”

酒店的精品商店还没关门。她找到两条款式简单的手织连衣裙。一条白色，一条玫红色。裙子柔软宽松，与她以前穿过的衣服都不同。她买了一只草编包，几把镶着玉石萤火虫的梳子，准备当作给学生的奖品。

要不要睡前喝一杯？她穿过大厅时，经理建议道。哦，有何不可？她想着，走进游泳池旁此时空荡荡的酒吧。她要了杯马德罗白兰地兑甘露咖啡力娇酒，这是梅尔最喜欢喝的。她热切地思念他，渴念他抚摸她头发的手。她闭上眼睛，聆听棕榈叶的唰唰声，搅拌器中冰块摇晃的沙沙声，船桨的吱嘎声。

她回到房间，再次看向那首诗。就这样全部生命抵达／宁静沉寂之地。不对。反正不是“生命”，那个词是“sangre”，血，所有的脉动与流淌。灯光太昏暗，虫子咔嗒嗒撞着灯罩。她关上灯时，酒吧里的音乐又响起来。贝斯发出持续不断的嘭嘭声。她的心随节奏跃动，怦怦直跳。血。

她想念自己坚实的床，远处高速公路上足以催她入眠的单调车声。我真正想念的是晨间的填字游戏。哦，梅尔，我该怎么办？不教书了？旅行？读个博士学位？自杀？这念头从哪儿冒出来的？可教书是我的全部生命。而这也很可悲。戈尔老师，无聊到死。每年都会冒出个新生，编出一条顺口溜，唱得很开心。爱洛依丝是个不错的老师，不苟言笑，平心静气，是那种过几年学生才会爱戴的老师。

当太阳升温，在这沙滩上。每次音乐间歇，便有声音透过百叶窗从隔壁房间传来。欢笑的声音，做爱的声音。

“环球旅行者先生！万事通先生！环球旅行者！”

“宝贝，我愿意！（啊‘愿应——’。）”慢吞吞的得克萨斯口音。然后是轰隆一声，沉默。他肯定是摔倒昏过去了。那女人嘶哑地哈哈大笑：“赞美主！”

爱洛依丝真希望自己有本悬疑小说。她起身走进浴室，蟑螂和地蟹纷纷逃窜。她用椰皂冲澡，用潮湿的毛巾擦干。她擦了擦镜子，看着自己。平庸而乏味，她想。并不平庸，她的脸庞，灰色的大眼睛，清秀的鼻子和微笑，可确实寡淡无味。匀称的身形，但太久疏于打理，于是显得毫无魅力。

两点半时，乐队停止了演奏。脚步与私语，一只杯子碎裂的声音。说你爱死了，宝贝，说啊！一声呻吟。鼾声。

和平时一样，爱洛依丝在六点醒来。她打开百叶窗，看天空由牛奶般的银白变成淡紫灰色。棕榈树枝像洗牌一样在微风中滑动。她穿上泳装，外面套上新买的玫红色连衣裙。没有人起床，连厨房都没有人。雄鸡啼鸣，秃鹫拍打翅膀绕着垃圾堆盘旋。四头猪。后花园中，印第安服务生和园丁蜷缩在砖地上睡觉，身上没盖东西。

她沿着远离海滩的丛林小路走着。阴暗的湿漉漉的寂静。几株兰花。一群绿鹦鹉。一只鬣蜥蜴在岩石上弓着背，等待她经过。树枝迎面，将黏湿的暖意拍打在她的脸庞上。

她爬上一座小丘，下来，又登上白色沙滩上的一块高地，此时太阳已经升起。从她站着的地方，可以眺望拉斯加塔斯静谧的小海湾。水下有一堵石墙，是泰拉斯坎人[①]为阻挡鲨鱼侵袭海湾而修建的。一群沙丁鱼在透明的海水中打了个旋儿，如一团龙卷风席卷而去，消失于茫茫海中。一簇簇简陋的草棚沿着海滩延伸。最远处那间飘出袅袅炊烟，但一个人也看不到。一块牌子上写着：**贝尔纳多水肺潜水。**

她把裙子和包扔在沙滩上，以沉稳的自由泳远远游出石墙之外。然后往回，漂着，游着。她踩着水，哈哈大笑，最后躺在近岸的浅水中，在寂静中随波荡漾。她睁着眼睛，仰望蓝得惊人的天空。

她经过贝尔纳多的牌子，沿海滩向那缕炊烟走去。一间茅草顶的开放式房间，耙沙铺地。一张大木桌，几条长凳。房间后面是一长排竹子小隔间，每间里都挂着一张带蚊帐的吊床。简陋的厨房中，一个孩子在水槽边洗碗；一位老妇人扇着火。几只鸡在他们身旁窜来窜去，在沙地上刨食。

“早上好，”爱洛依丝说，“这儿总是这么安静吗？”

“潜水的人出海了。你想吃早餐吗？”

“麻烦您了，”爱洛依丝伸出手，“我叫爱洛依丝·戈尔。”可老

---

① Terascans，应为 Tarascans，美洲印第安人的一支。

妇人只是点点头。“坐吧。”

爱洛依丝吃着豆子、鱼和玉米薄饼，目光越过水面，凝望对面迷雾中的山峦。在她看来，她住的酒店邋遢而倦怠，仿佛随风飘摇，歪斜着靠在山坡上。九重葛漫出墙外，宛如醉酒女人的披肩。

“我可以住在这儿吗？”她问那老妇人。

“我们这儿不是旅店。这里住的是渔民。”

可等她端出热咖啡时，她说：“有一个房间。有时候给来潜水的外国人住。”

那是林中空地后面一间开放式茅屋。一张床，一张桌，桌上一支蜡烛。一张发霉的床垫，干净的床单，一顶蚊帐。“没有蝎子。”老妇人说。她询问价钱，食宿便宜得离谱。提供早餐和正餐；正餐在四点，要等潜水员回来再吃。

爱洛依丝穿过丛林往回走，天很热，可她发现自己像小孩子一样蹦蹦跳跳，在脑海中和梅尔说着话。她试图回忆上次感觉高兴是什么时候的事。有一次，是在他死后不久，她观看电视上的马克斯兄弟。《歌声俪影》。她只得关掉电视，独自一个人笑，她受不了。

听说她要去拉斯加塔斯，酒店经理觉得很好笑。“很有特色。”地方特色：对原始或肮脏的委婉说法。那天下午，他安排一条独木舟载着她的东西，送她渡过海湾。

当他们靠近她那宁静的海滩时，她有些沮丧。草棚前泊着一艘大木船，拉伊达号。五颜六色的独木舟和从城里来的挂舷外发动机的渔船驶进驶出，从大木船上装货。龙虾，鱼，海鳗，章鱼，一袋袋蛤蜊。十二个男人，有的站在岸上，有的从船上往下卸气瓶和调节器，一边欢笑一边叫喊着。一个小男孩把一只庞大的绿海龟拴在锚索上。

爱洛依丝把东西放进房间，她想躺下，可这里一点隐私都没有。从床上，她能看到厨房，穿过厨房，能看到潜水员坐在桌边，可以一直望见碧蓝的大海。

“该吃饭了。”女人叫她。她和那个孩子正往桌上端饭。

“需要我帮忙吗？”爱洛依丝问。

“坐吧。”

爱洛依丝在桌边犹豫。一个男人站起身，握了握她的手。敦实，壮硕，如同一尊奥尔梅克[1]人雕像。他肤色深棕，眼皮厚重，嘴唇性感。

“我叫塞萨尔，这儿的老师。”

他给她腾出地方，让她坐下，把她介绍给其他潜水员，他们冲她点点头，接着吃饭。三个年纪很大的男人，弗拉科、拉蒙和劳尔。塞萨尔的儿子，路易斯和切约。船童马达莱诺。贝托，“新来的潜水员——最棒的”。贝托的太太卡门，没有上桌，坐在后面给孩子喂奶。

几碗热腾腾的蛤蜊。男人们在谈论“梳子”。老弗拉科潜了一辈子水，终于见到了它。梳子？后来，她查过词典才明白，他们谈的是一条巨大的锯鳐。

“庞然大物。和鲸鱼一样大。还要大！”

“撒谎！你那是幻觉，醉氧了。”

“你就等着瞧吧。等意大利人带相机来，我领他们去，你们我一个都不带。”

“我打赌你不记得它在哪儿了。”

---

① Olmec，中部美洲的古代文明。

弗拉科笑了："哦……那不见得。"

龙虾，烤红鲷鱼，章鱼。米饭，豆子，玉米薄饼。那个孩子把一碟蜂蜜放到远一点的桌上，好引开苍蝇。漫长而喧闹的一餐。吃完饭，人人都去吊床上睡觉，只剩下塞萨尔和爱洛依丝。贝托和卡门的房间挂了帘子，其他的都敞开着。

"靠我近点。"塞萨尔对爱洛依丝说。她向他靠近些。那个女人给他们端上木瓜和咖啡。她是塞萨尔的姐姐伊莎贝尔。弗洛拉是她女儿。她们是两年前塞萨尔的太太去世时来的。是的，爱洛依丝也丧偶了。三年了。

"你干吗来拉斯加塔斯？"他问。

她不知道。"想静静吧。"她说。他笑起来。

"可你一直这么安静，不是吗？你可以和我们一起潜水，水下没有噪音。现在去休息吧。"

她醒来时已是黄昏。餐厅里亮着一盏提灯。塞萨尔和那三个上年纪的人在玩多米诺骨牌。塞萨尔告诉她，这些老人算是他的父母。他的亲生父母在他五岁时就去世了，是他们收留了他，他第一次潜水也是他们带他去的。当时的潜水员只有这三个男人，捞生蚝和蛤蜊的自由潜水员，早在使用气瓶和捕鱼枪之前。

草棚的另一头，贝托和卡门说着话，她用一只纤足推着吊床。切约和胡安在磨捕鱼枪的矛尖。路易斯远离众人，在听晶体管收音机。摇滚乐。你可以教我英语！他请爱洛依丝坐在他身边。歌词根本不是他想象中的内容。没法得到满足。

贝托的宝宝光着身子躺在桌上，脑袋搁在塞萨尔闲出的手里。宝宝尿了，塞萨尔用手把尿扫到地上，把湿手在头发里擦干。

雾。两只白鹤。拴在船边的海龟激起涟漪。风摇曳着灯笼，闪电照亮浅绿色的海面。鹤飞走了，开始下雨了。

一个留长发的年轻美国人从雨雾里趔趄着闯进来，浑身哆嗦，气喘吁吁。哦天哪哦天哪。他不停地笑。谁也没有动。他把背包和一本湿淋淋的速写簿放在桌上，还在笑。

“嗑药了吧？”弗拉科问。塞萨尔耸耸肩，离开，取了几条毛巾和棉布衣服回来。那个年轻人乖乖站着，任由塞萨尔给他脱衣、擦干、穿衣。马达莱诺给他端来汤和玉米薄饼；等他吃完，塞萨尔把他领到一张吊床上，替他盖好。年轻人摇晃着，睡着了。

离天亮还早，给气瓶充气的压缩机就砰砰砰砰、咔嗒咔嗒地响起来。雄鸡啼鸣，鹦鹉在外面的蓄水池边聒噪，秃鹫在林中空地边缘扑打翅膀。塞萨尔和劳尔给气瓶充气；马达莱诺耙平地上的沙子。爱洛依丝在水池边洗漱，对着此时呈银色的水面上的倒影梳头。这儿仅有的镜子是一块碎片，钉在棕榈树干上，路易斯正对着镜子刮脸，对着自己的笑脸唱歌。《关塔纳梅拉》[1]！他冲爱洛依丝挥挥手。“早上好，老斯！”

她笑了：“早上好。念‘老师’。”

“老师。”

她在房间里，正要往泳装上套那件玫红色直筒裙。

“不，不用打扮——我们去挖蛤蜊。”

塞萨尔背着沉重的气瓶和腰铅。她拿着面罩和脚蹼，一只网袋。

“我从来没潜过水。”

“你会游泳，对吧？”

---

① Guantanamera，古巴爱国歌曲。

“我游得很棒。”

“你很强壮。”他说着，打量她的身体。她的脸红了。强壮。她的学生说她刻薄、冷漠。他帮她把铅块绑在腰间，气瓶系在背上。给她扣紧搭扣时，他的手拂过她前胸，她的脸又红了。他给她讲要领，如何慢慢上升，如何打开备用气瓶。他教她如何用口水清理面罩，调整调节器。她背上的气瓶重得难以忍受。

“不行，这东西我背不动。”

“你背得动。”他说。他把咬嘴放进她口中，将她拉到水下。

重量消失了。不仅是气瓶的重量，还有她自身的重量。她化作无形。她拍打着脚蹼，第一次用鳍在水中翱翔。因为衔着咬嘴，她无法放声大笑或欢呼。梅尔，这太棒了！她飞呀飞，塞萨尔伴在身边。

太阳透过磨砂玻璃般的水面升起，一团淡淡的金属光芒。然后，缓缓地，就像舞台上亮起的灯光，水下世界渐渐显形。紫红色海葵，一群群蓝色神仙鱼，蓝红色霓虹脂鲤，一条黄貂鱼。他们向更深更远处潜去，塞萨尔教她怎样减小压力。靠近泰拉斯坎墙时，他向下游到一处洒满阳光的海底，开始用铁锥一下又一下往沙子里戳。一个气泡冒出，他便挖出一只蛤蜊，放进袋子里。她比画着要来铁锥，边游边戳，而他捡拾蛤蜊，直到把网袋装满。他们往岸边游去，穿过形形色色的游鱼和植物。对爱洛依丝来说，每一种生物，每一种感觉，一切都是绝对的新天地。一群沙丁鱼直冲她游来，如同喷射而出的一道道清澈水柱。突然间，她没有空气了；她忘了还有备用气瓶，惊慌失措，拼命踢水。塞萨尔抓住她，一手扶住她的头，一手帮她拉空气绳。

他们浮出水面。绿色的水面显现不出下面的任何东西。根据太阳判断，她意识到他们在水下待了还不到一小时。没有重量，人失去作为参照点的自我，也失去自己在时间中的位置。

“谢谢你。”她说。

“谢谢你——我们挖了好多蛤蜊。”

“你上课收费多少？”

“我不是教潜水的。”

她冲贝尔纳多的招牌点头示意。“学费五百比索。”

“你不是来贝尔纳多学习的。你只是偶然闯到我们这儿的。”

就是这么回事，后来吃早饭的时候，她想。她感觉被他们接纳，不是因为他们喜欢她，或是她能融入其中。只是因为她闯进来，就像那个后来就消失不见的年轻人。也许是因为潜水员常在水下，置身于那样的浩渺之中。一切都可能发生，也同样地无足轻重。

黄色气瓶在船底滚动，碰撞。*拉伊达*。不是个名字，而是*出发*，*出海*。

渔民们在欢笑，把捕鱼枪上的橡胶带子系了又系，将刀子捆在带疤痕的棕色腿上。每一个气瓶在塞萨尔检查时发出嘶嘶声。

他们讲故事。锯鳐“*梳子*”。杀人鲸。意大利潜水员和鲨群。马里奥淹死那次，塞萨尔空气管破裂那次。就连爱洛依丝也听他们讲了一遍又一遍，每次潜水前的老生常谈。

一条蝠鲼与大船嬉戏。马达莱诺紧急转舵，刚好避开它的路线。它砰地跃入空中，白肚皮闪闪发亮。寄生的鱼儿们从它身上猛然炸开，弹进船内。远处海上，一对深绿色海龟在波浪间交配。它们紧扣在一起，做梦般摇晃，摇晃，在刺目的骄阳下偶尔眨动眼睛。

马达莱诺将船泊在海湾北部，远离礁石。带上脚蹼、面罩、压铅和气瓶。他们在船沿上坐成一圈。弗拉科和拉蒙先下水。他们只是朝后一倒，便消失了。接着是劳尔和切约、贝托和路易斯。塞萨尔看出爱洛依丝害怕了。浪头很高，呈深蓝色。他咧嘴一笑，把她硬推下船。冷。蓝色天空一闪，然后是一片全新的半透明天空。船和锚索清晰而真切。深下去，冷起来。慢点，他示意。

时间被悬置。因明暗渐变、冷暖交替，时间呈现多重性。下潜，经过一层层一重重的水域，每一层共生的植物和鱼类都层级清晰。夜与日，冬与夏。靠近海底处温暖、晴朗，有如多年前的蒙大拿草原。海鳝们龇着尖牙。弗拉科教她寻觅猎物。偶尔蓝色龙虾须一闪而过。慢着——当心海鳗。潜水员漂浮着，出入于裂隙之间，宛若梦中的舞者。爱洛依丝每发现一次龙虾就朝离得最近的人招手。偶尔会有一头巨大的红紫鹦哥鱼或赤鲷悠然游过，潜水员便射击。血光一闪。鱼被穿在绳上，银光闪烁。

下一次潜水是在公海。爱洛依丝和马达莱诺在船上等。他唱歌，她靠着滑溜溜的鱼，望着军舰鸟，打起盹来。她的梦境在碎裂的浪花中消散；潜水员欢呼一声，带着猎物浮出了水面。

返航路上，男人们喜气洋洋，只有路易斯不开心。确实收获颇丰，但要想保住拉伊达号，他们每天需要有两次这样的收获。他们已经欠了两期贷款，还差两万比索没还。他们的旧船只能容纳四个潜水员和只够一次潜水的气瓶。拉伊达号是个好主意，他说，假如他父亲把三个老人辞掉的话。我们每次能捕十条鱼，老人们只能捕两条。如果有三个出色的潜水员，我们几个月就能还清买船借的债。

“路易斯很想买艘快艇，”塞萨尔说，“好带着外国女人去滑水。去阿卡普尔科。我永远不会对他们说，他们不能潜水了。你也绝对别再跟我提起。”

爱洛依丝每天上午跟塞萨尔一起挖蛤蜊，每天的第一次潜水也跟着他去。他们还没带她参加过第二次深潜，尽管她现在越来越自信，越来越强壮，开始能自己打很多鱼了。晚上，她与老人们同坐。路易斯和塞萨尔算账，争执。有时这两个儿子会进城。路易斯会找爱洛依丝商量穿什么衣服。相信我，白色棉布裤子比绿色涤纶裤子更好看。当然得把你脖子上那串鲨鱼牙齿摘掉。

一天晚上，塞萨尔帮所有人剪头发。甚至连她的也剪了。她真想照照镜子，但是感觉剪得不错，轻盈，卷曲。

“灰常[①] 漂亮。”路易斯说。是“非常”，她纠正道，但意识到他已经发现了口音的魅力。

夕阳西下，夜幕降临时，他们常常沉默地坐着。她聆听多米诺骨牌的咔嗒咔嗒，锚索的吱吱呀呀。有几次她想看看书，或翻译那首诗，但还是放弃了。我可能再也不会看书了。她回家后做些什么呢？天知道——说不定丹佛会完全沉到水底呢。这念头让她笑出声来。

“你很快乐。”塞萨尔说。

第二天，她冲他高喊，为了压过发动机的轰鸣。

“我走之前，可以去深潜吗？”

“你得先经历一次糟糕的潜水。”

“怎样才能经历？”

“你会的。说不定就在今天。天气恶劣。雨下了一整夜。”

---

① 路易斯将“Very”（非常）说成了“Berry”。

第一潜是在一块礁石密布的地方，那里有许多海胆和海鳗。海水浑浊；水流阴冷湍急，阻碍了视线，游起来也吃力。一条颌针鱼刺中她的胳膊。拉蒙和劳尔陪她浮出水面，把伤口用布条紧紧绑好，免得流血引来鲨鱼。她再次下水，却找不到他们了；她根本看不见塞萨尔的影子。我希望这能算一次糟糕的潜水了，她自嘲道，但心中恐惧。她谁也看不见，什么也看不见。她踩着水，像在树林中迷失了方向。她的氧气快用完了。她拉一拉备用瓶的气管，可没反应。别慌。慢慢浮出水面。慢。但她还是惊慌失措，感觉肺要炸了。她慢慢上浮，拼命拽管子。没有空气。塞萨尔出现在她前面。她抓过他口中的咬嘴，放进自己口中。

她抽噎着大口吸气，如释重负。他等着，然后镇定地拿回咬嘴，自己吸气。他领她上浮，空气管你递我，我递你，两人轮换着吸气。

他们冲破水面。空气，光。她浑身发抖；马达莱诺把她拉上船。

"我真丢人。请原谅。"

塞萨尔捧着她的头。"是我把你的备用气瓶关上了。你所做的，正是你应该做的。"

返航路上，潜水员们都取笑她，但是大家一致同意，明天她就可以去洛斯莫罗斯。"哦，她很勇敢。"劳尔说。"是的，"塞萨尔咧嘴笑着，"她可以单独下水了。"她可以自己去了。他准是把她看作那种争强好胜的美国女人了。我能胜任，她心想，头靠在船舷上，泪水被狂浪冲去。她闭上眼睛，想到那首诗，知道了该如何结尾。于是所有的血抵达／流向它所属的静谧之所。

第二天，天气晴朗，明媚得晃眼。洛斯莫罗斯是很远的公海上一块孤零零的巨大岩石，从陆地上几乎看不到。满地都是白花花的海鸟粪，成千上万的鸟儿令人眼花缭乱地飞舞着，令小岛为之悸动。拉伊达号停泊在离岛很远的地方，但那压过惊涛骇浪、压过刺耳鸟鸣的，是鸟儿们拍打和扇动翅膀发出的可怕声音。鸟的屎尿散发臭气，令人作呕，像乙醚一样让人头晕。

往深处下降。五十英尺，七十五，一百，一百二十。仿佛科罗拉多的山脉沉入水底。峭壁与山涧，溪沟与山谷。爱洛依丝从未见过的鱼类与植物；而她能认出来的鱼，在这儿都体型庞大，胆子也大。她瞄准一条石斑鱼，没射中，又瞄了一次，正中要害。那条鱼太大，胡安帮她系在她的串鱼绳上；绳子勒得她手指火辣辣的。她周围的人都在串鱼、打鱼，热火朝天。鹦哥鱼，鲷鱼，鲣鱼。血。她打到一条石斑鱼，又打到一条石斑鱼，很开心刚才没看到塞萨尔，是她自己打的鱼。接着她害怕了，但发现他在远处，便飞一般沿嶙峋的峭壁向他游去。他拍打脚蹼，在暗处等着她，然后一把将她拉到怀里。他们搂在一起，调节器叮当作响。这时她意识到他的阴茎进入她体内；她用双腿盘绕着他，他们在黑暗的海中旋转，起伏。当他离开她时，他的精液在两人中间漂浮上升，宛如乳白色的章鱼墨汁。爱洛依丝事后回想，感觉记起的不是一个人，或一场鱼水之欢，而是一种自然现象，一场轻微的地震，一阵夏日的狂风。

当他看到一条庞大的斑条石斑鱼，便把自己的一串鱼递给她，射击，把那鱼串在鱼绳上。他们上面有一条赤鲷，很远，她跟在他身后飞速向它游去，在一个黑暗的洞口遇到他。赤鲷不见了。塞萨尔在寒冷的黑暗中拉住她，示意她等待。细碎的金沙滤过朦胧的紫色。一条蓝色鹦哥鱼。寂静。然后它们来了。一群梭鱼。海中别无他物。无穷无尽，难以计数，成百上千。幽暗的光线将它们敏捷光滑的身体化作熔化的白银。塞萨尔射击，将它们击碎成泼洒的水银。它们随即又快速汇流为一个整体，之后销声匿迹。

拉伊达号低低地停泊在水面，被飞沫浸透。潜水员们筋疲力尽，四仰八叉地躺在还在扑腾的鱼身上。贝托捉了一只海龟，男人们掏出海龟肚子里的卵，就着酸橙和盐吃。爱洛依丝一开始拒绝，自命清高地想，现在已经过了海龟的准猎期，可后来实在太饿，也吃了起来。船绕着洛斯莫罗斯转了一圈又一圈。谁都没说什么；爱洛依丝一开始没注意到弗拉科没有出水，直到他本该出水的时间已过了至少一个小时，他仍不见踪影时，她才感觉到恐惧。即便太阳已落，也没人说他怕是溺水了，淹死了。最后，塞萨尔终于叫马达莱诺朝海岸驶去。

他们在一盏提灯下吃了晚饭。谁也不说话。吃过饭，塞萨尔、劳尔和拉蒙点着提灯，带着一瓶龙舌兰又回到海上。

“可他们不会指望能在黑暗中找到他吧。”

“没指望。”路易斯说。

她回自己的房间收拾行李，把她的泡泡纱套装挂起来。明天一早她就要离开，已经叫了一艘小艇。她躺在潮湿的床上，透过蚊帐，望着月光清冷的夜色，无法入睡。塞萨尔来到她床上，搂着她，用他粗壮的疤痕累累的手爱抚她。他的嘴和身体尝起来有盐的味道。他们的身体，在陆地上沉重、灼热，摇摆着。海的节拍。他们在黯淡的光线中微笑，沉入梦乡，像一对海龟般抱在一起。

她醒来时，他正坐在她床边，穿着运动短裤和衬衣。

“爱洛依丝，你能给我两万块钱买下船吗？”

她犹豫着。按比索算，听起来是好大一笔钱。的确是很大一笔钱。“好，”她说，“给你支票行吗？”他点点头。她开了张支票，他放进衣兜。谢谢。他亲了亲她的眼睑，离开了。

太阳升起来了。塞萨尔在发动机旁，黑油顺着他的胳膊往下滴。爱洛依丝对着那块破镜子涂口红。猪和鸡在院子里觅食，将秃鹫驱散。马达莱诺耙着沙地。伊莎贝尔从厨房走出来。

“那么，你要走了？”爱洛依丝点点头，伸手要与她握手道别，可是老妇人一把搂住她。两个女人拥抱着，摇晃着；伊莎贝尔沾着肥皂水的手放在爱洛依丝的背上，湿湿的，暖暖的。

摩托艇开来的时候，拉伊达号刚刚驶过泰拉斯坎墙，正要出海。隔着水面，男人们冲爱洛依丝挥手，匆匆地。他们在检查调节器，往身上绑压铅和刀子。塞萨尔在检查气瓶里的气。

好与坏

修女们努力想教我学好。到了高中，道森小姐也是如此。一九五二年，圣地亚哥大学。我们学校有六个同学要去美国上大学，需要学习美国历史和公民教育。老师便是新来的埃塞尔·道森。她是唯一一位美国老师，其他老师是智利人或欧洲人。

我们对她都很坏。我是最坏的。假如有场测验，而我们都没复习，我就会问她与加兹登购地[①]相关的各种问题，拖她一整节课；假如我们真的有麻烦了，我就引她讲种族隔离或美帝国主义的话题。

我们取笑她，模仿她带着鼻音哼哼唧唧的波士顿口音。因为患过小儿麻痹，她一只鞋的后跟高出一些。她还戴厚厚的金属框眼镜。稀疏的牙齿歪歪扭扭，嗓音难听。而且她仿佛故意扮丑似的，穿颜色不搭的男人气的衣服，皱巴巴的、汤渍斑斑的便裤，理得难看的头发上裹着一条俗艳的围巾。她一讲课脸便涨得通红，身上还有股

---

① Gadsden Purchase，加兹登指位于今美国亚利桑那州及新墨西哥州西南部的一块面积约三万平方英里的土地，1854 年，美国花费一千万美元从墨西哥手中购入，为的是建设跨大陆的美国南部铁路，以及解决美墨战争的遗留问题。

汗酸味。不单是因为她炫贫……图尼耶夫人也日复一日穿同一套破旧的黑衣黑裙，但裙子是斜裁的，而那件黑衬衫虽年久而泛绿，磨毛了边，可确实是丝绸的。那时候，格调、名望对我们来说才是最重要的。

她给我们放关于智利矿工和码头工人生存状况的电影和幻灯片，那些问题都是美国人的错。班里有个学生是外交官的女儿，有几个是海军上将的女儿。我父亲是采矿工程师，为中情局效力。我知道他的确相信智利需要美国。道森小姐以为，她正在接近尚可塑造的年轻头脑，可实际上听她讲课的都是娇生惯养的美国熊孩子。我们每个人都有个英俊富有、有权有势的美国老爸。那个年龄的女孩对父亲的感情就像对马的感情。那是一种激情。她则暗指他们都是恶人。

因为我说话最多，她便瞄上我，课后把我留下，有一天甚至陪我走到玫瑰园，抱怨学校的精英化。我对她很不耐烦。

“那你干吗来这儿？你要是这么操心穷人，干吗不去教他们？何必和我们这些势利鬼打交道？”

她告诉我，她是被分派到这里来的，因为她教美国历史。她还不会说西班牙语，但她全部的业余时间都在为穷人服务，义务为革命组织工作。她说，教我们并非浪费时间……哪怕她可以改变一个人的头脑，那就值了。

“也许你就是那个头脑。”她说。我们坐在石凳上。课间休息马上要结束了。玫瑰的芳香混杂着她毛衣的霉味。

“告诉我，你周末都是怎么过的？”她问。

想听上去十分轻浮无聊并非难事，况且我还有意夸大。做头发，修指甲，找裁缝量衣。去查尔斯饭店吃午餐。打马球、橄榄球或板球，跳舞[①]，晚宴，通宵聚会。星期天早七点在埃尔博斯克做弥撒，依然穿着晚礼服。然后去乡村俱乐部吃早餐，打高尔夫或游泳，或者去海滨城市阿尔加罗沃消磨上一天，冬天滑雪。当然还有看电影，但我们大多是通宵跳舞。

“这种生活你觉得满意吗？”她问。

“满意啊。”

“要是我让你把星期六交给我，只一个月，你会答应吗？去看看圣地亚哥城中你不了解的一部分。”

“你为什么找我？”

“因为，从根本上说，我认为你是个好人。我认为你可以从中学到些东西。”她抓住我的两只手。“试试吧。”

好人。但是在这之前她已经抓住了我，因为“革命”这个词。我确实想见见革命者，因为他们坏。

对于我星期六要和道森小姐在一起，大家都表现出远超必要的不安，这反而使我真的想去了。我对妈妈说，我要去帮助穷人。她气坏了，怕染上病，怕马桶座圈不干净。我甚至知道智利的穷人是没有马桶座圈的。我的朋友听说我要和道森小姐一同出去，十分震惊。她们说她是神经病、狂热分子，还是同性恋，我是疯了还是怎么了？

和她一起出去的第一天十分可怕，但为了逞强，我还是硬撑了下来。

每星期六早上，我们乘坐一辆装有几大锅食物的皮卡前往城市

① 原文为法语。

垃圾场。豆子，粥，点心，牛奶。我们在用踩扁的易拉罐搭成的连绵几英里的棚屋旁支起一张大桌子。距此三个街区之外有一个弯头自来水管，供整个棚户区使用。污秽不堪的棚屋前点着一堆堆明火，烧的是碎木片、破纸箱、鞋子，用来做饭。

起初，这地方似乎空无一人，绵延不绝的高丘。高丘臭气熏天，由焖烧的垃圾堆成。过了一会儿，穿过尘土和烟雾，你会看到高丘上到处是人。只不过他们和粪土颜色相同，身上的破衣烂衫就像他们爬行其间的垃圾一样。没有人站着，他们像湿答答的老鼠，四肢着地，仓皇翻寻，把东西丢进粗麻袋中。袋子在他们背上隆起，像动物的驼背。他们打转，疾窜，彼此相遇，碰碰鼻子，再匆匆溜走，像鬣蜥蜴一般消失在垃圾山脊的另一侧。然而，食物一旦摆上来，便有几十个女人和孩子出现，浑身黑黝黝、湿淋淋的，散发着腐烂变质食物的气味。他们很高兴能有早饭吃，蹲在地上，吃东西的时候，瘦骨嶙峋的双肘像螳螂般外展搁在垃圾堆上。吃完饭，孩子们挤挤挨挨围在我身边，依然在泥地上趴着，或是爬来爬去，拍拍我的鞋子，上上下下摸我的长筒丝袜。

“瞧，他们喜欢你。”道森小姐说，“你不觉得开心吗？”

我知道他们喜欢的是我的鞋和丝袜，我的红色香奈儿小外套。

我们开车离开时，道森小姐和她的朋友兴高采烈，开心地聊着天。而我又恶心又郁闷。

“一周给他们送一顿饭，顶什么用？丝毫也不能改善他们的生活。天哪，他们需要的可不只是一周吃一次点心。”

没错。但在革命到来并实现一切公有之前，只要有能帮得上忙的，你就得尽量去做。

“他们需要知道，有人意识到他们在这里活着。我们告诉他们，不久将会发生变革。希望。要让他们看到希望。”道森小姐说。

我们去南市的一所廉租公寓里吃午饭，要爬六段楼梯。一扇窗户朝向通风井。一台轻便电炉，没有自来水。他们的任何用水都得爬楼提上来。桌上摆着四只碗、四把勺子，中间一堆面包。屋里有很多人，一小撮一小撮地交谈。我说西班牙语，而他们说一种几乎没有辅音的浓重的吉卜赛方言，我很难听懂。他们不理睬我们，带着一种可笑的容忍或全然的蔑视看着我们。我没有听到他们谈论革命，讲的都是工作、钱和下流笑话。我们轮流吃小扁豆，喝一种叫“奇查”[1]的原酒，用的是前面的人用过的碗和杯子。

“你好像不嫌脏，真好。”道森小姐笑容满面地说。

“我是在矿业小镇长大的。那儿脏得很。”可芬兰人和巴斯克人的小屋很漂亮，有鲜花和蜡烛，有面容秀丽的圣母。而这地方则丑陋肮脏，墙上贴着拼错了的标语，用口香糖粘起来的左翼宣传小册子。还有一张报纸上的照片，是我父亲和矿业部长的合影，上面溅了血。

“嗨！”我说。道森小姐拉住我的手，抚摸着。“嘘，”她用英语说，“我们在这儿都是提名不提姓。千万千万别暴露自己的身份。好了，阿黛尔，不要别扭了。要想成长，你就得面对你父亲的各种真面目。”

“可不能在上面洒血啊。”

“恰恰如此。这是极有可能的，而且你应该意识到这点。”这时她把我的两只手攥得紧紧地。

午饭之后，她带我去迷途孩童之家，那是安第斯山脚下的一所

① Chicha，南美及中美人酿的一种酒，通常以玉米为主料。

孤儿院，在一幢长满常春藤的古老石砌建筑中。孤儿院由法国修女管理，可爱的老修女们，头戴鸢尾花形状的头巾，身穿蓝灰色修女袍。她们飘过幽暗的房间，飘上石砌的楼梯，沿栽满鲜花的庭院旁的走廊飞去，撑起木制的百叶窗，用鸟鸣般的嗓音呼唤着。她们拂开那些咬着她们腿的疯孩子，抓住他们的小脚丫，拖着他们走。她们让十个盲孩子站成一队，统一给他们洗脸。她们给六个先天愚型的大个子喂饭，端着麦片粥一勺勺举到他们嘴边。

这些孤儿都有毛病。有些精神失常，有些没有腿，有些是哑巴，还有些全身烧伤。缺鼻子少耳朵。感染梅毒的婴儿，十几岁的先天愚型患者。各式各样的苦难一齐从一个房间涌入另一个房间，再涌出来流入庭院，流入那座美丽却疏于打理的花园。

“需要做的事很多。”道森小姐说，“我喜欢给婴儿喂饭、换衣服。你可以给盲人孩子读书……他们好像都特别聪明，又百无聊赖。”

没什么书可读。西班牙语版的拉封丹[①]寓言。他们坐成一圈，盯着我，神情茫然。我很紧张，便发起一个游戏，一种类似抢椅子那样拍手跺脚的游戏。他们很喜欢，别的孩子也喜欢。

我讨厌星期六去垃圾场，但喜欢去孤儿院。在孤儿院的时候，我甚至连道森小姐也喜欢。她花时间给婴儿洗澡，抱着他们摇晃，给他们唱歌，而我为大些的孩子们编游戏。有些行得通，有些行不通。接力赛行不通，因为谁都不肯松开接力棒。跳绳很棒，因为两个唐氏综合征患儿能毫不停歇地摇几个小时的绳子，所有人，尤其是盲眼女孩们，轮流跳着绳。就连修女也跳，跳啊跳，她们的蓝衣在空

---

① La Fontaine（1621－1695），法国寓言作家、诗人。

中飞舞。山谷里的农夫①。纽扣纽扣②。捉迷藏行不通，因为大家都不回“家”③。孤儿们见到我很开心，我也爱去孤儿院，不是因为我是好人，而是因为我爱玩。

星期六晚上，我们去革命剧院或诗歌朗诵会。我们聆听二十世纪最伟大的拉美诗人的作品。这些都是我后来将会热爱的诗人，我会学他们的诗，教他们的诗。可当时我并不听。我很不自在，困惑不解，痛苦不已。那里只有我们两个美国人，我听到的都是对美国的攻击。许多人问我美国政策方面的问题，我答不上来，我让他们问道森小姐，我把她的回答翻译出来，并为自己对他们说的话——关于种族隔离、美国安纳康达铜矿公司——感到羞愧而困惑。她没有意识到那些人对我们多么不屑，是如何嘲笑她关于他们的现实那一套陈词滥调。他们笑话我的指甲和青年斯大林式的发型，笑话我昂贵的休闲装。在一个剧团活动里，他们让我站在舞台上，导演吼道:“好了，*外国婊*，告诉我，你为什么来我们国家！”我浑身僵硬，在一片喝倒彩和哄笑声中坐下。最后我告诉道森小姐，我星期六晚上不能再出去了。

在马塞洛·艾拉苏里兹家吃饭、跳舞。在阳台上用小杯子喝马提尼，我们旁边就是芬芳的花园。十一点开始的六道菜的宴会。大家都拿我和道森小姐共度的日子取笑我，求我给他们讲讲自己去了什么地方。我没法讲，跟朋友和父母都没法讲。我记得有人拿我和我的*破烂*开玩笑，那时候“破烂”指的是穷人。我意识到房间里的

① Farmer in the Dell，儿歌，孩子们经常唱着它做游戏。

② Button Button，类似于丢手绢的儿童游戏。

③ 捉迷藏的一种玩法是，找人的孩子最初站的地方叫“home base”，藏的孩子可以趁找人的孩子离开时跑到“home base”，就算获胜。孤儿院的孩子没有“home”（家）的概念。

仆人几乎和客人一样多，对此感到很尴尬。

我跟道森小姐一起到美国大使馆外参加一场工人抗议。我刚走过一个街区，这时我父亲的一个朋友，弗兰克·怀斯，把我从人群里揪出来，带我到克利翁酒店。

他火冒三丈。“天哪，你知道自己在干什么吗？”他很快就明白了道森小姐不明白的事……也就是说，我没有一丝一毫的政治观念，根本不明白这些都是在干吗。他告诉我，假如新闻媒体发现我在做的事，会给父亲招来大麻烦的。这个我明白。

另一个星期六下午，我同意去市中心为孤儿院募捐。我站在一个街角，道森小姐站在另一个街角。仅仅几分钟时间，就有几十个人侮辱咒骂我。我不明白，挪了挪我那写着“为迷途儿童之家捐款”的牌子，哗啦啦晃了晃募捐杯。我的两个朋友，蒂托和佩佩，正要去华尔道夫酒店喝咖啡。他们拉起我就跑，逼我和他们一起去喝咖啡。

“在这儿不能做这种事。穷人才乞讨。你这是侮辱穷人。对一个女人来说，向人乞求任何东西都太骇人听闻了。你会毁掉自己的名声。而且也没人相信你不会私吞捐款。一个女孩没人陪同就根本不能在街上站着。你可以去参加慈善舞会或午宴，但是同其他阶级的人有肢体接触就是不雅，他们也会觉得你自视高人一等。而且，你绝对不能让人在公开场合看到和她那样性取向的人在一起。亲爱的，你太小，你不明白……”

我们喝着牙买加咖啡，我听他们说着。我告诉他们，我明白他们的意思，但我不能把道森小姐一个人就那样丢在街角。他们说，他们会跟她谈谈。我们三个人沿阿乌马达街走去找她，她傲然而立，而来往的路人冲她咕哝“外国疯婆子”或“蹩脚女人”，瘸腿婊子。

蒂托只对她说了句：“在圣地亚哥，年轻女孩这样做是不合适的，我们要带她回家。”她鄙夷地看着他。那个星期后来的一天，在学校走廊里，她告诉我，让男人支配我的行动是不对的。我对她说，我感觉人人都在支配我的行动，我当初答应跟她星期六出去，现在已经比原本的期限多出一个月了。我再也不去了。

“你重新回到那样完全自私的生活是不对的。为更美好的世界而斗争——这是活着的唯一理由。你什么都没有学到吗？”

“我学到了很多。我明白很多事都需要改变。但那是他们的斗争，不是我的。”

“我没法相信你竟然这么说。你难道不明白吗？这种态度，正是这个世界存在的问题。”

她一瘸一拐地哭着走向卫生间，上课迟到了，于是她告诉我们那天不用上课了。我们六个人出了教室，躺在花园的草地上，离窗户很远，这样谁都不会发觉我们没在教室里。那几个女生调侃我，说我伤透了道森小姐的心。她显然爱上我了。她有没有试图亲过我？这实在令我困惑，而且恼羞成怒。不管怎么说，我已经渐渐开始喜欢她了，喜欢她顽强幼稚的献身精神，喜欢她满怀希望。她就像个小孩子，就像那些盲孩子中的一个，在洒水器中玩耍，快乐得喘不过气来。道森小姐从来没有调戏过我，也不像男孩们那样总想对我动手动脚。可她要我做我不想做的事。而我因为不想做，不想多关心这世界上的不公，就感觉自己是个坏人。由于我不想谈论她，女孩们都很生气。她们叫我道森小姐的情妇。我找不到任何人可以谈论这件事，也不知道问谁什么是对什么是错，于是只能觉得自己有错。

我最后一次去垃圾场的那天刮着风。一波一波亮闪闪的沙子筛进粥里。垃圾山上的人影升起时伴着尘土的旋涡，于是他们看起来像一群银色的鬼魂，托钵僧。他们都不穿鞋，光着脚无声地爬过黏湿的垃圾堆。他们不说话，也不像一起工作的人那样互相招呼，而且从来不和我们交谈。蒸汽腾腾的垃圾山后面是城市，我们上方巍然屹立着白雪皑皑的安第斯山脉。他们吃饭。道森小姐一言不发，在风的叹息中收拾锅碗用具。

我们已经说好，那天下午去城外参加一场农场工人的集会。我们在街边小摊上吃了烤肉，顺路去她的公寓，因为她要换衣服。

她的公寓昏暗又憋闷。她竟然把做饭的电炉搁在马桶水箱上，这让我恶心，就像旧羊毛、汗水和头发的气味让我恶心一样。她当着我的面换衣服，她白里透蓝的畸形裸体让我感到愕然和恐惧。她不穿胸罩，直接套上一条无袖夏日连衣裙。

“道森小姐，晚上在家里或在沙滩上这样穿还可以，可在智利你不能这么空身到处走。”

“我可怜你。你一辈子都会被应该做什么所羁绊，被别人告诉你该怎么想、怎么做搞得无能为力。我穿衣服不是为取悦别人。今天天热，我穿这裙子舒服。”

“好吧……可你这样穿让我不舒服。别人会对我们出言不逊。这里不一样，不是美国。”

“对你来说，最好的事莫过于时不时体会一下不舒服。”

我们在酷热的太阳下等车，在公交车上站着，换乘了几趟拥挤的公交才赶到举行集会的农场。下车后，我们走上一条桉树夹道的美丽小路，在路旁的溪水边停下来乘凉。

我们到得太晚，没赶上演讲。讲台上空无一人，麦克风后歪歪斜斜地挂着一条横幅，“把土地还给人民”。有一小群穿西装的男人，显然是组织者，但大多数都是农场工人。有人在弹吉他，一群人围着一对散漫地跳着奎卡舞[1]的人，二人绕着对方兜圈子，无精打采地挥舞手帕。人们从大桶里往外倒葡萄酒，或者排队等着烤牛肉和豆子。道森小姐让我去找桌子占座，她去端饭。

我在一张坐满了一家人的桌子末尾挤出个地方。没人在谈论政治，看起来这些人只不过是为免费烧烤野餐而来的乡下人。人人都喝得酩酊大醉。我可以看到道森小姐站在队里谈兴正浓。她也在喝葡萄酒，比比画画，声音很大，好让人明白她的意思。

“是不是很棒？”她问，端来两大盘吃的，“咱们来做个自我介绍。尽量多和人说话，这样才能学到东西，才能帮助别人。”

我们旁边坐着的两个农民发出一阵爆笑，断定我们俩是从另一个星球上来的。正如我所担心的，她裸露的肩膀和裙下清晰可见的乳头让他们极为惊讶，猜不出她到底是干哪行的。我意识到，她不仅不会说西班牙语，还几乎是瞎子。她透过她那一英寸厚的镜片眯起眼微笑，却根本看不出这些男人都在嘲笑我们，不喜欢我们，不管我们是干什么的。我们在这里干什么？她试图解释，她是个左翼，可她却不停地为“fiesta”——意思是节日集会——而不是为“partido”的集会干杯，于是他们也不停地敬她：“为节日干杯！”

“我们得走了。”我说。但她只是望着我，呆痴痴的，醉醺醺的。我旁边的男人正有一搭没一搭地跟我调情，可我更担心道森小姐旁

① La Cueca，智利的民间舞蹈，是一种男女对舞，舞者挥舞白色手帕。

边的大块头醉汉。那人一手拿排骨吃着，一手摩挲着她的肩膀。她不停地哈哈大笑，直到他开始拉扯她并亲吻她，她才尖叫起来。

最后道森小姐躺倒在地，无法抑制地抽泣。刚开始大家都跑过来，但很快又散开了，嘟囔着："不过是个喝醉的外国婊。"这时候坐在我们旁边的男人便对我们不理不睬了。她起身，向路上奔去；我跟在后面追她。她跑到溪水边，试图把自己洗干净，洗嘴，洗前胸，结果只弄得一身泥水淋漓。她坐在岸上痛哭，涕泗横流。我把我的手帕递给她。

"完美小姐！一方熨过的亚麻手帕！"她冷笑道。

"没错。"我说，我受够她了，现在只想赶紧回家。她还在哭，磕磕绊绊地沿小路走到主路上，站在那里开始拦车。我把她拉回到树林中。

"听着，道森小姐。在这里你不能随便搭车。他们不明白……两个女人搭车，会给我们惹麻烦的。听我说！"

可是一个开旧卡车的农民已经停下来，发动机在尘土飞扬的路上咔嗒咔嗒地响着。我给他钱，让他捎我们去市郊。他将一路开到市中心，二十比索可以轻松地把我们直接送到她家。我们爬进卡车车厢。

在风中，她用两条胳膊搂着我。她贴在我身上，我能感觉得到她湿湿的裙子、她黏黏的腋毛。

"你不能再回去过那种轻浮无聊的生活！不要离开！不要离开我。"她不停地说，直到我们终于抵达她住的街区。

"再见，"我说，"感谢一切。"或者类似这样的蠢话。我把她放在路边，她眨巴着眼睛望着我的出租车，直到车拐过街角。

几个女佣倚在门口和警察在说话，于是我以为家里没人。可我父亲在，正在换衣服准备去打高尔夫。

“你提前回来了。去哪儿了？”他问。

“去野餐，和历史老师。”

“哦，是吗。她人怎么样？”

“还行。她是个左翼。”

我只是不假思索，脱口而出。那一天很难熬。我受够了道森小姐。但只说这些就够了。就是我对父亲说的一句话。那个周末的某个时候，她被解雇了，我们再也没有见到她。

没有别人知道发生了什么事。她走了，其他几个女生很高兴。现在我们有一节课不用上了，尽管等上大学后还要补美国历史。没有人可以诉说。说一声我很抱歉。

梅丽娜

在阿尔伯克基的时候，我丈夫雷克斯晚上会去大学上课，或者到他的雕塑工作室去。我用婴儿车推着小宝宝本，长距离散步。小山上有条榆树夹道、枝繁叶茂的街，那里坐落着克莱德·廷利的房子。我们总是打那幢房子前经过。克莱德·廷利是位百万富翁，他把所有钱都捐给了州立儿童医院。我们散步特意经过他的房子，是因为他家不光在圣诞节期间，而是一年到头都装饰着圣诞彩灯，阳台四周和所有树上都会挂满。一到黄昏，就在我们往回走的时候，他便打开一串串彩灯。有时候他会坐在阳台的轮椅上，我们刚好经过，这个瘦骨嶙峋的老头会冲我们喊“你好”“多美的夜晚啊”。但有一天晚上，他冲我吆喝：“停下！停下！那孩子的脚有问题！得去看看。”

我低头看看本的脚，它们好好的。

“没事，是他现在长得太大，婴儿车坐不下了。他这样奇怪地举着脚，就是为了不拖在地上。”

本好聪明。那时候他还不会说话，但好像听懂了。他把脚端端正正放在地上，似乎是要让那老头看看，他的脚没问题。

“当妈的总是不肯承认有问题。你现在就带他去看医生。”

就在这时，一个一身黑衣的男人走过来。即便那时候，你也不常见到人们在外面走，所以他的出现令我惊讶。他蹲在人行道上，双手握住本的脚。一条萨克斯背带从他脖子上垂下来，本伸手去抓带子。

“没问题，先生。这孩子脚没问题。”他说。

“哦，听你这么说我就放心了。”克莱德·廷利喊道。

“但还是要谢谢您。”我说。

我和那个男人站在那里说话，之后他陪我们走到家。这件事发生在一九五六年。他是我遇到的第一个“垮掉的一代”。我在阿尔伯克基从没见过像他那样的人：犹太人，带布鲁克林口音。留长发，蓄胡须，戴墨镜。可他看起来并不凶。本立即就喜欢上他了。他叫博，是个诗人兼乐手，吹萨克斯。我后来才弄明白，他脖子上耷拉着的是萨克斯背带。

我们一见如故。我做冰茶的时候他陪孩子玩。把本放到床上睡下后，我们坐在外面门廊的台阶上说话，一直聊到雷克斯回家。两个男人彼此很客气，但处得不太好，这点我一眼就看出来了。雷克斯是研究生。我们当时穷得很，但雷克斯长得老成，显得很有权势。一副成功者的气派，也许有点自负。博则表现出一副什么都不在乎的神气，但我已经知道其实并非如此。他离开后，雷克斯说，他不喜欢我随随便便就把流浪爵士乐手往家带。

博在旧金山住了六个月，此时正搭便车旅行，要回到纽约……

大苹果[1]。他住在朋友家，但朋友们整天上班，因而他在此地逗留的四天里，每天都来看望我和本。

博的确需要找人说话。对我来说，除了能和本说上有限的几个字，能听到别人说话实在太好了，所以我很高兴见到他。再者，他会讲浪漫故事。他恋爱了。现如今我才明白虽然雷克斯爱我，我们很幸福，会一起生活得很幸福，但他并不是疯狂地爱我，像博对梅丽娜那样。

博以前在旧金山卖三明治。他有辆小餐车，装着甜面包卷和咖啡、软饮料和三明治。他在巨型办公大楼中，推着车子楼上楼下地叫卖。一天，他拉着小车走进一间保险公司办公室，看到了她。梅丽娜。她正在整理文件，但并不是真的在整理，而是望着窗外，脸上浮现出梦幻般的笑容。她披着一头染成金色的长发，穿一袭黑色连衣裙。她身材十分娇小纤瘦。但迷人的是她的肌肤，他说。仿佛她根本就不是一个人，而是用白色丝绸、牛奶杯做成的某种生物。

博不知自己着了什么魔。他丢下餐车和顾客，穿过一扇小门，走到她站着的地方。他对她说他爱她。我想要你，他说。我去拿卫生间的钥匙。来吧。只需要五分钟。梅丽娜看着他，说，我马上过去。

那时我还很年轻。这是我听过的最浪漫的事。

梅丽娜已经结婚，有个一岁左右的小女儿。和本一样大。她丈夫是小号手。博跟梅丽娜相识的那两个月里，她丈夫正外出巡演。他们有了一段激情澎湃的恋情，等她丈夫快回来时，她对博说："该走了。"于是他便离开了。

博说，她说什么，你都只能听着，她对他施了魔咒，对她丈夫，

---

① the Apple，即 Big Apple，纽约的别称。

对她认识的所有男人都施了魔咒。你没办法嫉妒，他说，因为任何别的男人都会爱上她，这好像是极为自然的事。

比如说……那个孩子根本不是她丈夫的。有一段时间，他们在埃尔帕索生活。梅丽娜在小猪扭扭连锁超市工作，用塑料袋包装猪肉和鸡肉来卖。站在一扇玻璃窗后，戴着一顶滑稽的纸帽子。可就算这样，一个来买牛排的墨西哥斗牛士还是看上了她。他猛拍柜台、按铃，非要肉铺老板让他见见那个打包的女人。他让她辞职。她就是这样影响你的，博说。你必须立即接近她。

几个月后，梅丽娜意识到自己怀孕了。她高兴极了，告诉了丈夫。他却勃然大怒。你不可能怀孕的，他说，我结扎了。什么？梅丽娜火冒三丈。你跟我结婚，竟然没把这件事告诉我？她将他轰出家门，换了锁。他送花，给她写热情似火的信。他在门前支起帐篷露营，直到她终于原谅了他做的事。

他们的衣服都是她缝的。她把公寓里所有房间都蒙上布。地上放着床垫和枕头，这样你就可以像婴儿一样在地上爬，从一顶帐篷爬进另一顶帐篷。白天晚上都点着蜡烛，让你永远不知道时间。

博把关于梅丽娜的一切都告诉了我。关于她在几个寄养家庭中的童年，关于她如何在十三岁时逃跑。她在一家酒吧做吧女（我不清楚那是做什么的），她丈夫将她从十分难堪的处境中搭救出来。她很强悍，博说，她说脏话。可她的眼睛，她的抚摸，就像小天使一般。她就是那个进入他的生活，并将之永远毁掉的天使……他说到她时确实很夸张，甚至有时候哭个没完，可我喜欢听关于她的一切，希望自己能像她那样。强悍，神秘，美丽。

博离开时，我很难过。他也像是我生命中的天使。他走之后我才意识到，雷克斯跟我或本说的话有多么少。我感到很孤独，甚至想过把我们的房间也布置成帐篷。

几年后，我和另一个男人结了婚，一个叫大卫的爵士钢琴师。他是个好男人，但也很沉默。我不明白，全世界我最喜欢的事就是说话，可为什么老嫁给闷声不响的男人。但我们有很多朋友。来城里的乐手会住在我们家，男人们演奏的时候，我们女人便做饭、聊天，躺在草地上陪孩子们玩耍。

让大卫谈谈他一年级时什么样，谈谈他的初恋女友，谈任何事，都像拔牙一样难。我知道他曾经和一个女人同居五年，一个美丽的画家，可他不愿谈起她。我说，喂，我已经把我一辈子的事都告诉你了，给我讲讲你的事吧，告诉我你初次坠入爱河的时候……这时他便笑起来，但他确实对我讲了。很简单，他说。

那是和他最好的朋友——一位叫厄尼·琼斯的贝斯手——同居的一个女人。在南部山谷的灌溉渠边。有一次他去找厄尼，厄尼不在家，于是他便走下去来到水渠边。

她正在晒日光浴，白皙的裸体衬着如茵的绿草，眼睛上蒙着给冰激凌衬底用的那种花边小纸垫，当太阳镜。

“哦，就这样？”我追问。

“嗯，是的。就这样。我恋爱了。”

“可她长什么样？”

“她和这世界上任何人都不一样。有一次，我和厄尼在水渠边无所事事地躺着，聊天，抽大麻。我们情绪低落，因为我们俩都失业了。她做服务员，一人养着我们俩。一天，她为一场午宴服务，事后把所有鲜花——满屋子的花——都拿回了家。可她竟然把花都拿到上游，全部倒进水渠里。我和厄尼正坐在岸上，愁眉不展，盯着浑浊的水，这时亿万朵鲜花顺流漂下。她还带回了食物和葡萄酒，甚至还有银餐具和桌布，就在草地上摆起了宴席。”

“那，你有没有和她做爱？”

“没有。我甚至从来没跟她说过话，反正没单独说过。我只是记得她——躺在草地上。”

“嗯。”我说。所有这些信息，还有他脸上痴痴的表情，都让我很开心。不管什么样的浪漫故事我都喜欢。

我们搬到圣达菲，大卫在那里的克劳德酒吧弹钢琴。那些年，许多出色的乐手在城里逗留，会在大卫的三重奏乐队客串上一两晚。一次，来了一位真正出色的小号手，帕科·杜兰。大卫喜欢与他合奏，问我能否让帕科和他的妻儿在我们家住上一周。当然，我说，那很好啊。

确实不错。帕科小号吹得棒极了。他和大卫一起上班，整夜演奏，回到家也整天形影不离。帕科的妻子梅丽娜很有异国风情，风趣幽默。他们言谈举止就像洛杉矶的爵士乐手。管我们的房子叫“窝”，说“懂了吗？”“起开！”他们的小女儿和本一起玩得好极了，但他们俩都处于到处乱撞的年龄。我们努力想把他们都放进婴儿护栏里，可两人都不愿意。梅丽娜想出一个办法，那就是随他们去，而我和她到护栏里去，这样咖啡和烟灰缸就不会被打翻了。于是我们就这么做了，坐在护栏里，而孩子们则把书从书柜里翻出来。她给我讲拉斯维加斯，说得那里仿佛是另一个星球。我听她说话，不只是看着她，而是被她那种超凡脱俗的美所环绕，我意识到，她就是博的梅丽娜。

不知为何，我没法提起那些事。我没法说，嘿，你真美，真不可思议，你一定就是博的浪漫情人。但我想起博，想念他，希望他一切安好。

男人们出门上班，我和她做晚饭。我们给孩子们洗澡，到后阳台抽烟，喝咖啡，聊鞋子。我们谈论一生中所有重要的鞋子。第一双乐福鞋，第一双高跟鞋。银色防水台高跟鞋。我们所了解的靴子。浅口细跟单鞋。手工凉鞋。平底编织皮凉鞋。细高跟鞋。我们就这样聊啊聊，赤着的脚在门廊边湿漉漉的青草中蠕动。她的趾甲涂成了黑色。

她问我是什么星座。通常这样问我会烦，但我同她讲了与我这个天蝎有关的一切，而且我句句相信。我对她说，我会看手相，多少会点，便看起她的手。天太黑，于是我到屋里拿了盏煤油灯，放在我们俩之间的台阶上。在灯光和月光下，我握住她那双白皙的手，想到博说起过的她的肌肤。感觉像握着清凉的玻璃，白银。

奇罗[1]的手相书我烂熟于心。我给几百个人看过手相。我告诉你这些，好让你知道我确实给她讲了我在她手上的纹路和凸起中看到的东西。但我说的主要还是博对我讲过的关于她的一切。

我很羞愧，我干吗要这样做呢。我嫉妒她。她如此令人神魂颠倒。她并非真做了什么非同一般的事，而是天生就令人神魂颠倒。我想让她对我刮目相看。

① Cheiro（1866－1936），本名威廉·约翰·华纳（William John Warner），爱尔兰占星家、手相学家、数字命理学家。

我给她讲了她的生平经历。我给她讲她可怕的养父母，帕科如何保护她。说了类似这样的话："我看到一个男人。英俊的男人。危险。你没有处于危险中。他面临危险。一位赛车手,也许是斗牛士？"她说，见鬼，没人知道斗牛士的事。

博曾告诉过我,有一次他把手放到她头上,说"会没事的……",她就哭起来。我对她说，她从来不哭，难过还是生气都不会哭。但假如有个人十分善良，那人只要把手放在她头上，说别担心，就有可能令她哭泣。

我不想再多说了。我太羞愧了。但确实达到了我想要的效果。她坐在那里,盯着自己那双美丽的手,悄声说:"你是女巫。你会魔法。"

我们度过了快乐的一周。我们一起去看印第安舞蹈，爬山进入班德利尔文化保护区[①],以及阿科马普韦布洛印第安村庄。我们坐在桑迪亚[②]人曾经生活的洞穴，在陶斯附近泡温泉，去参观圣婴教堂。有两个晚上，我和梅丽娜甚至找人看孩子，自己去夜总会。音乐棒极了。"这一周我过得很开心。"我说。她笑了。"我一直过得很开心。"她淡淡地说。

他们走后，房子里十分安静。同往常一样，大卫回到家时，我醒了。我很想对他坦白看手相的事，但幸亏没有。黑暗中，我们一起躺着，这时他对我说：

"就是她。"

"就是谁？"

"梅丽娜。她就是草地上的女人。"

①Bandelier Monument，美国新墨西哥州靠近洛斯拉莫斯的国家保护区，是古代普韦布洛人的家园遗址。文中写作"Bandolier monument"，疑为作者笔误。

② Sandia，美洲普韦布洛人的一个部落。

朋友

洛蕾塔遇到安娜和山姆的那天，救了山姆一命。

安娜和山姆年纪很大了。她八十，他八十九。洛蕾塔去她邻居伊莱恩家的泳池游泳时，时不时能看到安娜。一天，她顺路拜访时，两个女人正劝老头游泳。最后他下了水，在池子里以狗刨式游着，咧着嘴笑，这时突然犯病了。那两个女人在浅水区，没有注意。洛蕾塔衣服鞋子都没脱，跃入水中，把他拉上台阶，拖出泳池。他不需要心肺复苏,但受了惊吓,分不清东西南北。他服了些治癫痫的药。她们帮他擦干，穿上衣服。他们一起坐了一会儿，直到确信他没问题了,能自己走回家。他家就住在同一街区。因为洛蕾塔救了他一命，安娜和山姆对她千恩万谢，执意要请她第二天去他们家吃午饭。

她恰好随后几天不上班。她休了三天不带薪的假期，因为她有很多事要做。跟他们吃午饭就意味着还要从市区大老远回到伯克利，不能按计划完成当天所有的事。

这样的情况经常让她深感无助。你会对自己说，天哪，他们心地这么好，至少我还可以去看望他们一下。不去的话你会心生内疚，去呢又觉得自己没有主心骨。

一走进他们的公寓，她的坏心情立即烟消云散。那房子很敞亮，阳光充足，就像墨西哥那栋他们住了大半辈子的老房子。安娜以前是考古学家，山姆是工程师。他们曾经在特奥蒂瓦坎和其他考古遗址每天并肩工作。他们的公寓里摆满精美的陶器和照片，像座藏品丰富的博物馆。楼下后院有一片很大的菜园，还种着很多果树和浆果。洛蕾塔惊叹不已：这两位鸟儿般孱弱的老人，园子里的活儿竟然都是他们自己干。他们俩都拄拐杖，走路很吃力。

午餐是烤奶酪三明治、佛手瓜汤，还有用园里种的菜拌的沙拉。安娜和山姆一起做饭，一起摆餐具，一起上菜。

五十年来，两人做什么都在一起。就像对双胞胎，他们彼此应和，或者一个开口，另一个接茬说完。两人如同立体声音响，你一言我一语地给她讲他们在墨西哥金字塔的工作经历，还有其他参与过的考古挖掘。就这样，午餐愉快地度过。两位老人对音乐和园艺的共同热爱、对彼此的欣赏，给洛蕾塔留下了深刻的印象。她赞叹两人热心于参与当地和国家的政治，参加游行示威，给参议员和编辑写信，打电话。他们每天读三四种报纸，晚上读小说或历史书给对方听。

当山姆用颤颤巍巍的手擦桌子的时候，洛蕾塔对安娜说，一辈子有这样亲密的伴侣，多令人羡慕啊。是啊，安娜说，但是不久我们之中就会有一个要先走一步了……

很久以后，洛蕾塔回想起这句话，想知道安娜当时是不是考虑到他们俩有一个会先死，因而作为某种保险，才开始培养这段友谊的。可是，不会的，她想，要比这简单。这两人那么自给自足，一辈子拥有彼此就足够了。可如今山姆开始变得精神恍惚，而且经常语无伦次。同样的故事他重复了一遍又一遍，尽管安娜对他总是十分耐心，但是洛蕾塔感觉到，她还是挺开心能有个别的人说说话的。

不管出于什么原因吧，她发觉自己越来越多地陷入山姆和安娜的生活。他们已经不再开车了。安娜经常在洛蕾塔上班时给她打电话，请她下班的时候顺便买些泥炭苔肥，或者送山姆去看眼科医生。有时候夫妻二人都不舒服，去不了商店，于是洛蕾塔还要帮他们买东西。她喜欢这两位老人，敬佩他们。既然他们这么需要人陪伴，她便每周陪他们吃顿饭，最多间隔一周。有几次她请他们俩到她家吃饭，但有很多台阶要爬，老两口不等进屋，就已筋疲力尽，于是她便作罢。后来她带着鱼、鸡或意大利面到他们家去。他们俩会拌个沙拉，从园子里摘草莓当甜点。

吃过饭，他们会边喝薄荷茶或洛神花茶，边听山姆讲故事。讲安娜在尤卡坦半岛丛林深处的发掘点患上脊髓灰质炎的事，讲他们怎么把她送到医院，讲人们对她如何照顾。许多故事都关于他们在哈拉帕盖的房子。市长的妻子，有一次为避开一个访客，从窗户爬出去，摔断了腿。山姆的故事总是这样开头："这让我想起曾经……"

渐渐地，洛蕾塔了解到他们人生的细节。在塔玛佩斯山展开追求。在纽约谱写恋曲，当时他们俩都是共产党员。开始同居。他们一直没结婚，依然对这种离经叛道的生活颇为满意。他们有两个孩子，都生活在遥远的城市。他们讲过在大苏尔附近的大牧场里发生的故事，那时候孩子们还小。一个故事结束时，洛蕾塔就会说："真舍不得走，可我明天一大早还得上班呢。"她常常在这时候离开。但山姆通常会说："我就再讲一点，说说那台发条留声机。"几小时后，她精疲力竭，开车回奥克兰的家，心想着，不能再这样下去了。或者，去还是要去的，但要有明确的时间限制。

倒不是说他们什么时候让她感到乏味或无趣。相反，这对夫妻生活丰富充实，态度积极投入，富有洞察力。他们对世事、对自己的过去都兴致盎然。他们聊得很开心，互相补充，为日期和细节争辩，让洛蕾塔不忍打断他们，就此告别。而且去那里也确实让她感觉挺好，因为老两口见到她那么开心。可有时候，她太累，或者有别的事要做，一点都不想去。最后，她终于说，她不能待到这么晚，第二天起不来。星期六来吃早午餐吧，安娜说。

天气好的时候，他们会在前廊的桌上吃饭，周围被鲜花绿植环绕。几百只鸟落在他们身旁的喂食器边。天渐渐冷起来时，他们就到屋里的铸铁壁炉旁吃。山姆照看炉子，往里加他亲手劈的木头。他们吃华夫饼或是山姆特制的煎蛋卷，有时候洛蕾塔带来贝果或熏鲑鱼。山姆讲故事，安娜纠正和评论，就这样几小时过去了，一天过去了。有时候，坐在前廊的阳光下或暖烘烘的炉火旁，得强撑着不打瞌睡。

他们在墨西哥的房子是用混凝土砖砌的，但房梁、台面和柜子是雪松木制的。大房间——厨房和客厅——最先建成。当然，他们早在开始盖房之前已经种了树。香蕉和李树，蓝花楹树。第二年他们加盖了一间卧室，几年后又建了一间卧室和一间安娜的工作室。床、工作台和桌子都由雪松木制成。他们在墨西哥另外一个州的工作结束后，就回到他们的小房子。房子里总是很凉爽，散发着雪松的香气，仿佛一只巨大的松木箱子。

安娜得了肺炎，必须住院。她病得那么重，却只惦记山姆，没有她他该怎么办。洛蕾塔向她保证，她上班前会过去看他有没有吃药、吃早饭，下班后会帮他做晚饭，带他来医院看她。

最难受的是，山姆不说话。他会哆哆嗦嗦地坐在床沿上，任洛蕾塔帮他穿衣服。他机械地服药，喝菠萝汁，吃完早饭后认真地擦干净下巴。晚上，她来的时候，他会站在前廊一直等她。他想先去看安娜，然后再吃饭。他们到了医院，安娜躺在那里，脸色苍白，长长的白色发辫像小女孩的辫子那样垂下来。她输着液，插着导尿管，吸着氧气。她不说话，但是微笑着握住山姆的手，山姆则告诉她，他洗了一大堆衣服，给番茄浇了水，给豆子覆了膜，洗了碗，榨了柠檬汁。他喋喋不休，气喘吁吁，把他一天的每个小时都讲给她听。他们离开时，他走起路来跌跌撞撞、摇摇晃晃，洛蕾塔只得搂紧他。在回家的车上，他哭了，他太担心了。但安娜回家了，身体康复，只是园子里需要干的活儿太多了。下一个星期天，吃过早午饭，洛蕾塔帮忙给园子除草，修剪黑莓藤。那时候她很担心，假如安娜真得了重病该怎么办？她在这段友谊中扮演了什么角色呢？这对夫妻之间的相互依赖，他们的年老衰弱，让她感动而难过。她干活的时候那些念头在脑海中闪过，但脚下是凉凉的黑土，后背上是暖暖的阳光，让她感觉很舒服。山姆在相邻的田垄中除草，讲着故事。

下个星期天，洛蕾塔去他们家的时候到晚了。她本来起得很早，有很多事要做。她真想待在家里，但又不忍心打电话取消。

前门不像往常那样没锁，于是她绕到后面的园子，想从后楼梯上去。她走进园子，四处张望，园中的番茄、南瓜和荷兰豆葱茏茂盛。蜜蜂的嘤嗡令人昏昏欲睡。安娜和山姆在楼上外面的阳台上。洛蕾塔正要打招呼，却听到他们正专心致志地聊天。

“她以前从没迟到过。她可能不来了。”

“哦，她会来的……这些上午对她太重要了。”

“可怜的人啊，她太孤独了。她需要我们。我们实在是她唯一的亲人。”

“她肯定喜欢我讲的故事。见鬼，我一个故事也想不出来，今天还不知道给她讲什么呢。”

“你会想出来的……”

“哈啰！”洛蕾塔叫道，“有人在家吗？”

失控

在灵魂深沉的黑夜里[①]，酒品店和酒吧都关着门。她伸手去够床垫下面；那瓶一品脱装的伏特加已经空了。她下床，站起身。她抖得厉害，只好坐到地板上。她呼吸急促。要是弄不到酒，她就会陷入震颤性谵妄，或癫痫发作。

对付的窍门是放缓呼吸，平复脉搏。尽量保持镇定，直到能搞到一瓶酒。糖。茶水兑糖，他们就是给你喝这个戒瘾的。可她哆嗦得太厉害，站不起来。她躺在地上，做瑜伽式深呼吸。不要想，天哪不要想你现在的状态，或是想你快死了，死于羞耻，死于休克。她的呼吸慢下来。她开始读书架上的作者名字。集中精力，大声读出来。爱德华·艾比[②]，钦努阿·阿契贝[③]，舍伍德·安德森[④]，简·奥斯丁，

① 典出16世纪西班牙神秘学家、诗人圣十字若望的诗歌《灵魂的黑夜》。
② Edward Abbey（1927－1989），美国生态文学作家，以评判环境问题著称。
③ Chinua Achebe（1930－2013），尼日利亚小说家、诗人和评论家，被誉为“非洲现代文学之父”。
④ Sherwood Anderson（1876－1941），美国作家，代表作《俄亥俄，温斯堡》。

保罗·奥斯特[1]，不要跳行，慢点。等把整面墙上的名字都念完，她感觉好些了。她挣扎着站起身，扶着墙，哆哆嗦嗦，几乎抬不起脚，费了好大劲才挪到厨房里。没有香草精。浓缩柠檬汁。辣嗓子，她想吐，捂住嘴重新咽下去。她沏茶，加上浓稠的蜂蜜，在黑暗中慢慢饮着。到六点，还有两个小时，奥克兰的上城酒品店就会卖给她伏特加。在伯克利你得等到七点。哦，天哪，她有钱吗？她又一步步挪回自己房间，翻查书桌上的手袋。一定是儿子尼克拿走了她的钱包和车钥匙。她不能去儿子们房间找，会惊醒他们的。

她桌上的零钱罐里有一块三。她翻找壁橱里的几只手袋、外套口袋、厨房抽屉，终于凑齐了四美元，够在那个钟点向那该死的外国佬买上半品脱的酒。所有病怏怏的酒鬼都付给他钱。尽管他们大多数都买甜酒，那东西见效快。

走着去很远。她需要走三刻钟；回家时得跑着，才能赶在孩子们醒之前到家。她能做到吗？她几乎无法从一个房间走到另一个房间。祈祷吧，千万不要有巡逻车经过。要是自己有条狗可以遛就好了。我知道，她笑了，我可以问邻居，能不能借他们的狗遛遛。当然可以。邻居们早就不跟她说话了。

她集中精力，专心数人行道上的接缝，这样才能走得稳。一，二，三。她扯着灌木，扶着树干前行，仿佛沿着人行道爬山。过马路太可怕了，路都太宽，红红的、黄黄的灯闪啊闪。一辆偶然驶过的《观察家报》运货卡车，一辆空出租车。一辆警车疾驰而过，没开灯。他们没看到她。冷汗顺着她的后背往下淌，她的牙齿在寂静漆黑的凌晨发出很响的咯吱咯吱声。

① Paul Auster（1947－），美国小说家、诗人、剧作家、电影导演。

走到沙特克大道的上城酒品店时，她已经心慌气喘，快要昏厥。还没开门。七个黑人，除了一个男孩，其他都是老头，站在店外的路边。那个印度人坐在窗户里面啜着咖啡，对他们视若无睹。人行道上，两个男人在共喝一瓶奈奎尔止咳糖浆。“蓝色死亡”，整夜里都可以买到。

人称“冠军”的老头冲她笑笑：“我说，姑娘，你难受吧？头发疼？”她点点头。就是那种感觉，你的头发、眼球、骨头都疼。“给，”“冠军”说，“你最好吃点这个。”他正在吃苏打饼干，递给她两块。“得让自个儿吃点东西。”“喂，‘冠军’，给我几块。”那个男孩说。

他们让她先走到柜台前。她要了一瓶伏特加，把一堆零钱倒在柜台上。

“都在这儿。”她说。

他微微一笑：“给我数数。”

“得了吧。见鬼。”她用剧烈颤抖的双手数硬币时，那个男孩说。她把酒瓶装进手袋，跌跌撞撞走向门口。到了门外，她抱住电线杆，不敢过马路。

“冠军”正在喝他那瓶夜间火车①。

“你太淑女，不好意思在街上喝？”她摇摇头：“我怕把酒瓶掉到地上。”

“给，”他说，“张嘴。你得来一点，不然永远走不到家。”他把酒倒进她嘴里。酒在她体内流淌，热乎乎的。“谢谢。”她说。

她快速穿过街道，笨拙地沿街往家走，数着铺路石的接缝。

① Night Train，一种 17.5 度的廉价果酒。

九十，九十一。等她走到家门口时，天色依然漆黑。

大口喘息。她没有开灯，在杯子里倒了些蔓越莓汁，又倒了瓶子里三分之一的酒。她在桌边坐下，慢慢啜饮，酒精渗透全身，一阵放松。她在哭，因自己没死掉而感到如释重负。她又从瓶中倒出三分之一的酒，掺上果汁，每呷一口，便把脑袋枕在桌子上歇一会儿。

喝完这些，她感觉好些了，便走进洗衣间，开始洗一大堆衣服。之后，她拿着酒瓶进了卫生间。她冲澡，梳头，穿上干净衣服。还有十分钟。检查过卫生间门是否上锁，她便坐在马桶上，把伏特加喝完。最后几口酒不只是让她感觉更好，而且令她微醺了。

她把洗过的衣服放进烘干机。就在她用冷冻浓缩果浆勾兑橙汁时，乔尔揉着眼走进厨房。“没袜子，没衬衣。”

“嗨，宝贝，来点麦片粥吧。等你吃完早饭，冲个澡，衣服就干了。”她给他倒上果汁，又给默默站在门口的尼古拉斯[1]倒了一杯。

“你到底怎么搞到酒的？”他从她身边推挤过去，给自己倒了麦片。十三岁，他已经比她高了。

“能把我的钱包和钥匙给我吗？”她问。

“钱包你可以拿去。等我知道你没事的时候，再给你钥匙。”

“我没事了，明天就回去上班。”

“妈，你再不去医院就戒不掉了。”

“我会好的。请不要担心。我还有一整天时间可以恢复呢。”她去查看烘干机里的衣服。

“衬衣干了，”她对乔尔说，“袜子大概还要十分钟。”

---

① 指前文的尼克。尼克（Nick）是尼古拉斯（Nicholas）的昵称。

“等不及了，我湿着穿吧。”

儿子们拿起书本和背包，与她吻别，出了门。她站在窗前，看他们沿街走向公交车站。她等车载上他们，向电报大道驶去。随后她也出门，走向街角的酒品店。现在开门了。

埃尔帕索，电动汽车

斯诺登太太等着我和外婆钻进她的电动汽车。那辆车看上去和别的汽车没什么两样，只不过很高，又很短，像动画片里撞到墙上的汽车。一辆汗毛倒竖的汽车。梅蜜坐前座，我坐后排。

坐在车里，感觉极不舒服，就像听人用指甲抓挠黑板。车窗上蒙了层黄色尘土。车厢壁和座位是发霉的落满灰尘的丝绒。灰褐色。那时候我老是啃指甲，破了皮的指尖、挠破的胳膊肘和膝盖蹭到发霉积尘的丝绒……疼极了。我牙疼，头发疼。我打了个哆嗦，仿佛不小心触碰到一只毛发纠缠的死猫。我蹲伏着身体，向上伸手，抓住肮脏车窗上方的金色雕花花盆。拉手的吊带已朽得丝丝缕缕，像旧假发一样从花盆下面垂下来。就这样挂着，我高悬半空，晃晃悠悠地俯视别的车子的后座。我能看到上面一袋袋的生活用品，有婴儿在玩着烟灰缸，摆弄舒洁面巾纸盒。

车发出微弱的嗡嗡声，仿佛我们根本没动。我们动了吗？斯诺登太太不愿意，或是开不到时速十五迈以上。我们开得那么慢，以至于我能在路上见到以前从没看过的景象。穿过时间，就像整夜看着一个人入眠。人行道上有个男人，他原本决定要进小餐馆，可改了主意，走到街角，又转身回来，走进餐馆，把餐巾铺在膝盖上，一脸的期待——而我们连那条街的尽头都还没开到。

假如我低头往下看，悬挂的双臂下的身体就像一个秋千座，当我目光上移，只能看到瘦小的梅蜜和斯诺登太太头上的大草帽，仿佛她们俩就是位于仪表板上的两只草帽。每次我这么干，都禁不住歇斯底里地咯咯狂笑。梅密转头微笑，好像没有注意到。我们连市区都没到，甚至连广场都没到。

外婆和斯诺登太太聊着已故的、生病的或守寡的朋友们。每聊完一件事，她们就要引用一段《圣经》。

“哦，我觉得她那样十分不明智……”

“哎呀是啊，‘但不要以他为仇人，要劝他如兄弟。’①”

“《帖撒罗尼迦后书》第三章！”梅蜜说。这是一种游戏。

最后，我在花盆上再也吊不住了。我躺在车厢地板上。发霉的胶皮。尘土。梅蜜转头微笑。天哪！斯诺登太太赶紧把车开到路边停下。她们以为我摔下去了。过了很久，几小时后，我得去趟卫生间。所有干净的卫生间都在路的另一侧，左侧。斯诺登太太不会左转弯。我们右转了大约十个街区，驶过几条单行道后，终于找到了卫生间。那时候我早就尿裤子了，但我没有告诉她们，从德士古加油站的水龙头喝了些清清凉凉的水。回到路右侧花的时间更长，因为我们得原路返回怀俄明大道的高架桥上去。

机场很干燥，汽车在碎石路上咯吱咯吱地驶进驶出。风滚草挂

① 引自《帖撒罗尼迦后书》3:5。

在栅栏上。沥青，金属，一片颗粒所形成的尘霾在机翼和舷窗反射的眩光中飞扬。我们周围车子里的人都在邋里邋遢地吃东西：西瓜，石榴，压扁的香蕉。一瓶瓶啤酒向车顶喷射，泡沫像瀑布一般沿车内壁流下。我想吮一只橙子。我饿了，我哼唧说。

斯诺登太太很有先见之明。她用戴手套的手递给我用光滑的舒洁纸巾裹着的无花果酥。那点心在我口中像日本樱花一样绽放开来，像破裂的枕头一般膨胀开来。我干呕，大哭起来。梅蜜笑着递给我一块撒了香粉的手帕，对斯诺登太太耳语，后者摇了摇头。

“别理她……不过是哭给人看的。”

“因为主所爱的，他必管教。[①]”

“《约翰福音》？”

“《希伯来书》，第十一章[②]。”

几架飞机起飞，一架降落。哦，好在我们要回家了。斯诺登太太晚上看不大清楚指示灯什么的，于是回去的路上她放慢速度，远远躲开停在路边的汽车。那些星期天上路的司机都在冲我们按喇叭。我在座位上站起身，双手撑住后窗，好让身体离开丝绒，望着堵在我们身后、一直延伸到机场的车头灯串成的项链。

“警察！”我大喊。一盏红灯，一声警笛。斯诺登太太打开信号灯，慢慢靠边，好让他过去，可他在我们旁边停下。她摇下一半车窗听他说话。

“夫人，指示灯代表时速要达到四十迈。而且，您还在路中间行驶。”

---

① 引自《希伯来书》12∶6。

② 原文表述为“第十一章”，应为“第十二章”。

“四十迈实在太快了。”

“加速，不然我就给您开罚单了。”

“他们直接绕过我们就行。”

“宝贝儿，他们哪敢啊！”

“好啦！”

她当着他的面，径直嗡嗡升起车窗。他气得脸通红，用拳头擂车窗。我们后面的喇叭尖叫着，跟在我们后面的人哈哈大笑。警察火冒三丈，气得跺脚，钻进巡逻车，加大油门，轰的一声开走，拉着哀鸣的警笛径直闯过红灯，撞上一辆奥兹莫比尔车的棕褐色车尾，然后又撞上一辆皮卡的车头。玻璃稀里哗啦。斯诺登太太摇下车窗。她小心翼翼地从那辆撞坏的卡车后边开过去。

“自以为站得稳的，须要谨慎，免得跌倒。[①]”

“《哥林多前书》！”梅蜜说。

① 引自《哥林多前书》10:12。

性魅力

贝拉·琳是我表姐，算得上得克萨斯西部最漂亮的姑娘。她曾是埃尔帕索高中的鼓乐队指挥，当选过一九四六年和一九四七年的“太阳杯女郎”。后来她去闯荡好莱坞，想当明星。但没混出名堂。那趟旅行她出师不利，因为她的胸罩出了问题。她的胸罩没有衬垫，而是充气的，像气球。两只气球。

我跟泰勒舅舅、蒂妮舅妈去给她送行。是一架道格拉斯 DC－6 型双引擎客机。我们以前都没坐过飞机。她说她紧张得不行，可她看上去不像。她穿着粉红色兔毛毛衣，看起来可爱极了。她的胸脯十分丰满。

我们三个遥望她的飞机，冲飞机挥手，直到它起飞向加州和好莱坞而去，消失不见。显然，大概就在那一时刻，飞机到达一定高度，由于机舱里的气压，贝拉·琳的胸罩爆了。我的意思是，炸裂了。所幸，埃尔帕索没人听说过这事。她甚至连我都瞒了二十年。但我并不认为这是她一直没当上明星的原因。

她的照片总是登在埃尔帕索的报纸上。有段时间，报纸上每天都登，连登了一周……当时她正和里奇·埃弗斯约会。里奇·埃弗斯刚和一个著名影星离婚。他爸爸是身家百万的酒店老板，住在埃尔帕索德尔诺特酒店的顶楼。

里奇·埃弗斯来城里参加全国高尔夫公开赛，贝拉·琳决意要跟他约会。她在德尔诺特酒店预订好餐厅座位。她说我该和她一起去，十一岁不算小了，该学学什么叫性魅力了。

事实上，对性魅力我一窍不通。性本身好像和发疯类似。猫一发情就发疯，所有的电影明星也很疯。贝蒂·戴维斯[①]和芭芭拉·斯坦威克[②]就是彻头彻尾的疯子。贝拉·琳和她的朋友们留着高高的卷发，在宫廷咖啡馆中懒洋洋地歪坐着，鼻孔里喷出云雾，像一条条暴躁的龙。

她们都为全国高尔夫公开赛而兴奋。“一座富矿！一口油井，就在我们家后院里！”

贝拉·琳最好的朋友威尔玛想和我们一起去德尔诺特酒店。可贝拉·琳说，不行。她告诉我，性魅力的基本原则，在于总是单独行动。多一个女人，无论美丑……绝对会拖延行动，把问题搞复杂。

我穿上自以为最漂亮的连衣裙。一条淡紫色带圆点的薄纱裙，泡泡袖，带衬裙。蒂妮舅妈给我编了法式辫。我还没开始涂口红，但我在嘴上抹了点红药水。蒂妮舅妈立即让我把它洗掉。她还捏了捏我的脸。贝拉·琳穿了一件咄咄逼人的大垫肩棕色绉纱连衣裙，

---

① Bette Davis（1945－ ），美国女演员，两度荣获奥斯卡最佳女主角奖。

② Barbara Stanwyck（1907－1990），美国女演员、模特、舞蹈家。

画了瘆人的深色浓妆，还穿了黑色高跟鞋。我们很早就来到酒店。她在大堂的高背椅上坐下，戴着墨镜。她双腿交叉。黑色长筒丝袜。我告诉她，袜缝歪了，她却说歪一点显得性感。她给了我二十五美分，让我去买瓶汽水，但我只是顺着楼梯走上走下。一座宽大而美丽的弧形楼梯，铺着红丝绒地毯，有一条弧形的扶手。我跑到楼梯顶上，站在枝形吊灯下，脸上挂着女王般的微笑。然后我十分缓慢、仪态万方地走下楼梯，一只手轻轻拂过桃花心木的扶手。接着我又跑回楼梯顶上。我一遍又一遍地上来下去，直到感觉肯定到吃饭时间了。她说她推迟了预订时间，因为埃弗斯还没露面。我买了块杏仁好时巧克力，和她隔了几把椅子坐下。她小声说，别再踢椅子了。她抽波迈牌香烟，只是她称之为百迷烟[1]。

大名鼎鼎的埃弗斯和他的百万富翁老爸一进门，我一眼就认了出来。他们同另外几个男人走进餐厅。那几个人都头戴牛仔毡帽，脚蹬长靴，只有埃弗斯穿着细条纹套装，没戴帽子。但我应该是看到贝拉·琳摆出一副放荡不羁的神态，这会儿正用烟嘴抽着烟，才知道那些人正是她在等待的。她摘掉墨镜，我们走了进去。贝拉·琳告诉领班，陪她的人不得已耽搁了。只有我们两个一起吃饭。

我想吃炸鸡排，但她说那太不上档次。她给我们俩点了顶级牛肋排。她一杯曼哈顿鸡尾酒，我一杯秀兰·邓波儿[2]。只是她后来也来了杯秀兰·邓波儿，因为她只有十八岁。她对服务生说，她准是把驾照放错地方了。真耽误事儿。

---

① 将“Pall Mall”（也译作“长红牌”）说成“Pell Mells”。

② Shirley Temple，一种以美国童星命名的、用姜汁汽水加石榴汁糖浆等制成的无酒精鸡尾酒饮料。

那些男人桌上放着一瓶波本威士忌，除了里奇·埃弗斯之外，他们都在抽雪茄。

“那你打算怎么认识他？”我问她。

“我跟你说了。性魅力。只要一跟他对上眼，我就能让他乖乖过来，我们这顿上等小肋排就会由他请客了。”

“到现在他还没往这边看一眼呢。”

“不，他看了，只是假装没看……这正是他的性魅力。可他还会看过来的，到那时，我就看着他，仿佛他是我见过的一条最下贱、最肮脏的老猎犬。”

这时里奇·埃弗斯果然又看向她，而她也正是用那样的眼神瞧着他，仿佛在说，酒店怎么会让他进门的？两秒钟后，他就站在了一把空椅子后面。

“我可以和你们一起坐吗？”

“哦。陪我的人不得已耽搁了。几分钟大概是可以的。”

“你要喝什么？”他问。

“秀兰·邓波儿。”我说，但她说要曼哈顿。他让服务生给我一杯秀兰·邓波儿，给他自己和那位小姐曼哈顿。服务生也没提任何关于她身份证的问题。

“我叫贝拉·琳，这是我的表妹小露。不好意思，我刚才没听清你叫什么。”她说，虽然她完全清楚他叫什么。

他告诉她自己的名字，她说：“我爸和你爸在一块儿打高尔夫。”

“你会参加明天的高尔夫公开赛吗？”他问。

“我还没拿定主意。人挤人的，好烦。但小露是打定主意要去的。”

最后他们说定，去参加第二天的高尔夫锦标赛，免得让我失望。

我根本不想去，可不管怎么说，到明天他们就会不记得我有多想去了。

他们喝曼哈顿，之后，我们吃了鸡尾冷虾，然后吃了烤牛排。甜点是火焰冰激凌，我觉得棒极了。

晚餐过后，他们要去华雷斯的夜总会玩，于是问题来了，比喝薄荷利口酒更重要的是，该如何把我送回家。租辆车，贝拉·琳说，可他坚持要捎上我，在他们出国界前把我送回去。

贝拉·琳去补妆。我没去，我当时还不知道，这种时候就该一同去，好评估一下状况。

她离开后，里奇·埃弗斯把他的金打火机掉在地板上，弯腰去捡的时候，他的手顺着我的腿摸上来，抚摸着我膝盖内侧。

我咬了口火焰冰激凌，说，真纳闷，这东西是咋做的呀。他捡起打火机，对我说，火焰冰激凌黏在我下巴上了。他用一条亚麻大手帕帮我擦掉，胳膊蹭过我的胸脯。我很尴尬，我那时连运动胸罩都没穿呢。

贝拉·琳出了化妆室，袜缝歪斜，款款走来，所有男人都在凝视她，她假装没看见。整顿饭的工夫，餐厅里的人都在盯着贝拉·琳和里奇·埃弗斯。我想，那个墨西哥服务生看到埃弗斯丢下打火机时干的勾当了。

在那辆巨大的黑色林肯车内，我坐在埃弗斯和贝拉·琳之间。他按一个按钮，车窗便可以升上降下，包括后车窗。有一个打火机，他按下去时就会蹭到我的腿，而他伸手去给她点百迷烟时，又会蹭过我的胸脯。

我们在车道上停下来。

“小露，给我个晚安吻怎么样？”他问。贝拉·琳笑起来：“喂，她还不到十六岁花季呢。”趁她下车时，他在我脖子上咬了一下。

我和贝拉·琳一起走进屋里，她拿起外套和禁忌牌香水。

“露，我给你讲的性魅力，懂了吧？小菜一碟！”我进屋和泰勒舅舅、蒂妮舅妈一起听《密室迷踪》[①]。贝拉·琳要和世界上最美女影星的前夫约会了，他们因此得意极了。

“她是怎么办到的？”泰勒舅舅很好奇。

“喂，泰勒……你知道，咱们贝拉·琳可是密西西比河以西最漂亮的姑娘呢！”

“不，是因为性魅力。”我对他们说。

他们瞪着我。

“孩子，绝对不能再让我听到你说这个词！”蒂妮舅妈说，口气凶极了。她那模样就像《欲海情魔》[②]中绝望的妈妈米尔德里德。

---

① *Inner Sanctum*，一档广播剧。

② *Mildred Pierce*（1945），迈克尔·柯蒂兹导演的悬疑电影。

少年朋克

在六十年代，杰西经常来找本。那时他们俩都是小孩，留长发，玩闪光灯，吸大麻，嗑迷幻药。杰西早已辍学，已经有了缓刑监督官。滚石乐队来到新墨西哥演出。还有大门乐队[①]。吉米·亨德里克斯[②]死的时候，詹尼斯·乔普林死的时候，本和杰西都哭了。那一年天气又很糟糕。下雪。水管结冰。那一年人人都在哭泣。

我们临河而居，住在一间旧农舍里。我和马蒂刚离婚，那是我开始教书的第一年，第一份工作。房子仅凭一个人很难打理。屋顶漏了，抽水机烧坏了，但房子很大，很漂亮。

本和杰西演奏音乐时声音很大，烧的紫罗兰香有一股猫尿味。我另两个儿子基斯和内森受不了杰西这个潦倒的嬉皮士，但还是小宝宝的乔尔十分喜欢他，喜欢他的靴子，他的吉他，他的气枪。在后院用啤酒罐练枪法。砰。

---

① The Doors，1965 年成立于洛杉矶的美国摇滚乐队。

② Jimi Hendrix（1942 – 1970），美国吉他演奏家、歌手和作曲人。

那是三月，确实很冷。第二天早上，鹤会在黎明时分来到清渠边。这是我听新来的儿科医生说的。他是位出色的医生，单身，可我依然想念老巴斯医生。本小时候，我曾打电话问他尿布一次该洗几块。一块，他告诉我。

没有一个孩子想出门。我哆哆嗦嗦穿好衣服。用矮松木生了火，把咖啡灌进保温壶里。调好做煎薄饼的面糊，给猫狗们，还有山羊罗西喂了食。那时候我们有马吗？要是有的话，我就是忘记喂了。我走到铺满白霜的路旁、带刺的铁丝网边时，杰西在黑暗中从背后赶上来。

“我想去看鹤。”

我把手电筒递给他，想想大概把保温壶也给了他。他到处照，就是不照路，于是我不停地说他。好啦，别乱照了。

“你看得见。你就沿着路走呢。你明显认路。”

没错。令人目眩的光弧掠过冬日苍白的棉白杨上的鸟窝，掠过格斯地里的南瓜，掠过他的婆罗门牛群的古老轮廓。它们的玛瑙眼睛睁开，反射出一小点炫目的光，又合上了。

那条黝黑的灌溉渠缓慢流淌着，我们走过其上的原木，来到清渠边，趴在地上，像游击队员一样悄无声息。我知道，我把一切都浪漫化了。但我们确实在雾里冻了很久。不是雾。一定是沟渠中飘出的水汽，或者可能只是我们嘴里呼出的热气。

等了很久后，鹤果然来了。有几百只，就在天空刚刚转为蓝灰色时。它们脆弱的细腿以慢动作降落。沐浴，在岸上梳理羽毛。突然间，一切变为黑、白、灰，演职员名单后的影像，搅动着。

鹤在上游喝水，它们身下的银色水流被击碎，化作几十股细细的飘带。然后一转眼，伴着洗牌似的声音，鸟儿们白花花地飞走了。

我们躺在那里，喝着咖啡，直到天亮，有乌鸦飞来。笨拙聒噪的乌鸦，挑衅着鹤的优雅。它们的黑色在水中蜿蜒曲折，棉白杨的枝子如蹦床一般弹起。你能感受到太阳。

回去的路上，天已经亮了，可他还开着手电筒。关上行不行？他不理会，于是我从他手中夺过来。我们迈着他那种大步，沿拖拉机的车辙走着。

“我靠，”他说，“这也太吓人了。”

“的确。威武如展开旌旗的军队[①]。是《圣经》上的话。”

“哦是吗，老师？”那时候，他就已经有自己的态度了。

① 出自《雅歌》6∶4。

脚步

西奥克兰戒瘾中心以前是一间仓库。里面很暗，有回音，像地下停车场。几间卧室、厨房和办公室都通向一个巨大的房间。大房间中心有一张台球桌和一个电视坑。称之为坑，是因为它周围的墙只有五英尺高，这样咨询师们低头可以看见里面。

大多数住院病人都在电视坑里，穿着蓝睡衣，看《天才小麻烦》。波波端着一杯茶给卡洛塔喝。其他男人笑话她在铁路调车场到处乱跑，试图钻到火车头下面。美国铁路公司一列从洛杉矶开出的车被迫停下。卡洛塔也笑了。他们都穿着睡衣到处跑。倒不是说她对自己做过的事毫不在乎。她是不记得，根本不承认做过那样的事。

咨询师弥尔顿走到电视坑边上。

“比赛什么时候开始？”

“过两个小时。”贝尼特斯和舒格·雷·伦纳德争夺次中量级拳击冠军头衔。

“舒格·雷会取胜，易如反掌。”弥尔顿冲卡洛塔咧嘴一笑。男人们议论打趣。大多数男人她都认识，是以前在这里，以及海沃德、里士满、旧金山等地的戒瘾中心认识的。波波她也早就认识了，在海兰的精神病房里。

总共二十个住院病人，此时都在电视坑里，靠着枕头抱着毯子挤在一起，像学前班里睡午觉的孩子，亨利·摩尔[①]素描中躲在防空洞里的人。电视上，奥森·威尔斯[②]说："酒未熟成前，我们不会卖的。"波波笑起来："是时候了，伙计，现在该卖了！"

"别抖了，女人，碍着人看电视了。"

一个梳脏辫的男人坐在卡洛塔身边，把手放在她大腿内侧。波波抓住那个人的手腕："拿开，不然我给你掰断了。"老山姆裹着毯子走进来。没有暖气，冷得彻骨。

"过去坐在她脚上，你压着，她的脚就不哆嗦了。"

《儿女一箩筐》快演完了。克利夫顿·韦伯死了，玛娜·洛伊去上大学了。威利说，他以前在欧洲时很喜欢看这部剧，因为那里的白人长得丑。卡洛塔不懂他的意思，接着她明白了：独居的酒鬼只能见到电视上的人。她则会在凌晨三点等着看二手德森汽车的开膛手杰克广告。砍它们的价。猛劲儿地砍啊，劈啊。

电视是戒瘾中心唯一的光。仿佛电视坑就是他们自己烟雾弥漫的拳击场，中央是彩色的拳击擂台。主持人声音尖厉。今晚的奖金是一百万！所有男人都会把钱押在舒格·雷身上——假如有钱可押的话。波波告诉卡洛塔，这些男人，有的甚至连酒鬼都算不上，他们假装需要戒瘾，为的就是可以来看拳击比赛。

① Henry Moore（1898－1986），英国艺术家，以创作半抽象的大型铜雕塑而著名，二战期间曾绘制一系列以人们躲避伦敦大空袭为题材的画作。

② Orson Welles（1915－1985），美国电影导演、编剧、演员，代表作《公民凯恩》。

卡洛塔支持贝尼特斯。你是喜欢小帅哥吧，姑娘？贝尼特斯长相漂亮，骨骼俊秀，髭须整洁。他体重一百四十四磅，十七岁时就获得了人生中第一个锦标赛冠军。舒格·雷·伦纳德不见得更重，可他站立不动时，显得人高马大。两个男人在擂台中央相遇。鸦雀无声。电视里的观众，电视坑里的住院病人，大家都屏住呼吸，看两名拳击手脸对着脸，四目相交，兜着圈子，迂回走动。

第三回合，伦纳德用一记快速勾拳把贝尼特斯打倒在地。后者立即站起身，脸上挂着孩子气的笑。表情尴尬。我不是有意跌倒的。从那一刻起，电视坑里的男人们都开始盼望他赢。

没有人动弹，就连插播广告时也没人动弹。整个比赛过程中，山姆一直在卷烟，分给别人。到第六回合，弥尔顿走到电视坑矮墙边，恰在此时，贝尼特斯一拳击中对手的额头，这是他本场比赛中唯一一次得分。弥尔顿看到血色映在每个人的眼中，映在每个人的汗水中。

“看看比分……你们都在支持输家。”他说。

“安静！第八回合。”

“加油，宝贝，别倒下！”

他们不指望贝尼特斯赢，只要他能挺住，打下去。他确实挺住了，一直在打。第九回合，一记直拳逼得他后退，接着一记左勾拳打得他撞向围绳，一记右勾拳打掉了他的护齿。

第十回合，十一回合，十二回合，十三回合，十四回合。他挺住了。电视坑中没人说话。山姆已经睡着了。

铃响了，最后一个回合。赛场上鸦雀无声，你能听到舒格·雷·伦纳德小声说：“哦，天哪。他还站着。”

但是贝尼特斯的右膝碰到了擂台地面的帆布。只一下，像一个天主教徒离开教堂里的靠背长椅。最细微的顺服意味着比赛的终结。他输了。卡洛塔低语：

“主啊，请救救我吧。”

流浪狗

从巴吞鲁日进入阿尔伯克基。大约凌晨两点。风如鞭笞。阿尔伯克基的风就是这样。我在灰狗长途车站游荡，直到一个出租车司机出现。他身上有许多监狱文身，我想我能搞到毒品了，并且他会告诉我去哪儿栖身。他让我神魂颠倒，把我带到南部山谷一个便宜的住处，他们把那地方叫作*库水车*。我很走运，遇见了他，“面条”。我竟然跑到阿尔伯克基来，挑不出比这更糟的地方了。奇卡诺人[①]控制着这座城市。*屎壳郎*[②]嘛，他们根本搞不到毒品，没丢命就算幸运了。白种男人，只有吸毒时间够长，通过考验才能弄到。白种女人，想都别想，她们混不长。只有一个办法，还得要“面条”帮忙，就是和大毒品贩子搭上关系，就像我找到纳乔一样。这样就没人能伤害我了。瞧我说得多可怜。纳乔是位圣人，这样说可能很难让人

---

① Chicano，指墨西哥裔美国人，带强烈反文化同化色彩。

② Mayate，本意指一种甲虫，墨西哥俚语，对黑人的蔑称。

相信。他为褐色贝雷帽组织[1]工作，也为整个墨西哥裔人社区做了很多事，无论老少。我不知道他现在在哪里。他弃保潜逃了。那可是一笔数额巨大的保释金。他打死了缉毒警察马尔克斯，朝他后背开了五枪。陪审团不认为他是圣人，但说不定觉得他是侠盗罗宾汉，因为他们只判他过失杀人。我真希望知道他去哪儿了。差不多在同一时间，我也被抓了，因为身上有针眼。

这些都是多年前的事了，不然我也不会讲。那时候，可能只凭一个大麻烟头或几个针眼，就能关上你五年十年。

那是第一个美沙酮戒毒康复计划刚开始实施的时候。我被送去参加一个试点项目。去*拉维达*[2]——生活营——待上六个月，而不是去*拉品达*[3]——圣达菲州立监狱——关上几年。还有其他二十个瘾君子接受了同样的处置。我们一起乘坐一辆破旧的黄色校车到达拉维达。一群野狗迎着汽车，冲我们咆哮、狂吠，最后撒腿跑开，消失在飞扬的尘土中。

拉维达位于阿尔伯克基城外三十英里处。在沙漠之中。周围寸草不生，连一棵树、一丛灌木都没有。66 号公路太远，步行走不到。拉维达曾经是一处雷达站，属于二战期间的军事设施。它在战后就废弃了。我的意思是弃置不用了。我们要重建此地。

我们站在风中，顶着刺眼的日头。只有硕大的雷达盘高高矗立，俯瞰整处地方，投下仅有的阴凉。倒塌的营房。生锈的活动百叶窗撕裂了，被风刮得咔嗒作响，海报从墙上剥落。每个房间都堆

---

①Brown Berets，一个民权组织。

②La Vida，西班牙语“la vida”意为：生活。

③la pinta，墨西哥俚语：监狱，看守所。

着三四英尺高的沙堆。沙堆上的波纹和图案如同来自彩绘沙漠[1]的明信片。

这里的很多条件都将有助于我们的康复。第一条便是把我们迁出街道环境。每次咨询师这样说，我们都笑得要死。我们连路都看不到，更别说街道了，而且这片管辖区的街道已被埋在沙下。餐厅有桌子，营房里有行军床，但它们也都被沙子掩埋了。马桶被动物尸体和更多的沙子堵塞了。

你只能听到呼啸的风声和逡巡的群狗的吠叫。有时候那一片寂静的感觉很好，只有雷达盘不停转动，发出微小而哀怨的恸哭，夜以继日，日以继夜。一开始，那声音令我们毛骨悚然，但过了一段时间，那声音就变得像风铃般让人安心。他们说那东西过去用来拦截日本神风特攻队的情报，但他们也说了很多相当诡异的事。

当然，我们康复的主要内容将是诚实工作。从认真工作中获得满足感。学习互动。团队合作。这种团队合作从每天早晨六点排队服用美沙酮开始。早餐后，我们一直劳动到午餐时间。两点到五点是小组活动，七点到十点，还是小组活动。

小组活动的目的是制服我们。我们的主要问题是愤怒、自大、违逆。我们撒谎、欺骗、偷窃。我们每天都要“理发”，就是几组人冲着一个人，吼出他所有的毛病和缺点。

我们被击垮，直到最后哭喊叔叔。谁他妈是叔叔？瞧见没，我还是愤怒、自大。小组活动我迟到了十分钟，他们就剃掉我的眉毛，剪掉我的睫毛。

小组活动对付愤怒问题。一天到晚，我们往一个箱子里放纸条，

---

① Painted Desert，也译作佩恩蒂德沙漠，美国亚利桑那州的沙漠。

上面写上我们在生谁的气，然后在小组活动时我们就有针对性地解决。大多数时候，我们只是对其他所有人喊叫，说他们多么失败，多么糟糕。可瞧见没有，我们全都还在撒谎、欺骗。一半时间里，我们甚至没人生气，只是胡说八道，假装生气，好让这小组游戏玩下去，为的是能够留在拉维达，而不去坐牢。大多数纸条都是针对厨子鲍比，因为他喂那些野狗。或是格伦纳斯不好好除草之类的事，他只顾抽烟，拿耙子把风滚草推来推去。

我们生那些狗的气。早上六点、下午一点、傍晚六点，我们在餐厅外面排队。狂风卷着沙子，如同鞭笞。我们又累又饿。早晨冻得要死，下午热得要命。鲍比像个不可一世的银行高管，会等着，到最后才在地板上溜达过来，为我们打开餐厅门。我们等候时，五英尺之外的厨房门口，狗儿们也在等待，等他把剩饭扔给它们。被人遗弃在平顶山丘上的癞皮狗、杂毛狗、丑八怪狗。那些狗还算喜欢鲍比，可却讨厌我们，冲我们龇牙、咆哮，日复一日，餐餐如此。

我从洗衣房被调到厨房。帮着做饭，洗碗，拖地。过了一段时间，我对鲍比的印象好了些。我甚至对那些狗的印象都好了些。他给它们都取了名字。很傻的名字。公爵，点点，小黑，瘸子，矮子。还有丽莎，他的最爱。那是条黄毛杂种老狗，平脑门，有一对蝙蝠样子的大耳朵，一双琥珀黄的眼睛。几个月后，她甚至会从他手中吃东西。“阳光！丽莎，我的黄眼睛的太阳。”他那时经常对她柔声细语。终于，她允许他挠她那对难看耳朵的后面，还有夹在两腿间那条破烂长尾巴根上面的地方。“我甜美可爱的阳光。”他会这样说。

政府出钱，不断派人来给我们开研讨班。一位女士组织了一个家庭研讨班。好像我们谁有过家庭似的。从锡南浓戒毒机构来了个家伙，说我们的问题就在于自我感觉良好。他最爱说的话是“你感觉自己看起来很帅时，其实样子很糟”。每天，他都要我们“打碎自己的形象”。也就是说，表现得像个傻子。

我们有了一间健身房，一张台球桌，几个哑铃和沙袋。两台彩色电视机。一个篮球场，一条保龄球道，还有一个网球场。乔治亚·奥基芙[①] 镶了框的画作。莫奈的睡莲。不久，一个好莱坞电影公司来了，在雷达站拍一部科幻片。我们都能做临时演员，赚点钱。电影将围绕雷达盘展开，讲它对安吉·狄金森做的事。它爱上了她，在她死于车祸之后，取走了她的灵魂。后来它也会夺走所有别的活人的灵魂。那些活人就是拉维达的居民们，我们。这电影我看了大约有二十次，半夜时分，在电视上。

总而言之，最初的三个月进展良好。我们干净健康；我们工作努力。雷达站建得很棒。我们之间相当亲密，但我们也的确互相生彼此的气。但头三个月我们完全与世隔绝。没有人进来，也没有人离开。没有电话，没有报纸，没有信件，没有电视。三个月结束时，局面开始分崩离析。人们凭外出许可证离开，回来时一身肮脏，衣服尿湿，或者根本不回来了。不断有新人进来，但他们没有我们对这地方的自豪感。

每天我们都开早会。部分是牢骚会，部分是告密会。我们还得轮流讲话，哪怕只是讲个笑话或唱个歌。但是谁也想不出该讲什么，于是每周至少两次，老莱尔·坦纳唱《我想我看到了夜鹰》。“癞蛤蟆”大讲一通如何给吉娃娃配种，说得很恶心。“性感”总是背诵《诗篇》

① Georgia O'Keeffe（1887－1986），美国艺术家，被称作“美国现代艺术之母”，以描绘放大的花朵、纽约的摩天大楼和新墨西哥的风景著称。

第二十三篇。只是她爱抚那些词语的口吻，令赞美诗听起来很淫荡，大家便一起哄笑，这让她很伤心。

“性感”的名字是个玩笑。她是个墨西哥来的老妓女。不是跟着我们第一批来的，而是后来在没吃没喝地关了五天禁闭后来的。鲍比给她做了汤、培根配鸡蛋。可她只想吃面包。她坐在那里，一口气吃了三条神奇牌面包，嚼都不嚼，只是狼吞虎咽，简直是饿坏了。鲍比把汤、培根配鸡蛋都给丽莎吃了。

“性感”不停地吃，直到最后我带她到我们的房间，她才崩溃。莉迪亚和雪莉正在隔壁房间同床共枕。她们是多年的情侣。从她们慢腾腾的笑声里，我听得出她们嗑了什么东西，很可能是服过红胶囊或安眠酮。我回厨房帮鲍比打扫卫生。咨询师加布走进来收刀子，锁进保险箱里。他每天晚上都这么做。

“我要进城。鲍比，这里你负责。”晚上这里再也没有工作人员了。

我和鲍比走出去，在一棵苦楝树下喝咖啡。狗儿们追着平顶山丘上的什么东西狂吠。

“我很高兴‘性感’来这儿了。她人很好。”

“她还行。她不会久留的。”

“她让我想到丽莎。”

“丽莎没那么丑。喂，蒂娜，安静。快出来了。”

月亮。没有哪里的月亮能和新墨西哥晴朗夜晚的月亮相比。它升到桑迪亚山脉上空，以初雪般无边的静谧与洁白抚慰着一英里又一英里荒凉的沙漠。月光映在丽莎黄色的眼睛中，照在那棵苦楝树上。

世界就这样继续。一切都没什么所谓，知道吗？我是说，没什么大不了。但有时候，只在刹那之间，你才会蒙受这样的恩典，获得这种信念，相信事情有所谓，十分重要。

他也有同感。我听出他喉咙哽咽。在这样的时刻，有的人大概会跪下来祈祷。唱首赞美诗。也许穴居人会跳上一段舞。而我们则是做爱。我们被“癞蛤蟆”逮了个正着。虽然那时已是事后，但我们依然赤身裸体。

结果就是我们在早会上被揭发，得接受惩罚。三周时间，在打扫完厨房后，我们要把周围所有的漆——餐厅窗户上的——统统揭掉，用砂纸打磨干净。每天晚上，一直干到凌晨一点。这本来就够糟了，可接着鲍比还试图自保，站起来说：“我没想和蒂娜乱搞。我只想戒掉毒瘾，待够时间，回家，回到妻子黛比和我的宝宝黛比安身边。”我当时就该把那两个胡编的名字写在纸条上，丢进箱子里。

这件事深深伤了我的心。他曾经搂着我甜言蜜语。比起大多数男人，他做爱很用心思；当月亮升起时，和他在一起我感到幸福。

我们必须十分卖力地干活，没有时间说话。不管怎么说，我绝对不会让他知道我是多么伤心。我们很疲惫，每日每夜都筋疲力尽。

有件重要的事我们还没有谈，关于那些狗。它们已经三个晚上没出现了。

最后是我开的口：“你觉得那些狗去哪儿了？”

他耸耸肩：“美洲狮。拿枪的孩子。”

我们接着打磨。干活到太晚，甚至都没时间睡觉了，于是我们重新冲了咖啡，坐在树底下。

我想念“性感”。我忘记说了，她回城去看牙医，但想办法搞到了毒品，被抓到，送回监狱去了。

“我想念‘性感’。鲍比，你早会上说的是谎话。你当时那么想和我搞。”

“是啊，是谎话。”

我们钻进放肉的冷藏室，又抱在一起，又一次做爱，但时间不长，因为里面冻得要命。我们回到外面。

狗儿们开始围过来。矮子，小黑，点点，公爵。

它们撞进仙人掌丛里了。肯定是好几天前的事了，因为它们都严重感染，化脓流血。它们的脸肿得像犀牛巨怪，渗出绿脓。它们的眼睛浮肿至闭合，被细刺扎得睁不开。最恐怖的是，它们没有一只能看得见。也叫不出声，因为它们的喉咙也肿得堵住了。

小黑癫痫发作。伴随喉咙内怪异的咕噜声猛地跃向空中。在空中甩动，抽搐，失禁流尿。蹿得老高，跃至空中两三英尺，然后湿淋淋地落下，跌入尘埃，气绝而死。丽莎是最后回来的，因为她不能走，只能爬，一直爬到鲍比脚下，身体扭曲，用一只爪子拍着他的靴子。

“把该死的刀拿来！”

“加布还没回来呢。”只有咨询师能打开保险柜。

丽莎扒着鲍比的脚，轻柔地，仿佛要他爱抚，要他扔只球给她。

鲍比走到冷藏室，取出一块肉排。天空现出淡紫色。眼看天快亮了。

他让狗儿们闻一闻肉，他呼唤它们，柔声叫它们跟他穿过路，到机械修理间去。我留在树下。

等他到了那里，把所有的狗都引到一处，他用一把大锤将它们砸死。我没有亲眼看见，但是我听到了，从我坐的地方看到鲜血飞溅，顺着墙一道道流下来。我以为他会说“丽莎，我甜美的阳光”之类的话，但他一个字都没说。他出来时浑身是血，也不看我，径直走进营房里。

护士开车送来大剂量的美沙酮，大家排着队等早餐。我打开煎锅，开始拌面糊。大家都很生气，因为我早餐做得太慢。

拍电影的拖车开进来的时候，这里依然没有工作人员。他们立即开工，检查拍摄地点，挑选临时演员。人们拿着喇叭和对讲机跑来跑去。不知为何，没有人进机械修理间。

他们立即开拍一场戏……在那场戏中，安吉·狄金森的替身本该从健身房开车出来，同时有一架直升机在雷达盘上方盘旋。汽车本该撞向雷达盘，而安吉的灵魂则飞升到盘内，但车却撞上了那棵苦楝树。

我和鲍比做午饭，太累了，于是我们慢吞吞地走动，就像所有扮演僵尸的临时演员按要求走路的样子。我们没说话。有一次，做金枪鱼沙拉的时候，我自言自语：“腌黄瓜？”

“你说什么？”

“我说腌黄瓜。”

“天哪，腌黄瓜！”我们哈哈大笑，止不住地笑。他触碰了一下我的脸颊，轻轻地，如鸟儿的翅膀。

剧组人员觉得我们的雷达站迷人极了，世外桃源。安吉·狄金森喜欢我的眼影。我告诉她，那不过是巧粉，擦台球杆头的那种。“那种蓝，我做梦都想要。”她对我说。

午饭后，一个老头，不知是干什么的，走到我面前，问我最近的酒吧在哪儿。去盖洛普镇的路上有一家，但我告诉他在阿尔伯克基。我对他说，只要能捎我进城，怎么都行。

“这用不着担心，上卡车吧，咱们走。”

嗡，咔啦，砰。

“哎呀，什么声音？”他问。

“防牛的装置。”

“天啊，果然是片蛮荒之地。”

我们终于开上高速公路。轮胎轧水泥路的声音，吹进车里的风，那感觉真棒。半挂车，车尾贴，在后座上打闹的孩子们。66号公路。

我们驶上高坡，宽广的山谷和格兰德河在我们脚下伸展，美丽的桑迪亚山脉在我们上方屹立。

“先生，我要回巴吞鲁日的家，需要钱买票。大约六十块，你能帮我出吗？”

“好办。你需要车票，我需要喝一杯。都没问题。”

悲伤

“那两个人到底一直在聊什么？”早餐时分，瓦赫尔太太问她丈夫。

在海边敞开式茅草顶餐厅的另一头，那对姐妹忘记了她们的木瓜、她们的墨西哥式煎蛋，不停地说啊说。后来，她们在海边散步时，头挨着头。说啊，说啊。总有波浪冷不防地袭来，将她们浑身打湿，两人就哈哈大笑。年纪小的那个经常哭……她哭的时候，年长的那个就等着，安慰她，给她递纸巾。等妹妹止住泪水，她们又开始说。那个姐姐看起来并不冷漠，可从来不哭。

大多数时候，酒店的其他客人，餐厅里的，海边沙滩椅上的，都静静地坐在一起，不时评论一下美好的天气和绿松石般蔚蓝的大海，告诉他们的孩子端正坐姿。那对度蜜月的新婚夫妇喁喁低语，相互调情，喂对方几口甜瓜，但大多数时候他们沉默，四目相对，看对方的手。上了年纪的夫妻们喝咖啡，看书，或做填字游戏。他们对话简短，惜字如金。美满和睦的夫妻与充满怨气或相看两厌的夫妻一样寡言，区别只在他们说话的节奏，一种就像是懒洋洋地打网球，你来我往；另一种则像是飞拍打苍蝇，啪啪猛抽。

夜晚，就着灯笼的光亮，那对来自德国的瓦赫尔夫妇与另一对来自加拿大的退了休的刘易斯夫妇一起打桥牌。他们玩得很专注，极少交谈。发牌的啪啪声，瓦赫尔先生的哼哼声。两个无将定约[1]。海浪拍岸的嘶嘶声，玻璃杯中冰块的碰撞声。女人们偶尔说话，谈第二天的逛街计划，谈参观小岛，谈那对说个没完的神秘姐妹。那个姐姐好优雅，好酷。五十多岁魅力犹在，装扮考究。那个妹妹四十多岁，很漂亮，但是衣着邋遢，不出风头。瞧她，又哭起来了！

瓦赫尔太太决定在上午游泳时搞定那个姐姐。刘易斯太太要找那个妹妹谈谈。那个妹妹从不游泳，从不晒太阳，但总是喝着茶，拿着一本不翻开的书，等她的姐姐。

那天晚上，当瓦赫尔先生拿来记分簿和桥牌，刘易斯先生在吧台点过饮料和点心后，两个女人汇总了她们的情报。

“她们说个没完是因为彼此已经二十年没见面了！你能想象得到吗？亲姐妹啊！我那个叫萨丽，住在墨西哥城，嫁给了一个墨西哥人，有三个孩子。我们用西班牙语交谈，她就像个真正的墨西哥人。她最近刚做了乳房切除手术，这就解释了她为什么不游泳。她下个月将开始接受癌症治疗。这很可能就是她老是哭的原因。我就打听到这些，后来她姐姐走过来，她们就去换衣服了。”

---

① 桥牌中叫牌的一种方式。

"不是！她不是为那个哭！她们的母亲刚刚去世！两周之前！你能想象吗……她们竟然来度假了？"

"她还说了什么？她叫什么名字？"

"多洛莉丝。她是护士，从加州来，有四个成年的儿子。她说她们的母亲刚过世，她和她妹妹有很多话要说。"

两个女人把一切都弄明白了。萨丽，那个性格温柔的，定是这些年来一直在照顾生病的母亲。当老母亲终于过世的时候，多洛莉丝感到很愧疚，因为妹妹一直在照顾妈妈，而她却从来没去看望过她们。接着妹妹又得了癌症。这次度假的全部开销都由多洛莉丝承担，包括打车、给服务员小费。她们看到她在市中心的时装店给萨丽买衣服。肯定就是这么回事。愧疚。她很后悔，没有在母亲临死前看她一眼，就想趁妹妹还没死，对她好些。

"或是趁她自己还没死。"刘易斯太太说，"父母一死，你就要面对自己的死亡。"

"哦，我明白你的意思……到那时，就再也没人为你抵御死神了。"

这时，两个女人沉默了，对自己无伤大雅的八卦和分析感到满意。思索着将来她们自己的死亡，将来她们丈夫的死亡。但也只是一个闪念而已。尽管他们都已年过七旬，两对夫妇都健康、活跃。他们生活充实，享受每一天。当她们的丈夫拉开椅子，准备坐下来打牌时，她们也愉快地加入，将那两姐妹的事抛在脑后。而此时，满天星光下，那对姐妹正并肩坐在沙滩上。

萨丽既不是为母亲去世而哭，也不是为自己得癌症而哭。她哭，是因为在结婚二十年后，她丈夫阿方索为一个年轻女人抛弃了她。她刚做完乳腺切除手术，这样做似乎太冷酷无情了。她伤心欲绝，然而不，她绝不跟他离婚。尽管那个女人已经怀孕，他想和她结婚。

“他们干脆等我死了。反正我很快就要死了，很可能明年……”萨丽哭泣着，但大海淹没了哭声。

“你不会死的。他们说肿瘤已经没了。放疗不过是常规治疗，防患于未然。我听医生说了，他们已经切除了所有肿瘤。”

“可还是会复发的。癌症总会复发的。”

“那不是真的。别那么说，萨丽。”

“你这么冷漠。有时候你跟妈妈一样心狠。”

多洛莉丝没有说话。她最害怕的就是自己和妈妈一样。冷酷无情，酗酒无度。

“听着，萨丽。干脆跟他离了吧，开始照顾好自己。”

“你不懂！我跟他生活了二十年，你怎么能明白我的感受？你单身都那么多年了！而我，从十七岁起就只有阿方索！我爱他！”

“我想我还是能试着理解的，”多洛莉丝说，语气干巴巴的，“好了，咱们进去吧，天凉了。”

房间内，多洛莉丝的白色蚊帐里亮着灯；临睡前，她在看书。

“多洛莉丝？”

萨丽又在哭。天哪。又怎么了。

“萨丽，要是我一大早醒来或夜里睡觉前不看书，就会疯掉的。这习惯很蠢，但是没办法。怎么啦？”

“我脚上扎刺了。”

多洛莉丝下了床，找来针、消毒液和一枚创可贴，拨出妹妹脚上的刺。萨丽搂着多洛莉丝，又哭起来。

“咱们一直像现在这样亲密吧。有个姐姐照顾我，真好！”

多洛莉丝抚平萨丽脚上的创可贴，就像她们小时候她多次做的那样。“都会好的。”她习惯性地说。

“都会好的！”萨丽叹息道。她很快睡着了。多洛莉丝又看了几小时的书。最后，她关掉灯，心想，要是能喝点酒该多好。

她怎么才能对萨丽谈起她酗酒的问题呢？那跟谈论死亡，谈论失去丈夫，或谈论失去一只乳房不同。人们说酗酒是一种病，可又没人逼她喝酒。我得了不治之症。我很害怕，多洛莉丝想说，可她没有开口。

瓦赫尔夫妇和刘易斯夫妇总是最早起来吃早餐的人，坐在相邻的桌边。丈夫们看报，妻子们聊天，和服务员闲聊。早餐后，四个人要去深海钓鱼。

“我想知道，今天那姐妹俩在哪儿？”刘易斯太太说。

“在吼呢！我经过她们房间的时候，两人正吵个没完。赫尔曼没有同情心，不让我偷听。萨丽说：不！那老巫婆的臭钱她一分都不要！在她最绝望的时候，她妈妈将她拒之门外，咒骂着把她撵走，那个懦弱的小东西！婊子！可怜虫！多洛莉丝冲她吼道：‘你就一点也不明白发疯是怎么回事吗？现在你才是真正发疯的那个……因为你拒绝正视问题！妈妈那时候疯了！’然后她开始冲她叫：‘脱掉衣服！脱掉！’”

“嘘，她们来了。”

萨丽衣冠不整；她和平常一样，像是一副刚哭过的样子；多洛莉丝也和平常一样，神情淡定，精心打扮过。她给她们俩点了早餐，上餐后你能听到她对妹妹说：

“吃吧。你会觉得好些的。把橙汁都喝掉。很甜，很好喝。”

“脱掉！”

萨丽畏缩着，用套头连衣裙裹紧身体。多洛莉丝把衣服一把扯掉，让她站在那里，一丝不挂，切除乳房后留下的疤痕泛着青紫蓝色。

萨丽哭起来。“我太丑了！我现在不是女人了！别看了！”

多洛莉丝抓住她的肩头，摇晃她。“你想让我做你姐姐吗？让我看看！是的，是很丑。这些疤痕看起来很刺眼，很可怕。但现在它们是你的一部分。而且你是女人，你这傻瓜！没有你的阿方索，没有你的乳房，你可以比从前更女人，成为属于你自己的女人！首先，你今天要去游泳，在泳装里别上我给你买的一百五十美元的衬胸。”

“我不行。”

“不，你可以的。好了，穿好衣服，去吃早饭。”

“早上好，女士们！”刘易斯太太跟姐妹俩打招呼，“又是美好的一天。我们要去钓鱼。你们今天有什么打算？”

“我们先去游泳，然后逛商店，做头发。”

“可怜的萨丽，”刘易斯太太说，“显然这些事她都不愿意做。她生着病，又伤心。她那个姐姐逼她来度假。就像我姐姐艾丽丝。霸道，霸道！你有大姐吗？”

“没有，”瓦赫尔太太笑了，“我就是大姐。相信我，妹妹也有妹妹的毛病。”

多洛莉丝把毛巾铺在沙滩上。

“脱掉。”

她是指妹妹紧紧裹在泳装外面的袍子。

“脱掉。”她又催促道，“你看起来漂亮极了。你的胸看起来跟真的一样。你的腰很细。你的腿很好看。可你从来都意识不到自己有多可爱。”

“不，你才是漂亮的那个。我是乖的那个。”

“我贴着那标签过得也不容易。把帽子摘掉。我们只剩下几天了。回城之前你要把皮肤晒黑。”

“可是……”

“闭嘴。把嘴闭上，这样就不会晒出皱纹来。”

“太阳真好啊！”过了一会儿，萨丽叹息道。

“你身体不觉得舒服吗？”

“我感觉赤条条的。好像人人都能看到那些疤。”

“你知道我学到了什么吗？大多数人根本什么都注意不到，即便注意到了，他们也不关心。”

“你真愤世嫉俗。”

“翻身，我给你背上擦油。”

过了一会儿，萨丽给多洛莉丝讲起她做志愿者的那间社区图书馆。跟那些生活在赤贫中的孩子和家庭有关的暖心的故事。她热爱那里的工作，他们也爱她。

“你瞧，萨丽，你有那么多事可以做，你喜欢的事。”

关于她自己在东奥克兰诊所的工作，多洛莉丝想不出什么暖心故事可以讲给萨丽听。染毒瘾的婴儿，受虐待的孩子，大脑受损的、患唐氏综合征的、受枪伤的、营养不良的、得艾滋病的孩子们。但她对自己的工作很擅长，也很喜欢。或者说曾经很喜欢——就在上个月，她们的母亲去世之前，她终于因为酗酒被解雇了。

“我也喜欢我的工作。”她只说了这一句，“走，咱们游泳去。”

“我不行，我会受伤的。”

“萨丽，伤口已经愈合了。只剩疤了。可怕的疤。”

“我不行。”

“看在老天的分上，下水吧！”

多洛莉丝牵着妹妹的手走进海浪中，然后把手猛地甩开。她看着萨丽挣扎、跌倒、灌水，又被一个浪头打倒。她一面踩着水，一面看萨丽站起身，一低头扎进涨上来的潮水中，游起来。多洛莉丝跟在她身后游。哦，天哪，她又哭了，哦，不是，萨丽是在开心地大笑。

“暖和！好暖和啊！我像婴儿一样轻盈！”

她们在蔚蓝的海水中游了很久。最后她们回到海岸，气喘吁吁，大笑着离开海浪。萨丽张开双臂搂住姐姐，两个女人搂在一起，泡沫围着她们的脚踝打转。“蕾丝边[1]！”两个路过的沙滩男孩轻蔑地说。

刘易斯太太和瓦赫尔太太坐在沙滩椅上看着，很感动。“原来

① Maricona，西班牙语中对女同性恋的蔑称。

她不是那么刻薄，而是坚定……她知道妹妹一下水就会喜欢的。她看起来好开心。可怜的姑娘，她需要这个假期。”

“是啊，母亲去世之后，她们竟然来度假——如今看来就不那么让人震惊了，是吧？”

“没错……真可惜，这种做法不能成为传统。葬礼后度假，就像度蜜月，或者参加新生儿派对。”

她们俩都笑起来。“赫尔曼！”瓦赫尔太太冲她丈夫喊，“等我们两个女人死了，你们两个男人相约一起去度假，好吗？”

赫尔曼摇摇头。“不行。打桥牌需要四个人。”

那晚萨丽和多洛莉丝回来后，人人都夸萨丽模样好可爱。被太阳晒得绯红，新理的头发卷成柔软的赤褐色小卷，围绕着她的脸庞。

萨丽不停晃着头发，照着镜子。她碧绿的双眸如绿宝石般闪闪发光。她正用多洛莉丝的化妆品涂眼影。

“我能借一下你那件绿上衣吗？”她问。

“什么？我刚给你买了三条漂亮的连衣裙，现在你又想要我的上衣？而且，你自己有化妆品，有香水！”

“瞧你多恨我！是啊，你给我礼物了，可你还是自私，自私，跟她一样！”

“自私！”多洛莉丝脱掉自己的上衣，“给你！这对耳环也拿去。是跟上衣搭配的。”

用餐的客人们吃焦糖布丁，夕阳西下。等咖啡端上来时，多洛莉丝伸手握住妹妹的手。

“你觉出我们这样就和小时候一样了吧。这样想想还挺好的。你现在总说想要我们像对真止的姐妹。我们就像真正的姐妹！打起来了！”

萨丽笑了。“你说得对。我想我从来都不知道真正的家人是什么样的。我们从来没全家度过假，甚至都没野餐过。”

“我肯定就是因为这个才生了那么多孩子，你也是因为这个才嫁进那样一个墨西哥大家庭，我们太想有个家了。”

“这也正是为什么阿方索的离开让我这么痛苦……”

“别再谈他了。”

“那我还能谈什么？”

“我们需要谈谈她。妈妈。她现在已经死了。”

“我恨不得杀了她！我很高兴她死了！”萨丽说，“爸爸死的时候，太难受了。我飞到洛杉矶，坐长途汽车来到圣克莱门特。她竟然不让我进家门。我使劲敲门，说：‘我需要一个母亲！让我和你说说话！’可她不让我进门。这不公平。我不在乎钱，可那样做也不公平。”

萨丽嫁了个墨西哥人，为此她们的母亲一直没有原谅她，也拒绝见她的孩子们，把钱留给了多洛莉丝。多洛莉丝坚持要平分遗产，但这并不能减轻那种羞辱的感觉。

她们坐在沙滩上，多洛莉丝轻轻摇晃着萨丽。太阳早落下去了。

“萨丽，她已经走了。她有病，她害怕。她乱踢乱咬，像条受伤的……土狼。你很幸运没看到她的样子。我看到了。我给她打电话，告诉她我们正用救护车送爸爸去医院。你知道她说什么吗？‘你能停车顺便买些香蕉吗？’”

“今天是我在这儿的最后一天啦！”萨丽对瓦赫尔太太说，“我们要去岛上。你去过吗？”

“哦，去过，我们几天前和刘易斯夫妇一起去的。那儿美极了。你要去浮潜吗？”

“水肺潜水，”多洛莉丝说，“走吧，萨丽，车在等着呢。”

“我不去水肺潜水。说定了。”去伊斯塔帕的路上萨丽说。

“待会儿你就知道了。等见到塞萨尔再说。我在他那儿住过一小段时间，二十五或三十年前吧。他那时候只是个潜水员，捕鱼人。”

从那以后，他出了名，发了财，成为墨西哥的雅克·库斯托[①]，拍过很多电影、电视节目。多洛莉丝对此感到难以置信。她记得他的旧木船，他简陋棚屋中的耙沙地面，他们的吊床。

“那时候他就是位大师了。”她说，“没人能像他那样了解海洋。新闻上称他为海神，听起来很俗……但这是真的。他很可能不记得我了，但我还是想让你见见他。”

他现在已是个老头了，留着长长的白胡子，白发飘扬。他当然记得多洛莉丝。他落在她眼睑上的亲吻那么温柔，他的拥抱那么温暖。她记得他长了老茧、疤痕累累的手抚过自己肌肤的触感……他领她们来到游廊上的一张桌旁。两个旅游局的男人在喝龙舌兰酒，用草帽扇着风，身上的瓜亚贝拉衬衣[②]潮湿起皱。

宽大的游廊面朝大海，可是海面却被芒果树和鳄梨树遮住，完

① Jacques Cousteau（1910－1997），法国海洋探险家、电影制作人、摄影家、海洋及海洋生物研究者，法兰西学院院士。

② Guayabera，拉丁美洲和加勒比等地人们常穿的宽松舒适、胸前及背后打褶的两兜或四兜衬衣。

全看不到。

“你怎么能把这么美的海景给遮住呢？”萨丽问。

塞萨尔耸耸肩：“哦，我已经看过了。”

他原原本本地向她们说起多年前他和多洛莉丝一起潜水的事。说到那次遭遇鲨鱼，说到那条巨大的“梳子”①，说到弗拉科淹死的那天。潜水员们那时候称她“女勇士”。但她几乎没听过他夸奖她。她听到他说：“她年轻时是个美丽的女人。”

“那么，你是来和我潜水的吗？”他握着她的手问道。她渴望潜水；可她实在不愿告诉他，她怕调节器会硌碎她的假牙。

“不，我的背现在不行了。我带妹妹来跟你潜水。”

“准备好了？”他问萨丽。她正在喝龙舌兰酒，沉醉在那两个男人的赞美和调情中。两个男人离开了。塞萨尔、萨丽和多洛莉丝乘一艘独木舟驶向小岛。萨丽紧紧抓住船舷，吓得脸色灰白。她一度趴在船边呕吐。

“你肯定她该潜水？”塞萨尔问多洛莉丝。

“我肯定。”

他们相视而笑。岁月抹去，他们仍旧心有灵犀。她曾经讥讽地说，他很完美。他不会读书写字，他们的浪漫故事大多发生在水下，那里不需要词语。那里从不需要任何解释。

他默默地教授萨丽潜水的基本要领。最初，先在浅水区，萨丽依然吓得发抖。多洛莉丝坐在石头上看着，看他用唾沫给她清理面罩，解释调节器的用法。他帮她把气筒放到背上。多洛莉丝看到萨丽身体一僵，担心他会注意到自己的胸部。但接下来，他消除了她

①《月月，年年》中提到的一条大锯鳐。

的疑虑，给她系紧装备，轻抚着她，哄她下水。她看到萨丽放松下来，在他面前有节奏地摇晃着。

试了四次。萨丽浮出水面，喘不上气。不，不，不可能，她犯了幽闭恐惧，无法呼吸！但他继续对她柔声细语，哄她，用手安抚她。多洛莉丝看他双手捧起妹妹的头，透过面罩冲着她的眼睛微笑，心中涌起一股痛苦的嫉妒的波浪。她想起自己透过玻璃看到的他的微笑。

这就是你了不起的主意，她对自己说。她试着平静下来，凝视着妹妹和塞萨尔消失之处起伏的绿波。她努力想专注于妹妹的快乐。因为她知道那是快乐的。可她感到的只有后悔和懊恼，无法言喻的失落。

感觉仿佛过了几个小时，他们才浮出水面。萨丽在欢笑，是那种年轻姑娘的笑。当塞萨尔帮她卸下气筒，脱掉脚蹼时，她急切地搂着他亲吻。

在潜水员小屋，她也拥抱了多洛莉丝。“你知道那感觉有多美妙！我在飞！大海无边无际！多洛莉丝，我感觉好有活力，好强壮！我是亚马孙女战士！”

多洛莉丝想指出，亚马孙女战士就只有一只乳房，但她忍住了。萨丽继续喋喋不休地说着潜水有多美妙，而她和塞萨尔微笑着。她很快还会回来的，花上一周时间潜水！啊，那珊瑚和海葵，那斑斓的色彩，那灿烂的鱼群。

塞萨尔邀请她们共进午餐。已经三点了。“恐怕我得去午休。”多洛莉丝说。萨丽十分失望。

“你还会回来的，萨丽，我只是给你领领路。”

“谢谢你们俩。”萨丽说。她的快乐和感激纯粹无邪。塞萨尔和姐姐亲吻她神采奕奕的脸颊。

他们站在海边的出租车停车点。塞萨尔紧紧握住多洛莉丝的手。“那，我的姑娘，你还会回来吗？”她摇摇头。

“今晚留下来吧。”

“我不能。”

塞萨尔亲吻她的双唇。她尝到他们过去的欲望和咸味。她和他共度的最后一夜，他咬得她每个指甲都在痛。“想着我。”他说。

回城的一小时路程，萨丽一路兴奋地说个不停。说她感到多么有活力，多么自由。

“我就知道你会喜欢那种感觉的。因为失重，你感到身体消失了，但同时又强烈感受到那轻盈的存在。”

“他太棒了。太棒了。我都能想象出和他发生一段恋情了！你真幸运！”

“你能想象吗，萨丽？整个一片海滩，地中海俱乐部现在所在的地方，从前完全是空空荡荡的沙滩。往上走的丛林里有一口自流井。那里有鹿，就像驯养的。我们在那儿待了好几天，一个人影都没见到。还有那座岛。只是一座孤岛，一片野林。没有潜水用品商店，没有饭店。除了我们的船，一艘别的船都没有。你能想象吗？”

不能。她想象不出来。

“真不可思议。”当姐妹俩从出租车里出来时，瓦赫尔太太说，“她们俩好像角色完全颠倒了。现在是妹妹魅力四射，容光焕发，而姐姐则面色憔悴，蓬头乱发。你瞧她……她原先出门头发可是一丝不乱的呀！”

那天晚上狂风大作。黑云掠过满月，沙滩上时明时暗，好似外面霓虹闪烁的酒店房间。月光照亮了萨丽，她的脸像孩子一样闪闪发光。

“可是妈妈一次都没说起过我吗？”

实际上，没有。除了嘲笑你的温柔，说你的温顺证明你就是个傻子。

“是的，说起过，很多次。”多洛莉丝骗她，“她最喜欢记起的关于你的一件事，是你有多么喜欢那本兔子先生的书。你会翻着书页，装作在阅读，一本正经的样子。而你读得一字不错，只是当兔子先生说‘案件驳回！’，你说的是‘俺家别回！’①”

“我记得那本书！那些兔子都毛茸茸的！”

“一开始是的。但你老是抚摸它们，快把毛给摸没了。她也喜欢回忆你和那辆红色玩具货车，那时你大概四岁。你会把比利·詹姆逊放进车里，还有你所有的娃娃、小狗梅布尔以及两只猫，然后你会说：‘都上车啦！’但是猫和狗还有比利会跳出来，娃娃们也跟着掉下来。你整个上午都用来把它们装上车，喊‘都上车啦’。”

“这事我一点都不记得。”

“哦，我记得，那是在爸爸的风信子旁边的小路上，大门旁边还有藤本月季。你记得月季的芳香吗？”

“记得！”

“她过去还常问我，记不记得在智利的时候，你骑自行车上学。

---

① 萨丽把“Case dismissed”说成了“Smith to Smith”。

每天早上你仰头冲门厅的窗户挥手，草帽就会飞走。”

萨丽笑起来。“没错。我记得。可是，多洛莉丝，站在门厅窗前的是你呀。我是冲你挥手。”

没错。“哦，我猜，她那时是在床边的窗户里看到你的吧。”

“这些东西竟会让我感觉这么开心，真是可笑。我是说，就算她从来没有说过再见。她竟然看着我出门上学。我真高兴你告诉了我这些。”

“很好。”多洛莉丝心中自语。现在天色暗下来，巨大的雨点冷冷地落下。姐妹俩冒着雨一起跑回房间。

萨丽的飞机第二天早上起飞；多洛莉丝要再过一天才走。萨丽走之前，早餐时分，她向每个人道别，向服务生道谢，向刘易斯太太和瓦赫尔太太道谢，感谢她们的善意。

“我们很高兴你们俩这次旅游这么开心。有个姐妹真让人感到安慰！”刘易斯太太说。

“的确令人感到安慰。”在机场吻别多洛莉丝时，萨丽说。

“我们刚刚开始相互了解。”多洛莉丝说，“现在我们会相互支持，一直，相互支持。”看到妹妹眼中的温柔和信赖，她一阵心疼。

回酒店的路上，她让出租车在酒品店停下车。在房间里，她喝酒，睡觉，然后又要了一瓶。早上，去赶飞往加州的飞机的路上，她买了半品脱朗姆酒，好对付她的颤抖和头痛。等出租车到达机场时，她已经像人们说的那样，感觉不到痛苦了。

矢车菊

“妈，我不敢相信你要这么做。你向来不跟人约会的，可现在竟要和某个陌生人共度一周。你又不了解，说不定他是个持斧砍人的杀手呢。”

玛利亚的儿子尼克正送她前往奥克兰机场。天哪，她干吗不叫辆出租车呢？她的儿子们现如今都已成年，管起她来比她爹妈还严，更爱指手画脚，也更保守。

“我虽没见过他，可严格说来他也算不上陌生人。他喜欢我的诗，请我把他的书翻译成西班牙语。我们通信、打电话都有好几年了。我们有很多共同之处。他也是独自养大了四个儿子。我打理花园，他有座农场。他邀请我，我觉得很荣幸……我想他是不常见人的。”

玛利亚已经向住在奥斯丁的老朋友打听过迪克森。一个天才。为人极其古怪，英格堡这么说。从不交际。不用公文包，而是用麻袋。他的学生要么崇拜他，要么讨厌他。他快五十岁了，相当有魅力。有什么事都告诉我啊……

“这是我读过的最怪异的一本书，”尼克说，“不是我能读进去的类型。承认吧……你读得进去吗？我是说，你喜欢吗？”

“语言很棒。清晰，简洁。翻译起来很愉快。是哲学和语言学，只不过十分抽象。”

“我无法想象你真的要……在得克萨斯……搞一段风流韵事。”

“这才是让你烦心的。想到你妈或者某个五十几岁的女人也可能有性生活。总之他可没说：‘咱们搞一段。’他只是说：‘为何不到我的农场来住上一周？矢车菊刚刚绽放。我可以给你看看我为新书做的笔记。我们可以钓鱼，在林间散步。’得了吧，尼克。我在奥克兰的县医院上班，能去树林里散步，你想想在我听来那会是什么感觉？矢车菊？就和进天堂差不多。”

他们在联合航空前停下车，尼克从后备厢拿出她的箱子。他拥抱她，亲亲她的脸颊。“对不起，我让你不好过了。旅行愉快，妈。嘿，说不定你能看场游骑兵队[①] 的比赛呢。”

雪满落基山脉。玛利亚看书，听音乐，尽量不去胡思乱想。当然，在她内心深处，还是有发生一段恋情的想法的。

自从戒酒后，她就没在别人面前脱过衣服，一想这事就怪吓人的。可他听上去也很古板，说不定也有同感。一步一步来吧。练习与男人相处，天哪，好好享受这趟旅行。你是要去得克萨斯啊。

停车场散发着得克萨斯的气味。生硝土与夹竹桃。他把她的行李丢进一辆旧道奇皮卡的后车厢里，车门上有狗的抓痕。“你会唱《田纳西边界》吗？”玛利亚问。“当然啦。”他们唱起来。“……接她坐上皮卡，她把我的心伤透。”迪克森高大，瘦削，有好看的笑

① Rangers，指“Texas Rangers”，美国得克萨斯州的棒球队。

纹。直率的灰色眼睛周围有鱼尾纹。他毫不拘束，声音就像她的舅舅约翰一样带着鼻音，慢条斯理地问她一个又一个私人问题。她怎么了解得克萨斯的，是从那首老歌吗？她为什么离婚？她的儿子们怎么样？她为什么戒酒？她为什么酗酒？她过去为什么翻译别人的作品？这些问题令人尴尬，很有冲击力，但也让人安慰，有人关心，那感觉就像按摩一样。

他在一个鱼市停下车。在这儿等着，马上回来。然后是高速公路和阵阵热风。他们行驶在一条丝带般的碎石路上，一辆别的车子都没看见。一辆缓慢的红色拖拉机。风车，没膝深的火焰草中的海福特牛。在布鲁斯特小镇，迪克森把车停在镇广场对面。理发。她跟随他经过理发店的三色柱，走进一家只有一个位置的理发店，坐在那里听他和那位老理发师讨论高温、降雨和钓鱼，谈杰西·杰克逊[①]竞选总统，聊谁谁去世了、谁结婚了。当她问迪克森，她的行李一直放在后车厢没事吧，他只是冲她咧嘴笑笑。她望着窗外的布鲁斯特镇中心。正午刚过不久，街上没有一个行人。两个老头坐在法院台阶上，好似某部南方影片中的临时演员，嚼着烟草，啐出来。

没有噪音，这不禁唤起她孩提时代的记忆，那是另一个时代。没有警笛，没有车来车往，没有收音机。一只马蝇撞向窗户的嗡嗡声，剪刀的嚓嚓声，两个男人说话的节奏，一只系着脏丝带的电扇吹开旧杂志发出的翻页的窸窣声。理发师不理会她，不是因为无礼，反而是出于礼貌。

迪克森说句“不胜感激”，离开理发店。他们步行穿过广场，走向杂货店时，她给他讲起她的得克萨斯外婆梅蜜。有一次，一个

① Jesse Jackson（1941－），美国黑人民权领袖、牧师、政治人物。

老太太顺路去看她。梅蜜请客人喝茶，摆出茶壶、糖碗、奶壶，还有小小的三明治、点心和切成小块的蛋糕。“天哪，梅蜜，没必要这么讲究吧。”“哦，应该的，”梅蜜说，“人总是应该这么讲究。”

他们把买好的东西放进卡车后车厢，然后开到饲料商店，迪克森在那里买了牲口饲料和鸡食，两大捆干草，一打小鸡雏。他和两个农民谈论苜蓿，瞧见她正在凝视自己，便冲她微微一笑。

“你要是在奥克兰，这会儿在干吗呢？”他们上了卡车后，他问她。今天会在儿科诊所。染毒瘾的婴儿，枪伤，艾滋病患儿。疝气和肿瘤，但主要是城市里那些绝望又愤怒的穷人受的外伤。

他们不久便离开城区，驶上一条窄窄的土路。小鸡在车厢地板上的盒子里叽叽喳喳。

“这就是我想让你看的，”他说，“一年中的这个季节，通往我家的路。”

他们开上一条空旷的道路，路在绵延的丘陵上起伏，香气馥郁，繁花似锦，粉红、天蓝、洋红、大红。怒放的金黄和淡紫。热烘烘的芳香空气弥漫在驾驶室中。巨大的雷雨云已积聚成形，光线转黄，给几英里的鲜花洒上彩虹般的光辉。一群群云雀和草地鹨，还有红翅黑鹂，沿着路边的壕沟疾飞；鸟儿的啁啾盖过了卡车的轰鸣。玛利亚探出车窗，将潮湿的脑袋枕在胳膊上。才刚刚四月，可得克萨斯沉闷的暑热已弥漫她的全身，繁花的香气像毒品般催人欲睡。

一座铁皮屋顶的旧农舍，前廊上一把摇椅，还有十几只不同年龄的猫咪。他们把买来的食物杂货放进厨房，那里的水槽和炉灶前铺着精致的沙鲁克地毯，还有一块被烧木柴的炉子里迸出的火星烧坏了。两把皮椅。墙边立着书架，上面放着两排深的书。一张摆满了书的超大橡木桌。一列列书堆满了地板。透过几扇老旧的波纹玻璃窗，可以看到一片茂盛的草地，几只小山羊在偎依着母羊吃奶。迪克森把食物放进冰箱，将鸡雏放进地板上的一只大箱子。箱子里有个灯泡，尽管天气是这么热。他的狗不久前死了，他说。然后，第一次，他好像腼腆起来。需要浇水，他说。于是她跟他经过鸡舍和牲口棚，走到一大片菜地。地里种着玉米、番茄、豆子、南瓜，还有其他蔬菜。她坐在栅栏上，他则打开水闸开始往田垄里浇水。远处，矢车菊盛开的田野上，一匹栗色母马和一匹小马驹疾驰着。

他们去牲口棚给牲口喂食的时候，天色已近黄昏；在棚中一个阴暗的角落，几只盛奶酪的布袋滴着水；椽子上还有几只猫跳来跳去，对棚子上层窗口飞进飞出的鸟儿视若无睹。一头叫荷马的白色老骡子，听到桶响，便缓慢地走来。跟我躺下来，迪克森说。可它们会踩到我们的。不会的，躺下就行。一群山羊围住他们，挡住了阳光，它们垂下睫毛长长的眼睛凝视着她。荷马柔软的嘴唇拱着玛利亚的脸颊。母马和马驹鼻翼翕动，嗅闻着探查她，热烘烘的气息扑面而来。

农舍里的其他房间与杂乱的厨房全然不同。有一间房铺着厚木地板，除了一架斯坦威大钢琴，别无他物。迪克森的书房也空荡荡的，只有四张大木桌，上面铺满 5 × 8 英寸大小的白色卡片。每张卡片上有一段或是一句话。她看他把卡片挪来挪去，就像别人把电脑上的东西挪来挪去一样。现在先别看这些，他说。

他的起居室兼卧室是一个宽敞的房间，两边是高大的窗户。另外两面墙上是华丽的大型油画。玛利亚惊讶地发现，那竟然是迪克森画的。他那么沉静，而那些油画则很大胆，豪放恣肆。他在他的灯芯绒长沙发表面画了一幅画，是一些坐着的人像。一张黄铜床，上面铺着一条旧百衲被。精美的箱子、写字台和桌子，曾属于他父亲的美国早期古董。这个房间的地板被漆成光亮的白色，上面铺着更为贵重的波斯地毯。千万记得脱鞋，他说。

她的房间是房子后面的日光室，三面用塑料编织的网状屏风遮住，透过屏风，隐约可见粉色和绿色的花朵，树木的新绿，一只红衣凤头鸟一飞而过。仿佛是坐在橘园[①]的地下室里，周围环绕着莫奈的睡莲。他正在隔壁房间为她往浴缸里放水。我觉得你可能想躺一会儿。我还有些零碎活儿要干。

洗过澡，她感到清爽而疲惫，躺了下来。天下起了雨，风卷动树叶，让那些围绕着她的柔和色彩变得模糊起来。雨落在铁皮屋顶上。她刚刚睡着，迪克森就进来了，挨着她躺下，直到她醒来，然后他们做爱，就这么简单。

迪克森在铁炉里生了火，她便在炉边坐下来，他则炖蟹肉秋葵浓汤。他做饭用轻便电炉，却有一台洗碗机。他们在前廊上借着提灯的光吃饭，雨渐渐歇了，等云也散开后，他们灭掉提灯，看星星。

他们每天定点喂牲口，但其他时间则过得黑白颠倒。他们白天赖在床上，天黑时吃早饭，借着月光，在树林里散步。他们凌晨三点钟看加里·格兰特主演的《幸运先生》。烈日下，他们乘小船在池塘中慵懒地漂荡，钓鱼，读约翰·邓恩、威廉·布莱克的诗作。他们躺在潮湿的草地上，看着鸡，谈论他们的童年、他们的孩子。他们看诺兰·莱恩[②]阻止运动家队得分，穿过灌木丛走几个小时来到

① L'Orangerie，法国橘园美术馆，以展出印象派画作而著称。

② Nolan Ryan（1947－），美国职业棒球运动员。

湖边，在睡袋里睡觉。他们在四爪浴缸里做爱，在小船上做爱，在树林里做爱，但多数还是雨天里在日光室闪烁的绿色中做爱。

什么是爱？看着睡梦中的他脸上分明的轮廓，玛利亚问自己。什么会阻止我们，阻止我们相爱。

他们俩都承认他们面对别人是多么少言寡语，自嘲现在却得说这么多，笑彼此如何相互打断，是的，可是。而当他谈起他的新书，或是提起海德格尔、维特根斯坦、德里达、乔姆斯基以及其他她不熟悉的名字时，困难出现了。

“我很抱歉。我是诗人。我和具体的东西打交道。抽象的东西令我困惑。我根本不具备和你讨论这些问题的背景知识。”

迪克森大发雷霆。“那你是怎么翻译我另一本书的？根据反响，我知道你翻译得不错。你读过那该死的东西吗？”

“我翻译得确实很好。我没有曲解一个字。一个人可以把我的诗翻译得很完美，但仍然认为这些诗是私人的、无关紧要的。我没有……抓住……那本书中的哲学意蕴。”

“那么你这次来访就是一场闹剧。我的书就是我的一切。讨论任何东西对我们都毫无意义了。”

玛利亚开始感到受伤和愤怒，任由他一个人出了门。但她随后也跟着走出去，在前廊台阶上挨着他坐下来。“不是没有意义的。而且我正在了解你是什么样的人。”迪克森搂住她，亲了亲，小心翼翼地。

他从前还是个学生的时候，曾住在几英亩之外树林里的一间木屋中。这间房子曾住着一位老人，迪克森常帮他干活，替他从城里捎食物和日用品。老人去世后，把这间房子和十英亩地留给了迪克森，余下所有的土地则捐给州里做了鸟类保护区。第二天上午，他们远足去他的旧木屋。他说从前他甚至得自己挑水。那是他一生中最美好的时光。

那间木屋在一片棉白杨林中。没有小径能通向那里。而胭脂栎和牧豆树上好像也根本没有路标。当他们走近木屋时，迪克森仿佛感到疼痛似的大叫一声。

有人，很可能是孩子，把木屋的窗玻璃全打破了，用斧子把屋里的东西砍得稀巴烂，用喷漆在光秃秃的松木墙上涂满了污言秽语。很难想象有人会跑这么远，到荒野深处来搞破坏。看起来就像奥克兰，玛利亚说。迪克森瞪了她一眼，转身出门，穿过树林开始往回走。她的视线一直追随着他，但她跟不上他的步子。四周静得瘆人。时不时会看到一头巨大的婆罗门牛站在树荫下。只是站在那里，眼睛一眨不眨，迟钝，沉默。

开车回家的路上，迪克森一言不发。绿色的蚱蜢咔嗒咔嗒撞击在挡风玻璃上。“我很抱歉，你的房子变成那样。”她说。他没回答，于是她又说：“我感到痛苦时也会如此，像病猫一样钻进房子里去。”他依然不说话。车停在房子外面时，他伸过手，替她打开车门。发动机还在转。“我去取邮件。一会儿回来。也许你可以读读我的书。”

她知道，他所说的书，就是指桌上那几百张卡片。他为什么现在要她读？也许是因为他没法说话。她有时也这样。当她想告诉某人自己的感受却无法表达，便会给他们看一首诗。通常情况下，他们并不明白她的用意。

怀着不安的心情，她走进屋里。住在一个不需要关门的地方也不错。她抬脚向迪克森的起居室走去，想放点音乐，但又改变了主意，走进放卡片的房间。她坐在一只凳子上，从一张桌前挪到另一张桌前，把卡片上的话读了一遍又一遍。

“你不知道这些话是什么意思，对不对？”她朝桌子俯身时，他已经悄无声息地走进来，站在她身后。她没有碰过任何一张卡片。

他开始绕着桌子疯狂地移动卡片，好像那些玩数字排序游戏的人一样。玛利亚离开房间，来到前廊上。

“我告诉过你不要穿着鞋踩那块地板。”

“什么地板？你在说什么？”

“白色的地板。”

“我没有靠近过那个房间。你疯了。”

“别对我撒谎。上面有你的脚印。”

“哦，对不起。我一开始确实想往里走。但我根本连两步都没走到。”

“正是。两步。”

“谢天谢地，我明早就要回家了。我现在要去散步了。”

玛利亚沿着小路朝池塘走去，上了绿色的小船，将船推离岸边。蜻蜓让她联想起奥克兰警察的直升机，她不禁笑起来。

迪克森沿小路大步走来，迈进水中，一撑上了船。他亲吻她，把她按倒在进了水的船舱底板上，进入她的身体。他们猛烈地冲撞着彼此的身体，小船上下震动着打转，直到最后搁浅在芦苇丛中。他们躺在那里，在炽热的阳光下摇晃着。她想知道，这样澎湃的激情仅仅出于愤怒，还是因为失落感。那晚大部分时间，他们俩都在日光室，伴着雨声，无言地做爱。下雨之前，他们曾听见一只郊狼的哀号，听见鸡在树上栖息时的聒噪。

他们沉默地驶向机场，经过数英里的矢车菊和樱草花。直接把我放下就好，她说，快来不及了。

玛利亚从机场打了辆出租车，回到她在奥克兰的高层公寓。和保安打招呼，查看邮件。电梯里空荡无人，就像白天的走廊一样。她把手提箱放进门内，打开空调。她脱掉鞋子，就像所有在她家地毯上走过的人一样。她走进卧室，躺在自己的床上。

玫瑰人生[1]

那两个女孩脸朝下，趴在印有“普孔大酒店”的毛巾上。沙子又黑又细，湖水碧绿。湖边的松树呈更深的悦目的绿色。皑皑的比亚里卡火山巍然屹立于湖泊、树林、酒店和普孔村之上。一缕缕烟从火山锥顶升起，消逝于湛蓝的天空。蓝色的沙滩小屋。格尔达一头帽子般的红发，黄色沙滩球，林间骑马穿行的智利牛仔的红腰带。

时不时地，格尔达或克莱尔会抬起一条晒成小麦色的腿，在空中慵懒地晃动着，以甩掉上面的沙子，或一只苍蝇。有时候，她们年轻的胴体随青春少女无法自已的咯咯欢笑而颤抖。

“还有康奇脸上的表情！她能想起来的唯一的词就是‘但愿’，真敢说啊！”

格尔达的笑是那种德国式短促的尖笑。克莱尔的笑音调高，涟漪般荡漾开去。

“她也不会承认自己有多傻。”

① 原标题为法语。

克莱尔坐起身，往脸上涂油。她的蓝眼睛扫视着沙滩。什么都没有。那两个英俊的男人没再出现。

“她在那儿……那个安娜·卡列尼娜式的女人……”

坐在松树下一把红白相间的帆布椅上。

那位忧郁的俄罗斯女郎头戴一顶巴拿马草帽，撑着一把白色的丝质阳伞。

格尔达呻吟道：“噢，她真美啊。她的鼻子。夏天穿灰色法兰绒。而且她看起来如此悲伤。她一定有个情人。”

“我要把头发剪成她那样的。”

“你留那样的发型，会跟脑袋上扣只碗一样。她就是有格调。”

“她是这儿唯一一个有格调的人。所有这些阿根廷人和美国人都俗。这儿好像一个智利人都没有，连工作人员中都没有。整个村子的人都说德语。”

“醒来的时候，我还以为自己是个身在德国或瑞士的小姑娘呢。我能听到女佣在走廊里窃窃私语，在厨房里唱歌。”

“除了那些美国人，没有人笑，连孩子都不笑，他们提着水桶，好严肃。”

“只有美国人老是笑。你说的是西班牙语，但你的傻笑让你露馅儿了。你爸爸也老是哈哈大笑。铜期货市场刚刚触底，哈哈哈哈。”

“你爸爸也经常笑。”

“只有出什么蠢事的时候他才笑。你瞧他。今天上午他肯定已经朝那个木筏游过一百次了。”

格尔达和克莱尔无论去什么地方，总有她们俩其中一个的父亲陪着。看电影和赛马由汤普森先生陪着，听交响乐或打高尔夫则由冯·德绍尔先生陪着。与此相反，她们的智利朋友总是跟妈妈、姑姑、奶奶和姐妹在一起。

格尔达的妈妈在战争期间死于德国；她的继母是位内科医生，很少在家。克莱尔的妈妈酗酒，大多数时候卧床或在疗养院。放学后，这对朋友便回家喝茶，看书或学习。她们的友谊由看书开始，在她们空荡荡的家里。

冯·德绍尔先生擦拭身体。他浑身湿透，气喘吁吁。冷冷的灰眼睛。小时候，克莱尔看战争电影会有种负罪感。她喜欢纳粹……他们的外套，他们的汽车，冷冷的灰眼睛。

“好了[1]。够了。游泳去吧。让我看看你的自由泳，看看你现在潜泳怎么样了。”

“他表现得挺好，不是吗？”往水边走的时候，克莱尔说。

“不和那个女人在一起时，他就挺好。”

女孩们稳稳地划着水，在冰冷的湖水中越游越远，直到她们听到有人喊“格尔达琳”，看到格尔达的父亲正在挥手。她们向木筏游去，贴着暖暖的木头躺下来。白色的火山在她们上方高耸，冒着火星和烟。远处湖中一艘船上传来欢笑声，岸边土路上传来马蹄声。没有别的声音。哗，哗，湖水拍打着摇晃的木筏。

宽敞的餐厅天花板很高，白色的窗帘被湖面拂来的微风吹得鼓胀起来。棕榈叶在花瓮中摇曳。一个身穿燕尾服的服务生舀清炖肉汤，另一个打鸡蛋，往每个白镴碗中放上一个。两个男人一起为鲑鱼剔骨，做火焰甜点。

一位驼背的白发先生在美丽的安娜·卡列尼娜对面落座。

① 原文为德语。

“他有可能是她丈夫吗？”

“我希望他不是沃伦斯基伯爵。”

“你们女孩们哪来的想法，认定他们就是俄国人？我听见他们说的是德语。”

“真的吗，爸？他们说的什么？”

“她说：‘我早饭不该吃梅子干。’”

女孩们租了一艘小船，向一座岛划去。那片湖十分广阔。她们俩轮流划桨，欢笑着，起初原地打转，但后来就顺畅地滑行。船桨插入水中，溅起水花。她们把船泊在一个小湾中，从一块礁石上一跃，潜入带着鱼腥和苔藓味的绿水中。她们游了很久，然后雄鹰展翅一般趴在阳光下，脸埋在野生三叶草中。一阵漫长又缓慢的震颤让她们年轻身体下的大地起伏、战栗。当大地在她们身下波动，离她们而去时，两人紧紧攥住几丛薰衣草的花朵。她们的眼睛与地面上的绿色涟漪齐平。天因为来自火山的浓烟而变黑了吗？硫黄的气味浓烈得令人恐惧。地震停了。刹那之间无声无息，接着，鸟儿们爆发出歇斯底里般叽叽喳喳的惊叫。环湖四周，牛哞哞低吼，马咴咴嘶鸣。狗狂吠不止。女孩们头上，鸟儿们在树枝间呼呼盘旋，嗖嗖乱飞。高高的浪头拍打着礁石。女孩们沉默不语。她们俩谁也说不清自己的感受，那是某种不同于恐惧的感觉。格尔达笑起来，是她那短促的尖笑。

“我们游了好几英里，爸。瞧瞧我们的手，划船都磨出水泡了！你感觉到地震了吗？”

地震来的时候，他正在草地上打高尔夫。高尔夫球手的梦魇……

眼睁睁看着你的球离洞越来越远，向你自己滚过来！

那些小伙子在大堂，与接待员聊天。噢，他们真帅。健壮，黝黑，牙齿雪白。他们二十四五岁年纪，打扮得很光鲜。克莱尔喜欢的那个，皮肤黝黑，下巴中间有处凹陷。当他垂下眼睛时，睫毛扫过他古铜色的高高的颧骨。镇静点，我的心！克莱尔笑起来。冯·德绍尔先生说这些男人年龄太大，而且粗俗，一看就是最糟糕的那种人。很可能是农民。他护送两个女孩从他们身边经过，在房间里指导她们读书，直到晚餐时间。

餐厅里一派欢乐气氛。因为地震，人们都与别的顾客点头致意，与服务生交谈，相互聊天。现场有乐手，都是很老的老头。用小提琴演奏探戈、华尔兹。《狂热》。《大海》[①]。

年轻小伙子们站在过道里，被盆栽棕榈和酒红色天鹅绒烛台环绕着。

“爸，他们不是农民。看！”

他们身着华丽的浅灰蓝色智利空军士官制服。淡蓝色制服镶着金穗。高领，肩章，金纽扣。脚蹬带马刺的长筒靴，肩披及地的羊毛披风，佩剑。屈着的臂肘里端着帽子和手套。

“军人！那更糟！”冯·德绍尔先生笑起来。他扭过脸，擦掉笑出来的眼泪。

“夏天晚上穿披风。飞机上佩马刺又佩剑吗？天哪，瞧这些可怜的傻瓜！”

克莱尔和格尔达满脸敬畏地凝视他们。士官们脸上挂着浅浅的笑意，还以深情的目光。他们坐在演奏台附近的一张小桌边，用大

---

① 原文为法语。

号狭口高脚杯喝白兰地。金发的那个牙齿间咬着一支玳瑁烟嘴。

“爸，承认吧。他的眼睛和他的披肩一样蓝。”

“是啊，智利空军蓝。智利空军连架飞机都没有！”

说到底，一定还是太热了。他们挪到通往阳台的门口旁，把披肩搭在椅子上。

女孩们恳求能多待一会儿，听听音乐，看人们跳探戈。汗湿的发绺垂在舞者的眉头，他们四目相交，如同被催眠。舞者们伴着小提琴的旋律，如梦游一般，旋转，俯身。

两个男人——罗伯托和安德烈斯——靴跟咔嚓一碰。他们向格尔达的父亲做了自我介绍，请他准许他们俩邀请两位年轻的女士跳舞。冯·德绍尔先生开始想拒绝，但又觉得这两个士官很好玩，便回道，只跳一支舞，之后女孩们就该去睡觉了。

当年轻人在抛光的地板上一圈又一圈地跳舞时，管弦乐队长时间地演奏《玫瑰人生》。蓝色的军官制服，白色的雪纺长裙，倒映在幽暗的镜面上。人们笑眯眯地欣赏这几位美丽的舞者。窗帘像船帆般鼓胀。安德烈斯用亲近的语气与克莱尔交谈。罗伯托建议，等冯·德绍尔先生睡下后，女孩们再回到楼下。舞蹈结束。

日子一天天过去。两个年轻人在罗伯托的庄园干活，只在晚上来酒店。格尔达和克莱尔游泳，爬火山。炎热的太阳，清凉的雪。她们同冯·德绍尔先生打高尔夫和槌球，划船去她们的小岛，和冯·德绍尔先生一起骑马。肩膀后挺，他说。昂起头来，他对克莱尔说。他用手长久地托住她的喉咙处。克莱尔咽下唾沫。女孩们和几位女士在露台上玩凯纳斯特纸牌。一个阿根廷女人用纸牌给她们算命。她嘴里叼着烟卷，透过烟雾觑着她们。格尔达将走上一条新的道路，遇见一个神秘的陌生男子。克莱尔也得到一条新的道路，还有两颗心。一个来自神明的吻。

每天晚上，她们同罗伯托和安德烈斯伴着《玫瑰人生》跳舞。终于，一天晚上，当冯·德绍尔先生睡着后，她们回到楼下。餐厅里只有一对度蜜月的夫妻和几个美国人。罗伯托和安德烈斯站起身，躬身行礼。管弦乐队的老头们看起来很震惊，但还是演奏了一曲《再见，小伙子们》，一曲忧伤而律动的探戈。舞伴们如入梦境一般舞出门去，舞到露台，舞下台阶，舞向湿漉漉的沙滩。靴子咯吱咯吱踩在沙滩上，如同踩在新雪上。他们爬进一艘船。他们坐在星光闪耀的夜色中，握着手，聆听小提琴的旋律。酒店的灯光和白色的火山在湖水中洒下片片碎银。一阵微风。很凉。不，是很冷。船缆松开了。没有桨。船移动得越来越快，伴着风，像风一样滑走，漂进黑色的湖中。哦，不！格尔达倒吸一口凉气。女孩被不失时机地亲吻了。他把整条舌头都伸进我嘴里，事后她说。克莱尔撞到了脑门。一个吻只落到她的嘴角，擦过她的鼻子，接着她们跃入水中，像水银一般潜入黑色的湖水里。

她们的鞋子不见了。女孩们浑身湿透，冻得冰凉，哆哆嗦嗦地站在酒店门口，此时铁门已经关上。我们还是等吧，克莱尔说。什么，一直等到早晨？你准是疯了！格尔达摇晃着金属大门，直到酒店的灯终于亮起来。格尔达琳！她父亲在阳台上叫道，但他突然间就出现在大门后面，站在她们面前。管家穿着睡袍，拿着钥匙。

回到房间，女孩们用毯子把自己裹起来。冯·德绍尔先生脸色苍白。他碰你了吗？格尔达摇摇头。没有。我们跳舞，然后坐到船上，只不过那时船跑了，所以我们……他亲你了吗？她没有回答。我问你呢！他亲你了吗？格尔达点点头，她父亲扇了她一耳光。贱货，他说。

天还没亮时，女佣就来了。她为他们收拾行李。他们离开时，还没有人醒来，他们在特木科火车站等了很久。冯·德绍尔先生坐在克莱尔和格尔达对面。女孩们默默看放在两人中间的书。《秋日奏鸣曲》。城堡较远的侧翼中，女人在他怀中死去。他得把她的遗体抱回到她自己的床上，穿过几条走廊。她长长的乌发挂在石头上。没有蜡烛。

“这个夏天余下的时间里，你谁都不准见，尤其是克莱尔。”

终于，冯·德绍尔先生到外面抽烟去了，只有难得的一小会儿，这对朋友可以笑了。开心地扑哧一笑。等他回来时，她们俩又在默默看书。

沥青石子

刚拌好时，那东西看上去像鱼子酱，听起来像碎玻璃，像有人在嚼冰块。

柠檬水喝完后，我会嚼冰块，和外婆在门廊上荡秋千。我们俯视下面一群被链子锁住的囚犯为厄普森大街铺路。一个工头在倾倒沥青石子；犯人们以沉重的节奏踩实。锁链叮当作响；沥青石子发出阵阵掌声。

我们仨经常说这个词。我妈妈说，是因为她讨厌我们住的地方，环境肮脏，而现在我们至少会有条铺沥青石子的街道了。外婆说，只是因为她太希望家里干净，那样就会压住灰尘。得克萨斯的红色尘土夹杂着冶金厂的灰色尾渣飘进屋里，筛在抛过光的厅堂地板上，撒在她的红木桌子上，积成一座座小丘。

我那时经常大声念叨：沥青石子。说给自己听，因为那听起来像在叫一个朋友的名字。

亲爱的康奇

亲爱的康奇：

新墨西哥大学和我们想象的一点都不一样。在智利读中学比在这里上大学难。我住宿舍，几百个女生，个个开朗自信。我依然感觉陌生，十分拘束。

这地方本身我还是喜欢的。校园里有很多古老的土坯建筑。沙漠很美，而且这儿有山。当然不是像安第斯山脉那样的，但也是另一种规模上的大山。陡峭崎岖，岩石遍布。笨笨的……这里的人就是这样称呼落基山脉的。空气清澈干净，夜里很冷，千万颗星星闪闪烁烁。

我的穿着完全不合适。有个女生甚至告诉我，这里没人像我这样“打扮”。我想我得穿白色短袜，宽大喇叭裙，蓝色牛仔裤。我是说，这里的女人样子真难看。但男人倒打扮得不错，穿休闲装和靴子。

我永远也没法习惯这里的食物。早餐是麦片粥和比茶还淡的咖啡。下午我准备喝茶的时候，却是这里吃晚饭的时间。我准备吃晚饭的时候，又到了宿舍熄灯的时间。

我到下个学期才能选拉蒙·森德① 的课。但是，我在大厅里见过他！我告诉他，《黎明纪事》是我最喜欢的书。他说："好的，可是，你还这么年轻。"他与我想象中一样，只是好老啊。典型的西班牙人，傲慢，庄重……

亲爱的康奇：

我有工作了，你能想到吗？兼职，但总算是份工作。给每周出一期的校报《灰狼》做校对。我每周工作三个晚上，就在新闻楼，紧挨着我们的宿舍。我甚至有了一把宿舍楼钥匙，因为宿舍十点锁门，而我得工作到十一点。印刷工是个名叫乔西的老得克萨斯人，在一台整行铸造排字机上印刷。那是台奇妙的机器，有一千多个零件和齿轮。沸腾的铅制成字母。他把字排进去，它们叮叮当当地歌唱，发出悦耳的咔嗒声，出来一整排滚烫的铅字。这使得每一行都显得格外重要。

他教我东西，关于如何写标题，哪篇报道写得好，为什么好。他经常逗我，耍些小把戏，让我时时提防。在一篇篮球赛报道中间，他会偷偷塞进些"沿着斯旺尼河畔"② 之类的东西。

有时候，一个叫乔·桑切斯的人会来，给乔西送底稿和啤酒。他是体育记者兼专栏作者。他是学生，但比我们班的男生大很多，因为他是位退伍军人，享受退伍军人福利在这里上学。他给我们讲日本，他在那里做过军医。他长得像个印第安人，一头亮闪闪的黑发，

① Ramon Sender（1901－1982），西班牙作家。

② 斯蒂芬·柯林斯·福斯特创作的歌曲《斯旺尼河》（又名《故乡的亲人》）的开头。

很长，梳成鸭尾式。

抱歉，我已经用了你从没听过的词语。这里的男生大多数留寸头，基本和光头差不多。有的头发长点，往后梳成像鸭子尾巴似的样式。

我很想念你和吉娜。我一个朋友还没交到。我从智利来，跟他们不一样。我想，人们觉得我自视甚高，因为我放不开。我还不理解他们的幽默，因为很多玩笑和暗示与性有关，让我很尴尬。陌生人会把他们一生的故事都讲给你听，但他们不像智利人那样情感丰富，或者说是真情流露，所以我还是觉得不了解他们。

在南美的那些年，我一直想回到我的祖国美国，因为美国是民主国家，不像智利只有两个阶级。这里肯定有阶级。起初对我好的女生现在冷落我，因为我没有参加姐妹会的纳新活动，不是姐妹会成员，却还住宿舍。有些姐妹会成员比其他的更“优秀”。更有钱。

我对室友艾拉提起乔，那个记者，说他风趣、和气，而她说：“是啊，可他是墨西哥人。”他并非来自墨西哥，只是这儿的人把任何西班牙裔都叫作墨西哥人。相对于他们在这里的人口而言，大学里的墨西哥人并不多，而黑人只有十几个。

我的新闻课上得比较顺利，老师们很出色，甚至样子都像老电影中的记者。但我渐渐有种奇怪的感觉。我修新闻专业是因为想当作家，但新闻写作的关键却是删掉所有精彩的部分……

亲爱的康奇：

……我已经和乔·桑切斯约会过好几次了。他因为要写报道，有些活动能拿到赠票。我喜欢他，因为他不会只因为哪些话是正确的就说。喜欢爵士乐手戴夫·布鲁贝克是件很酷的事，可乔在评论中称他为“懦夫”。人们都气坏了。还有比利·格雷厄姆[1]。你是天主教徒，很难跟你解释什么是福音传道者。他讲话，叫喊，宣讲上帝和罪孽，试图规劝大家把生命交给耶稣。我认识的每个人都觉得那家伙是个疯子，爱财如命，老土极了。乔的专栏写的是那个人的布道技巧和力量。它结果变成了关于信仰的专栏。

活动结束之后，我们不去学生约会常去的地方，而是去南部山谷中的小饭馆，去墨西哥酒吧或牛仔酒吧。那感觉就像到了另一个国家。我们开车到山中或深入沙漠，或走或攀爬几英里的路。他不像这里的其他男生那样，死皮赖脸地总想“亲热”。告别的时候，他只是碰碰我的脸颊。有一次他亲了亲我的头发。

他不谈事情，也不谈活动和书。他让我想起约翰舅舅。他讲故事，讲他的兄弟，或者讲他的爷爷，或者讲日本的艺妓。

我喜欢他，因为他和所有人都能聊天。他确实想了解每个人都在做什么。

亲爱的康奇：

我正在和一个真正见多识广的文化人交往，他叫鲍勃·达什。我们去看了戏剧《等待戈多》，还去看了部意大利电影，片名我忘了。他长得很像那种印在书籍外封上的英俊作家。一支烟斗，衣袖胳膊肘上打着补丁。他住在一栋砖坯房子里，里面到处是印第安陶罐、地毯和现代艺术。我们喝加酸橙的金汤力，听巴托克[2]《双钢琴与打

① Billy Graham（1918－2018），也译作葛培理，美国福音传道者、牧师、作家。

② 贝拉·巴托克（Béla Bartók，1881－1945），匈牙利作曲家、钢琴家、民族音乐学家，二十世纪最伟大的作曲家之一，现代音乐的领袖人物。

击乐的奏鸣曲》一类的音乐。他谈到很多我从没听说过的书，还借给我十几本……萨特、科尔凯郭儿[①]（是这么写的吗？）、贝克特和T. S. 艾略特，还有很多。我喜欢那首题为“空心人”[②]的诗。

乔对我说，达什便是个空心人。我和鲍勃交往，他不可理喻地心烦意乱，就连我和鲍勃喝杯咖啡他都不高兴。他说他不是嫉妒，而是一想到我要变成知识分子他就受不了。说我得听佩茜·克莱恩[③]和查理·帕克解毒。读读沃尔特·惠特曼和托马斯·沃尔夫的《天使，望故乡》。

实际上，比起《天使，望故乡》，我更喜欢加缪的《局外人》。但我是因为乔喜欢那本书而喜欢他。他不怕自己老派。他爱美国，爱新墨西哥，爱他生活的西裔聚居区，爱沙漠。我们在山麓丘陵间远足。有一次刮起很大的沙暴。风滚草在空中翻飞，暴风卷着黄沙咆哮。他在沙暴中手舞足蹈。我隐约听见他叫喊着，沙漠，真奇妙啊，我几乎听不到他的声音。我们看到一匹郊狼，听见它在嗥叫。

他对待我也很老派。他能记住事情，听我没完没了地说话。有一次，我哭起来，没什么缘由，只不过想你，想吉娜，想家。他没有试图逗我开心，只是搂住我，任我伤心。我们说起甜蜜的事情，或者接吻的时候，就说西班牙语。我们经常接吻。

亲爱的康奇：

我写了篇短篇小说，《苹果》。讲一个收苹果的老人。鲍勃·达

---

① 原文为Keerkegard，应为Kierkegaard（克尔凯郭尔，1813－1855），丹麦哲学家、神学家及作家。

② “The Hollow Men”，T. S. 艾略特于1925年创作的诗歌。

③ Patsy Cline（1932－1963），美国乡村歌手。

什给我改了十几个形容词，说它是篇“还凑合的小故事”。乔说它矫揉造作，不真实。说我应该只写自己的切身感受，而不是虚构一个我根本不认识的老头。他们的话我并不介意。我读了一遍又一遍。

我当然介意。

我的室友艾拉说她不想读我的小说。真希望我们能相处得更融洽些。她妈妈每个月都会从俄克拉荷马给她寄高洁丝卫生棉。她是学戏剧的。天哪，如果流点血都那么紧张，她怎么能演麦克白夫人呢？

我和鲍勃·达什见面更多了。他仿佛是在举办一个私人研讨班。今天我们去喝咖啡，讨论《恶心》[①]。但是我想的更多的是乔。我和他在课间或者我工作的时候见面。我和他还有乔西经常一起有说有笑，吃披萨，喝啤酒。乔有个小房间，算是他的办公室，我们就在那里接吻。严格来说我不是想到他，而是想到和他接吻。我在《编辑基础》的课上还在想，甚至叹息或出声地自言自语，教授看着我，说：“什么事，格雷小姐？”

亲爱的康奇：

……我在读简·奥斯汀。她的作品像室内乐，但同时兼具真实和诙谐。我有一千本书想读，但不知道从何下手。下学期我要改修英文文学专业……

亲爱的康奇：

新闻楼有对看门的老夫妻。有一晚下班后，他们带我们到房顶

① *Nausea*，法国哲学家、作家让－保罗·萨特于1938年发表的日记体小说。

喝啤酒。房顶掩映在棉白杨树枝间，你可以直接坐在树枝下看星星。如果愿意，也可以往下看，看66号公路上的汽车，或者从另一边看向我住的宿舍楼的窗户。他们给了我们一把杂物间的备用钥匙，里面放着上房顶用的梯子。没有别的人知道这个地方。我们在课间和下班后去那里。乔带着烧烤架、床垫和蜡烛。那里就像属于我们的私人小岛，或者树屋……

亲爱的康奇：

我很幸福。早上醒来时，我的脸都笑酸了。

小时候，在树林里或草地上，我有时感觉很安宁。在智利，我一直过得很开心。滑雪的时候我感到快乐。但我从没有像和乔在一起这样幸福。从未感受过我就是我，而且因此为人所爱。

我周末下班后去他家，由他父亲为我担保。乔和他父亲一起生活。他父亲是位退了休的中学教师，年纪很大了。他酷爱做饭，做的菜油腻极了。他一天到晚都在喝啤酒。好像喝酒唯一的效果就是让他在做饭的时候一遍又一遍地唱《美人鱼米妮》和《雨落屋顶》。他也讲故事，讲阿米霍街区的每个人。其中大多数他都教过。

亲爱的康奇：

大多数周末，我们都去赫梅兹山脉，爬一整天的山，夜间在野外宿营。山上有温泉。我们到达之前还没有其他人去过。鹿和猫头鹰，大角绵羊，冠蓝鸦。我们躺在水中，聊天，或者朗读。乔喜欢读济慈。

我的学业和工作都挺好的，但我总是迫不及待地盼着下课下班，好和乔在一起。他还是《论坛报》的体育记者，所以很难抽出时间。

我们参加田径运动会、高中篮球比赛、改装车比赛。我不喜欢美式橄榄球，想念足球和英式橄榄球。

亲爱的康奇：

对于我和乔的关系，所有人都莫名其妙地感到不安。女舍监找我谈话。鲍勃·达什真讨厌，训了我快一个小时，直到我起身而去。说乔粗俗、平庸，是个没有任何价值观和思想深度的享乐主义者。还有些别的话。大多数人担心，是因为我太年轻。他们认为我会荒废学业，抛弃事业。或者这是他们说出来的。我觉得他们是嫉妒，因为我们爱得那么深。无论他们讲什么道理，从我这是在葬送自己的名声到拿自己的未来冒险，说来说去，总会归结到一个事实：他是墨西哥人。从来没有人想到，我从智利来，自然会喜欢上一个拉丁人，一个感情丰富的人。我在这里根本就格格不入。我希望乔能跟我回家，回到圣地亚哥……

亲爱的康奇：

……有人竟然真给我父母写信了，告诉他们我在跟一个比我大很多的人谈恋爱。

他们打电话，歇斯底里，要从智利大老远赶过来。他们要在新年前夜到。很显然，我妈又开始喝酒。我爸说这都怪我。

和乔在一起，这些都不是问题。我想，他当记者，是因为他喜欢和人交谈。无论我们去哪儿，最后总会和陌生人聊起来。而且会渐渐对他们产生好感。

我想，在遇到他之前，我从未真正喜欢过这个世界。我父母不喜欢这个世界，也不喜欢我，否则他们就应该相信我。

亲爱的康奇：

他们在新年前夜到了，但旅途劳顿，于是我们只谈了一小会儿。我告诉他们我成绩全优，我喜欢我的工作，那天晚上我还当选为新闻舞会女王，这些都入不了他们的耳朵。我已变成一个堕落的女人，一个下贱的婊子，等等。“竟然跟一个墨西哥痞子混。”妈妈说。

舞会很精彩。这之前我们和系里的朋友共进晚餐，欢声笑语。还举办了一个仪式，我得到了一顶报纸做的王冠和一朵兰花。不知什么原因，我以前从没和乔跳过舞。和他共舞，感觉真棒。

我们说好第二天去见我父母，在他们住的汽车旅馆。爸爸说他可以和乔一起看“玫瑰杯”美式橄榄球比赛，好打破僵局。

我真迟钝。我看到他们已经在喝马提尼了，以为他们会更放松。乔表现得很棒。不拘束，热情，开朗。他们却像石头。

比赛开始的时候，爸爸稍稍放松了一些，他和乔都看得很开心。我和妈妈默默坐着。乔平时只喝啤酒，所以喝了爸爸的马提尼后真正放开了。每次进球，他就喊“该死的运动家队！”或“运动家队，我靠！”他捶了好几次爸爸的肩膀。妈妈大为不快，喝着酒，一言不发。

比赛结束后，乔邀请我父母出去吃饭，但我爸爸说，他和乔应该出去买些中餐。

他们离开期间，妈妈讲起我不道德的行为给他们带来的羞辱，说她对此多么厌恶。

康奇，我知道我们互相保证过，无论是谁，第一次做爱后一定要给另一方讲一讲性。这事很难用文字描述。美妙的是，那是发生在两人之间的事，是他们能够做出的最赤裸、最亲密的行为。而且每一次都不同，都令人惊讶。有时候我们自始至终都在笑，而有时候这会让人哭泣。

性是我人生至今发生的最重要的事。我不明白，妈妈说我龌龊到底是什么意思。

天知道乔和爸爸说了些什么。回来时，他们俩都脸色煞白。很显然，爸爸说了“法定强奸”之类的东西，乔则说他明天就要和我结婚，对我父母而言，这是他能说出的最糟糕的话。

吃完饭后，乔说：“哦，我们都挺累了。我最好还是走吧。你来吗，露？”

“不，她要留在这里。”爸爸说。

我呆立在那里。

“我要和乔走，”我说，“明天早上我来看你们。”

我现在在宿舍给你写信。静得瘆人。大多数女生都回家过圣诞节去了。

开车送我回来时，乔只简单转述了爸爸说的话，其他什么都没说。我也说不出来。我们吻别的时候，我感觉心都要碎了。

亲爱的康奇：

等这个学期结束，我父母就会让我离开学校。他们将在纽约等我。我要去那里，然后我们会去欧洲，直到秋季学期。

我打车去乔的家。我们上了车，要去桑迪亚山谈谈。我不知道当时的我觉得他会说什么，自己想要什么。

我希望他会说，他会等着我，等我回来的时候，他还在这里。但是他说，如果我真的爱他，就立即和他结婚。这一点我不同意。他得毕业，他的工作只是兼职。我并没有说出全部的事实，即我不想辍学。我想研究莎士比亚，研究浪漫主义诗人。他说，我们可以先和他爸爸一起住，等攒够钱再搬出去。在经过格兰德河上的桥时，我说，我还不想结婚。

“你过不了多长时间就会明白，你现在抛弃的是什么。”

我说我知道我们拥有什么，等我回来的时候，它依然会在。

“它会在，但你不会了。你会继续往前走，和人建立‘关系’，嫁给某个浑蛋。”

他没有停车，打开车门，把我推出车外，丢在格兰德河桥上。他开走了。我一路步行，穿过整个市区，走回宿舍。我一直在想，他会回来的，会在我身边停下车。可他始终没有。

傻瓜才哭泣

孤独是一种盎格鲁-撒克逊概念。在墨西哥城，假如公交车上只有你一个人，再有人上了车，不光会坐在你旁边，还会靠在你身上。

我的儿子们在家的时候，要是他们进我的房间，那通常会有具体的原因。你看到我的袜子了吗？晚饭吃什么？即使现在，每当我门铃一响，就会是：嗨，妈！咱们去看运动家队比赛吧。或者：你能帮我看孩子吗？但在墨西哥，我妹妹的女儿们会爬上三层楼，穿过三道门，仅仅是因为我在那里。靠在我身上，或者说一声，怎么啦？

她们的妈妈萨丽睡得很沉。她服过止痛药和安眠药。我在她旁边的床上翻书、咳嗽，她都听不到。她十五岁的儿子蒂诺回到家，亲了我一下，走到她床边，挨着她躺下，握住她的手。他吻她，道晚安，再回到自己房间。

梅赛德斯和维多利亚住在市区另一头自己的公寓里，但她们每晚都会过来看看，即便她没有醒。维多利亚抚平萨丽的眉头，帮她理理枕头和毯子，用签字笔在她的光头上画一颗星星。萨丽在睡梦中呻吟，皱起眉头。别动，亲爱的，维多利亚说。大约凌晨四点，梅赛德斯来向妈妈道晚安。她是个电影美术师，工作起来没日没夜。她也挨着萨丽躺下，给她唱歌，亲亲她的脑袋。她看到那颗星星，笑了起来。维多利亚来过了！姨妈，你醒着吗？是的。听着！咱们去抽烟吧。我们走进厨房。她很疲惫，灰头土脸的。站着朝冰箱里盯了一会儿，叹口气，关上。我们抽烟，分吃了一个苹果，一起挤坐在厨房仅有的一把椅子上。她很开心。他们正在拍的片子很棒，导演是最优秀的。她干得很好。“他们尊重我，把我当男人！卡佩里尼要我帮他做下一部电影！”

早上，我和萨丽、蒂诺去拉维加喝咖啡。蒂诺端着卡布奇诺从一桌走到另一桌，和朋友聊天，跟女孩调情。司机毛里西奥在外面等着送蒂诺去学校。我和萨丽说啊说，自从三天前我从加州赶过来，我们就这样聊个不停。她戴着一顶卷曲的棕色假发，穿一袭绿色连衣裙，把她碧玉般的双眸衬得更加流光溢彩。大家都痴迷地盯着她看。二十五年来，萨丽一直是这家咖啡馆的常客。大家都知道她将不久于人世，可她从来没像现在这样美丽，这样幸福。

而我呢……假如有人说我只有一年可活，我肯定会游进海里，一了百了。但对萨丽而言，死亡判决仿佛成了一件礼物。也许这是因为她在知晓噩耗的前一周已爱上泽维尔。她重新焕发了生机。她尽情享受一切。想说什么就说什么，怎么开心就怎么做。她开怀大笑。她步态撩人，声音性感。她发脾气，摔东西，骂脏话。小时候的萨丽总是温顺又被动，还是个小女孩时便活在我的阴影下，而后又大半辈子活在丈夫的阴影下。如今她坚强，光彩照人；她的热情富有感染力。人们在她桌边停下来问候她，男人们亲吻她的手。医生，建筑师，鳏夫。

墨西哥城是大都市，但人们都有名号，就像某个村里的铁匠。医学院学生，法官，维多利亚——跳芭蕾舞的，梅赛德斯——美人儿，萨丽的前夫——部长。我是美国姐姐。每个人都同我打招呼，拥抱，亲吻我的脸颊。

萨丽的前夫拉蒙顺道进来要了杯意式浓缩咖啡，身后跟着保镖。男人们起身同他握手或拥抱，咖啡馆到处响起椅子刮擦的声音。如今他是革命制度党的内阁成员。他亲吻萨丽和我，询问蒂诺上学的情况。蒂诺和他父亲拥抱告别，离开去上学了。拉蒙看看手表。

稍等一会儿，萨丽说。她们很想见你；她们肯定会来的。

维多利亚先到了，穿着低胸紧身连衣裤，正要去上芭蕾课。她留着朋克发型，肩膀上刺了文身。看在上帝的分上，穿严实点！她父亲说。

“爸，这儿的人都习惯我这么穿了，是不是，胡利安？”

服务员胡利安摇摇头。“没有，我的小姐，每天你都为我们带来新惊喜。”

无须点单，他就把我们想要的都端了上来。萨丽的茶，我的续杯拿铁，给拉蒙的先是一杯意式浓缩，之后是一杯拿铁。

梅赛德斯到了，她头发蓬乱，脸上画着浓妆，在去片场之前，她要先去做模特。维多利亚和梅赛德斯还是婴儿时，咖啡馆里的所有人就都认识她们了，但大家还是目不转睛地凝视她们，因为她们长得那么美，打扮得却那么不成体统。

拉蒙像平时一样训起话来。梅赛德斯在一个墨西哥音乐频道中出演过香艳镜头。真丢脸。他想让维多利亚去上大学，做份兼职。

她伸出双臂搂住他。

“好了爸，我只想跳舞，干吗要去上学？咱们这么有钱，我干吗要工作呢？”

拉蒙摇摇头，最后还是给了她上课的钱，又给了她买鞋的钱，还给了她打车的钱，因为她要迟到了。她挥手告别，冲咖啡馆里的人们抛着飞吻，离开了。

拉蒙哀叹：“我迟到了！”他也离开了，应接不暇地穿过夹道握手告别的人群。一辆黑色豪华轿车载着他沿叛乱者大街飞驰而去。

“好了，我们终于可以吃饭了。”梅赛德斯说。胡利安端上果汁、水果和辣酱烩玉米片。“妈妈，你就尝一点点，好吗？”萨丽摇摇头。她待会儿要做化疗，吃那个会让她恶心的。

“昨晚我一夜都没合眼！”萨丽说。我和梅赛德斯哈哈大笑，萨丽表情很受伤，但当我们告诉她，她睡着期间有多少人来看她时，她也笑了起来。

“明天是姨妈的生日，巴兹尔日！”梅赛德斯说，“妈妈，你也参加过格兰奇游园会吗？”

“参加过，但我那时还小，刚七岁，那次游园会正赶上卡洛塔十二岁生日，正是她遇到巴兹尔的那一年。人人都去了……大人，孩子。智利国内有个英语小世界。圣公会教堂，英式庄园和村舍。英式花园和英国狗。威尔士亲王乡村俱乐部。英式橄榄球和板球队。当然还有格兰奇学校。一所十分优秀的伊顿公学型男校。”

“而且我们学校所有女生都爱上了格兰奇的男生……”

“游园会持续一整天。有足球、板球、越野跑、铅球和跳高跳远比赛。各种游戏，还有货摊供你买东西买吃的。”

“算命的，”卡洛塔说，“她对我说，我会有很多情人，很多烦恼。”

“这我也能告诉你，总之，就像英国的乡村集市。”

“他长什么样？”

“高贵，忧心忡忡。高大英俊，只是长着一对招风耳。”

“还有瘦长突出的下巴……”

“傍晚是颁奖时间，我和朋友们喜欢的男生都获了体育比赛的奖项，但是巴兹尔不断被叫上去领物理、化学、历史、希腊语和拉丁语的奖。此外还有一大堆。开始大家还都鼓掌，但后来场面就变得滑稽起来。他一次又一次被叫上去，又领一个奖，又领一本书，于是脸就涨得越来越红。十几本书。马可·奥勒留[①]一类的。

“然后是喝茶时间，之后是跳舞。大家要么到处乱转悠，要么坐在小桌边喝茶。康奇激我，问我敢不敢请巴兹尔跳舞，于是我就去了。他和他全家人站在一起。长着招风耳的爸爸，妈妈和三个姐妹都长着同样不幸的下巴。我向他道贺，请他跳舞。我眼见着他坠入了爱河。

“他以前从没跳过舞，于是我给他演示跳舞有多容易学，只要走方块步就行。伴着《西波涅》《很久以前在远方》，我们整夜都在跳舞，或者说走方块步。有一周时间，他每天都来喝茶。然后就放暑假了，他去他家的庄园度假。他每天都给我写信，寄给我一打又一打的诗。”

“姨妈，他接吻技术怎么样？”梅赛德斯问。

“接吻！他从来没吻过我，连我的手都没拉过。在当时的智利，

① Marcus Aurelius（121－180），罗马帝国五贤帝时代最后一个皇帝，斯多葛派哲学家，人称“哲学家皇帝”，传世作品有《沉思录》。

那可是很严肃的事。我记得皮鲁洛·迪亚兹在看电影《万世流芳》时握住我的手，那时我感觉快晕过去了。”

“那时候，一个男孩用‘tú’[1]来称呼你就是件了不得的事。”萨丽说，“那是很久很久以前的事了。那时候我们用明矾石擦胳肢窝除臭。高洁丝卫生棉甚至还没发明出来；我们用布条，女仆洗过后反复使用。”

“你爱上巴兹尔了吗，姨妈？”

“没有，我爱的是皮鲁洛·迪亚兹。但多年以来，巴兹尔一直在我身边，在我们家，陪我去看英式橄榄球赛、参加聚会。他每天都来喝茶。爸爸和他打高尔夫，总请他来吃饭。”

“他是爸爸唯一赞成的追求者。”

“恋爱中最可悲的是，”梅赛德斯叹了口气，“好男人从来不性感。”

“我的泽维尔就很好！对我那么好！而且还很性感！”萨丽说。

“巴兹尔和爸爸对人好都是以一种居高临下又挑剔的方式。我对巴兹尔态度糟透了，但他仍总是回来。每年我过生日他都送玫瑰花或打电话。年复一年。有四十多年了。他通过康奇或者你妈妈找到我……无论我在任何地方。恰帕斯，纽约，爱达荷。有一次我甚至正关在奥克兰的精神病房里。”

“那这么多年，他打那些电话都说了些什么呢？”

“实际上没说什么。我是说，他没怎么说自己的生活。他是一家连锁杂货店的董事长。通常是问我近况怎么样。我总是刚好碰上

---

[1] 西班牙语中，称呼熟悉亲昵的人用“tú”（你），对长辈、初次见面者或地位较高者则尊称“usted”（您）。

特别糟糕的事……我们家房子烧毁啦，离婚啦，出车祸啦。每次打电话他总说同一套话，就像念经。今天，十一月十二号，他正在想着他所认识的最可爱的女人。背景音乐放的是《很久以前在远方》。”

“年复一年！”

“可他从不给你写信，或者来见你？”

“不，”萨丽说，“他上周打电话问卡洛塔在哪儿，我告诉他，她会来墨西哥城，何不与她共进午餐？我感觉他并不是真心想明天和她见面。他说，不能告诉他太太。我说，何不把太太一起带来，可他说，那可不行。”

“泽维尔来了！你太幸运了，妈妈。你在我们这里根本得不到同情。让人羡慕！”

泽维尔来到她身边，握着她的双手。他是有家室的。这段恋情应是无人知晓的。他顺路经过，装作偶然。大家怎么会感觉不到他们之间的电流呢？胡利安冲我微微一笑。

泽维尔也变了，和我妹妹一样变化很大。他是位贵族，杰出的化学家，以前很严肃拘谨。现在他也笑。他和萨丽一起玩耍，他们喊叫，他们吵架。他们一起上丹颂舞蹈课，一起去梅里达。他们在星光下的广场上跳丹颂舞，猫和孩子们在周围的灌木丛中玩耍，树上挂着纸灯笼。

他们说的每句话，最琐碎不过的话，比如“早上好，我亲爱的”，或“把盐递给我”都充满迫切，看得我和梅赛德斯憋不住笑出来。但这二人如此恩爱，令我们感动，心生敬畏。

“明天是巴兹尔日！”泽维尔微笑着说。

“我和维多利亚认为她应该打扮成朋克，或者打扮成很老的老太太。”梅赛德斯说。

“或者也可以让萨丽顶替我！”我说。

“不。让维多利亚或梅赛德斯上……他就会以为你还是四十年代的样子，几乎和他记忆中的一样！”

泽维尔陪萨丽去做化疗，梅赛德斯去上班。我在科约阿坎[①]度过了一整天。教堂里，神父一次要给大约五十个婴儿施洗。我在后面跪着，挨着极为血腥的基督受难像，观看仪式。父母们和教父教母们排成长队，在过道里相向而立。母亲们抱着婴儿，婴儿身着白衣。圆溜溜的婴儿，瘦巴巴的婴儿，胖乎乎的婴儿，光秃秃的婴儿。神父走在过道中间，后面跟着两个祭坛侍者，两人手中摇晃着香炉。神父用拉丁语祷告。他左手端着圣杯，沾湿手指，在每个婴儿的额头上画十字，以圣父、圣子、圣灵之名为他们施行洗礼。父母们表情严肃，郑重地祷告着。我真希望神父也能为每一位母亲祝福，画些符号，给她们些护佑。

儿子们还小的时候，我们住在墨西哥的村庄，印第安人有时会在孩子们的眉头画十字。*可怜的小东西！*他们会这样说。这么可爱的小生命，竟不得不忍受今生的痛苦！

马克四岁的时候，在纽约霍雷肖街上幼儿园。他和另外几个孩子玩过家家。他打开一台玩具冰箱，倒了杯想象出来的牛奶，递给他的朋友。朋友失手把想象中的牛奶杯掉在地上摔碎了。马克脸上痛苦的表情，与我后来在所有儿子遭遇人生痛苦时看到的表情一模一样。一场事故，一次婚变，一次失败带来的伤痛。我拼命想保护

① Coyoacán，墨西哥城十六城区之一，拥有悠久的历史和浓郁的文化气息，是该城旅游热点。

他们的热切渴望。我的无能为力。

离开教堂时，我在圣母玛利亚的雕像下点燃一支蜡烛。可怜的女人。

萨丽躺在床上，浑身无力，恶心作呕。我把浸过冰水的布搭在她头上。我给她讲在科约阿坎的广场上看到的人，讲那场洗礼。她给我讲其他做化疗的病人，讲她的医生佩德罗。她给我讲泽维尔对她说的话，讲他的温柔。她哭了，涌出苦涩，苦涩的泪水。

当我和萨丽在长大成人后第一次成为朋友时，我们花了好几年时间化解怨恨和嫉妒。后来，我们俩都接受了心理治疗，又花了好几年时间发泄对外公和妈妈的愤怒。我们狠心的妈妈。再以后的几年，是发泄对我那位圣人爸爸的愤怒，他的狠心不是那么显而易见。

而如今，我们只谈现在。在尤卡坦的天然井下，在图卢姆[①]废墟顶上，在特波兹兰的修道院中，在她的小房间里，我们为我们俩相似的反应和立体的想象而欢笑。

我五十四岁生日那天上午，我们并未在维加斯久待。萨丽想在做化疗之前休息一下。我需要打扮打扮，准备和巴兹尔吃午饭。我们到家时，梅赛德斯和维多利亚正同两个女仆贝伦和多洛莉丝一起看电视剧。无论白天晚上，贝伦和多洛莉丝大多数时间都在看肥皂剧。她们俩在萨丽这里生活了二十年，住在屋顶上的小套间里。如今拉蒙和女儿们都搬出去了，家里没有多少活儿给她们俩干，但萨

① Tulum，保存最为完好的玛雅文化遗址之一，坐落于尤卡坦半岛东北部，盘踞于加勒比海沿岸崖边。

丽说什么也不会让她们走的。

今天在电视剧《生活的打击》里是个重要日子。萨丽穿了件袍子来看电视。我冲过澡，化了妆，也穿着袍子，不想把那件灰色亚麻衣服坐皱。

阿德丽娜必须要告诉女儿康奇塔，她不能嫁给安东尼奥。她得坦白安东尼奥是她的私生子，是康奇塔的哥哥！二十五年前，阿德丽娜在一个修道院里生下了他。

此刻她们在桑伯恩饭店，但没等阿德丽娜开口，康奇塔就告诉母亲，她和安东尼奥已经秘密地结了婚。现在，他们就要有宝宝了！镜头给她母亲阿德丽娜一个极度悲伤的脸部特写。但她微笑着亲吻了康奇塔。服务员，她说，请给我们拿香槟来。

好吧，这故事真够蠢的。可真正蠢的是，我们六个女人竟然都哭肿了眼睛，就在我们抽抽搭搭的时候，门铃响了。梅赛德斯跑去开门。

巴兹尔盯着梅赛德斯，惊呆了。不光是因为她正哭着，或是穿着短裤，上衣里面没穿胸罩。这姐妹俩的美貌总会把人惊得一愣。和她们相处一段时间后你才会习惯，就像习惯兔唇一样。

梅赛德斯亲亲他的脸颊。“鼎鼎大名的巴兹尔，穿着真正的英式粗花呢。”

他脸色通红。见我们满脸泪水，他一脸茫然地盯着我们，惹得我们咯咯笑起来。就像孩子一样。咯咯咯咯，笑得很凶，真该受罚。我们止不住。我站起身，走上前，也要给他一个拥抱，但他身体又是一僵，伸出手，冷淡地握了一下。

“原谅我们……我们在看一部催泪电视剧。”我把他介绍给大家，

“你肯定还记得萨丽吧？”他又一次大惊失色。“我的假发！”她跑去戴上假发。我去换衣服。梅赛德斯和我一起进去。

“来吧，姨妈，一定要打扮得妖冶风骚哟……他好古板啊！”

“这附近肯定没有吃饭的地方吧。”巴兹尔正在说。

“当然有。潘帕斯大草原，一家阿根廷餐馆，就在公园花钟的对面。”

“花钟？”

“我带你去，”我说，“咱们走吧。”

我跟着他走下三层楼，紧张地喋喋不休。见到他真高兴，他看起来多么健康。

在楼下的门厅，他停下脚步，环顾四周。

“拉蒙现在当部长了，他肯定能给家人买得起更好的住处吧？”

“他现在有新家了。他们住在石地街，一个漂亮的家。但这个地方很棒，巴兹尔。阳光充足又宽敞……满是古董，植物和鸟儿。”

“附近街区呢？”

“情侣街吗？萨丽绝对不会搬到别处去住的。这里每个人她都认识。连我都认识这儿的所有人。”

我一路和人打着招呼，向他的车走去。为了防盗，他花钱雇了几个男孩帮他看车。

我们系好安全带。

“萨丽的头发怎么啦？”他问。

“做化疗掉光了。她得了癌症。”

“真糟糕！预后情况好吗？”

“不好，她快死了。”

“我真难过。但我得说，你们好像都没特别受到这事影响。”

“我们都受影响了。眼下我们很幸福。萨丽恋爱了。我和她姐妹之间变得亲密了。这也像在谈恋爱。她的孩子们现在会来看望她，听她说话了。”

他沉默不语，手握着方向盘。

公园在叛乱者大街，我给他指路。

“现在随便找个地方停车吧。看，那就是花钟！”

“看起来不像钟。”

“当然像啦。瞧那数字！哦，见鬼，几天前看起来还是像钟的。数字是万寿菊，只不过它们已经长得有点长了。但谁都看得出这是个钟。”

我们停在离餐馆很远的地方。天很热。我抽很多烟，背疼。雾霾，加上我的高跟鞋。我快饿晕了。餐馆香气诱人。大蒜和迷迭香，红酒和羊肉。

“我拿不准，”他说，“这里太吵了。很难好好说话。里面都是阿根廷人！”

“哦，是啊，这是家阿根廷餐馆嘛。”

“你的口音这么美国味！你老是说‘是啊’。”

“哦，是啊，我就是美国人啊。”我们沿着街走过来走过去，透过窗子朝一家又一家诱人的餐馆里张望，但哪一家都不太合适，有一家价格不菲。从现在开始，我打算用“不菲”来代替“昂贵”。喂，看哪，这是我不菲的电话账单！

“巴兹尔……咱们买个蛋糕，去公园里坐坐吧。我饿死了，而且想和你说说话。”

“我们去市中心，那里的餐馆我熟。”

“我在这等着，你去开车好不好？”

“我不想把你一个人留在这样的街区，没人陪着。”

“这是一流的街区。”

“拜托。我们一起去找车。”

找车。他当然不记得车停在哪儿了。一个又一个街区。我们转回来，转出去，绕圈子，遇到同一群猫，看到同一批女佣倚在大门口和邮差打情骂俏。磨刀匠双手不扶车把，边骑自行车，边吹笛子。

我跌坐进带靠垫的车座中，踢掉鞋子。我掏出一包烟，但他要求我不要在车内抽烟。墨西哥城的雾霾呛得我们俩泪流满面。我说，我认为吸烟说不定还能形成某种保护隔离层。

“啊，卡洛塔，依然把危险当儿戏！”

“咱们走吧，我要饿死了。”

但他从储物箱里取出他孩子们的照片。我拿起镶着银框的照片。眼神清澈、表情坚定的年轻人。突出的下巴。他在谈他们的才华，他们的成就，他们作为内科医生的成功的事业。是的，他们见到儿子了。但是玛丽莲和她妈妈合不来。她们俩都很任性。

“她很会应付仆人，”巴兹尔谈起他太太，“绝不会允许他们越轨。那些女人是你妹妹的仆人吧？”

“是的，但她们如今更像是家人。”

我们转错了弯，驶上一条单行道。巴兹尔倒车，小汽车和大卡车都冲我们按喇叭。后来上了外环线，一路飞驰，直到前面有一桩交通事故让我们陷入停顿。巴兹尔关掉发动机和空调，我下车抽烟。

“你会被车撞的！”

我们后面的车排出几个街区远，都一动不动。

我们下午四点半到达喜来登。餐厅已经打烊。怎么办？他已经把车泊好。我们走进隔壁的丹尼斯快餐。

“最终还是沦落到了丹尼斯。”我说。

“我想要一个俱乐部三明治和一杯冰茶。”我说，“你想吃什么？”

“不知道。我对这儿的食物没兴趣。”

我郁闷得要死。我想吃完三明治就回家。但还是客气地谈话。是的，他们属于一家英国乡村俱乐部。他打高尔夫和板球，参加了一个戏剧团体。他在《毒药与老妇》中扮演一个老太太。有趣极了。

“对了。我把智利那套房子买了，带游泳池，就在圣地亚哥高尔夫球场第三洞附近。我们把它租了出去，但是打算退休后去那儿住。你知道我指的是哪套房子吗？”

“当然了。很漂亮的房子，种着紫藤和丁香。看看你们的丁香树下，能找到一百只高尔夫球。我总是第一杆就打偏，打进院子里。”

“你退休后有什么计划？将来怎么办？”

“将来？”

“你有积蓄吗？个人退休金账户之类的？”

我摇摇头。

“我一直很担心你。尤其是你在医院的那段时间。你已经虚度了大半辈子……离了三次婚，生了四个孩子，换了这么多工作。还有你的儿子们，他们都是做什么的？你为他们骄傲吗？”

我很心烦，尽管我的三明治已经上来了。他点了没烤过的奶酪三明治和茶。

“我讨厌那种观念……为孩子们感到骄傲，把他们的成就归功于自己。我喜欢我的儿子们。他们有爱心，为人正直。”

他们爱笑。他们食量很大。

他又问了一遍，他们做什么工作。一个厨师，一个电视摄影师，一个平面设计师，一个服务生。他们都喜欢自己的工作。

“这样听起来，你需要照顾的时候他们一个都指望不上。哦，卡洛塔，你要是留在智利多好。你会过平静的生活。你依然会是乡村俱乐部女王。”

“平静？我宁可在革命中死去。”乡村俱乐部女王？换个话题，赶紧。

“你和希尔达去海边度假吗？”我问。

“在智利海边度过假之后，谁还会再去海边呢？不去，到处都挤满了美国人。我觉得墨西哥的太平洋很乏味。”

“巴兹尔，你怎么能觉得海洋乏味呢？”

“你觉得什么乏味？”

“实际上，什么都不乏味。我从来不觉得无聊。”

“不过话又说回来，你为了不让自己感到无聊，已经不遗余力了。”

巴兹尔把他那几乎没吃的三明治移到一边，担心地向我靠过来。

“亲爱的卡洛塔……你到底将如何收拾你人生的残局呢？”

“那些过去的，我根本不去管。我只管继续生活，尽量不造成任何伤害。”

“告诉我，你觉得你一生做出了什么成就？”

我什么也想不出来。

“我已经三年没有喝酒了。”我说。

“这基本算不上成就。这就好像在说：‘我没有杀害我妈妈。’”

“哦，当然，那也算是成就一件。”我笑了。

我已经吃完了每一角三明治，还有摆盘装饰的欧芹。

“我能再吃块焦糖布丁，喝杯卡布奇诺吗？”

这是墨西哥共和国唯一一家没有焦糖布丁的餐厅。果冻，是的。“你呢，巴兹尔？你做诗人的志向呢？”

他摇摇头：“当然，我依然读诗。告诉我，你靠什么诗句生活？”

多有意思的问题！我很高兴，但钻进我脑袋里的都是有悖常理、难以容忍的诗句。说吧，大海。请接纳我！① 每个女人都爱法西斯。② 我爱痛苦的表情！因为我知道它真实。③

“不要温和地走进那个良夜。”我甚至都不喜欢狄兰·托马斯。

“依然是我那目中无人的卡洛塔！我的诗句出自叶芝：‘默默无语，心中狂欢。’④”。

天哪。我把烟蒂熄灭，喝完速溶咖啡。

“‘还要赶多少路才能安眠’⑤ 怎么样？我得回萨丽家了。”

交通堵塞，雾霾浓重。我们向前挪动。他向我复述了我们熟人的所有死讯和我所有前男友经济及婚姻的失败。

他把车停在路边。我向他道别。我蠢头蠢脑地走上前，想给他一个拥抱。他往后一退，钻进车里。再见，我说，心中狂欢！

房子里很静。萨丽做过化疗睡着了。她时不时动一下。我煮了浓咖啡，坐在金丝雀旁，挨着晚香玉的芬芳，听楼下的人笨拙地拉

---

① 出自美国女诗人艾米莉·迪金森的《我的河流奔向你》。

② 出自美国女诗人西尔维亚·普拉斯的《爹地》。

③ 出自艾米莉·迪金森的同题诗歌。

④ 出自爱尔兰诗人叶芝的《致友人，他的作品一无所成》。

⑤ 出自美国诗人罗伯特·弗罗斯特的《雪夜林边小驻》。

大提琴。

我轻轻爬上床，躺在妹妹身边。我们俩睡到天黑才醒。维多利亚和梅赛德斯来了，细细打听与巴兹尔共进午餐的情况。

我本可以给她们讲讲午餐。我本可以把它讲成一个很滑稽的故事。讲万寿菊长疯了，巴兹尔看不出那是花钟。我本可以模仿他扮演《毒药与老妇》中的一个老太太。但我往后一靠，挨着萨丽躺在枕头上。

“他再也不会给我打电话了。”

我哭了。萨丽和她的女儿们安慰我。她们不觉得我哭很傻。

哀悼

我热爱房子，热爱它们对我诉说的一切，这是我不介意当清洁女工的一个原因。那感觉就像读一本书。

我一直在中央房地产公司为阿琳工作。主要是负责打扫空房，但即便是空房也有故事，也有线索。塞到碗柜深处的一封情书，烘干机后的空威士忌酒瓶，购物清单……“请买汰渍洗衣粉，一包绿色宽面条，半打库尔斯啤酒。我昨晚说的话不是故意的。”

最近，我在打扫刚刚过世的人的房子。清扫，帮着分类，哪些东西要带走，哪些要捐给慈善商店。阿琳总是问，屋主们有没有可以捐给犹太父母之家的衣服或书籍，她妈妈沙蒂就住在那里。这些工作让人压抑。要么所有亲戚什么都想要，为一点点小玩意儿——一条破旧的吊裤带，或一只咖啡杯——争得不可开交；要么没一个亲戚愿同房子里的任何东西有瓜葛，于是我只好把所有东西打包。这两种情况让人难过之处都在于，收拾起来用不了多少时间。想想吧。假如你死了……顶多两个钟头，我就能处理掉你拥有的一切。

上周，我为一个高龄去世的黑人邮递员清理房子。阿琳认识他，说他因糖尿病多年卧床，最终死于心脏病。她说，他是个刻薄古板的老头，曾是教会的长老。他是鳏夫，妻子十年前过世了。他女儿是阿琳的朋友，是位政治活动家，在洛杉矶教育委员会工作。“她为解决黑人教育和住房问题做出了很多贡献，是位女强人。”阿琳这样说，那她肯定是了，因为大家总说阿琳就是女强人。老人的儿子是阿琳的顾客，他完全是另一回事。他是一位西雅图地方检察官，在全奥克兰都有房产。“我不会说他其实是个‘贫民窟房东’[1]，但是……”

那对儿女近中午的时候才到，但关于他们，从阿琳对我说的话，还有房子的线索中，我已经了解了很多。我走进去时，房子里静悄悄的，是那种刚有人死去、一栋房子空无一人时四处回荡的寂静。房子本身地处西奥克兰一个破旧的小区。看起来像一栋小农舍，整洁漂亮，阳台上吊着一架秋千，精心打理过的庭院里生长着古典玫瑰和杜鹃。周围大多数房子的窗户用木板封着，被喷漆涂鸦。成群的老酒鬼从塌陷的门廊台阶上打量我；年轻的毒贩站在街角，或坐在车里。

房子里面看起来也与街区格格不入，挂着蕾丝窗帘，摆着抛光的橡木家具。老人生前住在房子后部一间宽敞的日光室里，睡一张医用床，坐轮椅。窗台架子上摆满蕨类植物和非洲堇，玻璃窗外紧挨着四五个喂鸟器。有一台巨大的新电视和一台录像机，一台 CD 机——我猜想是他孩子们送的礼物。壁炉架上摆着一张结婚照，他

① slumlord，通常指拥有不止一处房产的房东。他们会通过减少物业维护支出提高房租利润，其房产多在低端社区，租客多为弱势群体。

身穿无尾礼服，头发后梳，蓄着细细的八字胡。他的妻子年轻漂亮，两人都表情严肃。一张妻子的照片，老了，一头白发，但是满面笑容，眼睛笑眯眯的。两个孩子的毕业照，表情严肃，两人都相貌俊秀，自信傲慢。儿子的结婚照。穿着白色绸缎婚纱金发碧眼的美丽新娘。两人抱着一岁左右女婴的照片。女儿同国会议员罗恩·戴勒姆斯的合影。床头桌上放着一张卡片，开头写着："对不起，我就是太忙了，没来得及赶回奥克兰过圣诞……"可能是某个孩子写的。老人的《圣经》敞开着，是《诗篇》一〇四篇。"他看地，地便震动；他摸山，山就冒烟。"

他们到来前，我已经清理了楼上的卧室和卫生间。没多少东西，但是我把壁橱和日用织品橱柜里的东西在床上摞了几堆。我正在打扫楼梯，他们进来了，我关掉吸尘器。他很友好，同我握手；她只是点点头，就上了楼。他们一定是从葬礼直接过来的。他穿着三件套带金色细条纹的黑西装；她穿着灰色羊绒套装，一件灰色仿麂皮短外套。两人都身材高挑，俊美异常。她的黑发往后盘成髻。她没笑过；他则一直面带笑容。

他们检视各个房间时，我就站在他们身后。他拿了一柄椭圆形雕花镜。别的他们什么都不要。我问他们，有没有什么东西可以送给犹太父母之家。她垂下一双黑眼睛俯视我。

"你看我们长得像犹太人吗？"

他赶紧跟我解释说，凡是他们不要的东西，过后沙仑玫瑰浸礼会教堂的人都会运走。医疗用品机构会拿走床和轮椅。他说现在就把报酬付给我，便从一大沓用银色夹子夹住的钞票中抽出四张二十美元的。他让我打扫完后把门锁好，钥匙留给阿琳。

我清理厨房的时候，他们待在日光室。儿子拿了父母的结婚照、他自己的照片。她想要母亲的照片。他原本也想要，但他说，好了，还是你拿吧。他拿了《圣经》；她拿了她与罗恩·戴勒姆斯的合影。我和她帮他把电视机、录像机和CD机搬出去，放进他的奔驰后备厢里。

“天哪，现在看来，这街区真糟糕。”他说。她没有说话。我想她根本都没看。回到屋里，她坐在日光室，环顾四周。

“我想象不出爸爸赏鸟或养花的样子。”她说。

“怪怪的，是吧？可我感觉自己压根儿都不认识他。”

“是他让我们用功的。”

“我记得有次你数学考了C，他抽了你一顿。”

“不是，”她说，“考了B。B+。在他看来，我什么都做得不够好。”

“我知道。可是……我还是希望，我要是能多来看看他就好了。我很久没来了，真讨厌……是的，我经常打电话，可是……”

她打断他，叫他不要自责，然后他们聊到，无论父亲和他们俩哪一个人同住都根本不可能，他们有多么难从工作中抽身。他们尽量安慰对方，但可以看得出，他们俩都感觉相当不好。

瞧我这大嘴巴。我要能闭嘴就好了。结果我却说：“这间日光室很舒适。看样子你们的父亲在这儿过得挺开心的。”

“是啊，对吧？”儿子微笑着对我说，女儿却怒目而视。

“他开不开心，不关你的事。”

“对不起。”我说。对不起没扇你那张贱嘴。“我想喝一杯。”儿子说，“恐怕家里什么都没有。”

我把橱柜指给他，里面有白兰地、几瓶薄荷甜酒和雪利酒。我说，不如他们去厨房坐，我去检查橱柜里的东西，给他们过目之后再装箱。他们便移到厨房餐桌旁。他给他们俩倒了两大杯白兰地。他们喝酒，抽酷牌薄荷烟，我则收拾橱柜。他们俩什么都不想要，所以很快所有东西都装箱了。

“但是，储藏柜里还有些东西……”我知道，是因为我自己也有相中的。一只旧熨斗——雕花木柄，黑铸铁做的。

“我想要！”他们俩同时说道。“你母亲真用它熨衣服吗？”我问那儿子。“不，她拿它做烤火腿奶酪三明治。还有腌牛肉，用它压平。”

“我一直纳闷，人们都是怎么做的……”我说，再次打开话匣子，但又闭上，因为她又在用那种眼神瞪我。

一根擀面杖，年深日久，磨得丝一般光滑。

“我想要！”他们俩齐声说。这时她竟也笑起来。喝过酒，厨房里也暖和，她的发髻便松散下来，发丝卷曲，围绕她此时明朗的脸庞。她的口红褪尽了；看起来正像毕业照上的那个女孩。他脱掉大衣、马甲，解开领带，挽起衬衣袖子。她见我正打量他匀称的身材，向我投来匕首般的目光。

与此同时，西部医疗用品机构来取床和轮椅。我带他们进了日光室，打开后门。等我回来时，那个哥哥又给两人各倒了一杯白兰地。他俯身靠向她。

“跟我们和好吧。”他说，“来过周末，认识一下黛比。你还从来没见过拉塔妮娅呢。她很漂亮，长得和你一模一样。求你了。”

她沉默着。但我看得出，死亡对她产生了影响。死亡可以疗愈，它告诉我们，要宽恕，它提醒我们，我们不想孤独死去。

她点点头。“我会来的。”她说。

“噢，太棒啦！”他把手放在她手上，但她一缩，手移开了，像僵硬的爪子一样紧紧抓住桌边。

哇哦,你真是冷心肠的坏女人。我说。没说出声。我说出口的是：“现在我敢肯定，又有一样东西是你们俩都想要的。”一只沉重的铸铁华夫饼锅，那种放在炉灶上用的。我外婆梅蜜有一只。那样的华夫饼如今是没有了。的确是外焦里嫩。我把铸铁华夫饼锅放在他们俩中间。

她在微笑。“这个可得归我啦！”他笑起来，“你可要付一大笔超重托运费啊！”

“我不在乎。你还记不记得，我们生病的时候，妈妈给我们烤华夫饼？配上真正的枫糖浆？”

“情人节的时候，她把饼做成心形。”

“只是看起来根本不像心形。”

“不像，但我们会说：‘妈妈，它们看起来跟爱心一模一样！’”

“配上草莓和打发的淡奶油。”

接着我又拿出别的东西，几只烤盘，几箱罐头瓶，引不起什么兴趣。最后一只箱子，摆在最上层的架子上，我把它放在桌上。

围裙。那种老式的挂脖围裙。手工缝制，绣着花鸟。擦碗巾，也是绣花的。都是用面粉口袋或旧衣服上撕下的方格花布做的。质地柔软，褪了颜色，散发着薰衣草和丁香的气味。“这条是用我四年级开学第一天穿的裙子的布做的！”

那个妹妹展开每一条围裙和擦碗巾，把它们全部铺在桌子上。哦，哦，她说个不停。泪水顺着她的脸颊流下来。她拢起所有围裙和擦碗巾，抱在胸前。

“妈妈！”她哭了，“亲爱的，亲爱的妈妈！”

那个哥哥此时也哭起来，他走向她。他拥抱了她，而她也任由他抱着她，摇晃她。我悄悄离开房间，出了后门。

当浸礼会教堂的卡车开到门前，三个男人从车上下来时，我还在台阶上坐着。我领他们转到前门，上了楼，告诉他们哪些东西要运走。我帮一个男人收拾楼上的东西，然后又帮他把车库里的东西装上车——工具和耙子，一台割草机，一辆手推车。

“好吧，这就结了。”一个男人说。卡车倒出去，他们挥手告别。我回到室内。房子静悄悄的。兄妹俩已经走了。我打扫完，锁上这栋空荡荡的房子，离开了。

多洛莉丝的万神殿[1]

不叫“天国安息”，也不叫“宁静谷”。查普特佩克公园的墓园名为“痛苦万神殿”。在墨西哥，你躲不掉它。死亡。流血。痛苦。

折磨无处不在。摔跤比赛场，阿兹特克庙宇，古老修道院钉满钉子的拷问台，每座教堂中基督头上血淋淋的荆棘。天哪，现在所有的点心和糖果都做成骷髅的形状，因为亡灵节马上要到了。

那天正是妈妈在加州去世的忌日。我妹妹萨丽在这里，在墨西哥城生活。她和她的孩子们为我们的妈妈准备了祭坛。

布置祭坛很有意思。献给死者的祭品，你要做得尽可能漂亮。摆得密密层层如瀑布般的绚烂万寿菊和洋红金丝绒——一种长得像脑子一样的花，还有细小的紫色千日红。在这里，死亡的主旨就是令其美丽而喜庆。迷人的流血基督像，斗牛的优雅及其终极的杀戮之美，雕刻繁复的墓穴，以及坟头的墓碑。

祭坛上，你要把死者可能会渴望拥有的东西全都摆上。香烟，

① 原标题为西班牙语。

家人的照片，芒果，彩票，龙舌兰酒，罗马寄来的明信片。宝剑，蜡烛，咖啡。写着朋友名字的骷髅头。可以吃的糖果骨架。

在我们母亲的祭坛上，我妹妹的孩子们放了几十个三 K 党的小人像。她讨厌这些孩子，因为他们是墨西哥人的孩子。她的祭坛上有好时巧克力棒，杰克·丹尼威士忌，侦探小说，还有很多很多的美元钞票。安眠药、枪和刀，因为她总想自杀。没有绞索……她说过搞不懂上吊该系什么样的绳套。

我现在人在墨西哥。今年我们为我妹妹萨丽做了一个漂亮的祭坛。她得了癌症，快要死了。

我们有一大堆鲜花，橙色的，洋红的，紫色的。许多白色的许愿蜡烛。圣徒和天使的雕像。小小的吉他和巴黎的镇纸。坎昆[1]和葡萄牙。智利。所有她曾经住过的地方。几十个几十个的骷髅头，上面写着名字，贴着她孩子们的照片，我们所有爱她的人的照片……一张爸爸在爱达荷州的照片，怀里抱着还是婴儿的她。她教过的孩子们写的诗。

妈妈，你不在祭坛上。我们不是故意忽略你的。实际上，在过去的几个月中，我们一直深情地谈起你。

多年来，当我和萨丽相聚时，我们总是着魔似的疯狂控诉你是多么神经，多么狠心。可是，最近几个月……好吧，我想人之将死，总结一下什么是重要的、什么是美好的，这是很自然的。我们还记得你开的玩笑，你观察人与事的方式，什么都没有遗漏。你将这给予了我们。观察。

① Cancún，墨西哥国际旅游城市，位于加勒比海沿岸。

而非倾听。你可能会给我们五分钟时间来向你讲述某件事，然后你会说："够了。"

我搞不明白，为什么我们的母亲这么讨厌墨西哥人。我是说，远超过她所有得克萨斯亲戚所惯有的偏见。肮脏，撒谎，偷窃。她讨厌气味，任何气味，而墨西哥气味浓郁，甚至压过了汽车尾气。洋葱和康乃馨。香菜，尿，肉桂，燃烧的橡胶，朗姆酒，还有晚香玉。墨西哥男人气味浓郁。整个国家都弥漫着性与肥皂的气味。是这一点吓坏了你，妈妈，你，还有老 D. H. 劳伦斯。在这里，性和死亡很容易混淆，因为它们同样一直在身边蠢蠢欲动。信步走上两条街区，扑面而来满是活色生香，险象环生。

然而今天，谁都不该出门，因为污染严重。

我和丈夫、儿子曾在墨西哥生活过很多年。那些年我们很幸福。但我们总是住在村子里，在海边或在山里。大家亲亲热热，优哉游哉，就在那里，有种被动接受的甜蜜。或者说，是在那时，因为这已是多年前的事了。

如今的墨西哥城……听天由命，自暴自弃，腐败堕落。一个伤风败俗的泥沼。哦，但它有一种亲切感。那种偶尔闪现的美、善良和色彩，令你屏住呼吸。

两周前我回到家过感恩节，待了一周，我以为回到美国就是回到有尊严、正直，天知道还有别的什么的地方。我困惑了。布什总统，克拉伦斯·托马斯①，反堕胎，艾滋病，杜克②，可卡因，无家可归。

① Clarence Thomas（1948－），美国法学家，属于保守派，1991 年被老布什总统提名担任美国最高法院大法官，由于其女下属安妮塔·希尔指控其在工作期间对她实施性骚扰，他经历了很长的确认期才得到正式任命。

② 此处可能指大卫·杜克（David Duke，1950－），美国白人至上主义者，前三 K 党首脑。

而且到处都是音乐电视频道、动画片、广告、杂志——充斥着战争、性别歧视和暴力。在墨西哥，顶多会有一罐水泥从脚手架上掉下来砸在你脑袋上，而没有冲锋枪，或者任何针对个人的东西。

我的意思是，我不确定要在这里待多久。而那之后如何，我该去哪儿呢？

妈妈，在你眼中丑陋和邪恶无处不在，在每个人身上，在每一处地方。你到底是神经病还是预言家？无论是哪一种，我都受不了变成你的样子。我害怕，我正在丧失对何为珍贵、何为真实……的所有感觉。

现在我感觉自己就像你，吹毛求疵，难以相处。真讨厌。你像讨厌人那样激烈地讨厌一些地方……我们住过的所有采矿营地，美国，埃尔帕索——你老家，智利，秘鲁。

爱达荷州的穆兰，在科达伦山脉中。你最讨厌那个矿业小镇，因为那儿居然实实在在有个小镇。“一个最俗套的小镇。”一所只有一间教室的学校，一家卖冷饮的小卖部，一所邮局，一所监狱。一家妓院，一座教堂。一家有间小小收费借书室的杂货店，能借到赞恩·葛雷[1]和阿加莎·克里斯蒂。有间市政厅，在里面开会讨论宵禁和空袭。

回家路上，你一直痛骂那些无知粗俗的芬兰人。我们会停车买一份《星期六晚间邮报》，一大块好时巧克力，然后由爸爸牵着我们的手，爬山去矿上。到处黑漆漆的，因为战争刚刚开始，城里的窗户都熄了灯，但是星星和雪那么明亮，让我们能清清楚楚看到路……在家里，爸爸会给你读书听，直到你睡着。如果故事确实很

① Zane Grey（1872－1939），美国作家、牙医，以其探险小说和西部小说闻名，代表作《紫艾灌丛中的骑士们》。

精彩，你会哭，不是因为故事悲伤，只是因为故事那么美，而世间别的一切都那么庸俗。

星期一你打桥牌的时候，我和我朋友肯特施里夫就会在丁香树丛下挖土。另外三个女人都穿着居家服，有时甚至穿短袜和拖鞋。爱达荷州好冷啊。她们往往在头上卷着发卷，别着卡子，裹着头巾，这样做发型是为了——什么呢？这仍然是美国人的一个习俗。你到处都能看到缠着粉红色发卷的女人。这是某种哲学宣言或时尚主张。也许今后会有更好的东西。

你总是精心打扮。吊袜带。带接缝的长筒丝袜。一条桃红色缎面衬裙，你总是故意露出一点边，好让那些乡下人知道你穿了衬裙。一条带垫肩的雪纺连衣裙，一只镶碎钻的胸针。还有你的外套。我当时五岁，可就连那时我都知道，那是件破烂不堪的旧外套。红褐色，口袋污渍斑斑，磨得飞了边，袖口脱了线。那是十年前你哥哥泰勒送给你的结婚礼物。那件外套有个毛领。唉，那可怜的缠结的毛，曾经是银白色，后来已泛黄，像动物园里北极熊尿脏的屁股。肯特施里夫告诉我，在穆兰，人人都笑话你的衣服。“哼，她还嘲笑他们所有人的衣服呢，还更狠，随他们说呗。”

你踩着廉价的高跟鞋，摇摇晃晃地上山，你翻起的毛领围住了精心卷好、烫成波浪的波波头。回家的路是上坡，经过矿区和磨坊要走一条快散架的木栈道，你用一只戴手套的手抓住道旁的栏杆。进了起居室，你会生起煤炉，踢掉鞋子。

你坐在黑暗中，抽烟，因孤独、厌倦而抽泣。我的妈妈，包法利夫人。你读戏剧。你希望自己能当个演员。诺埃尔·考沃德[1]。《煤

① Noël Coward（1899－1973），英国剧作家、作曲家和演员。

气灯下》[①]。郎特夫妇[②]出演的所有作品，背诵台词，边洗碗边大声朗诵。“噢！我以为身后是你的脚步声呢，康拉德……不对。噢，我以为身后是你的脚步声呢，康拉德……”

爸爸回家时，一身肮脏，脚蹬沉重的矿工长靴，头戴矿灯帽，他会去冲澡，而你会在一张小桌上摆出冰桶和苏打水摇瓶，调配鸡尾酒。（这个苏打水瓶惹出很多麻烦。爸爸难得去趟斯波坎的时候，还得记着买压缩二氧化碳。大多数客人都讨厌喝那东西。“不，可不要那种嘶嘶响的水。我要真正的水。”）但戏剧里面他们用的就是这个，还有系列电影《瘦子》中也是。

在电影《欲海情魔》中，琼·克劳馥有个叫雪莉的女儿，当坏蛋在酒中加苏打水让它起泡时，他问琼·克劳馥她想要喝什么。

“我要雪莉[③]，带回家。”她说。

“多妙的一句台词！”我们离开电影院的时候，你对我说，“我想把你的名字改成雪莉，这样就可以用得上了。”

“叫冰啤怎么样？”我问。这是我说的第一句俏皮话。不管怎么说，那是我第一次把你逗笑了。

另一次把你逗笑，是送货男孩厄尔从商店送来一箱东西的那回。我正在帮忙把东西放起来。我们的房子一如你所说的那样，实际上就是个用柏油纸搭成的棚子，厨房地板上腐烂的油毡和变形的木板

---

① *Gaslight*，改编自帕特里克·汉密尔顿（Patrick Hamilton）剧作的电影，有 1940 年及 1944 年两个版本。

② 指美国夫妻档演员阿尔弗雷德·郎特（Alfred Lunt，1892 – 1977）和琳恩·方舟（Lynn Fontanne，1887 – 1983）。

③ Sherry，既是女孩的名字，也是一种酒的名字。

波浪般起伏着，向房间最后面陷下去。我拿出三罐番茄汤，正要放进橱柜里，却失手掉在地上。它们在地板上滚着，撞在墙上。我抬起头，本以为你要吼我，或打我，可你却哈哈大笑起来。你又从橱柜里拿出几个罐头，滚过去。

“来，咱们比赛吧！”你说，“我的玉米罐头与你的豌豆罐头对决！”

爸爸回来时，我们俩正蹲在那里，哈哈大笑，把罐头顺房间滚下去，彼此相撞。

“马上给我住手！把这些罐头收起来！”有很多罐头。(你囤积罐头，是因为战争，他说，这样做很不好。）我们花了很长时间把它们放回橱柜里，两人都哧哧偷笑，窃窃私语，你边蹲在地板上给我递罐头，边唱《赞美上帝，传递弹药》。那是我与你在一起的最美好的时光。我们刚把罐头收拾好,他就来到门口说:“回你房间去。”我离开了。但他的意思是，你也要回你的房间去！那次之后，没过多久我就明白，每当他打发你回自己的房间，都是因为你喝酒了。

那之后，在我的印象里，你基本都在自己房间里待着。无论在蒙大拿州的鹿栈，肯塔基州的马利恩，亚利桑那州的巴塔哥尼亚，智利的圣地亚哥，还是秘鲁的利马。

现在我和萨丽在墨西哥她的房间里。过去的五个月中，我们大多数时间都在这里。我们偶尔出门，到医院拍片、化验，吸出她肺内的积液。有两次我们出门去巴黎咖啡馆喝咖啡，有一次到她朋友伊丽莎白家吃早餐。但她很疲倦。现在，连化疗都在她房间里做。

我们聊天、看书，我朗读给她听，人们来探望。下午有小一会儿，阳光照在植物上。大约半个小时。她说，二月这里阳光充沛。没有一面窗户对着天空，所以其实阳光并不是直射的，而是隔壁邻居墙上反射过来的。晚上天一黑，我就把窗帘拉上。

萨丽和孩子们在这里生活了二十五年。萨丽一点也不像我们的母亲，实际上截然相反，几乎到了让人恼火的程度，因为她在任何地方、任何人身上都能发现美和善。她爱她的房间，爱架子上所有的纪念品。我们坐在起居室里，而她就会说："这儿是我最喜欢的角落，有蕨类植物，有镜子。"别的时候她会说："这儿是我最喜欢的角落，有这副面具和一篮橙子。"

对我而言，现在整天憋在屋里，每个角落都让我发疯。

萨丽以皈依信徒般的热情热爱墨西哥。她的丈夫，她的孩子，她的房子，她的一切都是墨西哥的。除了她自己。她很美国，老派的美国人，健康阳光。从某种意义上说，我更像墨西哥人，生性阴暗。我了解死亡，了解暴力。大多数日子里，我根本注意不到阳光照进房间的时段。

父亲参战时，萨丽尚在襁褓中。我们乘火车从爱达荷州到得克萨斯州去，与外公外婆共同生活，度过那段非常时期。非常[1] = 艰难。

母亲成为那样的人，一个原因是她儿时生活十分安逸舒适。她父母出身于得克萨斯州最好的家庭。外公是个富有的牙医，他们有座漂亮的房子，有仆人；妈妈有个保姆，保姆对她宠爱备至，就像她三个哥哥对她的宠爱一样。然后，砰！她被西部联盟电报公司的一个小伙子给撞了，住院住了将近一年。正是在那一年中，事事每

① 原文西班牙语"duro"（艰难），与上句"duration"（时期）对应。

况愈下。大萧条，外公赌博、酗酒。出院后，她发现她的世界天翻地覆。冶金厂旁边的一栋破房子，没有汽车，没有佣人，没有她自己的房间。她母亲梅蜜不再打麻将和桥牌，而是给我外公当起了护士。一切都很糟糕。而且有可能也很可怕，假如外公也对她做过他对我和萨丽都做过的事。她从来不提，但他肯定做过，因为她那么讨厌他，不让任何人碰她，连握手都不行……

太阳出来时，火车已驶近埃尔帕索。看那空间，开阔的空间，从茂密的松林显现，真美啊。仿佛掀掉了盖子，世界就此敞开。几英里几英里的明媚灿烂，蔚蓝蔚蓝的天空。我在餐车中跑来跑去，从一侧窗户跑到另一侧窗户，最后车窗才终于打开，我为大地的新面貌欣喜若狂。

“不过是荒漠。”她说，“荒凉。空荡。干旱。而且很快我们就要进站了，到我曾经称之为家的那个鬼地方。”

萨丽想让我帮她打理情人街上的家。整理照片、衣服和文件，修好浴帘杆和窗玻璃。除了前门，所有门上都没了把手；想进储藏室得用螺丝刀，而卫生间的门得用篮子顶住才关得上。我叫了几个工人来安装门把手。他们来了，挺好，只不过他们星期天下午到的，正是我们全家聚餐的时候，一直待到夜里约十点才走。结果，他们装上了门把手，却没拧紧螺丝，因而每个门把手凭谁稍微一拉就落在手里，储藏室的门则根本打不开。还有许多螺丝滚落到地上找不到了。第二天我给那些人打电话，几天后的上午他们来了，正好赶上我妹妹熬过艰难的一夜刚刚睡着。那三个男人动静很大，我只好说，算了吧，我妹妹生病了，很严重，你们动静太大，改时间再来吧。我回到她的房间，但过会儿便开始听到呼呼的吹气、吁吁的喘息和闷闷的重击。原来他们把所有的门都从合页上卸下来，扛到房顶上，好不出动静地干活。

我是否是因为萨丽要死了，而在生这整个国家的气？现在马桶坏了。他们需要把整个地板拆掉。

我想念月亮。我想念独处。

在墨西哥，从来不会有身边没人的时候。假如你走进自己房间看书，有人注意到你独自一人，就会去给你做伴。萨丽从来不会独处。晚上，我陪着她，直到确定她睡着了。

死亡之路没有向导。没有人告诉你该怎么做，会是什么样。

我们小时候，外婆梅蜜接手照顾萨丽。晚上，妈妈吃饭、喝酒、读侦探小说，都在自己房间。外公则在他自己房间里吃饭、喝酒、听收音机。实际上妈妈大多数晚上都不在家，而是与爱丽丝·波默罗伊和帕克家的女孩们打桥牌，或者去华雷斯。白天她去博蒙特医院当灰衣女士[1]，她在那里为盲人士兵读书，陪伤残士兵打桥牌。

她就像外公一样，对所有奇形怪状的东西着迷，从医院回到家，她会给爱丽丝打电话，给她讲士兵受的各种伤，他们的战争故事，以及当他们的妻子发现他们手脚残废之后，如何离他们而去。

有时候她和爱丽丝一起参加劳军联合组织的舞会，为爱丽丝物色对象。爱丽丝一直没找到对象，一直在大众百货当拆线工，直到去世。

拜伦·默克尔也在大众百货工作，在灯具部。他是灯具部主管。时隔这么多年，他依然疯狂地爱着妈妈。他们俩在高中时期戏剧社团上演的所有剧目中担任主演。妈妈那时身材娇小，但所有的爱情

① Gray Lady，美国红十字会的女志愿者，穿灰色制服。

戏他们俩都得坐着演，因为他只有五英尺二英寸高。要不是他长得这么矮，他会一直演下去，成为一位著名演员。

他带她去看戏。《摇篮曲》。《玻璃动物园》。有时候他晚上会来，他们俩坐在门廊的秋千上，读年轻时演过的戏剧。那时我总是蜷在门廊下，躲在我用一条旧毯子和一只带咸味的饼干罐搭起来的小窝里。《不可儿戏》。《红楼春怨》。

他滴酒不沾。我曾以为滴酒不沾是指光喝茶，他只喝茶，而她喝曼哈顿鸡尾酒。就是在他们喝东西时，我听见他对她说，这么多年之后，他依然疯狂地爱着她。他说他连为泰德（我爸爸）举蜡烛都不配[①]，又是一个奇怪的说法。他总是说："啊，还有很长的路才到好呢。[②]"我也听不明白。有一次，妈妈正抱怨着墨西哥人，他说："唉，他们总是得寸进寸[③]。"问题是，他说这些话时，用的是一种浑厚而具有穿透力的男高音，于是每个词都仿佛富有深意，在我头脑中回响。滴酒不沾，滴酒不沾……

一天夜里，他回家后，妈妈走进我们俩的卧室。她不停地喝酒，哭泣，在她的日记本上胡乱涂鸦，真的是乱写乱画。

"你没事吧？"终于，我问她。她扇了我一耳光。

"我告诉过你不要说'没事'！"然后她说她很抱歉生我的气。

"我只是讨厌住在厄普森街。你爸爸给我写信总写他的'舰'，而且不叫它'船'。而我一辈子唯一的风流韵事竟是和一个卖灯的小矬子！"

---

① 原文为"he couldn't hold a candle to Ted（Daddy）"，喻义"逊色许多"。

② 原文为"it's a long road to Ho"，其中的"Ho"既是"Hollywood"（好莱坞）的简称，又与"go"（走）谐音。

③ 改自"得寸进尺"。原文为"give them an inch and they'll take an inch"。

这事如今听来滑稽，但在那时，听她不停地呜咽、抽泣，仿佛心都要哭碎了，我并不觉得可笑。我拍拍她，她身体一缩。她讨厌别人碰她。于是我只好借着透过窗纱照进来的街灯的光亮看着她。只是看着她哭泣。她孤独无依，就像我妹妹萨丽哭泣时那样，孤独无依。

别情依依

我爱听麦克斯说，喂，你好。

那时我们俩刚刚好上，一对偷情男女。我给他打电话。电话铃响起，他秘书接了电话，我说找他。喂，你好，他说。麦克斯吗？我站在电话亭里，头晕目眩，浑身无力。

我们已经离婚多年。如今他体弱多病，需要吸氧，坐轮椅。我在奥克兰生活的时候，他经常一天给我打五六通电话。他失眠：有一次他凌晨三点给我打电话，问我还没到早晨吗。有时我很不耐烦，就立即挂掉电话，或者干脆不接。

大多数时候，我们聊我们的孩子、我们的孙子，或者聊麦克斯的猫。我边说话边挫指甲，缝衣服，看运动家队比赛。他很风趣，很爱闲聊。

如今，我在墨西哥城生活快一年了。我妹妹萨丽病得很重。我帮她照顾孩子和家，给她端饭、打针、洗澡。我读书给她听，读很精彩的书。我们一聊几个小时，哭啊笑啊，为新闻而愤愤不平，为她儿子晚归而忧心忡忡。

我们现在变得这么亲密，真是不可思议。这么长时间以来，我们整日朝夕相处。我们对所见所闻看法一致，知道对方会说些什么……

我极少离开公寓。没有一扇窗户是能看到天的，对着的只有通风井或隔壁的公寓。从萨丽的床上可以看到天空，而我只有在为她开合窗帘的时候才能看到。我同她，同她的孩子，同每一个人都说西班牙语。

实际上，我和萨丽现在不聊那么多了。她一说话肺就疼。我读书、唱歌，再不我们就只是一起在黑暗中躺着，同步呼吸。

我感觉自己消失了。上周在索诺拉集市上，周围都是肤色黝黑的印第安人，很多人都在说纳瓦特尔语[①]，我显得那么高。我不仅消失，而且隐形。我的意思是，很长时间以来，我根本不相信自己在那里。

当然，在这里我拥有自我，有个新的家，几只新的猫，开新的玩笑。但我总是试图回想起那个说英语的自己。

正因如此，收到麦克斯的音信我才那么高兴。他经常打来电话，从加州。喂，你好，他说。他给我讲起去听珀西·希斯[②]，讲起圣昆廷监狱掀起的反对死刑的抗议。复活节那天，我们的儿子基斯给他做班尼迪克蛋。内森的妻子琳达告诉麦克斯，别老给她打电话。我们的孙子尼科说自己接着电话，竟不知不觉睡着了。

---

① Nahuatl，纳瓦特尔人（今墨西哥及萨尔瓦多的一类印第安人）说的语言。

② Percy Heath（1923－2005），美国爵士贝斯手。

麦克斯给我讲交通报道和天气预报，描述艾尔莎·克伦驰时装秀上的服装。他问我萨丽近况如何。

我们年轻时，在我结识他之前，在阿尔伯克基，我就听过他吹奏萨克斯，看过他在萨姆特堡参加保时捷汽车赛。人人都知道他是谁。他帅气，有钱，富有异域情调。有一次我在机场看到他正和他父亲道别。他眼含泪水，与父亲吻别。那时我就想，我想要个会和父亲吻别的男人。

人之将死，自然而然会回顾一生，权衡，悔恨。陪妹妹度过的这最后几个月，我也在回顾。我们俩都花了很长时间才放下愤怒和埋怨。就连我们的悔恨和自责清单也变短了。如今单子上列的是我们手里还余下什么。朋友。地方。她多希望能和情人跳丹颂舞。她还想去看韦拉克鲁斯的教区，棕榈树，月光下的提灯，舞者锃亮皮鞋间追逐的狗和猫。我们记得亚利桑那州的单间校舍，记得我们在安第斯山滑雪时的天空。

她已经不再为孩子们担心，不再担心她死后他们将变成什么样。等离开这里，我很可能又会开始担心起我自己的孩子，但是眼下，我们不过随着每一天的模式和节奏缓缓漂流。有些日子老是疼痛和呕吐，有些日子则宁静而安详，远处传来马林巴的琴声，夜晚响起卖甘薯的小贩的口哨……

我不再为酗酒而悔恨。我离开加州前，我的小儿子乔尔来吃早餐。就是以前被我偷过钱的儿子，他曾经对我说，我不是他妈。我做了奶酪薄卷饼；我们喝咖啡，看报，随口谈论着里奇·亨德森① 和乔治·布什。之后他去上班。他亲了亲我说，回见，妈。回见，我说。

---

① Rickey Henderson（1958－），美国职业棒球运动员。

世界各地都有母亲在与儿子共进早餐，目送他们出门。她们能否体会到我站在门口挥手道别时的那份感激之情？那种如获缓刑的感觉。

第一任丈夫离开我时，我十九岁。之后我嫁给裘德，一个体贴的男人，有种不动声色的幽默感。

他是个好人。他想帮我抚养我两个尚在襁褓中的儿子。

麦克斯是我们婚礼上的伴郎。在后院举行过婚礼后，裘德就上班去了，他在艾尔蒙特酒店的酒吧弹钢琴。我最好的朋友雪莉——另一位证婚人——几乎没说话就走了。我嫁给裘德让她很不舒服，她以为我这么做是出于走投无路。

麦克斯留了下来。孩子们上床睡下后，我们俩闲坐着，吃婚礼蛋糕，喝香槟。他谈西班牙；我谈智利。他向我讲起他和裘德、克里利在哈佛大学的岁月。讲起比波普爵士乐刚兴起时他演奏的萨克斯。讲起查理·帕克、巴德·鲍威尔[①]和迪兹·吉莱斯皮[②]。麦克斯在比波普时代曾经是个海洛因瘾君子。实际上，我当时不知道那是什么意思。在我听来，“海洛因”有种美妙的意蕴……简·爱，蓓基·夏普，苔丝。[③]

裘德晚上演出。他下午睡醒，随后练琴，或者和麦克斯练几小时的二重奏，然后我们吃晚饭。他出门上班。麦克斯则帮我洗碗，哄孩子睡觉。

裘德工作的时候我不能打扰他。所以每当发现有小偷，孩子生

① Bud Powell（1924－1966），美国爵士钢琴家、作曲家。

② Dizzy Gillespie（1917－1993），美国爵士小号手、作曲家、歌手。

③ 英语中“海洛因”（Heroin）与“女主人公”（heroine）词形相近，发音相同。简·爱、蓓基·夏普、苔丝均为文学作品中的女主人公。

病，汽车爆胎，我都是给麦克斯打电话。喂，你好，他说。

哎，不管怎么说吧，一年之后，我们俩有了婚外情。热烈异常，激情四射，又一塌糊涂。裘德不愿谈这件事。我离开他，独自带着孩子生活。裘德来了，让我上车。我们去纽约，裘德要去那里演奏爵士乐，而我们会挽救这段婚姻。

我们从没真正讨论过麦克斯。在纽约，我们俩都努力工作。裘德练琴，参加演奏会，在布朗克斯的婚礼上演奏，在泽西的脱衣舞会上演奏，直到加入工会。我做童装，甚至能在布鲁明戴尔百货公司出售。我们很幸福。那时的纽约很精彩。艾伦·金斯堡和艾德·多恩在基督教青年会朗读诗歌。马克·罗斯科[①]在纽约现代艺术博物馆举办画展，正值暴风雪。因为下雪，从天窗中透进的光线极为耀眼；那些画作被映得熠熠生辉。我们听比尔·埃文斯[②]与司各特·拉法罗[③]。听约翰·柯川[④]吹奏高音萨克斯。听奥奈特[⑤]在五点爵士俱乐部的首演。

白天，裘德睡觉的时候，我和孩子们乘地铁游遍市区，每天在不同的站点下车。我们坐轮渡，一趟又一趟。有一次，裘德在格罗辛格酒店演出，我们在中央公园宿营。那时候的纽约是多么美好，或者说，那时候的我是多么傻……我们住在格林尼治街华盛顿市场附近，靠近富尔顿街。

裘德给男孩们做了一个红色玩具箱，在阁楼管子上吊上秋千。

---

① Mark Rothko（1903－1970），俄裔美籍抽象表现主义画家。

② Bill Evans（1929－1980），美国爵士钢琴家、作曲家。

③ Scott LaFaro（1936 －1961），美国爵士低音提琴手。

④ John Coltrane（1926－1967），美国爵士萨克斯演奏家、作曲家。

⑤ Ornette Coleman（1930－2015），美国爵士萨克斯、小提琴、小号演奏家和作曲家。

他对孩子们耐心而严厉。夜里，他回到家后，我们做爱。我们俩之间所有的愤怒、悲伤与柔情都在身体内如同电流般激荡。但那种感觉从未说出口过。

晚上，裘德上班的时候，我给本和基斯读书，唱摇篮曲，然后我做衣服。我给希德交响乐节目打电话，点播查理·帕克和快乐之王[1]的曲子，直到人家告诉我不要老是打电话来。夏天很热，我们在房顶上睡。冬天很冷，下午五点后和周末时暖气就停了。男孩们上床睡觉时戴着护耳和连指手套。我给他们唱歌时，嘴里哈出雾气。

如今在墨西哥，我给萨丽唱快乐之王的歌。《红色小陀螺》。《帕克的心情》。《有时候我很幸福》。

别的你什么都做不了，那感觉真糟糕。

在纽约，要是晚上电话铃响起，准是麦克斯。

喂，你好，他说。

他在夏威夷赛车。他在威斯康星赛车。他在看电视，想起了我。新墨西哥的鸢尾花开了。八月份山洪暴发。秋天到了，棉白杨的叶子黄了。

他经常来纽约，来听音乐，但我从没见过他。他会打电话给我讲纽约的一切的一切，我也会给他讲纽约的一切。嫁给我吧，他说，给我一个活下去的理由。陪我说说话，我说，别挂电话。

一天夜里，寒冷刺骨，本和基斯跟我一起睡，穿着风雪服。百叶窗在风中砰砰作响，与赫尔曼·梅尔维尔一样古老的百叶窗。那

① King Pleasure（1922－1982），美国爵士歌手。

天是星期天，所以没有车来车往。楼下的街上，制帆工人乘马车经过。马蹄嘚嘚。雨雪嘶嘶打在窗上，冷入骨髓，麦克斯打来电话。喂，你好，他说，我就在街角的电话亭里。

他买来玫瑰花、一瓶白兰地和四张飞往阿卡普尔科的机票。我叫醒孩子们，一起离开。

我说过不后悔，可那不是真的，尽管当时我并没有感到一丝悔意。这不过是我这辈子犯过的诸多错误之一，就那样不辞而别。

广场酒店很暖和。实际上，有些热。本和基斯满脸敬畏地跨进热气腾腾的浴缸，如同接受一场得克萨斯式的洗礼。他们在洁净的白色床单上睡着了。在相邻的房间里，我和麦克斯做爱，一直聊到天明。

我们喝着香槟飞越伊利诺伊。孩子在我们对面睡着时，我们亲吻，窗外云波翻涌。飞机着陆时，阿卡普尔科上方的天空飘浮着一缕缕珊瑚色和粉红色的云霞。

我们四人游泳，之后吃龙虾，然后再游泳。早上，阳光穿过木制百叶窗，在麦克斯、本和基斯面颊上投下一道道光影。我在床上坐起来，看着他们，心中充满幸福。

麦克斯会一一把男孩们抱到床上，哄他们睡觉。温柔地亲吻他们，就像亲吻他的父亲那样。麦克斯睡得和两个孩子一样沉。我想我们做了这些事，他还抛下了妻子，担负起一个家庭，这一切肯定把他累坏了。

他教两个孩子游泳、潜水。他给他们讲这讲那，给我也讲这讲那。关于人生，关于他认识的人，等等等等。我们七嘴八舌，我也给他讲这讲那。我们躺在卡莱塔海滨细腻的沙滩上，被太阳晒得暖洋洋的。基斯和本把我埋进沙子里。麦克斯用手指抚摸我的双唇。阳光照在我粘着沙粒的闭合的眼帘上，喷涌出绚丽的色彩。欲望啊。

晚上，我们去码头附近的公园，那里可以租三轮车。我和麦克斯手拉着手，男孩们在公园里疯狂赛车，闪电般掠过粉红色九重葛、红色马蹄莲。他们远处的码头上，轮船正在装货。

一天下午，我父母边聊边走上一艘名为“S. S. 斯塔万格号”的挪威轮船的跳板。我妹妹已经写信告诉我，他们正在旅行，从塔科马前往瓦尔帕莱索。那时候我父母因为我嫁给了裘德而不和我说话了。我不能冲他们喊：嗨，妈妈！嗨，爸爸！好巧啊！这位是麦克斯。

但知道我父母当时就在那里，我感觉很开心。这时候，轮船离港驶向大海，他们俩站在栏杆边。我父亲晒得黝黑，头戴一顶软塌塌的白帽子。我母亲在吸烟。本和基斯沿着水泥小路骑得越来越快，冲彼此喊，冲我们喊……瞧我的！

今天，瓜达拉哈拉发生了一起重大煤气爆炸，几百人丧生，许多家园毁于一旦。麦克斯打来电话，问我有没有事。我告诉他，全墨西哥的人如今都奔走相问：“哎……闻到煤气味没有？”大家都以此为乐。

我们在阿卡普尔科的酒店交了朋友。唐和玛利亚，他们有个六岁的女儿，叫露德。晚上，孩子们在阳台上涂色玩，直到睡着。

我们睡得很晚，直到月亮高悬，月色渐淡。唐和麦克斯在煤油灯下下棋。飞蛾轻拂。我和玛利亚横躺在一张大吊床上，轻声聊些幼稚的话题，衣服啦，孩子啦，爱情啦。她和唐刚结婚六个月。遇到他之前，她十分孤单。我告诉她，早上还没睁眼，我就会呼唤麦克斯的名字。她说她的生活曾经像枯燥的唱片，日复一日地重复，而如今，蓦然间，唱片翻过面，音乐！麦克斯不经意间听到她的话，冲我微微一笑。瞧，*亲爱的*，我们现在放的正是反面。

我们也有别的朋友。潜水员劳尔和他的妻子索莱妲。一个周末，我们六个人在酒店的阳台上蒸蛤蜊。孩子们都被打发去睡午觉了。但是一个接一个地，孩子们冒了出来，想看看发生了什么。回床上去！有一个想喝水，还有一个就是睡不着。回床上去。基斯出来说，他看到长颈鹿啦！赶紧回床上去，我们很快会叫你们起来的。本出来说，有老虎和大象。唉，天哪。可就在我们楼下的街上，马戏团正在巡游。于是我们叫醒了所有的孩子。有个马戏团的人以为麦克斯是个电影明星，因此送给我们免费的门票。那天晚上，我们一起去看马戏。马戏很神奇，但空中飞人表演还没结束，孩子们就睡着了。

今天加州地震了。麦克斯打电话说他的猫找不到了，这可怨不得他。

那一夜，我们做爱，照在我们身上的是诡异的西沉的月亮。事后，我们并排躺在木制吊扇下，闷热，身上黏黏的。麦克斯的手放在我湿漉漉的头发上。谢谢你，我低语，我想我是对上帝说的……

早上醒来时，他的胳膊会环绕着我，他的双唇会贴在我的脖颈上，一只手会放在我的大腿上。

一天，太阳还没出来，我醒了，他不在。房间里静悄悄的。他肯定去游泳了，我想。我去卫生间。麦克斯坐在马桶上，用一把黑乎乎的勺子在熬什么东西。洗手台上放着注射器。

“嗨。”他说。

“麦克斯，那是什么？”

“海洛因。”他说。

这听起来像是一个故事的结尾，或者开头，但实际上，这不过是未来几年中的一部分。日子有时是绚丽而强烈的幸福，有时则是龌龊和恐怖。

我们又生了两个儿子，内森和乔尔。我们乘比奇富豪飞机游遍墨西哥和美国。我们在瓦哈卡州生活，最后在墨西哥海滨的一个村子定居。很长一段时间里，我们每个人都很幸福，但后来日子却变得艰难、孤独，因为他爱海洛因远超过爱我们。

不是“戒毒”……麦克斯在电话里说……而是“复毒”，这是大家都需要的。只是说不吗？你应该说，不，谢了！他是在开玩笑，他如今已戒毒多年了。

几个月来，我和萨丽努力分析我们的生活，我们的婚姻，我们的孩子。她甚至都没像我那样喝过酒抽过烟。

她的前夫是政界人物，几乎每天都过来看她，由两个保镖陪同坐一辆车，另有两辆车护送，车里坐着几个男人。萨丽和他很亲密，就像我和麦克斯。那么，婚姻到底是什么？我从来没有搞懂过。而如今，我搞不懂的是死亡。

不只是萨丽的死。在罗德尼·金事件[1]和种族暴动之后，我也搞不懂我的国家了。世界各地，愤怒与绝望。

我和萨丽你画我猜，免得说话引起她肺部疼痛。你画我猜是用

① Rodney King（1965－2012），非裔美国人，1991 年 3 月 3 日因超速被洛杉矶警方追逐，后被警方暴力制服。1992 年，法院判决制服罗德尼·金的四名白人警察无罪，这成为 1992 年洛杉矶暴动的导火索。

画画代替单词和字母。比如“暴力”,画一把中提琴,几只蚂蚁①。“真讨厌”，则画一个人用吸管喝东西②。我们在她的房间里边画边轻声笑。实际上,对我而言,爱已不再神秘。麦克斯打电话说,喂,你好。我告诉他，我妹妹快要死了。他问，你还好吧?

① 英文“violence”（暴力）按发音可以拆分成“viola”（中提琴）和“ants”（蚂蚁）。

② 英文“sucks”（真讨厌）也指吸吮。

婚外情

一个人既做前台接待，又要照顾后面诊室，实在是困难。我得换敷料、测体温、量血压，还得尽力去招呼新来的病人，接听电话。做心电图、协助缝合伤口或做子宫颈涂片检查时，我得叫接线服务处替我接电话，十分麻烦。候诊室会挤满了人，大家都感觉被忽视了，而我还得听电话丁零零响个没完。

B 医生的病人多数年纪很大。通常做子宫颈涂片检查的女人都十分肥胖，很难采样，于是花的时间更长。

我想当时有条法律规定，他和女病人在一起时，需要有我在场。我原以为这种预防措施已经过时了。完全没有。竟然有那么多老太太爱上了他，真让人惊诧。

我给他递窥器，随后，再递一根长棍。他把从宫颈口刮下的东西涂在我拿着的玻璃片上，之后我会在上面喷一层保护膜，再覆上另一张玻璃片，放进盒子里，贴上化验标签。

我的主要工作是把女人的腿抬高放进 U 形吊架中，再将臀部降低移到手术台末端，好与医生的视线齐平。接着我在她们膝头蒙上一条布单，还要帮她们放松。聊天，开玩笑，直到他把器械伸进去。聊天那部分很容易。病人我都认识，她们都很和气。

难的那部分是他伸进去的时候。他是个害羞得要命的男人，有严重手抖的毛病，偶尔会显露出来。总是在他签支票或做涂片时发作。

他蹲在凳子上，眼睛正对着她们的阴道，额上戴着灯。我递给他（暖过的）窥器，几分钟过后，病人气喘吁吁，汗出如浆，我递上那根带棉头的长棍。他捏着它，像挥舞一根指挥棒，消失在布单下，向女人移去。最后，他捏着棍子的手终于出现，此时那根棍子如一个让人眼晕的节拍器，瞄向我候着的玻璃片。那些日子里我还喝酒，所以我的手捏着切片、试图迎上他的手的时候，明显地颤抖着。但我的手是因紧张而忽上忽下地抖。他的手则是忽前忽后地抖。啪，总算会师。这一过程如此漫长，以至于他经常错过重要电话，当然也让候诊室的病人等得非常不耐烦。有一次，拉瑞比先生甚至都来敲门了，B 医生吓了一大跳，失手把棍子掉在地上。我们只得从头开始。于是他才同意雇一个兼职接待员。

假如我另找一份工作，我会要求很高的工资。如果有什么人的工资像我和露丝那么低，情况就很可疑。

露丝之前从没上过班，也不需要上班，这本身就够可疑了。这工作她只是干着玩。

对此我十分好奇，于是面试完后我请她吃午饭。皮尔丘餐馆的金枪鱼三明治。我立马就喜欢上她了。她和我见过的任何人都不一样。

露丝五十岁，结婚三十年，丈夫是会计，与她青梅竹马。他们有两个孩子，三只猫。她在简历上写的爱好是“猫”。所以B医生总是问她的猫好吗。我的爱好是“读书”，所以他会对我说“在依奇古米岸上”① 或“永不复焉，乌鸦答曰”② 。

每次来了新病人，他都会在病历背面写几句话。他走进诊室时，那些话就能派上用场。“认为得克萨斯是人间天堂。”“有两条玩具贵宾犬。”“习惯每天吸五百块钱的海洛因。”于是他走进诊室看他们时，会说些“早上好！最近有没有去过人间天堂？”或者“你要打算从我这里搞海洛因的话，算你倒霉。”之类的话。

吃午饭的时候，露丝对我说，她开始感觉自己老了，生活一成不变，于是参加了一个互助小组——“搞怪快女团”，或简称M. P.，实际上真正表示的是“更年期”。露丝总把这个词分开念。③ 这个小组致力于让女性生活更有活力。他们专注于小组成员自身。上一次帮助的是汉娜。互助组说服她去减肥中心，去太阳温泉牧场，上波萨诺瓦课，之后去做抽脂和面部拉皮手术。她看起来棒极了，只是如今又加入了两个小组。一个小组针对做过拉皮手术但依然抑郁的女人，另一个小组针对“多情的女人”。露丝叹息道：“汉娜一直是那种会和装卸工人搞暧昧的女人。”

装卸工人！露丝会用令人惊讶的词，比如“迄今为止”“人声鼎沸”。会说她想念“一个月当中的那个时候”。那段时光总是那么

① 原文为“On the shores of Itchee Gumee”，应为“By the shores of Gitche Gumee”之误，后者出自美国诗人朗费罗的《海华沙之歌》。

② 出自美国作家、诗人爱伦·坡的诗歌《乌鸦》。

③ The Merry Pranksters 与 Meno Pause 的缩写都是 M. P.。英语“更年期”的写法应为“menopause”，但露丝把它分成两个词来读。

温暖而安逸。

M. P. 小组让露丝学插花，参加戏剧社，加入智力问答俱乐部，找份工作。还该来场婚外恋，但这一条她还没考虑过。她的生活已经很有活力了。她热爱插花，如今她们已经在学习用各种草扎花束。她在音乐剧《俄克拉荷马》中担任一个不唱歌的小角色。

我喜欢办公室里有露丝在。我们经常和病人开玩笑，像谈论家人那样谈论他们。她甚至觉得整理档案很好玩，边干边唱字母歌："Abcdefg hi jk lmnop lmnopqrst uvwxyZ！"直到我说："停，还是我来归档吧。"

现在，我应付病人是容易些了。但实际上，她几乎干不了什么活儿。她研究她的智力问答卡，经常给朋友打电话，尤其是给汉娜——汉娜如今和舞蹈老师好上了。

午餐时间，我和露丝一起去找扎花束的草，爬上高速公路的路堤，热得满头大汗，寻找野胡萝卜花和柔毛地胆草。鞋里进了石子儿。她看起来就像一位漂亮的普通中年犹太女人，但身上有种野性和自由。当在医院后面小巷里发现一株粉红色火箭花，她开心得大喊大叫。

她和丈夫从小一起长大。他们两家关系很近，都是爱荷华州一个小镇上为数不多的犹太家庭。从她记事起，大家都期望她和伊弗雷姆结婚。高中时，他们果然相爱了。她大学学的专业是家政学，等着他完成商学院会计学位的学业。当然，结婚前他们一直守身如玉。他们搬进男方家住，照顾他生病的母亲。婆婆跟他们搬到奥克兰，如今八十六岁高龄了，依然和他们一起生活。

我从来没听露丝抱怨过，既不抱怨生病的婆婆，也不抱怨孩子或伊弗雷姆。我却一直抱怨孩子、前夫、儿媳，尤其是B医生。他所有的包裹都要我给打开，以防里面有炸弹。假如屋里进了蜜蜂或黄蜂，他就躲到外面，等我打死了才回来。这只是些鸡毛蒜皮。他很刻薄。尤其对露丝，他会说这样的话："我花钱就是雇这么个废人？"他说她有"阅读障碍"，因为她写颠倒了电话号码。她经常那样。几乎每隔一天他就让我把她辞退。我会告诉他，我们不能那么做。没有理由。她确实帮到了我，而且病人喜欢她。她让这个地方欢快起来。

"我受不了欢快，"他说，"让我恨不得把她脸上的笑一巴掌打掉。"

她依然对他很友善。她觉得他像希斯克利夫[1]，或者《简·爱》中的罗切斯特先生，只是长得个子小。"是啊，确实很小。"我说。但是露丝从来听不到负面评价。她相信，一定是某个人在某个时候伤过B医生的心。她给他带来库格尔、鲁拉卷和哈曼口袋[2]，总要找机会进他的办公室。我没有想到她竟然选了他作为她外遇的对象，直到他来到我的办公室，关上门。

"你得开了她！她竟然真的跟我调情！太不像话了！"

"哦，听起来可能奇怪，可她觉得你魅力难挡呢。我还是需要她的。找个好共事的人很难。耐心些吧。求您了，先生。"和往常一样，叫一声"先生"很管用。

"好吧。"他叹了口气。

她对我有好处，给我的生活注入了活力。午餐时间，我不再在

① Heathcliff,《呼啸山庄》中易怒、善妒的男主人公。

② 均为犹太食品。

小巷里忧思重重地抽烟，而是和她一起开心地采花寻草，搞得一身泥土。我甚至开始做饭了，跟着她整天复印的上百份菜谱学。烤珍珠洋葱，撒少许红糖。她从廉价二手服装店拿衣服来，我就买下来。有几次，伊弗雷姆太累，我就陪她去看戏。

陪她去剧院棒极了，因为中场休息的时候，她不像别人那样百无聊赖地站着。她带我在大厅里走来走去，这样我们能欣赏到各式各样的服装珠宝。看《茶花女》时我陪她一同落泪。我们最喜欢的一场戏是《黑桃皇后》中老妇人的咏叹调。

露丝邀请B医生去看戏。“不行！多不成体统的要求！”他说。

“那个浑蛋。”他出门后，我说。而她只是说，医生们太忙，没时间谈恋爱，所以她想，只好是朱利叶斯了。

朱利叶斯是位退休牙医，也出演过《俄克拉荷马》。他是个鳏夫，很胖。她说胖好，胖让人感觉温暖、舒服。

我问她，是不是因为伊弗雷姆对性生活不那么感兴趣了。“恰恰相反！[1]”她说，“他一天到晚就惦记这事。即使他白天回家，也追着我不放。真的……”

在山谷教堂举办的伊弗雷姆母亲的葬礼上，我见到了朱利叶斯。老太太是在沉睡中安然离去的。

露丝和她的家人站在殡仪馆的台阶上。两个孩子可爱英俊，彬彬有礼，在安慰他们的父母伊弗雷姆和露丝。伊弗雷姆黝黑帅气。清瘦，严肃，深情。现在看来他倒是像希斯克利夫。他悲伤而梦幻的眼睛微笑地看着我。“感谢你对我太太那么好。”

“他在那儿！”露丝小声说，指着红脸的朱利叶斯。金链子，

① 原文为法语。

一件过紧的单排扣蓝西装。他准是一直在嚼嘉绿仙口香糖，牙齿都是绿的。

“你疯啦！”我小声回应她。

露丝选了山谷教堂，是因为这里的丧事承办人是我们最喜欢的。B 医生的病人里经常有去世的，所以几乎天天都有殡仪馆的人来找他签署死亡证明。法律规定用黑笔，但 B 医生非要用蓝笔签字，于是殡仪馆的人只好喝着咖啡，徘徊等待，等他回来再用黑笔给他们签字。

我在教堂后面等，不知该坐哪儿。来了很多哈达萨组织[①]的妇女，很拥挤。一个教堂的丧事承办人在我身边出现。“莉莉，你穿灰色真漂亮。”他说。另一个的翻领纽扣上别着花束，他从过道上走来，用悲哀的声音说：“亲爱的，你能来太好了。让我给你找个好座位。”我跟随那两个男人走在过道里，感觉飘飘然，仿佛是在餐馆里被服务员认出来一般。

葬礼办得很漂亮。拉比[②]读了一段《圣经》，讲贤淑的妻子比红宝石更珍贵。没有人会那样想那位老太太，我是没那么想。但我相信那番颂词是念给露丝听的，伊弗雷姆和朱利叶斯也这么想，从他们俩凝视她的眼神来看。

星期一，我试图和她讲道理。“你是个拥有一切的女人。健康，美貌，幽默。一栋山间的房子。一位清洁女工。一台垃圾压实器。优秀的孩子。还有伊弗雷姆！他英俊、聪明、富有。很明显他爱恋着你！”

① Hadassah，美国犹太妇女志愿机构。

② rabbi，犹太教中的精神首领、教导者。

我告诉她，那个互助组正将她引入歧途。她不该做让伊弗雷姆难过的事。感谢她的福星吧。M.P. 小组只不过是嫉妒。她们很可能都有酗酒的丈夫，沉迷足球的丈夫，性无能或不忠的丈夫。她们的孩子都带着寻呼机，身上穿孔，暴饮暴食，吸毒文身。

"我猜你是因为自己这么幸福而感到不好意思，所以才去做这样的事，好和小组的那些人有共鸣。我理解。我十一岁的时候，有位姑姑给了我一本日记本。我在里面写的只有：'上学，做作业。'于是我开始做坏事，为的是在日记里有事可写。"

"这不是认真的恋爱，"她说，"只是为调剂一下生活。"

"那我和伊弗雷姆搞一段如何？那样也可以调剂我的生活。你就会吃醋，再次疯狂地爱上他。"

她微微一笑。天真的笑，像个孩子。

"伊弗雷姆绝对不会那样做。他爱我。"

我以为她丢下了搞婚外情的念头，直到一个星期五，她拿来一份报纸。

"今晚我要和朱利叶斯约会。但我告诉伊弗雷姆我要和你一起出去。这些电影你有没有看过的，能给我讲讲吗？"

我把《乱》[1] 原原本本讲给她，尤其是当那个女人拔出匕首，还有那个傻瓜哭起来的时候。树间的蓝色旌旗，树间的红色旌旗，树间的白色旌旗。我正讲得投入，她却说："停！"问电影之后我们会去哪里。于是我带领我们——他们——去伯克利的罗马咖啡馆。

她和朱利叶斯每星期五约会。他们谈恋爱对我有好处。通常我下班就回家，看小说，喝五十度的伏特加，直到睡着，日复一日。

①*Ran*（1985），黑泽明导演的电影。

在他们恋爱期间，我开始真的去听弦乐四重奏，看电影，听石黑一雄或莱斯莉·斯卡拉皮诺[1]朗读，而那时候露丝和朱利叶斯则去了饿虎餐馆和锈船餐馆。

他们约会将近两个月之后才做了那个。这件事将发生在去大苏尔的三日游期间。可怎么和伊弗雷姆说呢?

“哦，这很容易。”我说，“你和我去禅修。不能打电话！没什么可讲的，因为我们只能静默、冥想。我们会在星光下，坐在温泉中。在俯瞰海洋的悬崖上莲花式盘坐。无穷无尽的波浪。无穷无尽。”

那几天不能自由出门，手机关机，很烦人。但很管用。伊弗雷姆带孩子出去吃饭，喂猫，浇花，想念她。十分十分想念她。

他们出游回来后的星期一上午，办公室收到三大束玫瑰。一张卡片上写着:“献给我心爱的妻子，爱你。”另一束来自“你的秘密爱慕者”，还有一张卡片上写着:“她走在美的光彩中[2]。”露丝承认，最后那一束是她自己送的。她爱玫瑰。她曾暗示两个男人她喜欢玫瑰，但从没梦想过他们真的会送。

“立即把这些葬礼摆设扔出去！”B医生在来医院的路上说。早些时候，他又一次要我解雇她，我又一次拒绝了他。他为什么这么不喜欢她呢?

“我告诉过你。她太欢快了。”

“我对欢快的人的感觉通常和你差不多。但她的欢快是发自内心的。”

“天哪。真让人郁闷。”

---

① Leslie Scalapino（1944－2010），美国实验派诗人。

② 出自英国诗人拜伦的《她走在美的光彩中》。

“拜托，再给她一次机会。不管怎么说，我感觉她很快就会感受到痛苦了。”

“但愿如此。”

伊弗雷姆顺道过来，带露丝去喝咖啡。她一上午什么都没做，一直在给汉娜打电话。看得出来，他来的主要原因是看看她喜不喜欢那束玫瑰花。另外两束花让他很不开心。她告诉他，一束是一位叫安娜·菲达兹的女病人送的，但对于那位秘密的爱慕者，她只是咯咯笑。可怜的家伙。我看嫉妒猛然击中他的脸，击中他的心。打在肚子上的左勾拳。

他问我禅修感觉如何。我讨厌撒谎，确实受不了撒谎。不是出于道德原因。圆谎太难了。你得记住自己说过的话。

“哦，那地方很美。露丝很平静，好像完全适应那里的环境。我觉得冥想很难。我要么是在担心，要么就是在回顾我整个一生犯过的每一个错误。但那确实是，呃，让人专注。宁静。你和露丝得走了。午餐愉快！”

后来我得到独家消息。大苏尔是露丝人生中的最大冒险。她知道她不能对 M.P. 互助小组讲她做了那个。第一次口交！哦，是的，她是为伊弗雷姆口交过，但他从没给她做过。还有 M–A–R…… “我知道哪里还得有个‘J’。”

“大麻[①]？”

“嘘！可那玩意儿基本上就是让我咳嗽和紧张。是的，感觉很好，口交。但他老是问：‘你准备好了吗？’让我以为我们好像要去哪儿似的，扫人兴致。”

① 大麻的拼写为 marijuana。

两周后，他们要去门多西诺。借口是我和她要去佩塔鲁马参加一个作家工作坊和书展。罗伯特·哈斯[①]将会作为特邀作家到场。

一天晚上，不是周末，她打电话问我她可不可以过来。我傻乎乎地等着她，没明白我只是在替她打掩护，她是去见朱利叶斯了。所以当伊弗雷姆打电话过来的时候，我当真很生气，因为她还没到，下一次来电话的时候我甚至更生气了。“等她一到我就让她给你打电话。”过了一会儿，他打过来，怒气冲冲，说她已经回家了，怨我没有把他的口信捎给她。

第二天，我告诉她，我再也不为她干这事了。她说没关系，他们星期一就开始排戏了。

“我和你每星期五上插花班，在兰尼。就这样。”

“好吧，这是最后一次。你真幸运，他从来不细问。”

“他当然不细问。他信任我。但我现在问心无愧。我和朱利叶斯现在不再干那个了。”

“那你们干什么呢？既然不干那个了，干吗要这么神神秘秘，这么麻烦？”

“我们发现，我们俩都不是那种乱搞的人。我更喜欢和伊弗雷姆干那个，喜欢得多，而朱利叶斯对那个也不是很感兴趣。我是喜欢偷偷摸摸的感觉。他喜欢给我买礼物，给我做饭。我最喜欢的是在里士满或什么地方敲敲旅馆房间的门，然后他打开门，我嗖一下冲进去。心怦怦跳个不停。”

“那之后你们做什么呢？”

“我们做智力问答，看录像。有时候唱歌。二重唱，像《巴里，

① Robert Haas（1941－），美国诗人。

嗨》[1] 或者《噢，多么美丽的早晨》[2]。我们半夜在雨中漫步！”

“用你自己的时间雨中漫步去！”B 医生吼道。我们没注意他进来了。

他是认真的。他站在那里，看她收拾起所有的《美食》杂志、智力问答卡片和织毛线用的东西。他让我给她开一张两周薪水的支票，再算上我们该付给她的钱。

B 医生离开后，她给朱利叶斯打电话，让他立刻到丹尼斯餐馆见她。

“我的事业毁了！”她抽泣道。

她与我拥抱道别，离开了。我搬到她的办公桌，在那里可以看到候诊室。

伊弗雷姆进了门。他缓缓走向我，和我握手。“莉莉。”他说，用他那深沉环绕的声音。他说露丝本该到皮尔丘的餐馆和他一起吃午饭，但她一直没有出现。我告诉他，B 医生毫无缘由地解雇了她。她很可能完全忘了午饭的事，已经回家了。或者逛街去了，说不定。

伊弗雷姆依旧站在那里。

“她可以再找好得多的工作。我是办公室主管，我自然会给她写很好的推荐信。我真的会想念她的。”

他站在那里，看着我。

“她也会想念你的。”他靠在我办公桌上方的小窗户上。

“这是最好的结果，亲爱的。我希望你明白我理解。相信我，我能理解你的感受。”

---

① 音乐剧《南太平洋》中的歌曲。

② 音乐剧《俄克拉荷马》中的歌曲。

“什么？”

“跟你不同，有很多东西我无法和她分享。文学，佛教，歌剧。露丝是个很容易让人爱上的女人。”

“你在说什么？”

这时他握住我的手，深深凝望着我的眼睛，他柔和的褐色眼睛中溢满泪水。

“我想念我的太太。求你了莉莉，放开她吧。”

泪水开始沿着我的脸颊流下来。我真的感到十分难过。我们的手在窗台上叠握在一起，温暖，湿漉漉的。

“别担心，”我说，“露丝只爱你，伊弗雷姆。”

让我看看你的笑

的确，坟墓比情人的眼睛更有感染力。一座敞开的坟墓，拥有无法抗拒的吸引力。这件事我要对你说：你的微笑让我想到世界的开始。

——比森特·维多夫罗[①]，《阿尔塔索》

杰西让我大吃一惊。我对自己看人的眼光颇为自豪。在加入格瑞里格事务所之前，我做过很长时间的公设辩护律师，练就了一眼看清委托人或陪审员的本领。

我也毫无准备，因为他没有预约，我的秘书艾琳娜也没在对讲机上通报。她直接就把他领进我的办公室。

“科恩先生，杰西来见你。”

艾琳娜只提他的名字，介绍他的态度却郑重其事。他长得那么英俊，进门时仪态那么威严，于是我想，他肯定是某个我从没听说

① Vicente Huidobro (1893 – 1948)，智利诗人，代表作为史诗《阿尔塔索》(*Altazor*)，也译作《高蓝》。

过名字的摇滚明星。

他脚蹬牛仔长靴，身着黑色牛仔裤、黑色丝绸衬衫。一头长发，脸庞棱角分明。起初我猜他大概有三十岁，但同我握手时，他的笑容中流露出难以描述的可爱，那双淡褐色的眼睛洋溢着纯真和孩子气的开朗坦诚。他粗粝低沉的声音更把我搞糊涂了。他说话的口气，仿佛是在耐心地向一个没有经验的年轻人解释着什么。向我。

他说他继承了一万美元，想用这笔钱雇我。他说，与他同居的女人遇到了麻烦，再过两个月就要出庭受审。她被指控十项罪名。

我真不忍心告诉他，那笔钱能雇我多久。

“她没有法院指定的律师吗？”我问。

“有，但那浑蛋不干了。他认为她有罪，是个坏人，是个变态狂。”

“你怎么知道我不会这么想？”我问。

“你不会的。她说你是本市最好的民权律师。但前提是不要让她知道我来过这里。我希望你让她认为你是义务替她辩护，是出于原则。这是我唯一的条件。”

我试图在这儿打断他，告诉他：“算了吧，孩子。”坚定地告诉他，我不会接的。他根本雇不起我。我不想碰这个案子。我不敢相信这可怜的孩子情愿拿出所有的钱。我已经开始讨厌那个女人了。没错，她就是有罪，就是坏人！

他说，问题出在警方报告，那是法官和陪审团要读的。因为那报告歪曲事实，谎话连篇，他们会预设她有罪。他认为我可以证明逮捕她是错误，关于她的报告是诽谤，被她打的警察蛮横无理，执行逮捕的人是神经病，证据纯属是栽赃，靠这些把她救出来。他相信我可以发现他们也曾错抓过别人，而且有过暴力执法的记录。

关于我该如何处理这个案子，他还有更多话要说。我没法解释我为什么没有大发脾气，让他滚出去。他讲起道理来激情澎湃，头头是道。他是当律师的料。

我不只是喜欢他，甚至开始觉得他把全部遗产花掉是场必要的成年仪式。一种勇敢而高尚的姿态。

杰西仿佛来自于另一个时代，另一个星球。在某一刻，他甚至说，那个女人称他为“落入凡间的男子”。这让我对她多少有了点好感。

我叫艾琳娜取消一个会议和一个预约。他说了一上午，关于他们的关系，关于她的被捕，语言简洁清晰。

我是位辩护律师。我玩世不恭。我是一个讲求实际的人，一个贪婪的人。我告诉他，这案子我接了，一分钱不收。

“不用，谢谢您。”他说，“只是请您告诉她，您不收取任何费用。可她是因为我的缘故才惹上这身官司的，我想出钱。需要多少？五千？更多？”

“两千。”我说。

“我知道那太少了。三千怎么样？”

“成交。”我说。

他脱掉一只靴子，数出三十张温乎乎的百元大钞，在我写字台上扑克牌一样扇面展开。我们握手成交。

“感谢您受理这个案子，科恩先生。”

“不客气。叫我名字乔恩吧。”

他重新坐下，详细向我讲述事情的原委。

他和朋友乔都辍学了，去年从新墨西哥离家出走。杰西弹吉他，想去旧金山演出。他会在十八岁生日那天继承内布拉斯加州一个老太太的财产（那又是一个伤心的故事）。他本打算去伦敦，有人邀请他加入那里的一支乐队。一支曾在阿尔伯克基演出的英国乐队喜欢他写的歌和吉他演奏。他和乔到湾区之后没地方住，于是去找本——杰西初中时最好的朋友。本的妈妈不知道他们是从家里跑出来的。她同意让他们在车库里住一段时间。后来她发现实情，便打电话给他们的父母，告诉他们孩子一切都好，让他们放心。

一切都妥当解决了。他和乔帮着打理院子，搬运东西，还干些别的杂活。杰西和其他乐手一起演出、写歌。他们和本还有他妈妈卡洛塔相处得很愉快。她很感激杰西花那么多时间陪她最小的儿子索尔，带他去看球赛，钓鱼，去蒂尔登公园爬山。她教书，工作很努力，也很乐意顺带帮他们洗衣服、买日用品、做饭。总之，他说，那对所有人都是很好的安排。

“之前三年左右的时候，我见过玛吉。他们打电话叫她到我们所在的阿尔伯克基的初中。午饭的时候，有人在本的牛奶里放了迷幻药。他吓坏了，不明白是怎么回事。她来接他。学校让我和乔跟她一起去，免得本发作起来伤人。我以为她会送他去医院，可她开车把我们都拉到河边。我们四个人坐在灯芯草丛中，观察红翅黑鹂，帮他镇定下来，实际上是帮他很爽地体验了一把飘飘欲仙的感觉。我和玛吉很谈得来，谈鸟儿，谈河流。我通常话不多，但和她在一起，我总有说不完的话。”

这时候我按下录音键。

“就这样，我们在他们伯克利的家里住了一个月，然后又一个月。晚上，我们围坐在壁炉旁聊天，说笑话。那时候乔有女朋友，本也有，所以他们会出去约会。本还在上高中，他在电报大道卖首饰和摇滚明星的照片，所以我不常见到他。周末我会跟索尔和玛吉去码头或海滨。”

“打断一下。你说过她叫卡洛塔。玛吉是谁？”

“是我对她的叫法。晚上她批改作业，我弹吉他。有时候我们一聊一个通宵，聊我们一生的经历，又是笑，又是哭。我和她都酗酒，一方面看来这很糟糕，但这能让我们俩敞开心扉，把从不对别人说的话说出来，这么看来也算是好事。我们的童年都同样可怕、糟糕，却又仿佛是彼此的翻版。我们在一起时，她的孩子们都反应激烈，她的朋友们说这真恶心，是乱伦。我们确实是乱伦，但乱得非同一般。我们俩就像一对双胞胎似的。宛若同一个人。她写小说。她用小说表达的东西，正是我用音乐表达的东西。总之，我们对彼此的了解日益深入，所以当我们终于上床的时候，感觉仿佛早已水乳交融。我们做了两个月的情人，就到我该离开的时候了。我打算到十二月二十八日我满十八岁那天，去阿尔伯克基取我的钱，然后前往伦敦。是她催我走的，她说我需要那种经验，我们需要分开。

“我并不想去伦敦。我年龄是小，但我知道，我们两人共同拥有的生活与正常人的天悬地隔。我们心心相印，了解对方身上所有好的与坏的方面。我们两情相悦。”

然后他给我讲了她和乔陪他去机场的经过。过安检时，乔的腰刀和拉链触发了报警器，他们三个都被脱衣搜身，结果杰西误了飞机。他大喊大叫，说他的吉他和音乐已经装到飞机上了，结果却被铐上手铐，遭到警察殴打。就是这时候，玛吉插手了。

“我们都被拘捕了。这些都见了报。”他说，“报纸标题是‘路德派教师与地狱天使大闹机场’。”

“你是地狱天使吗？”

“当然不是。但机场的人说我是。乔打扮得像是，也巴不得自己是。那报纸他肯定买了十份。总之，她和乔被关进雷德伍德城监狱。我在少年管教所关了一夜，之后被他们送到新墨西哥。我生日那天，玛吉给我打电话，告诉我一切都好。审判的事她只字未提，也没告诉我她被逐出住所，丢了工作，前夫要把孩子带到墨西哥。但是乔把一切都告诉了我，尽管她不让他说。所以我又回到了这里。”

“你回来她是什么反应？”

“她简直火冒三丈，说我必须离开，到伦敦去。说我需要学习、成长。而且她也开始相信那些说她坏的鬼话，因为我们在一起的时候我十七岁。是我引诱的她。好像没有人明白这一点，除了她本人。我不是你们脑中那种常规少年。”

“确实。”我说。

“可是不管怎么说，我们如今在一起了。她答应审判结束之前不做任何决定。不去找工作或住处。我现在希望的是，到那时她会和我一起远走高飞。”

他把警方报告递给我。“你最好先读读这个，然后咱们再谈。去我那儿吃晚饭吧。星期五行吗？等你读过这个之后。也许你能从警察身上找出点什么。是两个警察。早点过来吧。”他说，“一下班就来。我们就住在街那头。”

什么说辞都不再适用。说这么做不合适。说我有安排了。说我妻子可能会介意。这些我都说不出口。

“没问题，我六点到。”他给我的地址是城里最糟糕的小区。

那是一个美妙的圣诞节。大家互赠贴心的礼物，享用一顿大餐。基斯邀请了凯伦，我的一个学生。说来有点孩子气，但是让他看见她那么崇拜我，我还是蛮开心的。本的女友梅根做了肉馅饼。她们俩都帮我准备晚餐，过程挺有趣。我们的朋友拉里来了。炉火熊熊，温馨又传统的一天。

杰西要走了，内森和基斯十分高兴，对他很客气，甚至送了他礼物。杰西给每个人准备了礼物。温暖，喜庆。只是后来在厨房，杰西小声说："嘿，玛吉，我走了，你可怎么办啊？"我觉得心都要碎了。他送给我一只带星星和月亮的戒指。巧的是，我们俩送给对方的都是一只银质的随身酒壶。我们觉得这很奇妙。内森说："妈，这真恶心人。"但当时我并没有听见他这么说。

杰西的飞机六点起飞。乔想一起去。我冒雨开车送他们去机场。收音机上在播放《小丑》和《跳跃杰克之光》。乔小口抿着一罐啤酒，我和杰西喝着一品脱占边威士忌。我根本没想到，我那是在唆使他们犯罪。我刚认识他们的时候他们就喝酒。他们去买酒，也从来没人要求他们出示身份证。事实是，我根本不愿承认自己酗酒，所以也不可能为他们酗酒而担心。

我们走进机场后，杰西说："天哪，你们俩肯定会找不到车的。"我们哈哈大笑，谁承想竟会被他言中。

严格说来，我们没醉，只不过兴奋又激动。他要走了，我尽量克制自己，不流露出有多绝望。

现在我意识到，当时我们一定很惹眼。我们仨个子都很高。乔是肤色黝黑的拉古那印第安人，梳着黑色长辫子，身穿摩托车手皮衣，腰间挎着佩刀。大靴子，拉链，金属链子。杰西一身黑衣，背着行李袋和吉他。杰西。他超凡脱俗。我甚至无法抬眼看他，他的下巴，他的牙齿，他金色的双眸，飘拂的长发。我怕一看他就会哭起来。因为过圣诞节，我盛装打扮，穿着黑丝绒套装，戴着纳瓦霍首饰。不管怎么说，我们三人的组合，加上过安检时乔的金属物件引发的嘟嘟的警报声……他们把我们视为危险分子，把我们带到不同房间搜身。他们仔细搜查我的内衣、手袋，手指插进我的头发、脚趾缝。各处都摸。我出来之后没有看到杰西，于是跑到登机口。杰西的飞机已经起飞。他在冲那个执法人员大叫，说他的吉他在飞机上，他的音乐在飞机上。我得去卫生间。等我回来，售票处已经没人了，飞机已经飞走了。我向一个人打听那位穿黑衣的高个子青年有没有赶上飞机。那人冲一扇没有牌子的门点点头。我走进去。

房间里站满保安人员和城市警察。满屋刺鼻的汗味。两个保安正按着乔，他已被铐上了。两个警察抓住杰西，另一个正挥舞着一英尺长的手电筒打他的脑袋。一片血帘蒙住杰西的脸，浸透了他的衬衣。他痛得大叫。我穿过房间，没有一个人注意到我。所有人都在围观那个警察殴打杰西，仿佛在看电视里的斗殴。我夺过手电筒，砸在警察头上。他砰一声倒在地上。“哦天哪，他死了。”另一个警察说。

我和杰西被戴上手铐押着穿过机场，来到地下的一个小警察局。我们并排坐着，双手被反绑在椅背上。杰西的眼睛被血糊在一起，睁不开。他看不见东西，头上的伤口一直在流血。我恳求他们给他清理一下，或包扎一下，给他洗洗眼睛。警卫说，等到了雷德伍德城监狱，他们会为你们清理的。

“见鬼，兰迪，那小子还未成年呢！得有人送他过桥！”

“未成年？那这婊子麻烦大了。我不送他。我马上要交班了。”

他走到我面前：“你知道挨打的那个警官怎么样了吗？他们送他去重症监护室了。他说不定会死的。”

“求你了，能给他洗洗眼睛吗？”

“去他妈的眼睛。”

“杰西，把头低一低。”

我舔去他眼睛上的血。这用了很长时间；他的血很稠，凝成块黏在睫毛上。我得不停地啐唾沫。他的眼睛是蜂蜜的琥珀，亮晶晶的，周围结了一圈血锈。

“嗨，玛吉，让我看看你的笑。”

我们亲吻。警卫拉开我的脑袋，打了我一个耳光。“下流的婊子！”他说。就在这时，传来一片喊叫声，乔也被扔到我们旁边。他因为在妇女儿童面前说脏话而被拘捕。之前他打听我们的情况，他们什么都不告诉他，他便气得骂人。

“这个的年龄够送雷德伍德城监狱。”

因为他的手被反铐着，没法拥抱我们，于是他亲了亲我们俩。在我记忆中，他以前从没亲过我们俩任何一个人的嘴唇。他后来说，那是因为我们俩嘴上都是血，让他心里难过。那警察又叫我变态狂，勾引小男孩。

当时我气坏了。我还不明白，不清楚别人是怎么看我的。我不知道指控我的罪名已经越积越多。一个警察在房间另一头的桌案上对我宣读罪名。“公共场合公然醉酒，阻碍抓捕，袭击警察，动用致命武器袭击，谋杀未遂，拒捕。具有下流淫荡行为，对未成年人实施性行为（舔舐其眼部），促使未成年犯罪，携带大麻。”

“嘿，不可能！”乔说。

“什么都别说。”杰西小声说，“这对我们有利。一定是栽赃。我们刚才都被搜过身了，对吧？”

“见鬼，没错。”乔说，“再说了，要是有大麻的话我们早吸了。”

他们把杰西带走。我和乔被押进一辆巡警车后座。我们行驶了数英里，到达雷德伍德城监狱。我脑子里想的只有杰西走了。我想他们会把他送到阿尔伯克基，之后他会去伦敦。

两个恶毒的男人婆警察对我进行阴道和直肠检查，给我冲了一场冷水浴。她们用碱性肥皂给我洗头，任皂液流进我眼睛里。她们丢下我，不给毛巾和梳子。只给了我一条极短的袍子和一双球鞋。我一只眼睛乌青，嘴唇肿胀，那是他们从我手中夺下手电筒后打的。押我下楼的警察不停拧我的手铐，在我一双手腕上卡出血淋淋的裂口，就像愚蠢的割腕自残。

他们拿走了我的烟。跟我关在一起的两个妓女和一个酒鬼至少还让我抽一口她们剩下的湿烟头。没有人睡觉，没有人说话。我一整夜都在哆嗦，因为冷，因为喝不到酒。

早上，我们乘大巴前往法院。我透过窗户，与一个胖印第安律师用电话交流，他把报告读给我。那报告从头至尾都虚假歪曲。

“接到通知，机场大厅有三名嫌疑人。一名妇女带两名地狱天使，其中一名为印第安人。三人皆携带武器，有潜在危险。”我不断地告诉他，报告上写的全都是谎话。律师不理会我，只是不停问我有没有上那个孩子。

“上了！”最后我说，“但这基本上就是唯一可以用来指控我的事。”

“假如我写上，你就会受到指控。法定强奸罪。”

我太累了，竟然咯咯笑起来，这更惹他生气。法定强奸[①]。我头脑中出现皮格马利翁[②]或某个意大利人强奸哀悼基督雕像的情景。

“你真变态，”他说，“你被指控在公共场合与未成年人发生性行为。”

我告诉他，我是想把杰西眼睛上的血舔掉，好让他看见东西。

“你还真舔掉啦？”他揶揄道。

我能想象得出监狱会是什么鬼样子。我很能理解，囚犯是怎么越学越坏的。我想杀了他。我问他接下来会发生什么事。他说我会被提审，确定庭审日期。我会上法庭，做无罪答辩，希望我们出庭时遇上一位还算宽宏大量的法官。在这个城市找陪审员也是个问题。这里的人都笃信宗教，极端保守，难以容忍毒品和性犯罪。地狱天使在他们眼里就是撒旦，更别说大麻了。

“我没有大麻。”我说，“是警察栽赃。”

“那是自然，是为感谢你舔他的老二？”

“那你到底是替我辩护还是指控我？”

“我是你的指定辩护律师。法庭见。”

乔也在法庭上，和其他一串穿橙色囚服的人用链子锁在一起。他不看我。我身上青一块紫一块，头发在脸周围乱糟糟地卷着，直筒短袍几乎遮不住内裤。后来，乔老实告诉我，是我样子太丢人，他才假装不认识我的。我们俩的庭审日期都定在一月。当他的案子

---

① statutory rape，因“statutory”（法定的）形似“statue”（雕像），接下来女主人公便联想到与雕像发生性关系。

② Pygmalion，希腊神话中的塞浦路斯国王，善雕刻，在奥维德《变形记》一诗中是爱上自己雕出的女子的雕刻家。

交到法庭时，法官只是哈哈一笑，撤销了指控。

我给家里打电话。告诉本我在什么地方就够让人难以启齿了。我太羞愧，没法开口要求任何人替我交保释金，于是我又等了一天，自签担保后才被释放。愚蠢的是，为做到这一点，我让他们给我任教学校的校长打电话。校长是个女人，很喜欢我，尊敬我。我那时仍然不知道人们是怎么评判我的。我真想不通，自己当初怎么会那么盲目，但如今我清醒些了。

警察告诉我，乔需要我帮他交保释金，所以等我出狱之后，就去见保释人。数额肯定不大，因为我是给他开的支票。

我们搞明白了怎么去机场。但那感觉就像远眺珠穆朗玛峰。看着近在咫尺，实则远在天边。我们冒雨步行，浑身冰冷，走了一英里又一英里。我们走了大半天。我们笑个没完，甚至在试图抄近道穿过一个养狗场之后还在笑。爬栅栏的时候，下面有几条杜宾犬在咆哮狂吠。就像阿伯特和科斯特罗[1]。我们走到高速路上，谁都不愿意让我们搭车。这样说也不对，最后总算有个开卡车的伙计停下车，但我们眼看快走到了，便挥手让他继续开。

说真的，下面是整个过程中最糟糕的一段。想办法找到那辆破车。我们走遍巨大车库的每一层，一层层上去，再一层层下来，转了一圈又一圈，接着又一层层上去，一圈又一圈地找，直到最后我们俩都哭起来。号啕大哭，因为我们又累又饿又冷。一个上了年纪的黑人看见我们，尽管我们俩浑身淋透，像傻瓜一样号哭，竟然也没把他吓坏。他甚至不介意我们俩把他那辆一尘不染的旧哈德森沾上泥水。他开车带着我们俩一圈又一圈、一层又一层、上上下下地

① Abbott and Costello，二十世纪四五十年代著名的喜剧搭档。

找，不停地说，仁慈的主会帮助我们的，一定会。等终于找到车时，我们禁不住异口同声地说："赞美主！"我们下车时，他对我们说："上帝保佑你们。""上帝保佑您，谢谢您！"我和乔齐声说，仿佛在教堂里应答。

"我靠，这老哥真是个天使。"

"他的确是。"我说。

"对啊，我就是这么说的呀。一个货真价实的天使。"

汽车储物箱里有半品脱多的占边威士忌。我们坐在车里打开暖气。车窗蒙上水汽，我们吃着脆谷乐麦圈和喂鸭子用的袋装烤碎面包片，喝完了那瓶威士忌。

"我得承认，"他说，"从没吃过这么好吃的东西。"

我们冒雨开车回家，一路沉默。他开车。我不停地擦车窗上的水汽。我请他不要把警察对我的指控告诉我的孩子或杰西。就说是扰乱治安，好吗？没问题，他说。之后我们没再说话。我没觉得内疚或羞愧，没为自己惹的麻烦而担心。我想的是，杰西走了。

去找杰西之前，我想给谢丽尔打电话，被她挂断，我又试了一次，可对方占线。我想开车，又担心在他们小区停车有问题。在他们小区步行我也不放心。我把保时捷停在办公楼车库里，走了七八个街区来到他们的公寓。我想这也多少说明了我的性格。

楼下的门是涂鸦的胶合板，前面装着金属栅栏。门嗡嗡打开，进去是满地灰尘的大理石门厅，光线从四楼的星形天窗中洒下。这仍然是一栋漂亮的瓷砖和大理石砌成的建筑，有着蜿蜒的楼梯，几面暗淡的镜子，镶着装饰派艺术风格的外框。有人倚在一口瓮上睡觉；楼梯上，几个人扭过脸从我身边经过，都隐约有点面熟，像是在法院或监狱见过。

到达他们的公寓时，我已经气喘吁吁，被尿骚味、廉价葡萄酒味、过期变质的油味和尘土味熏得直恶心。卡洛塔开了门。“请进。”她微笑着说。我走进他们色彩鲜艳的世界，其中弥漫着玉米面包、红辣椒、酸橙和香菜的气味，还有她的香水味。房间的天花板很高，窗户也很高。打过蜡的木地板上铺着别具东方风情的地毯。巨大的蕨类植物，香蕉树，天堂鸟。这个房间里唯一的家具是一张铺着红色绸缎床单的床。窗外的夕阳下，是阿比西尼亚浸信会教堂的金色穹顶，一丛高大的古老棕榈树，旧金山湾区捷运的弧线轨道。那景象如同丹吉尔的风景。她待我专心看过一会儿后，方与我握手。

“谢谢您帮助我们，科恩先生。我最终会付给您报酬的。”

“别为那个担心。我很乐意这么做。”我说，“尤其是现在我已读过了那份报告。明显是歪曲事实。”

卡洛塔个头很高，皮肤晒成小麦色，穿一件柔软的白色针织连衣裙。她看上去三十岁左右，有种我妈妈所说的端庄仪态。她比那套公寓、比杰西更令我惊讶，哦，可能比不上杰西。我看得出，他们俩的结合为什么会让人不安。我老是盯着她看。她是位可爱的女士。我不是指她很漂亮，虽说她确实漂亮。优雅。假如我们真要上法庭，她在庭上会光彩照人。

事后证明，这只是我的第一次登门。之后，我每星期五都要回到那里，从我的办公室走去，不，是奔去他们那里。仿佛我像爱丽丝[①]那样喝了某种饮料，或者身在伍迪·艾伦的电影中。不是演员

① 此处指英国作家刘易斯·卡罗尔《爱丽丝漫游奇境》中的主人公。

从银幕上爬下来。[1] 是我爬上去，钻进银幕中。

初次见面的那天晚上，她领我走进另一个房间，里面有精美的布哈拉地毯，几只挂包，一张布置了三人餐具、摆着鲜花和蜡烛的桌子。立体声音响中播放着《安吉》。高大的窗户上挂着竹帘，微风拂过，在墙上投下条幅般的影子。

杰西从厨房里打了声招呼，走出来和我握手。他穿着牛仔裤和白 T 恤。他们俩在河口玩了一整天，脸色绯红。

“你喜欢我们家吗？我刷的漆。来仔细瞧瞧厨房吧。婴儿粑粑黄，很好看，对吧？”

“这公寓，真是太漂亮了！”

“而且你喜欢她。我知道你会的。”他递给我一杯金汤力。

“你怎么……？”

“我问过你秘书。今晚我掌勺。我去把饭做完，你很可能有些问题要问玛吉。”

她领我走上“阳台”，那是窗外防火梯上面的一块地方，面积可以放下两个装牛奶的板条箱。我确实有几十个问题要问。报告上说，她自称是位老师。她告诉我她丢掉了路德会中学的工作，被逐出住处。她很坦诚。她说邻居们抱怨已久，因为她家住的人太多，音乐太吵。而这次出的事让他们终于忍无可忍。她很高兴前夫把年纪小的三个孩子接去了墨西哥。

“现在我完全不知所措，一团糟。”她说。因为她嗓音优美而平静，她的话让我很难信服。

她简要讲了机场里发生的事，承认自己的责任比杰西所说的要

① 此处指伍迪·艾伦的电影《开罗紫玫瑰》中的情节。

大。“说到那些指控，我确实犯了那些罪，除了大麻，那是他们栽赃。但他们描述的方式很叫人恶心。比如乔确实吻了我们俩，但那是出于友谊。我根本没有与小男孩淫乱。那个警察殴打杰西，其他警察袖手旁观，那才令人作呕，才是错误。任何正常人都会像我那么做。但是，谢天谢地，那个警察没死。”

我问她，审判过后她打算怎么办。她表情惶恐，压低声音把杰西在办公室对我说的又讲了一遍，他们已经决定，审判结束前不考虑这件事。

“但我会处理好的。那时候我会振作起来。”她说她会西班牙语，考虑过到医院申请个工作，或者做法庭翻译。她曾经在新墨西哥工作了将近一年，协助过一次审判，有很可靠的推荐信。我知道那个案子，认识她共事过的法官和律师。很著名的案件……一个吸毒者朝一名缉毒警官背上开了五枪，结果只判了过失杀人罪。我们谈论了会儿那场精彩的辩护，然后我告诉她该把法庭翻译这段填在哪一部分。

杰西端出鳄梨酱和玉米片，又给了我一杯饮料，他们自己喝啤酒。她一溜坐到地上，他也坐下。她往后一靠，倚在他的膝头。他抬起一只修长的手，轻轻拢住她的喉咙，另一只手端着啤酒喝。

我永远不会忘记那一幕，他手拢着她喉咙的样子。两个人从不打情骂俏，也不故作扭捏，从没做出挑逗甚至感情外露的举动，但他们的亲密却如电光石火。他拢着她的喉咙。那不是一种占有的姿态；他们融为一体。

“当然，玛吉可以找到十几种工作。而且她也能找到一栋房子，她的孩子也都可以回家来。问题是，他们不和她在一起会过得更好。

他们当然会想念她，她也会想念他们。她是个好妈妈。她把他们养得很好，塑造他们的品格和价值观，让他们清楚自己是谁。他们自信又诚实。他们开朗爱笑。如今他们和爸爸在一起。他很有钱，能送他们到安多佛[①]和哈佛上学，他自己上的就是哈佛。其他时间里他们可以去航海、钓鱼、潜水。要是他们回到她身边，我就得离开。我要是离开，她就会酗酒。她根本戒不了，情况将会很糟糕。”

“你要是离开，会做什么呢？”

“我？会死。”

夕阳照在她亮闪闪的蓝眼睛上。泪水盈满她的眼眶，挂在睫毛上，没有落下来，倒映着绿色的棕榈，仿佛她正戴着一副绿松石色护目镜。

“别哭，玛吉。”他说。他歪过她的头，饮下她的泪水。

“你怎么知道她哭了？”我问。

“他总是知道，”她说，“夜里，黑暗中，我的脸并没有冲着他，要是我微笑，他会问：‘什么事那么好笑？’”

“她也是。她有时呼呼酣睡，人事不省。我咧嘴一笑。她一下子睁开眼，也冲我笑。”

随后我们吃晚饭。这一餐十分尽兴。除了案子，我们什么都谈。我想不起为什么突然讲起我那俄罗斯奶奶的故事，一大堆关于她的故事。我已经很多年没笑得那么开心了。教给他们一个词，“shonda”[②]。真是个“shonda”！

卡洛塔收拾桌子。蜡烛已经燃了一半。她端着咖啡和焦糖布丁

---

①Andover，美国顶尖的预科学校。

② 源自意第绪语的英语单词，有“耻辱”“傻子”之意。

回来。我们快吃完的时候，她说："乔恩，我可以叫你咨询师吗？"

"天哪，不要。"杰西说，"那听起来就像是上初中的时候。他会问我，我的怒气因何而起。咱们还是叫他大律师吧。大律师，您有否考虑过这位女士的冤情？"

"考虑过，贤弟。容我取我的公文包来，给你们看看我们的进展。"

我同意来杯干邑白兰地。他们俩都在喝兑水的威士忌。我很兴奋。我想不带感情就事论事，但我的心情太好了。我仔细查看了文件，对比报告中三页不实的、误导性的、诽谤性的或者说是中伤性的陈述。"下流的""放荡行为""淫荡态度""有威胁性的""恐吓的""持有武器并具有危险性的"。好几页陈辞足以导致法官和陪审团对我的委托人产生偏见，即便在和杰西谈过之后，那些内容依然让我对她产生了歪曲的印象。

我拿到一份机场安检报告，上面说对她以及她的衣服和包都进行过彻底搜查，没有发现毒品或武器。

"不过最有利的是，杰西，你没猜错。那两个家伙都有一长串严重违规行为。因不当使用武力、殴打犯罪嫌疑人而被停职。因杀死未持有武器的作案嫌疑人而被分别调查两次。针对他们暴力执法、过度使用武力、非法拘留与编造罪证的投诉不可胜数。而这才仅仅是调查了几天的结果！我们的确了解到，这两个警察都受过严厉的停职处分，被降级，从城市巡逻地段被调派至旧金山南部警区。我们将坚决要求有关部门对执行逮捕的警察进行调查，并扬言起诉旧金山警察局。"

"那么，咱们别只是扬言，干脆起诉吧。"杰西说。

我后来了解到，酒壮了他的胆，却让她更脆弱。她摇摇头："我撑不下去。”

“坏主意，杰西。”我说，“但确实是处理这个案子的好办法。”

庭审到六月底才进行。尽管我的助手不断找到更多对那些警察不利的证据，却没有多少值得我们讨论。假如案子没有被驳回，那我们就不得不推迟审判，然后，祈祷吧。但我还是每星期五去电报大道的公寓。这让我太太谢丽尔气愤而嫉妒。除了手球比赛，这还是第一次我去什么地方不带她。她不明白为什么她不能一起去。我无法解释，甚至对自己都说不清。有一次她甚至指责我有外遇。

这确实像外遇。不可预料，且令人兴奋。星期五一整天我都迫不及待，直到去了那里。我爱上了他们所有人。有时候我和杰西、乔还有卡洛塔的儿子本一起打扑克，或者打台球。杰西把我教成玩牌和打台球的高手。和他们一起去城里的台球室而不感到害怕，让我觉得有种孩子气的酷。无论去哪里，只要有乔在场，我们都很安全。

“有他就像养了条比特犬，只是养起来没那么贵。”杰西说。

“他还有别的本领，”本说，“他可以用牙咬开瓶盖。他是这儿最爱笑的人。”没错。他很少说话，但总能立马领会笑点。

有时候我们和本一起步行去奥克兰市中心，他拍照。卡洛塔教我们以手为框，像透过镜头那样看东西。我对本说，这改变了我看东西的方式。

乔喜欢溜进照片中。照片冲印出来后，才发现他和几个酒鬼坐在门廊上，或是表情茫然地站在门口，同一个华人屠夫为只鸭子讨价还价。

一个星期五，本带来一台美能达照相机，说要以五十美元的价钱卖给我。当然，我很开心。后来我注意到他把钱给了乔，这让我很纳闷。

“玩玩再安胶卷。一开始就到处走走，透过镜头观察。我自己的相机一半时间里都是没装胶卷的。”

我的第一批照片拍的是离我办公室只有几个街区的商店。那家店卖单只的鞋子，一只一美元。房间一侧摆着成堆的左脚的旧鞋，另一侧是右脚的。老头们。贫困的青年们。卖旧鞋的人坐在摇椅中，把钱放进一只桂格燕麦盒里。

那第一卷胶卷让我十分开心，开心程度超过多年来做过的所有事，甚至胜过打了场漂亮官司。当我把照片拿给大家看时，他们都和我击掌相庆。卡洛塔拥抱了我。

我和本一起出去过几次，一大早，唐人街，仓储区。这是了解人的好办法。我会聚焦在穿校服的小孩子身上，而他则会拍摄老人的手。我对他说，拍人让我觉得不自在，就像是在打扰人家，很没礼貌。

“在这点上妈妈和杰西帮助了我。他们总是跟所有人说话，人们也答话。如今，假如我拍照时对方没有看我，我就会和他们说话，直接走过去问：‘你介意我给你拍照吗？’大多数时候他们会说：‘浑蛋，我当然介意。’但有时候他们不介意。”

有几次我们谈起卡洛塔和杰西。他们相处得那么融洽，所以我很惊讶本那么生气。

“哦，我当然生气。部分原因是出于孩子气。他们俩那么亲，让我感觉被冷落，感觉嫉妒，仿佛失去了妈妈和最好的朋友。另一方面我觉得这是好事。以前我从没见他们俩哪个开心过。但是他们也助长了彼此性格中破坏性的一面，自我厌弃的那一面。自从他们搬到电报大道，他没弹过琴，她也没写过东西。他们挥霍他的钱，主要是喝酒喝掉的。”

“我从来没觉得他们喝醉了啊。”我说。

“那是因为你从来没见过他们清醒的样子。我们走了以后，他们才真正开始喝。然后他们就在城里东倒西歪地到处乱晃，追逐消防车，天知道做些什么。有一次他们进了邮局仓库，被人开枪打。至少他们是安分的酒鬼。他们俩对彼此温柔得难以置信。她对我们几个孩子从不刻薄，从没打过我们。她爱我们。正因如此，我不理解她为什么不把我的弟弟们接回来。”

还有一次，在电报大道，他把杰西写的一首歌的歌词拿给我看。写得不错。成熟，讽刺，温柔。让我想到鲍勃·迪伦、汤姆·威茨和约翰尼·卡什三人的结合体。本还递给我一本《大西洋月刊》，上面有她写的一篇短篇小说。几个月前我读过那篇小说，当时就感觉写得很棒。“这么美的东西，你们俩写的？”他们都耸耸肩。

本说得有道理，但我没有看到他们有任何自我憎恨或破坏性。与他们在一起，激发出我心中积极的一面，多愁善感的一面。

我和卡洛塔单独在阳台上。我问她，为什么在这里让我感觉这么好？“就因为他们都是年轻人吗？”

她笑了。“他们都不年轻。本从来没有年轻过。我从来没有年轻过。很可能你也是个老顽童，你喜欢我们是因为你可以表现出这一点。能够玩乐太美妙了，不是吗？你喜欢来这儿，是因为在这里，你生活中的其他内容消失了。你从来不提你太太，所以你们之间肯定有问题。你的工作肯定有麻烦。杰西允许每个人做自己，为自己考虑。自私没什么大不了。

“与杰西共处像是一种冥想。就像坐禅，或者处于感官剥夺箱之中。过去和未来消失了。问题和决定消失了。时间消失了，当下获得一种强烈的色彩，只存在于此刻的框架中，正如同我们用手圈出来的框架一样。”

我看出她醉了，但我依然明白她的意思，知道她说得对。

有一小段时间，杰西和玛吉每夜都在市中心不同的房顶上睡觉。我想象不出他们为什么要这么做，于是他们带我去了其中一个。我们首先找到那架旧的金属消防梯，杰西往上一跃，把消防梯拉下来。等我们登上梯子，上到台阶，他又在我们身后把消防梯拉上去。然后我们往上爬，爬到高处。远眺河口、海湾，那感觉怪异而神奇。金门大桥上方仍余一抹粉红色的残阳。奥克兰市中心寂静而荒凉。“周末时，这里看过去就像《海滨》[1] 中的景象。”杰西说。

我心生敬畏，为那种寂然无声，为那里只有我们，脚下是城市、周围是天空的感觉。我不确定我们身处何地，直到杰西喊我到楼顶的外缘。“你瞧。”我一看，接着恍然大悟。那是我的办公室，位于雷曼大厦第十五层，比我们站的地方高几层。和我们只隔几个窗户的地方是布瑞利格的办公室。那盏有着玳瑁色罩子的小灯亮着。布瑞利格坐在他宽大的写字台前，没穿西装外套，也没打领带，双脚搁在脚蹬上。他在看书。很可能是蒙田，因为书是皮革装订的，而且他在微笑。

“这样做不好，”卡洛塔说，“咱们走吧。”

“你平常是喜欢看窗里的人的。”

“是的，但你要是知道他们是谁，那就不是想象，而是监视了。”

① 英国小说家内维尔·舒特（Nevil Shute，1899－1960）代表作，1959 年被改编成美国电影。

下了消防梯，我想，正因为这种典型的争论，我才喜欢他们。他们从不为鸡毛蒜皮而争。

有一次我到的时候，乔和杰西外出钓鱼还没回来。本在那里。玛吉刚哭过。她递给我一封信，是她十五岁的儿子内森写的。一封很温柔的信，告诉她他们都在做什么，说他们想回家。

“那，你是怎么想的？”她去洗脸时，我问本。

“我希望他们丢掉这种杰西或孩子们二选一的想法。假如她能找到工作和房子，戒了酒，假如他不时过来，他们会发现没啥问题。是可以行得通的。麻烦在于，他们俩都很害怕，担心对方一旦清醒就会离开。”

“如果他离开，她会戒酒吗？”

“天哪，不会的。我真不愿想这事。”

那天晚上，本和乔去看球赛。乔总把他们称作“该死的运动家队”。

“电视上在演《午夜牛郎》。想来看吗？”杰西问。我说，当然，我喜欢那部电影。我以为他们说的是去酒吧看，忘了他还不够年龄。不，他们指的是去灰狗车站，我们坐在相邻的座位上，每人一台小电视，投进二十五美分的硬币。插播广告时，卡洛塔又拿出些硬币，买了爆米花。之后我们来到一家中餐馆，但马上就要打烊了。“是的，我们总是在快打烊的时候来，这时候他们会订披萨外卖。”他们最初是怎么发现这一点的，我无从想象。他们把我介绍给服务员，把钱付给他。之后，我们和服务员、厨师、洗碗工在一张大桌子周围坐下，吃披萨，喝可乐。熄灯了，我们就着烛光吃饭。他们都说汉语，传递不同种类的披萨时冲我们点头。不知为何，我感觉自己置身于一家正宗的中国餐馆。

第二天夜晚，我和谢丽尔去杰克·伦敦广场见朋友，共进晚餐。那是个和煦的夜晚，保时捷的车篷放了下来。那天我们过得很开心，做爱，赖床。当我们走近餐馆时，我和谢丽尔开心地笑着，心情很好。我们被一列总是缓缓驶过广场的货运列车挡住了去路。长长的列车没完没了地行驶着。我听到一声叫喊。

“咨询师！乔恩！嗨，大律师！”杰西和卡洛塔在一节车厢中向我挥手飞吻。

“可别告诉我，”谢丽尔说，“那肯定是彼得·潘[1]和他的妈了。”她又说：“乔恩自己的雌雄大盗。”

“闭嘴。”

我以前从没对她说过那样的话。她双眼盯着正前方，仿佛没听到。我们来到那家高雅的餐厅，与我们举止优雅、能言善辩、态度开明的朋友们见面。美味佳肴，美酒佳酿。我们谈论电影、政治和法律。谢丽尔妩媚迷人。我机智诙谐。我们之间可怕的嫌隙已经出现。

如今我和谢丽尔已经离异。我认为，我们的婚姻因为那些星期五的夜晚开始终结，而不是因为她的出轨。我从不带她去见他们，这令她怒火中烧。我说不清自己为什么不想带上她，究竟是怕她不喜欢他们，还是怕他们不喜欢她。还是因为别的东西……我身上那些羞于让她看到的部分。

下次见到杰西和卡洛塔的时候，他们已经把车厢那回事忘了。

“玛吉不可救药。我们本可以学会怎么做的。我们本可以游遍全美。但每次我们咔嗒咔嗒开始往前走，她就歇斯底里。我们只坐

① 英国作家詹姆斯·巴里所著儿童小说《彼得·潘》的主人公，是个永远不会长大的小男孩。

到过里士满和弗里蒙特。”

“不对，有一次到了斯托克顿。很远。好吓人，乔恩。但是也很奇妙，感觉确实很自由，就像在坐私人列车。问题是，杰西什么都不怕。要是我们到了北达科他州，赶上暴风雪，人家把我们锁在车里怎么办？我们就只能在里面。活活冻死。”

“玛吉，你不能老这么忧心忡忡的。瞧你都对自己做了些什么！为南达科他州的什么暴风雪而小题大做。”

“北达科他州。”

“乔恩，告诉她别那么忧心忡忡的。”

“一切都会解决的，卡洛塔。”我说。但我也害怕。

我们去码头看巡夜人在不在。七点半时，他总是在防波堤的另一头。我们会把装备扔过去，翻过栅栏，下到水中没有设警报的地方。我们去了好几次才找到最完美的船，拉西格尔号。一艘漂亮的大帆船，甲板是柚木的，吃水很深。我们铺开睡袋，打开收音机，调低音量，吃三明治，喝啤酒。后来小口抿威士忌。空气凉爽，有海洋的气息。有几次雾散了，我们看到星星。几艘装满小汽车的庞大日本舰船驶入河口，这景象最为美妙，如同移动的摩天大楼，灯火通明。恍若一艘艘幽灵船在面前滑过，悄无声息。船掀起的波浪太大，沉默地翻滚着，而不是四处飞溅。那些甲板上的人从不超过一两个。孤零零的男人，抽着烟，面无表情地眺望远处的城市。

墨西哥的邮轮则截然相反。在看到锈迹斑斑的船之前，我们就能听到音乐声，闻到发动机冒出的烟味。全体船员都探出身子，挂在船两侧，冲餐馆阳台上的姑娘们挥手致意。水手们都在欢笑、抽烟或是吃东西。我情不自禁，向他们高喊了一声："欢迎各位！"巡夜人听见了。他走过来，拿手电筒照我们。

"我在这儿见过你们俩好几次了。觉得你们对别人没啥害处，也不偷东西，但你们可能会给我惹麻烦的。"

杰西示意他下来。他甚至说："欢迎上船。"我们给他一个三明治和一瓶啤酒，对他说，万一我们被捉住，保证会说他肯定没见过我们。他名叫索里。从那之后，他每晚都来吃八点的晚饭，之后去巡逻。他会在清晨天亮前叫醒我们，那时候鸟儿们正好开始在水面上盘旋。

甜美的春夜。我们做爱，喝酒，聊天。我们说了那么多，聊的什么？有时候我们一聊就是整个通宵。有一次我们聊起小时候发生的不好的事。甚至和对方一起表演出来。那很性感，很吓人。我们再没有那样做过。我们的对话主要是谈论人，我们在城里闲逛时遇到的人。索里。我喜欢听他和杰西讲农活。索里是爱荷华州格兰迪森特人，当海军的时候曾驻扎在金银岛[1]。

杰西从不读书，但人们说出的词语让他很开心。一位黑人老太太对我们说，自己老得像盐和胡椒。索里说，当他老婆开始变得眼似飞镖、嘴如剪刀的时候，他就拍拍屁股，跟她分道扬镳了。

杰西让每个人都感觉自己很重要。他不是和气。"和气"这个词像"行善"，它意味着努力。就像车尾贴上写的那种不经意的善举。它应该指一个人的一贯做法，不是他选择去做什么。杰西对每个人都有种富于同情的好奇心。我一辈子都感觉自己根本没有真正存在过。是他看见了我。我。他看到了我的本真。尽管我们做过很多危

---

① Treasure Island，美国佛罗里达州皮内拉斯县城市。

险的事，但和他在一起是我唯一感到安全的时候。

我们做过最蠢的危险事，是在梅丽特湖，向湖里那座岛游去。我们把所有东西——替换的衣服、食物、威士忌、烟卷——全部放进塑料袋里，向岛游去。实际距离比看起来要远。水冷极了，又脏又臭，甚至在换过衣服以后，我们身上还有臭味。

白天的时候，公园很美。连绵的山丘，古老的橡树，玫瑰花园。到了夜里却充斥着恐惧和卑劣。可怕的声音被放大，越过水面传来。疯狂的交媾和打架，瓶子的碎裂。人们在干呕，在尖叫。被扇耳光的女人。警察，咕哝声，殴打声。如今已经耳熟的警用手电筒的声音。波浪哗哗拍打我们那座树木掩映的小岛，而我们浑身哆嗦着喝酒，直到一切都已平息，才敢往回朝岸上游。水一定是被严重污染了，我们俩都病了好几天。

一天下午，本来了。就我自己在。乔和杰西打台球去了。本揪住我的头发，把我拽到卫生间。

“瞧你自己醉成什么样子！你是谁？我弟弟们怎么办？爸爸和他女朋友吸毒。弟弟们和你一起可能会死于车祸，或者是你放火把房子烧掉，但至少他们不觉得喝酒是什么光彩事。他们需要你。我需要你。我需要不去恨你。”他抽泣起来。

我唯一能做的——也是我从前做了千万次的——就是一遍又一遍地说：“对不起。”

但当我告诉杰西我们必须戒酒时，他说好啊。既然要戒，干吗不连烟也戒了呢？我们告诉其他人，我们要到大苏尔附近徒步旅行。我们驱车开上水面之上蜿蜒曲折的1号公路。天边挂着月亮，海上的泡沫泛着霓虹白。杰西驾车不开灯，很吓人，我们因此吵了起来。

等我们到达目的地，爬坡入林，天开始下雨。雨下个没完，我们又吵起来，为拉面什么的。天很冷，可除此之外，我们俩还抖得厉害。我们只熬过一夜。我们开车回家，喝醉，等渐渐不再馋酒喝，便又出发了。

这次要好些。我们去了雷耶斯岬。风和日丽。我们看了几小时的海，没有说话。我们在树林中徒步，在海滩上奔跑，对彼此说石榴有多么好吃。我们在那里住了三天后，被怪异的咕哝声惊醒。雾蒙蒙的树林中，激烈扭动着向我们逼近的这群生物，像是长着长方形脑袋的外星人，发出喉音和瘆人的笑声。他们腿脚僵硬，步子东摇西晃。“早上好。很抱歉打扰了。”一个男人说。原来这群人是有严重智力障碍的青少年。他们的长方形脑袋实际上是卷起来摞在背包上面的睡袋。“天哪，我需要抽根烟。”杰西说。回到电报大道的家，感觉真好。我们依然没喝酒。

“好奇怪，喝酒竟然占了那么多时间，是吧，玛吉？”

我们去看电影。把《穷山恶水》看了三遍。我们都无法入睡。我们没日没夜地做爱，仿佛对彼此充满愤怒，从丝绸床单滑到地板上，汗流浃背，筋疲力尽。

一天夜里，杰西走进卫生间时，我正在读内森写来的信。内森说他们得回家。我和杰西打了一整夜。真动手了，又打又踢又抓，直到最后我们哭成一团。结果我们喝得酩酊大醉，一连好几天，是我们醉得最疯狂的一次。最后我酒精中毒，喝一杯已经不管用，不能让我停止哆嗦。我害怕了，吓坏了。我觉得我戒不掉了，自己都再也照顾不了，更别说照顾孩子了。

我们发了疯，让彼此更疯狂。我们断定，我们俩都不配活下去。

他永远成不了音乐家，已经搞砸了。我作为母亲也已经失败。我们是不可救药的酒鬼。我们无法一起生活。我们俩都不配在这世上生活，所以干脆去死吧。这样写很尴尬。听起来自私而夸张。可我们这样说的时候，那的确是可怕而冷酷的事实。

早晨，我们上了车，直奔圣克莱门特。我将在星期三到达父母家。星期四我会去海边，游进大海中。这样就算作意外事故，我父母可以处理我的尸体。杰西则开车回去，在星期五上吊自杀，这样乔恩可以发现他。

只为此行，我们也得逐渐减少喝酒的量。我们给乔恩、乔和本打电话，告诉他们我们要走了，下星期五再见。我们走得很慢。这趟旅行很美妙。在大海中游泳。卡梅尔和赫斯特城堡。新港海滩。

新港海滩太棒了。汽车旅馆的女服务员敲敲房门，对我说："我忘记给你丈夫毛巾了。"

当时我们正在看《峡谷情仇》，杰西说："你觉得该怎么办？我们该结婚还是自杀？"

快到我父母家的时候，我们又莫名其妙地打了起来。他想先去参观理查德·尼克松旧居，然后再送我回家。我说不希望自己生前做的最后一件事是看尼克松的旧居。

"好吧，滚吧，那就下车。"

我心想，假如他说他爱我，我就不下车，但他只是说："让我看看你的笑，玛吉。"我下了车，从后座拿出手提箱。我笑不出来。他开走了。

我母亲是个巫婆，她什么都知道。我没有对他们说过杰西的事。我只告诉他们我被学校裁员，孩子们送去了墨西哥，我在找工作。

但我刚到一个小时，她就说："这么说，你是打算自杀，还是怎样？"

我对他们说，我为找工作的事很抑郁，我想念儿子们。我本以为去看看他们应该挺好的。但这只让我感觉自己在拖延。我最好明早就回去。他们很同情我。那天晚上我们都喝了很多。

第二天早上，父亲开车送我去约翰·韦恩机场，替我买了回奥克兰的机票。他一直说，我该去诊所当接待员，那样我会领到福利。

我坐麦克阿瑟公交车驶向电报大道，这个时候我本该溺水而死的。从第四十街到我家的几个街区，我一路狂奔，惊恐万状，担心此时杰西已经死了。

他不在家。到处都是淡紫色郁金香。花瓶里，罐头瓶里，碗里。卫生间里，厨房里，公寓里到处都是。桌子上有张纸条："你不能离开我，玛吉。"

他从我身后走过来，把我转过来，推到壁炉上。他搂住我，拉起我的裙子，褪下我的内裤，进入我的身体，达到高潮。我们整整一上午都躺在厨房地板上。奥蒂斯·雷丁和吉米·亨德里克斯。《当男人爱上女人》。杰西为我们做了他最爱吃的三明治。沃登牌面包夹鸡肉配蛋黄酱。无盐。很难吃的三明治。我的腿因为做爱而颤抖着，脸都笑酸了。

我们冲了澡，穿好衣服，在自己的房顶上度过一夜。我们没有说话。他只说了句："现在更糟了。"我贴着他的胸口，点点头。

第二天晚上乔恩来了，然后是乔和本。本很高兴我们俩没喝酒。我们还没决定戒酒，只是还没有喝。他们当然都问起郁金香的事。

"这地方需要来点他妈的色彩。"杰西说。

我们决定去买弗林特烧烤，去伯克利码头。

“真希望能带到船上去。”我说。

“我有条船。”乔恩说，“咱们坐我的船出海吧。”

他的船比拉西格尔号小些，但也很漂亮。我们发动引擎，乘船出发，转遍夕阳下的海湾。城市、大桥、喷溅的浪花，真美啊。我们回到码头，在甲板上吃饭。索里走过，看到我们时吓坏了。我们把他介绍给乔恩，告诉他是乔恩带我们出海的。

索里咧嘴笑了：“天哪，你们俩得有多喜欢啊。坐船出海！”

乔和本笑起来。他们十分喜欢坐船出海来到海湾，喜欢那种气息，那种自由自在。他们在谈论要弄条船，以船为家。事事都打算好了。

“你们怎么啦？”乔问我们。确实，我们仨很安静，只是坐着。

“我真郁闷。”乔恩说，“这船我买了一年，这是我第三次出海。从没有开过这该死的东西。我的轻重缓急全乱套了。我的生活一团糟。”

“我……”杰西摇摇头，话没说完。我知道他难过的原因和我一样。这是一条真正的船。

杰西说他不想上法庭。我告诉卡洛塔我会很早来接她。那时候汽油限购，所以不知道要排多久的队。我在西尔斯百货的拐角接上她。杰西陪着她，他看上去脸色苍白，宿醉未消。

“嘿，伙计。别担心。没事的。”我说。他点点头。

她在头发上缠了条头巾，眼眸清澈，明显很镇静，穿着一条裸粉色连衣裙，一双浅口漆皮鞋，拿着一只小包。

“杰姬·奥[1]出庭！这条连衣裙美极了。”我说。

[1] 指改嫁希腊船王奥纳西斯的前肯尼迪夫人杰奎琳。

他们吻别。

“我讨厌那条裙子。”杰西说，“等你回来，我得烧了它。”他们站在那里，四目相对。

“行了，上车吧。卡洛塔，你不会坐牢的，我保证。”

我们确实等了很久才加上油。我们什么都聊，除了审判。我们聊到波士顿。格罗利尔书店。罗科波餐厅。特鲁洛镇和沙丘。我和谢丽尔在普罗温斯敦相识。我告诉她，谢丽尔有了外遇。说我不知道自己是怎么想的。关于她的外遇，关于我们的婚姻。卡洛塔把手放在我搭在变速杆上的手上。

“我很遗憾，乔恩。”她说，“最难受的就是不明白自己的感受。一旦明白了，一切就都清楚了。我想是这样。”

“十分感谢。”我微笑。

两个警察都到庭了。她坐在他们对面的旁听席上。我去同公诉人和法官谈话，一起走进法官议事室。我们进去之前，他们俩都仔细地打量她。

事情进展顺利。我有的关于那两个警察的一页又一页的记录，机场安检提供的没有发现大麻的书面材料。还没等我真正讲到警方报告，法官就明白了。

“是的，是的，那您有何提议？”

“我方将对旧金山警察局提起控告，除非对方撤销全部指控。”他考虑了一下，但没用多久。

“我认为撤销指控是适当的。”

公诉人早已料到这一点，但看得出他不愿面对警察。

我们回到法庭，法官宣布，鉴于针对旧金山警察局的一项诉讼悬而未决，本庭认为撤销针对卡洛塔·莫兰的全部指控是适当的。假如那些警察拿着手电筒的话，他们会当庭把卡洛塔砸死。她忍不住露出一个天使般的微笑。

我觉得沮丧。这事了结得太快了。而且我本以为她会更高兴、更宽慰的。假如换个律师接手这个案子，她这会儿已经被关入监狱了。我甚至把这话说了出来，向她邀功。

“嘿，兴高采烈点好不好，表示点感激？”

“乔恩，原谅我。我当然十分高兴。我们当然很感激。而且我知道你的收费标准。我们真的欠你成千上万美元。更重要的是，我们认识了你，而且你喜欢我们。而今，我们爱你。”说到这，她给了我一个温暖的拥抱，一个灿烂的笑容。

我很羞愧，让她别再提钱的事，说这事已不属于一个案件的范畴了。我们上了车。

“乔恩，我需要喝一杯。咱们俩都需要吃早饭。”

我停下车，给她买了半品脱占边威士忌。在我们到达丹尼斯餐厅前，她喝了几大口。

“好一个早晨啊。我们本可以在克利夫兰的。看看我们周围。”雷德伍德城的丹尼斯餐厅仿佛处于美国的中心。

我意识到，她正努力向我展示她很快乐。她让我把事情的经过原原本本告诉她，我说了什么，法官说了什么。回家的路上，她向我问起其他的案子，问哪些是我最喜欢的。我不明白发生了什么事，直到我们行驶到海湾大桥，我看到了她的泪水。下桥后，我把车靠边停下，把我的手帕递给她。她对着镜子收拾妆容，冲我咧嘴笑了笑。

“如此说来，现在要曲终人散了。”我说。我支起车顶，时机恰好。在我们驶向奥克兰时，开始下大雨了。

“你准备怎么办？”

“你有何建议，咨询师？”

“不要冷嘲热讽，卡洛塔。这不像你。”

“我是很认真的。要是你的话，你会怎么办？”

我摇摇头。我想到她读内森的信时的表情。我记起杰西手拢着她喉咙的情景。

“你现在清楚了吗？你要怎么办？”

“是的，”她低声说，“清楚。”

他在西尔斯百货的拐角等着。浑身湿透。

“停车！他在那儿！”

她下了车。他走过来，问情况如何。

“小菜一碟。很棒。”

他探进来与我握手。“谢谢你，乔恩。”

我转过街角，在马路边停下车，望着他们在瓢泼大雨中渐行渐远，两人都故意在水洼处踩起水花，并轻轻碰撞着对方。

妈妈

“妈妈什么都知道。”我妹妹萨丽说，“她是个巫婆。即便现在她已经死了，我还是害怕她能看到我。”

“我也是。假如我在做一件很差劲的事，我就会担心她看到。可悲的是，每当我做什么正确的事，我也希望她能看到。‘嘿妈妈，你来看啊。’假使死去的人就是阴魂不散,看着我们所有人笑掉脑袋,会怎样呢？天哪，萨丽，这话真像是她说的。要是我和她一模一样，可怎么办呢？”

我们的母亲会琢磨，假如我们的膝盖反着弯，椅子会是什么样的。假如基督是被用电椅处死的呢？大家就会脖子上挂着椅子跑来跑去，而不是用条链子挂副十字架了。

“她对我说：‘干什么都行，就是千万别生崽。’”萨丽说，“还说假如我蠢到竟然要结婚的话，就一定要嫁个宠我的有钱人。‘千万千万别为爱而结婚。假如你爱一个男人,你就会想和他在一起,讨他开心,伺候他。你就会问他“你去哪儿啦？”或“你在想什么？”

或“你爱我吗？”之类的问题。于是他就会揍你一顿，或者出去抽烟，再也不回来。’”

“她讨厌‘爱’这个字。她说这个字就和人家说‘贱货’的语气一个样。”

“她讨厌孩子。有一次我去机场接她，当时我四个孩子都还小。她叫道：‘叫他们走开！’好像他们是群杜宾犬似的。”

“我不知道她不认我，是因为我嫁的是墨西哥人，还是他是天主教徒。”

“她责怪天主教让人生那么多孩子。她说教皇们制造了‘爱使人幸福’的谎言。”

“爱使人痛苦，”我们的妈妈曾说，“你哭湿了枕头，在哭泣中入睡，你的泪水让电话亭蒙上水汽，你的呜咽引得狗嗷嗷叫，你会一下子抽掉两根烟。”

“是爸爸让你痛苦吗？”我问她。

“谁？他？他没法让任何人痛苦。”

但是我用妈妈的建议挽救了自己儿子的婚姻。他妻子可可给我打电话，不停地哭。肯要搬出去住几个月。他需要自己的空间。可可十分爱他，她很绝望。我发现自己在用妈妈的语调给她出主意。确切说来是用她的得克萨斯式鼻音，带着冷笑。“对付那个笨蛋，他怎么对你，你就怎么对他。”我嘱咐她，绝对不要求他回来，“别给他打电话。给自己送花，附上神秘的卡片。教他的非洲灰鹦鹉说：‘你好啊，乔！’”我建议她多找几个备胎，帅气的、殷勤的男人。必要的话花钱雇，就让他们在家里进进出出。带他们去潘尼斯之家吃午餐。只要肯有可能出现，来拿衣服啦，或者看他的鸟儿啦，就要保证有不同的男人在家坐着。可可不停给我打电话。是的，她照我的话做了，可他还是没回家。但她听起来已经不那么痛苦了。

终于有一天，肯给我打电话：“喂，妈，听着……可可真是丢人现眼。我不是得去我们公寓拿几张CD吗？可家里竟然有个混混，穿着紫色莱卡骑行服，很可能还一身臭汗，躺在我的床上，在我的电视上看奥普拉秀，给我的鸟儿喂食。”

我能说什么？肯和可可从此过着幸福的生活。就在最近我去他们家时，电话响了。可可接起来，说了一会儿话，偶尔哈哈大笑。她挂断电话，肯问：“谁打来的？”可可嫣然一笑：“哦，不过是在健身房里遇见的一位。”

“妈妈糟蹋了我最喜欢的电影，”我对萨丽说，“《圣女之歌》。当时我在圣约瑟学校上学，打算当修女，或者最好是当圣徒。那时你才三岁左右。那电影我看了三遍。最后她同意陪我一起去看。结果她从头笑到尾。她说那位美丽的女士不是圣母玛利亚。‘老天，那是多萝西·拉莫尔。’有好几周她都在拿圣灵感孕开玩笑：‘给我拿杯咖啡，好吗？我起不来。我圣灵感孕了。’或者，给她的朋友爱丽丝·波默罗伊打电话时说：‘嗨，是我，汗流感孕。’或者，‘嗨，我是两秒感孕。’

“她机智风趣。这一点你得承认。比如递给一个乞丐五分钱时，她会说：‘恕我冒昧，年轻人，你的梦想或志向是什么？’再比如，当出租车司机面色阴沉时，她会说：‘你今天好像相当深沉而内省啊。’

“不，就连她的幽默也很恐怖。多年来，她的自杀遗书总是写给我的，通常都是玩笑。当她割腕时，签名是‘血腥玛丽’。当她过量服药时，她写道，她曾经尝试悬梁自尽，但是没搞清怎么打绳套，悬而未绝[①]。她寄给我的最后一封信并不好玩。上面说她知道我永远不会原谅她。说她不能原谅我毁掉了我自己的生活。”

“她从没给我写过自杀遗书。”

“萨丽，我没法相信，你真的嫉妒我收到了所有的遗书吗？”

“嗯，是的。我嫉妒。”

我们的父亲去世时，萨丽从墨西哥城飞到加州。她赶到妈妈家，去敲门。妈妈透过窗户看着她，却不让她进门。很多很多年以前她就和萨丽断绝了关系。

“我想爸爸。”萨丽隔着窗户向她喊，“我得癌症了，快死了。我现在需要你，妈妈！”我们的母亲只是拉上百叶窗帘，不理会她嘭嘭的敲门声。

萨丽会抽泣着，一遍遍回放这一幕和其他更伤心的情景。最后，她病入膏肓，就要去了。她不再为孩子们担心。她很安详，那样可爱、温柔。只不过偶尔，愤怒依然会攫住她，不放过她，让她不得安宁。

于是那时候我开始每天晚上给萨丽讲故事，就像讲童话一样。

我给她讲关于妈妈的趣事。有一次她想打开一袋鹅奶奶牌薯片，试了又试，最后作罢。“生活真他妈艰难。”说着，她把袋子扔到身后。

我告诉她，妈妈和妈妈的哥哥福图纳图斯三十年来不曾说话。最后他请她到马克之顶餐厅吃午饭，想捐弃前嫌。“在他那自负的老脑瓜里捐弃吧！”妈妈说。但她还是报复了他。[②]他强迫她吃玻璃

---

① 改自“悬而未决”。原文为“couldn't get the hang of it”（摸不到窍门），其中的“hang”是双关，有“悬吊”之意。

② 指下句在高档餐厅吃高级菜肴但要求搭配快餐作料的行为。

盅烤野鸡，菜端上来时，她对服务生说："喂，小伙子，有没有番茄酱呀？"

我给萨丽讲的大多是妈妈曾经是什么样的人。在她还没有酗酒，没有伤害我们之前。很久很久以前。

"妈妈在开往朱诺的船上，凭栏而立。她要去见她的新婚丈夫艾德。去迎接她的新生活。那是一九三〇年。她把大萧条抛在脑后，把外公抛在脑后。得克萨斯所有的肮脏、贫困和痛苦都已成为过往。天清气朗，船在离陆地不远的海面上自在地航行。她看着湛蓝的海水，望着这片野性而洁净的新国度岸上那苍翠的松林。那里有座座冰山，群群海鸥。

"最重要的是，要记住她是那么娇小，只有五英尺四英寸。她只是在我们眼中才显得高大。那么年轻，十九岁。她长得很美，黝黑，窈窕。她站在甲板上，迎着风轻轻摇晃。她很纤弱。因为冷，因为激动，她直打战。抽着烟。毛领子竖起来，围着她心形的脸庞，她墨玉般的秀发。

"那件大衣是盖勒舅舅和约翰舅舅买给妈妈的新婚礼物。六年后，她依然穿着它，所以我知道了它的来由。我将脸埋在有尼古丁气味的暗淡无光的皮毛中。不是在她穿着的时候。她受不了别人碰她。你要是离她太近，她会举起手，仿佛想挡开攻击似的。

"站在甲板上，她感觉自己很漂亮，是个大人了。这次航行中，她结交了朋友。她表现得诙谐、迷人。船长与她调情。他给她斟上更多金酒，喝得她晕头转向，这时他便对她窃窃私语：'你这黝黑的美人，让我心碎！'引得她哈哈大笑。

"当船驶进朱诺的港口时，她那双湛蓝的眼睛泪水盈盈。是的，我也从来没见她哭过。有点像《乱世佳人》中的斯嘉丽。她心中暗暗发誓。谁也别再想伤她的心了。

“她知道艾德是个好男人，可靠又善良。第一次让他送自己回家，回厄普顿路时，她十分羞愧。家里很破败；约翰叔叔和外公喝醉了。她怕艾德再也不会约自己出去了。但他把她搂在怀里，说：‘我会保护你的。’

“阿拉斯加与她梦想中一样美妙。他们乘坐雪上飞机进入荒野，降落在冰冻的湖面上，在万籁俱寂之中滑雪，见到了驼鹿、北极熊和狼。夏天，他们在树林中宿营，钓鲑鱼，还看见了灰熊和石山羊！他们结交朋友；她加入一个戏剧小组，在《欢乐的精灵》中扮演灵媒。有剧组聚会，百乐餐，后来艾德说，她不能再参加戏剧小组了，因为她酒喝得太多，行为举止有失她的身份。之后我出生了。他得去诺姆几个月，她独自一人带着刚出生的婴儿。他回来的时候，发现她喝醉了，抱着我跌跌撞撞地走来走去。‘他把你从我怀里夺走。’她告诉我。他完全接管了对我的照顾，用奶瓶给我喂奶。他上班的时候，一个爱斯基摩女人来照看我。他对妈妈说，她软弱、低劣，和莫伊尼汉家所有人一样。从此之后，他保护她不自我伤害，不让她开车，不给她一丁点钱。她所能做的，只有步行去图书馆，读戏剧、侦探小说和赞恩·格雷。

“二战爆发时，你出生了，我们搬去得克萨斯州生活。爸爸在一艘弹药船上担任中尉，远渡日本海域。妈妈讨厌回娘家。大多数时候她不在家，酒喝得越来越多。梅蜜为照看你，不再去外公的诊所上班。她把你的婴儿床搬进她的房间；她陪你玩，给你唱歌，摇着你入睡。她不准任何人靠近你，连我都不准。

“对我来说，无论和妈妈，还是外公在一起，都太可怕了。独自一人也太可怕了，可大多数时候都是如此。我在学校老闯祸，从一所学校逃走，被两所学校开除。有一次，我六个月都没说过一句话。妈妈叫我坏种。她把所有怒气都撒到我头上。直到长大成人，我才意识到，她和外公很可能根本就不记得他们做过的事。上帝让酒鬼喝到断片儿，因为假如他们知道自己做了什么，肯定会羞愧而死。

“爸爸复员回家，我们在亚利桑那州生活，他们在一起很幸福。他们栽上玫瑰，给你养了一只叫山姆的小狗，她也不再整日醉醺醺的。但她也已经不知道怎么和你我相处了。我们以为她讨厌我们，但她只是怕我们。她感觉是我们抛弃了她，是我们讨厌她。她通过嘲笑我们，讥讽我们，伤害我们，来保护自己，好让我们无法先伤害她。

“对于妈妈来说，搬到智利将是美梦成真。她喜欢高雅而美丽的东西，总希望他们能结识‘合适的人’。爸爸有个受人尊敬的工作。那时我们有钱了，住着漂亮的房子，仆役成群，与所有合适的人聚餐聚会。刚开始她还偶尔出门，只是她太怕这怕那了。怕她的发型不合适，衣服不合适。她购买昂贵的仿古家具和蹩脚的油画。她害怕仆人。她有几个信赖的朋友；她和耶稣会修士打扑克，真够讽刺的。但大多数时间她都躲在自己房间里。爸爸就让她在屋里待着。

“‘最初他是我的守护者，后来他成了我的看守人。’她说。他以为自己在帮她，但是年复一年，他限制她喝酒，把她藏起来，从来没有给过她任何帮助。我们从来不接近她，没人接近她。她会大发脾气，残忍无情，失去理性。我们以为无论自己做什么都不能让她满意。而且她也确实讨厌我们过得好，讨厌我们成长并有所成就。

我们年轻，漂亮，有未来。你明白吗？萨丽，对她来说，生活多么艰难啊！”

“是的，就是那样。好可怜的妈妈。你知道，我现在就像她。我生所有人的气，因为他们在工作，在生活。有时候我讨厌你，因为你不会很快就要死了。这是不是很差劲？”

“不差劲，因为你能把这话告诉我。而且我也可以告诉你，我也庆幸要死的不是我。但是妈妈从来没有任何人可以说话。那一天，在船上，进入港口，她以为会有人陪她说话。妈妈相信艾德会永远在她身边。她以为她要回家了。”

“再给我讲讲她。在船上，她眼含泪水的时候。”

“好吧。她把香烟抛进水中。你能听到烟发出嘶嘶声，此时船近岸边，风平浪静。发动机抖了一下，停了。那时，伴着浮标的声音、海鸥的叫声以及船悲哀的长鸣，他们的船静静滑向港口的锚位，轻轻撞在码头的轮胎上。妈妈抚平衣领和头发。她微笑着望向人群，搜寻她的丈夫。前所未有的幸福在她心中油然而生。”

萨丽轻轻哭起来。“可怜的人，可怜的人。”她说，“要是我以前能跟她说说话该多好啊。要是我能让她知道我有多爱她该多好呀。”

而我……我毫不怜悯。

卡门

城里每家药店门外都停着几十辆旧车，后座上有孩子们打打闹闹。我会在佩雷斯鞋店、沃尔格林药店和李牌牛仔裤店遇到他们的妈妈，但我们互相不打招呼。即便是我认识的女人……大家都表现得互不相识。我们排队，而其他人买水合萜二醇祛痰剂和可待因止咳糖浆，在一本笨拙的大账簿上签名。我们有时签真名，有时编假名。看得出，她们像我一样，不知道哪种做法更糟。有时候，我一天能在四五家药店遇到同一批女人。其他瘾君子的妻子或母亲。药剂师心照不宣，从来不会做出认识我们的样子。只有一次，在第四街药店，一位年轻店员把我叫回到柜台前。我吓坏了，以为他要告发我。他实在很腼腆，脸色通红，为干涉我的私事先向我道了歉。他说他知道我怀有身孕，对我买那么多止咳糖浆感到很担心。他说，这药酒精含量很高，很容易让我不知不觉间就酒精成瘾。我没有说那不是给我自己用的。我说多谢，但当我转身跑出药店时，我哭了起来，因为我希望宝宝生下来时，“面条”能够戒毒。“妈妈，你怎么哭了？妈妈哭啦！”威利和文森特正在后座上蹦来蹦去。“坐下！”我转过身，在威利脑袋上猛拍一巴掌。“坐下！我是因为累才哭的，你们还不老实坐好。”

城里进行过一场突击搜捕，库利阿坎有一场力度更大的搜捕，所以阿尔伯克基没有海洛因。最初“面条”对我说，他会靠止咳糖浆维持，逐渐减少用量，不再吸毒，这样等两个月后宝宝出生，他就可以戒掉毒瘾了。我知道他戒不了。以前他吸毒后从没这么神志恍惚，现在他做建筑工，又伤了背。至少他有残疾了。

他正跪着说话，是爬着够到电话的。我知道，我知道，我去参加过互助会。我也有病，一个胁从犯，毒瘾共犯。我只能说，我爱过他，可怜他，心疼他。他那么瘦，那么痛苦。为了让他不那么痛苦，我什么都愿意做。我跪下来，用双臂搂住他。他挂断电话。

“该死，莫娜，他们抓了贝托。”他说。他吻我，搂住我，把孩子叫过来，拥抱他们。“嘿，你们几个，帮老爸一把，做我的拐杖，扶我去卫生间。”儿子们离开后，我走进卫生间，关上门。他抖得太厉害，需要我把止咳糖浆灌进他嘴里。那气味令我反胃。他的汗，他的大便，整个拖车里都弥漫着糖浆发出的烂橙子味。

我给儿子们做了晚饭，他们在电视上看《大叔局特工》。学校的孩子们都穿李维斯牛仔裤和T恤，只有威利除外。他上三年级，穿黑裤子、白衬衣，头发梳得像电视上的金发男人。男孩们在一间狭小的房间里睡上下铺，我和“面条”睡另一间卧室。我已经在我们的床脚放了只摇篮，每个有空间的角落都堆着尿布和婴儿衣服。我们在克拉雷斯有两英亩地，靠近清渠，在一片棉白杨树林里。最初我们曾经计划亲自动手建造土坯房，种菜，但刚买下土地，“面条”

的毒瘾又犯了。大多数时候他还在干建筑活，但房子的事就没了下文，而现在冬天要来了。

我冲了杯可可，出门来到台阶上。"'面条'，来看看！"但他不回答。我听到又一瓶糖浆被拧开了瓶盖。夕阳辉煌灿烂。宽阔的桑迪亚山脉被映成深粉红色，山麓的岩石变为红色。河畔上，黄色的棉白杨仿佛在燃烧。一轮桃红色月亮已经冉冉升起。我怎么啦？我又哭起来。我讨厌独自一个人看美丽的东西。这时他过来，亲吻我的脖颈，双臂搂住我。

"你知道这山脉名叫桑迪亚[1],是因为形状像一堆西瓜吗？""不对，"我说，"是因为颜色像。"我们第一次约会就争论过这件事，重复了上百次。他笑起来，吻我，很温存。他现在好了。这正是毒品的可恶之处,我想。那东西管用。我们坐在那里,看夜鹰掠过田野。

"'面条'，别再喝了。我要把剩下的几瓶藏起来，等你难受的时候再给你，好吗？"

"好。"他并没有听我说话，"贝托本来要去华雷斯进货的，从拉·娜恰那里。现在梅尔在那里。他会验货的。他不能带货。他无法过境。我要你去。你是做这件事的完美人选。你是白种人，孕妇，长相甜美。你看起来像个正派女人。"

我就是正派女人，我心想。

"你乘飞机到埃尔帕索，坐出租车过边境，然后乘飞机回来。没问题的。"

我想起那次自己在拉·娜恰的公寓外面，坐在车里等待，身处那个小区，让我担惊受怕。

---

① Sandia，即"sandía"，在西班牙语中指西瓜。

“我是最不适合去的人选。我不能丢下孩子。‘面条’，我不能坐牢。”

“你不会坐牢的。这才是关键。康妮会照顾孩子的。她知道你有家人在埃尔帕索，他们可能有什么急事要你去。孩子们会喜欢去康妮家的。”

“要是缉毒警拦住我，问我去那儿干什么，怎么办？”

“我们还有劳拉的身份证件。看起来像你，可能不如你漂亮，但你们俩都是蓝眼睛的白人姑娘。你会拿到一张破烂的文件，上面潦草地写着‘卢佩·韦加’和娜恰家隔壁的地址。就说你正在找你的女佣，她没来上班，她欠你钱，诸如此类的话。只要装傻就行，让他们帮你找她。”

最后我还是答应去了。他说梅尔会在那里，要仔细看着他验货。“是好货的话你会知道的。”是的，我见过嗑药之后欲仙欲死的表情。“无论如何，绝对不要留下梅尔一个人在屋里。不过你要独自离开，和梅尔一起也不行。你自己让出租车一小时后回来接你。别让他们给你叫车。”

我为去这一趟做准备，给康妮打电话，告诉她我叔叔加布在埃尔帕索去世了，麻烦她收留孩子一晚，也许还要多留一天。“面条”给了我一个装着钱的厚信封，用胶带封口。我给儿子们收拾了一个包。他们很乐意去。他们跟康妮的六个孩子就像表兄弟一样亲近。我把他们送到门口，康妮招呼他们进去，出来站在门廊上拥抱我。她的黑发用锡纸发卷高高卷起，像歌舞伎的头饰。她穿着毛边短裤和 T 恤，看起来就像十四岁左右一样。

“你完全没必要跟我撒谎，莫娜。”她说。

“你以前做过这事吗？”

“做过，好多次呢。生孩子以后不干了。我打赌，你以后再不想干第二次了。保重。我会为你祈祷的。”

埃尔帕索依然炎热。下了飞机，我走过柔软塌陷的柏油碎石路面，嗅着童年记忆中的尘土与鼠尾草的气味。我告诉出租车司机送我到桥边，但先开车绕着短吻鳄池塘转一圈。

“短吻鳄？那些老短吻鳄好多年前就死光了。还想看看广场吗？”

“当然。”我说。我往后一靠，看居民区一闪而过。有变化，但是小时候我蹬着旱冰鞋游遍整座城市，感觉认识每一栋老房子、每一棵树。宝宝在踢腿伸腰。“你喜欢我老家？”

“什么？”出租车司机问。

“不好意思，我在和宝宝说话。”

他笑了。“他回答了吗？”

我过了桥。只是闻一闻木柴烧的火、硝土和辣椒的气味，以及冶炼厂飘来的硫黄味，依然能让感到我开心。从前，每当边防警卫询问我们的国籍，我和朋友霍普都会给出俏皮的回答。特兰西瓦尼亚人，莫桑比克人。

“美国。”我说。好像没人注意我。为保险起见，我没有在边境打车，而是走了几个街区。我吃了些榅桲果糕。这东西我从小就不喜欢，但是喜欢它的创意：把甜糕装在一个轻木小盒里，用盖子当勺子。我看着琳琅满目的银首饰、贝壳烟灰碟和堂吉诃德雕像，直到终于强迫自己钻进一辆出租车，把写着卢佩的名字和错误地址的那张纸递给司机。“多少钱？”

“二十美元。”

“十美元。”

“好。”到这时，我没法再假装不害怕了。他飞快地开了很久。我认出了那条废弃的街道和灰泥建筑。他在离目的地还有几户门远的地方停下车。我用蹩脚的西班牙语告诉他，一个小时之后回来。二十美元。“好的。一个小时。”

爬四楼很吃力。我挺着大肚子，双腿肿痛。每爬到一层的平台上，我便抽抽噎噎地大喘一阵。我的双膝和双手都在哆嗦。我敲敲43号的房门，梅尔开了门，我踉踉跄跄地走进去。

“嘿，宝贝儿，怎么啦？”

“水，拜托。”我坐在一条肮脏的塑胶沙发上。他给我拿来一罐健怡可乐，用衬衫擦擦罐顶，微微一笑。他很脏，英俊，动作敏捷如猎豹。他越过狱，保释期间潜逃，如今已成传奇。携带武器的危险分子。他给我拿来一把椅子，把我的脚架起来，给我揉捏脚踝。

“拉·娜恰在哪儿？”从来没人叫那女人娜恰。“那个娜恰。”这么叫不知是什么意思。她走进来，身穿男式黑西装和白衬衣，坐在写字台后的椅子上。我看不出她到底是个异装癖的男人，还是个想扮成男人的女人。她肤色黝黑，几乎是黑人，有一张玛雅人的面孔，涂红黑色口红和指甲油，戴墨镜。她的头发短而光滑。她没看我，向梅尔伸出一只短粗的手。我把钱递给他。我看她数钱。

到这时我才怕了，真的怕了。我本以为我是给“面条”买毒品。我关心的只是他不难受。我本以为信封里可能是一大沓十块二十的。可拉·娜恰手中攥着几千美元。他叫我来不只是给他买毒品。我是在做一桩很大很危险的毒品交易。假如被抓，我就不算是吸毒者，而是贩毒者。谁来照顾孩子？我恨“面条”。

梅尔看出我在发抖。我想我甚至干呕了起来。他伸手在口袋里摸索，掏出一个蓝色药片。我摇摇头。宝宝。

“哦，看在上帝分上。这不过是片安定。你要是不吃，宝宝会更遭殃。吃了它。打起精神！听到没有？”

我点头。他的呵斥把我镇住了。不等药起作用，我就镇静了下来。

“‘面条’告诉过你我会验货。假如货好的话，我会告诉你，你就拿气球走人。你知道该放哪儿吧？”我知道，但绝对不会那么做的。要是气球破了，害了宝宝怎么办？

他是个魔鬼，能看透我的心思。“你要是不自己放，我就给你放。破不了。你的宝宝被一个防毒袋子严严实实包着，可以抵御外部世界任何的邪恶。可是宝贝儿，一旦他出生了，嘿，那就是另一码事了。”

梅尔看着拉·娜恰给那个小包称重，她递给他，他点点头。她一直不看我。我看着梅尔注射。把棉花和水放进勺子里，撒上一撮棕色的海洛因，加热。绑好，拍打手上的一根静脉，血液回流，然后注射，绑带脱落，他的脸立即抽缩。他置身于一个风洞之中。鬼魂们正挟持他飞入另一个世界。我得尿尿，我得呕吐。“卫生间在哪儿？”拉·娜恰冲门口打了个手势。我寻着气味找到走廊尽头的卫生间。等回来的时候，我想起自己不该留下梅尔一个人。他在微笑。他把卷成球的安全套递给我。

“给，亲爱的，祝你一路顺风。赶紧的，乖乖把它藏好。”我转过身，做出把它塞入体内的样子，却只是把它放进我那条过紧的内裤里。到了外面，在走廊的暗处，我又把它转移到胸罩里。

我像醉汉一样，慢慢走下楼梯。楼梯阴暗而肮脏。

走到第二层平台时，我听到楼下的门开了，街上的喧嚣涌入。两个男孩向楼梯上跑来。“哟，看过来！”他们一个把我抵在墙上，另一个抢了我的包。里面除了点零钱和化妆品什么都没有。其他东西都在我夹克的内兜里。他打了我。

“咱们干她。”另一个说。

“怎么干？你得有四英尺长的家伙才行。”

“把她转过来，笨蛋。”

他又打起我来，就在这时，一扇门打开，一位老人握着一把刀冲下楼梯。男孩们转身跑回外面。“你没事吧？”那个人用英语问。

我点点头。我请他和我一起出去。“我希望外面有辆出租车。”

“你在这儿等着。要是有，我让他按三下喇叭。”

你妈妈的确教过你要做淑女的，琢磨应有的礼数时，我心里这样想着。我该给他钱吗？我没给。他为我打开出租车的门，那没牙的微笑温柔动人。

“再见。”

在那架飞往阿尔伯克基的双引擎小飞机上，我感到恶心。我身上散发着汗水、那条沙发和那面尿迹斑斑的墙壁的气味。我多要了一份三明治、坚果和牛奶。

“现在是一人吃两人的饭了！”坐在对面的得克萨斯人咧嘴笑着。

我从机场开车往家赶。我要冲过澡再去接儿子。驱车行驶在那条土路上，靠近我们那辆拖车时，我能看到“面条”穿着那件双排扣厚呢外套，在外面抽着烟踱来踱去。

他看起来急不可待，连招呼都不跟我打。我跟他走进去。

他坐在床边。工具已在桌上备好。“让我瞧瞧。”我把气球递给他。他打开床上面的柜子，把它放在那台小小的天平上。他转过身，狠狠抽了我一个耳光。他以前从没打过我。我挨着他坐在那儿，蒙了。“你留下梅尔一个人。是不是？是不是？”

“这些就足够让我坐很长时间的牢了。”我说。

“我告诉过你，不要离开他。我现在该怎么办？”

“报警。”我说，他又给了我一耳光。这一下我甚至都没感觉。我感到一阵猛烈的宫缩。布拉克斯顿·希克斯假性宫缩[1]，我心想。到底谁是布拉克斯顿·希克斯？我坐在那里，浑身是汗，散发着华雷斯的臭气，看他把橡胶套里的东西倒进一个胶卷筒里。他取了一些抖在勺子里的棉花上。我感到一阵难受，心里清楚，假如要他在我和孩子们与毒品之间选择的话，他一定会选毒品。

一阵热流顺着我的双腿流到地毯上。“‘面条’！我羊水破了！我得去医院。”但此时他已经注射了。勺子丁零跌在桌子上，橡皮管从他胳膊上松落下来。他往后一靠，倚在枕头上。“至少货还是好的。”他喃喃说道。又一阵宫缩。很剧烈。我扯掉肮脏的连衣裙，用海绵擦拭身体，穿上一条白色套头连衣裙。又是一阵宫缩。我拨打 911。“面条”已经失去知觉。我该不该给他留个字条？说不定他醒了会给医院打电话呢。不会。他根本不会想到我。

他会做的第一件事，是把棉花里剩下的都注射掉，再尝一点滋味。我嘴里有股铜味。我拍打他的脸，可他没有动。

我在那筒海洛因上裹了张纸巾，打开盖子。我往那把勺子里倒

---

① Braxton-Hicks，子宫的无痛间歇性收缩。

了很多。我加了一点水，然后把小筒放进他那只好看的手中。又一阵剧烈的宫缩。血和黏液顺着我的双腿滑下来。我穿上一件毛衣，拿上我的医保卡，走到外面等救护车。

他们直接送我进了产房。“宝宝要出来了！”我说。护士接过我的医保卡，提问题：电话号码，丈夫姓名，活产数量，预产日期。

她给我做检查。“你已经全开了，头快出来了。”

疼痛一波接着一波。她跑去找医生。她离开的时候，婴儿出生了，是一个小女孩。卡门。我弯下身，抱起她来。我把热腾腾的她放在我的肚子上。我们单独待在寂静的产房中。然后他们来了，推着我们奔入一大片光亮中。有人剪断脐带，我听到婴儿的哭声。胎盘出来时，我感到更加剧烈的疼痛，之后他们在我脸上扣上一个面罩。“你们在干什么？她已经生出来了！”

“医生来了。你需要侧切。”他们捆住我的手。

“我的宝宝在哪儿？她在哪儿？”护士离开房间。我被捆在产床两侧。一名医生进来了。“求求你给我解开。”他给我解开，态度那么温柔，让我害怕起来。“出什么事了？”

“她生得太早了，”他说，“只有几磅重。她没活下来。我很抱歉。”他拍拍我的胳膊，动作笨拙，就像拍枕头。他看着我的病历。“这是你家的号码吗？要我给你丈夫打电话吗？”

“不用。”我说，“家里没人。”

沉默

我生来就很安静，在山里的矿业小镇生活，搬家频繁，交不到朋友。我通常会给自己找棵树，或在废弃的旧工厂里找个房间，默默坐着。

妈妈通常不是在看书就是在睡觉，所以我主要和爸爸说话。他一进家门，或者带我上山、下到阴暗的矿井中时，我就说个没完。

后来他去了国外，我们便住在得克萨斯州的埃尔帕索，我在那里的维拉斯学校上学。进入三年级，我认识了很多字，可还不会做加法。我弯曲的背上佩戴着沉重的矫形架。我个子很高，可仍然像个孩子。城里的小丑八怪，仿佛是被野山羊在树林子里养大的。我老是尿裤子，衣服湿答答的，到后来干脆拒绝上学，甚至都不跟校长说话。

我妈妈以前的中学老师让我作为奖学金学生进入拉德福女校，去那所学校要坐两趟公交车，穿过埃尔帕索。上述的所有问题依然存在，而如今我还穿得像个衣衫褴褛的流浪儿。我住在贫民窟，我的头发尤其让人受不了。

我很少谈起这所学校。假如能把可怕的事讲得好玩，我也不介意给人讲讲。但那里从来都不好玩。有一次课间，我对着浇花园的水管喝水，老师从我手里一把夺去水管，说我粗野。

但这里有图书馆。我们每天在里面待一个小时，可以随便看任何书，所有书，坐着阅读，或者翻看目录卡片。还剩十五分钟闭馆的时候，图书管理员会提醒我们，好让我们借本书带走。图书管理员是那么——别笑——柔声细语。不只是声音小，而且很和蔼。她会对你说："这是放传记的地方。"然后解释传记是什么。

"这些是参考书。如果你有什么想知道的，尽管问我，我们能在书中找到答案。"

这话听上去太美妙了，而且我相信她。

后来布里克小姐放在讲桌里的钱包被人偷了。她说肯定是我拿的。我被送到露辛达·德·莱福特维奇·坦普林的办公室。露辛达·德说，她知道我不像其他女孩那样家境富裕，生活对我来说可能有时候会不太容易。她说，她能理解，但她真正的意思是："钱包在哪里？"

我转头离开。甚至都没回我的小储物间拿午饭和坐公交车的钱。我穿过城区，一路走回去，走了一整天。我妈妈在门廊上等我，手里攥了根枝条。她们打电话说我偷了钱包，然后跑了。她甚至都没问我偷没偷。"小毛贼，给我丢人。"啪。"讨厌鬼，忘恩负义。"啪。第二天，露辛达·德打电话告诉她，钱包是某个门卫偷的，可我妈妈连给我道歉都没有。挂断电话，她只说了声："贱货。"

就这样我来到圣约瑟学校，我喜欢那里。但是那里的学生也讨厌我，因为前面提到的所有理由，而现在更糟了，还有新的理由，其中一条是塞西莉亚修女经常提问我，我得到星星和圣徒卡，是老师的走狗！走狗！直到我不再举手。

约翰舅舅去了纳科多奇斯，留下我一个人和妈妈、外公待在一起。约翰舅舅过去总和我一起吃饭，或者我吃饭，他喝酒。我帮他修家具，他陪我说话，带我去看电影，让我拿着他那黏糊糊的玻璃假眼珠。他不在的时候生活很糟糕。外公和外婆梅蜜整天在牙科诊所，等他们回了家，梅蜜出于安全考虑，把我的小妹妹藏进厨房或她自己的房间里。母亲不在家，去军队医院做穿灰制服的红十字会义工，或者去打桥牌。外公去麋鹿俱乐部或别的什么地方喝酒。没有了约翰，家里很可怕，空荡荡的，而且当外公或妈妈喝醉的时候，我得躲着他们。家里很糟糕，学校也很糟糕。

我决定不说话。就好像是放弃了说话。这种状况持续了很久，塞西莉亚修女试图让我和她一起在衣帽间祷告。她是好意，在祈祷时抚摸我，只是出于同情而已。我吓坏了，推开她，她跌倒了，于是我被开除了。

就在那时，我认识了霍普。

学校生活基本告终了，于是我待在家里，等秋天去维拉斯继续上学。我依然不说话，哪怕妈妈将一大罐冰茶浇在我头上，哪怕她掐着我的胳膊拧，直至拧出星星一样的印子，拧得我胳膊上上下下布满北斗七星、小熊座、天琴座。

我在台阶上面的水泥地上丢石子儿，期望隔壁那个叙利亚孩子会邀我过去。她在她家的水泥前廊上玩。她又瘦又小，但很显老。不是成年或成熟，而是像老太太一样的小孩。长长的亮闪闪的黑发，刘海垂到眼睛上。她要看东西，就得把头向后仰。她的样子像只小狒狒。我的意思是，好看的那种。一张小小的脸庞，一对大大的黑眼睛。哈达德家的六个孩子看起来个个骨瘦如柴，可大人们却都是大块头，二三百磅重。

我知道她也注意到我了，因为要是我玩“篮子里的樱桃”①，她也会玩。或者她也玩“抛流星”，只是她从来一颗石子儿都不掉，哪怕是一次玩十二颗。几周以来，我们俩的球和石子儿一直传出美妙的啵啵咔啵啵咔的节奏，直到她终于走到栅栏边。她一定是听到我妈吼我了，因为她说：

“你说话了吗？”

我摇摇头。

“好。跟我说不算说。”

我跳过栅栏。那天晚上我开心极了，我有朋友了，以至于晚上睡觉时，我喊道：“晚安！”

那天我们玩了几小时的石子儿，然后她教我掷刀游戏。一种用刀子玩的危险的游戏。把刀子抛出去翻三圈插进草地，而最吓人的玩法是，一手平放在地上，拿刀子往每条指缝里插。再快再快再快见血。我想我们那时候根本没怎么说话。整个夏天，我们难得说话。我只记得她的第一句话和最后一句话。

以后我再也没有交过霍普那样的朋友，我唯一的真正的朋友。我渐渐成为哈达德家的一员。我相信，要不是因为结识了她，我长大后不光会神经过敏、酗酒、缺乏安全感，心理还会极不正常。古怪。

那家的六个孩子和爸爸说英语。妈妈、奶奶和五六个上年纪的女人只说阿拉伯语。回头想来，那时候我就像是经历了一场入门培

① 与下文的“抛流星”是抓子游戏的不同玩法。

训。在那些孩子的目光下，我学习奔跑，真正意义上的跑，学习跃过栅栏，而不是爬过去。我学会了熟练地耍刀子、转陀螺和弹玻璃球。我学会了英语、西班牙语和阿拉伯语中的下流话和手势。我帮奶奶洗碗，浇水，耙后院的沙子，用藤编杖抽打地毯，帮那些上年纪的女人在地下室的乒乓球台上揉面做面包。慵懒的下午，和霍普、她姐姐莎哈拉一起在后院的木盆里洗带血的月经带。当时并不觉得恶心，而是觉得神奇，仿佛那是一种神秘的仪式。早上，我和其他女孩一起站成一排，等着洗耳朵，编辫子，拿新出炉的热面包等着放上羊羔肉饼。女人们朝我喊："Hjaddadinah！[1]"亲我，拍拍我，仿佛我就是她们家的人。哈达德先生开上那辆"哈达德漂亮家具"卡车，让我和霍普坐在车厢的长椅上，带我们俩在城里兜风。

我学习偷东西。从瞎眼的老古卡院子里偷石榴和无花果。从卡瑞斯百货偷蓝色华尔兹香水、丹琪口红，从阳光杂货店偷甘草糖和汽水。那时候商店会上门送货，一天，阳光杂货店的送货男孩给我们两家送货，恰好我和霍普刚到家，嘴里正吃着香蕉冰棒。我们的妈妈都在外面。

"那些冰棒是你们孩子偷的！"他说。

我母亲啪啪抽了我两巴掌。"进屋去，你这犯罪、撒谎、骗人的小屁孩！"而哈达德太太则说："你这可恶的撒谎精！ Hjaddadinah！ Tlajhama！不许你说我孩子的坏话！我再也不去你们商店买东西了！"

而且她也果真不再去那里，而是坐公交车大老远到梅萨街购物，尽管她完全清楚霍普是偷了冰棒。我当时觉得这么做很有道理。我

[1] 作者用英文字母仿阿拉伯语的发音，下文情况相同。

希望妈妈不只在我无辜的时候相信我——她从没相信过我——在我犯错的时候也能维护我。

我和霍普有了旱冰鞋以后，溜遍了埃尔帕索全城。我们去看电影，相互打着掩护从消防门溜进去。《西班牙大陆》《直到永远》。肖邦的血洒满键盘。我们把《欲海情魔》看了六遍，把《杯弓蛇影》看了十遍。

我们最开心的时间是玩牌。一有机会我们就跟着她十七岁的哥哥塞米转悠。他和他的朋友们都英俊、健壮、狂野。我给你讲过塞米和抽奖卡的事。[①] 为了买音乐化妆盒，我们去卖奖券。我们替他赚钱，他给我们分成。我们就是这样买到了旱冰鞋。

我们到处兜售奖券。旅馆，火车站，美国劳军联合组织，华雷斯。但即使是在居民区也很神奇。你沿一条街走，经过一所所房子和院子，晚上有时你能看到人们在吃饭或围坐在一起，那是人们生活中的美妙瞬间。我和霍普进入过几百所房子。我们俩当时七岁，都长得怪怪的，不一样的怪法。人们喜欢我们，对我们很好。“进来吧。喝点柠檬水。”我们见过四只暹罗猫，它们会用真正的马桶，甚至还会冲水。我们见过鹦鹉，还有一个体重五百磅、二十年没出过门的人。但我们更喜欢那些漂亮的东西：油画、陶瓷牧羊女、镜子、布谷鸟钟和老式落地大摆钟，还有五彩斑斓的被子和地毯。我们喜欢坐在有很多金丝雀的墨西哥厨房，喝真正的橙汁，吃甜面包。霍普可聪明了，靠在小区里听人说话就学会了西班牙语，所以她可以和那些老太太交谈。

---

① 作者在短篇小说《音乐化妆盒》中讲到这个故事，收录于短篇小说集《天堂的夜晚》（*Evening in Paradise*）。

当得到塞米的夸奖和拥抱时，我们心花怒放。他给我们做博洛尼亚香肠三明治，让我们在草地上挨着他们坐。我们把遇到的那些人原原本本讲给他们听。富人，穷人，华人，黑人，直到车站售票员让我们离开有色人种候车厅。只有一个坏人，那个养着几条狗的男人。他并没有做什么不好的事或说什么不好的话，只是他那副挂着假笑的苍白面孔，把我们吓得要死。

当塞米买了那辆旧车时，霍普立即明白过来。谁也别想得到化妆盒了。

她暴跳如雷，飞身越过栅栏跳进我家院子，大喊大叫，头发飞舞，就像电影中的印第安武士。她打开刀子，在我们的食指上划出大口子，把两只滴答着血的手握在一起。

“我永远永远不再和塞米说话！”她说，“说！”

“我永远永远不再和塞米说话！”我说。

我夸张了许多，我混淆了虚构与现实，但我从未真正说过谎。那次发誓时我没有撒谎。我知道他利用了我们，对我们撒了谎，欺骗了所有人。我再也不和他说话了。

几周之后，我正爬上山去厄普森街，来到医院附近。天很热。（你瞧，我在试图为发生的事辩解。天气一直很热。）塞米开着那辆蓝色的旧敞篷车在我身边停下，就是用我和霍普干活挣到的钱买的那辆车。我从山中小城来，除了坐过几次出租车，没什么机会坐汽车，这也是真的。

“上来兜兜风。”

有些词令我抓狂。最近，每篇报纸文章中都会有“基准”“分水岭”或“图标”这类词。至少这些词中有一个适用于我人生的那一时刻。

那时我还是个小姑娘；我不相信那是真正的性吸引。但是他健美的体格、他的魅力，令我倾倒。无论什么借口吧……哦，好吧，我那么做并没有借口。我和他说话了。我上了那辆车。

坐在敞篷车里兜风，感觉棒极了。风吹得我们浑身舒爽，我们绕着广场飞驰，经过维格瓦姆剧院、德尔诺特酒店、大众百货公司，然后拐上梅萨街向厄普森街驶去。我正想叫他在离家几个街区的地方让我下车，这时刚好看到，在厄普森街和兰道夫街交叉口的一个空停车场旁边，霍普正攀在一棵无花果树上。

霍普尖叫着。她从树上坐起来，冲我挥舞拳头，用叙利亚语诅咒我。也许我此后遭遇的一切都是她诅咒的结果。说得通。

我下了车，心里难受，哆哆嗦嗦，像个老人似的爬上台阶，回到家，瘫倒在门廊的秋千上。

我知道这是我们友谊的终结，我知道我错了。

每一天都漫无尽头。霍普从我身旁经过，仿佛我是隐形人，她在栅栏的另一边玩，仿佛我们的院子根本不存在。如今，她和她的姐妹们只说叙利亚语。如果在外面，她们声音就很大。她们说的很多难听话我都听得懂。霍普独自在门廊上玩石子儿，一玩几个小时，幽怨地唱着阿拉伯歌曲，十分动听；她凄厉哀婉的嗓音让我想她想得都哭了起来。

除了塞米，哈达德家的人都不理我。她妈妈冲我吐口水、挥拳头。塞米会在我家房子外面，从车上喊我。说他很抱歉。他试图表现得友好，说他知道她实际上依然是我的朋友，请不要难过了。说他理解我不能和他说话，求我原谅他。我背转身去，这样他说话的时候我就不用看他。

我一辈子都没有那样孤独过。“基准”孤独。一天一天漫无尽头，一小时又一小时，她的球在水泥地上响个没完，她的刀子嗖嗖飞进草丛中，刀刃寒光闪闪。

我们小区里没有别的孩子。几个星期的时间里我们各玩各的。她的刀技在她家的草地上日益精进。我躺在门廊的秋千上，涂色、看书。

就在快开学的时候，她走了，再也没回来。塞米和她父亲把她的床、床头桌和一把椅子搬下来，放进运家具的巨大卡车。霍普爬进后车厢，坐在床上，好方便向外看。她不看我。在那辆庞大的卡车中,她看起来小小的。我看着她,直到她消失。塞米在栅栏边喊我，对我说，她去了得克萨斯的敖德萨[①]，去和亲戚一起生活。我说得克萨斯的敖德萨，是因为有一次一个人说：“这位是奥尔加，她从敖德萨来。”我那时想，那又怎样？原来敖德萨在乌克兰。我原以为只有一个敖德萨，就是霍普去的地方。

开学了，情况不算太糟。我不在乎总是孤单一人或被人嘲笑。我的背部矫形架已经太小，夹得后背很疼。我想，好吧，是我活该。

约翰舅舅回来了。刚进门五分钟，他就对我妈说：“她的矫形架太小了！”

见到他我太开心了。他用牛奶给我泡了一碗膨化麦片，加了差不多六勺糖，还有至少三大汤匙的香草精。他在餐桌边与我相对而坐，喝着波本威士忌，而我吃着麦粒。我对他说起我的朋友霍普，原原本本讲给他听。我甚至把学校里遇到的麻烦讲给他。那些事我

① Odessa，美国得克萨斯州西部城市，与乌克兰第二大城市同名。

几乎都快忘了。我讲的时候，他咕咕哝哝，或者说：“该死！”他什么都理解，尤其是关于霍普的事。

他从来没有说过“别担心，事情会解决的”之类的话。实际上，有一次梅蜜说：“说不定会更糟呢。”

“更糟？”他说，“情况本可以好得多！”他也是酒鬼，但跟别人不一样，喝酒只会让他更温柔。或者让他拔腿走人，去墨西哥或纳卡多奇斯或卡尔斯巴德。现在我意识到，他有时是去坐牢。

他长得很帅，像外公那样肤色黝黑，只有一只蓝眼睛，因为另一只被外公用枪打瞎了。他的玻璃眼珠是绿色的。我知道确实是外公打的，但具体是怎么发生的，有大概十个版本的说法。约翰舅舅在家的时候，在房后的小棚子里睡觉，靠近他在后门廊给我布置的房间。

约翰舅舅戴牛仔帽，穿长筒靴，有时像电影中勇敢的牛仔，有时则只是个可怜巴巴的哭泣的流浪汉。

“又病了。”说起他们，梅蜜叹息道。

“是醉了，梅蜜。”我会说。

外公喝醉的时候，我拼命躲他，因为他会抓住我使劲摇晃。有一次，他坐在那把大摇椅上，紧紧抱住我，摇晃我，椅子在离通红的火炉几英寸的地上弹跳，他的那东西一下又一下不停猛戳我的屁股。他还扯着嗓子唱：“旧铁锅底有个洞。”号天动地。呼呼大喘，哼哼有声。梅蜜就坐在几英尺外，读《圣经》。我尖叫：“梅蜜！救救我！”约翰舅舅出现了，醉醺醺的，满身是土。他一把将我从外公怀里抢过来，薅着老头儿的衬衣把他拎起来。他说下次外公再这么干，他会亲手宰了外公。之后他啪一声合上梅蜜的《圣经》。

“妈，仔细读读吧！打右脸转左脸的那段[1]，你全理解错了。那话不是说有人伤害孩子时你还要忍！”

她哭起来，说他就是故意想伤她的心。

我快吃完麦片的时候，他问我外公有没有再骚扰我。我说没有。我告诉他，外公骚扰过萨丽一次，我看见了。

“小萨丽？你怎么做的？”

“没做什么。”我什么都没做。我看着，心中五味杂陈：恐惧，性，嫉妒，愤怒。约翰走过来，拉过一把椅子，狠狠地摇晃着我。他怒火中烧。

“太差劲了！你听见没有？当时梅蜜在哪儿？”

“在浇水。萨丽本来睡着了，但又醒了。”

“我不在的时候，你就是家里唯一有理智的人。你必须保护她。听见没有？”

我点点头，羞愧难当。但让我更羞愧的是事情发生时我的感受。不知怎的他猜到了。你自己脑子里还没有想清楚的那些事，他总是能明白，更别提那些说出口的话了。

“你觉得萨丽过得很好。你嫉妒她，因为梅蜜那么关注她。所以即便他做的是坏事，至少这坏事他以前也对你做过，是吧？宝贝，你当然嫉妒她。她的待遇太好了。但是你还记不记得，你当时有多生梅蜜的气？你是怎么央求她帮你的来着？回答我！”

“我记得。”

“好，你那时就和梅蜜一样差劲。更差劲！有时沉默就是邪恶，

---

① 指《圣经·马太福音》5:38：“只是我告诉你们，不要与恶人作对。有人打你的右脸，连左脸也转过来由他打。”

不折不扣的邪恶。除了背叛妹妹和朋友，你还犯过别的错吗？”

“我偷东西。糖和……”

“我是指伤害别人。”

“没有。”

他说他会留下来待一阵子，把我管教好，入冬之前把他的古董维修店经营起来。

周末和放学后，我在棚子和后院给他干活。用砂纸一遍遍打磨木头，或者用浸了亚麻籽油和松节油的抹布擦拭木头。有时候他的朋友蒂诺和山姆来帮他编藤条，重修椅面，重新抛光。要是妈妈或外公回家，他们就会从后门离开，因为蒂诺是墨西哥人，山姆是混血。但是梅蜜喜欢他们，她在家的话，总会端来布朗尼或燕麦饼干。

有一次蒂诺带来一个墨西哥女人，她叫梅查，几乎还是小姑娘，非常漂亮，戴耳环和戒指，涂眼影，留长指甲，穿一条亮闪闪的绿色连衣裙。她不会说英语，但是比画着问我，可不可以让她帮我给一个餐凳刷漆。我点头，当然可以。约翰舅舅对我说，快点，趁漆用完之前赶紧刷。我猜蒂诺用西班牙语对梅查说了同样的话。我们绕着横档、顺着凳子腿奋力地拍打刷子，速度能多快就多快，而那三个男人看着我们笑得直不起腰来。我们俩几乎同时明白过来，也哈哈大笑起来。梅蜜出来，看我们大呼小叫的是怎么回事。她把约翰舅舅叫到一边。她对那个女人十分生气，说把她领到这里来太恶劣了。约翰挠着头，点了点头。梅蜜进去之后，他走过来，过了一会儿，他说：“好，今天就先这样吧。”

我们清理刷子的时候，他解释说那个女人是妓女，梅蜜通过她的穿戴化妆看出来了。后来他便开始解释此前让我苦恼的很多事。

于是我对父母、外公、电影和狗的事懂得更多了。但他忘了告诉我，妓女是要收钱的，所以关于妓女我还是很困惑。

“梅查人很好。我恨梅蜜。”我说。

“别说那个字！不管怎样你不能恨梅蜜。你生气是因为她不喜欢你。她眼看着你在外面街上瞎晃荡，跟叙利亚人和约翰舅舅混。她觉得你已经没救了，天生就是莫伊尼汉家的人。你想让她爱你，如此而已。无论什么时候，你觉得你讨厌什么人，就该为他们祈祷。试试吧，你会明白的。忙着为她祈祷的时候，不妨也偶尔帮帮她。给她一个喜欢你这样性情阴沉的毛孩子的理由。”

周末的时候，他偶尔会带我去华雷斯看赛狗，或者去城里各处玩赌博游戏。我喜欢赛狗，擅长选赢家。我唯一喜欢看的一次牌局，是他跟铁路工人们玩的，在调车场一列货车的最后一节车厢里。我顺着梯子爬到车顶，看那些火车开进来，开出去，转线，连挂。大多数纸牌游戏好像都在华人洗衣房的后面。舅舅在房子后面的什么地方打扑克牌时，我就一连几小时坐在前面看书。热气、洗涤剂的气味夹杂着熨焦了的羊毛味和汗味，令人作呕。有几次他把我忘了，从后面走了，到洗衣工下班关门的时候，才发现我坐在椅子上睡着了。我就得摸黑大老远走回家，而大多数时候家里一个人都没有。梅蜜带着萨丽去唱诗班练歌，去东方之星，去为军人做绷带。

我们大约一个月去一次理发店。每次都去不同的店。他叫人给他刮脸、剪发。理发师给他理发的时候，我会坐在椅子上读《大商船》杂志，就等着看他刮脸。约翰舅舅后仰着斜躺在椅子上，就在理发师马上给他刮完脸时，他会问：“喂，你有没有眼药水？”他们总是有。理发师就会俯身往他眼睛里滴眼药水。那只绿眼珠就开始滴溜溜打转，理发师会吓得惊声尖叫。接着大家都哈哈大笑起来。

要是我对他的理解能有他理解我的一半程度，我就能明白他是多么痛苦，明白他为何那么想方设法地找乐子。他确实给所有人带来欢乐。我们吃遍华雷斯和埃尔帕索的家庭式小餐馆。就是普通人家的一个房间，里面摆着很多桌子，桌上摆着好吃的。人人都认识他，当他问咖啡是不是重新热过的，女服务员总是笑。

“噢，不是！”

“那它怎么这么烫呢？”

通常情况下，我能看出他醉酒的程度，如果醉得厉害，我就会找个借口，走回家，或者坐电车回家。但有一次，我一直在他的卡车驾驶室里睡觉，他上车发动之后，我才醒过来。我们行驶在外环路上，车越开越快，越开越快。他大腿间夹着酒瓶，正在用胳膊肘掌握方向盘，手放在方向盘上数着一叠展成扇形的钞票。

“慢点！”

“宝贝，我掉进钱堆里啦！”

“慢点！握方向盘！”

卡车嗵的一响，跳得老高，然后又砰一声落下。钱在驾驶室里到处飞。我从后车窗往外看。一个小男孩正站在街上，胳膊流着血。一条柯利牧羊犬躺在他身边，鲜血淋漓，挣扎着想站起来。

“停下！停车！我们得回去。约翰舅舅！”

“停不下来！”

“减速！你得掉头呀！”我歇斯底里地抽泣着。

到了家，他伸过手帮我打开车门：“你回家去吧。”

我不知道当时我是不是不再跟他说话了。他再也没有回家。那天夜里没回来，好几天，好几周，好几个月都没有回来。我为他祈祷。

战争结束，爸爸回家了。我们搬到南美洲。

约翰舅舅流落到洛杉矶的贫民区，成为真正无可救药、无家可归的酒鬼。后来他遇到了朵拉，她在救世军乐队里吹小号。她送他进了收容所，给他汤喝，跟他谈话。后来她说，他能给她带来欢笑。他们相爱，结婚，他从此戒了酒。我长大以后，去洛杉矶看望过他们。她在洛克希德公司做铆工，他在车库里开了一间古董维修店。他们大概是我认识的最甜蜜的一对，我是说，在一起甜蜜蜜的。我们去森林草坪公园、拉布雷亚沥青坑化石博物馆和洞穴餐厅。大多数时候我在约翰舅舅店里帮忙，打磨家具，用松节油和亚麻籽油抛光。我们谈生活，讲笑话。我们俩谁也没再提埃尔帕索。当然，我已经明白了他当初停不下卡车的所有原因，因为那时候，我也成了酒鬼。

小宝贝[1]

我想回家。当小宝贝赫苏斯睡着时，我想起家乡，想起我的妈妈和兄弟姐妹。我试图忆起村里所有的树、所有的人。我试图忆起自己，因为那时候，在发生很多事之前，我和现在不一样。那时候我什么都不知道。我不知道电视机，不知道毒品，不知道害怕。自从脱离了行程，离开了面包车和那些男人，我就一直害怕，一直跑，甚至当马诺洛接到我的时候，我更害怕了，因为他和以前不一样了。他搂着我的时候，我知道他爱我，那感觉像在河边时一样，可他已经变了，温柔的眼中有恐惧。来到奥克兰后，整个美国都很可怕。我们前面是汽车，后面是汽车，迎面而来的是汽车，商店里卖的是汽车，汽车汽车，商店商店，更多更多汽车。在奥克兰，甚至我等他的那个小房间里也充满噪音，不只是电视，还有汽车、公交车、警笛、直升机，男人们打架开枪，人们大喊大叫。那些黑鬼让我害怕，他们一伙伙站在街边，吓得我不敢出门。马诺洛好奇怪，我担心他

① 原标题为西班牙语。

不想要我了，但是他说:“别说疯话，我爱你，我的生命。”我很高兴，但他接着说：“无论如何，你得有合法身份，这样就可以领救济金和食品券了。”我们立即结了婚，当天他就带我去领福利。我很伤心。我本想也许可以去趟公园，或者喝点葡萄酒，来场小小的蜜月聚会。

我们住在麦克阿瑟街上的火烈鸟汽车旅馆。我很孤独。大多数时候他都不在。我那么心惊胆战，他对此很生气，可他不记得这里是多么不一样了。我们家里没有室内卫生间和电灯。就连电视都让我害怕；上面演的就像真的。我希望我们能有个小房子或者一个房间，那样我就可以把家收拾得漂漂亮亮，给他做饭吃。他会带回肯德基炸鸡、塔可钟或汉堡。我们每天在一家小餐馆吃早饭，那很好，就像在墨西哥一样。

有人咚咚砸门。我不想开。那人说他叫拉蒙，是马诺洛的叔叔。他说马诺洛进监狱了。他要带我去和他说话。他让我把所有东西打包放进车里。我不停地问:“为什么？出了什么事？他做什么啦？”

“别烦我，闭嘴！”他对我说，“听着，我不知道。他会告诉你的。我只知道，在他出庭之前，你得跟我们待在一起。”

我们走进一幢大楼，然后坐电梯来到顶层。我从没坐过电梯。他跟几个警察说话，然后其中一个带我穿过一道门，来到窗前的座位。他指了指一部电话。马诺洛来了，坐在窗户另一边。他很瘦，没有刮胡子，眼中满是恐惧。他脸色苍白，浑身颤抖，身上只穿了件橙色睡衣。我们坐在那里，四目相对。他拿起电话，示意我拿起我这边的听筒。这是我第一次打电话。那声音听起来不像是他的，但我能看到他在说话。我好害怕。什么话我都没记住，只记得他说他爱我，他很抱歉。他说他会告诉拉蒙他何时出庭。他希望那时他就能回家，回到我身边。但假如他回不去，我要等着他，我的丈夫。拉蒙和卢佩是好心人，他出来之前，他们会照顾我的。他们需要带我去社保局更换我的住址。“别忘了。我很抱歉。”他用英语说。我得想想这话用西班牙语怎么说。我很抱歉。我感受到了。

我要是早知道该多好。那时我本该对他说，我爱他，会永远等着他，说我全心全意爱着他。我本该对他说起我们的宝宝。但是我太担心太害怕，不敢对着电话出声，所以我只是呆呆地看着他，直到两个警察把他带走。

在车上我问拉蒙，出了什么事，他们在哪儿逮到的他。我不停地追问，直到他停下车，说，他怎么知道，闭嘴。我的支票和食品券要交出来，他们好供我吃饭，我还需要照顾他们的孩子。我要尽快自己找到地方搬出去。我告诉他，我已经怀孕三个月了，他说：“日他丫的。[1]” 这是我说出口的第一句英语：“日他丫的。”

弗里茨医生应该很快就到，所以我至少可以安排一些病人进诊室。他本该两个小时前到的，但和往常一样，他又加了一台手术。他知道自己每星期三坐诊。候诊室人满为患，婴儿尖声哭叫，小孩打打闹闹。我和卡尔玛七点能下班就算幸运了。她是办公室主管，多倒霉的工作。这地方热气腾腾，弥漫着脏尿布、汗水和湿衣服的臭气。不用说，天还在下雨，这些妈妈们大多是坐很久的公交车来这里的。

走出诊室时，我会稍稍斗鸡眼，叫病人名字的时候，我对着妈妈、奶奶或养母微笑，但我看的是她们脑门上的第三只眼。这一招

① 原文为“Fuck a duck”，此处取“duck”字面意思“鸭”与其中文谐音“丫”融合。

我是在急诊室学到的。在这里工作你只能这样，尤其是面对所有那些毒瘾婴儿、艾滋婴儿和癌症婴儿的时候。或者是面对那些永远长不大的孩子的时候。假如你凝视家长的眼睛，你就会分担、确认她们所感受到的所有恐惧、疲惫和痛苦。另一方面，一旦认识了她们，你有时也只能那么做——怀着你无法表达的希望或悲伤，凝视她们的眼睛。

前两个病人是术后治疗。我摆好手套、拆线工具、纱布和胶带，告诉妈妈们给婴儿脱衣服。用不了多长时间。候诊室里，我呼叫赫苏斯·罗梅罗。

一个十几岁的妈妈向我走来，她的宝宝用一条长围巾裹着，就像在墨西哥那样。那女孩表情畏缩、惊恐。“不会英语。”她说。

我用西班牙语对她说，把孩子身上除尿布以外的所有衣物都脱掉，问她孩子怎么了。

她说：“可怜的小宝贝，他一直哭啊哭，从来不停。”

我给孩子称体重，问她孩子出生时的体重。七磅。他三个月大，这时该长得更大才对。

“你带他打过疫苗了吗？”

打了，她几天前去过诊所。他们说他有疝气。她不知道婴儿得打疫苗。他们给他打了一针，告诉她下个月再去，但要先立即到这里来。

她叫阿蜜丽雅。十七岁，从墨西哥米却肯州来这儿和她的恋人结婚，可如今他关在索尔达德监狱。她和叔叔婶婶住在一起。她没钱回老家。他们不想收留她，不喜欢那个婴儿，因为他一直哭个没完。

“你给他喂母乳了吗？”

“是的，但是我觉得我的奶水不好。他一醒来，就不停哭啊哭。”

她抱孩子的姿势就像抱一口袋土豆。她脸上的表情像在说：“把这口袋放哪儿？”我明白了，没有人教过她该怎么做。

“你知道喂奶要换乳房吗？每次开始喂奶的时候，都要从和上次不一样的那边开始喂，让他吃久一些，然后再让他吃一会儿另一边。但是一定要记得换。这样他能吃到更多，你分泌的奶水也会更多。他可能吃累了，没吃饱就睡着了。他哭也很可能是因为疝气。这儿的医生很好。他会治好你的宝宝的。”

她好像感觉好了些。不过很难说，她看起来有医生称之为“情感淡漠”的问题。

“我得去看别的病人了。等医生到了我再过来。”她顺从地点点头。她脸上有那种你在受虐妇女脸上看到的不抱希望的表情。上帝饶恕我，虽然我自己也是女人，但是当我看到脸上带着那种表情的女人时，我真想抽她们耳光。

弗里茨医生已经来了，正在第一诊室。无论他让那些妈妈等多久，无论我和卡尔玛多生气，只要他和孩子在一起，我们就都原谅他了。他是医病圣手，最好的外科医生，一个人做的手术比其他人加起来都多。当然他们都说他有强迫症，是自大狂。但他们无法否认他是位优秀的外科医生。实际上他很有名，正是他在大地震发生后冒着生命危险救了一个男孩。

前面两个病人看得很快。我告诉他第三诊室有个不会英语的术前病人，我马上就过去。我清理诊室，又放进一批病人。等我到第三诊室时，他正抱着那个婴儿，教阿蜜丽雅如何把疝气推回去。婴儿正冲他微笑。

“让帕特给他安排手术。向她仔细解释术前准备和禁食注意事项。告诉她，要是疝气凸出来推不进去的话就打电话。”他把婴儿递还给她。“很漂亮。”他说。

“问问她赫苏斯胳膊上的瘀青是怎么回事。你该把这个记下来的。”他指指婴儿胳膊下面的瘢痕。

“对不起。”我对他说。当我问她时，她表情惊慌而诧异：“我不知道。”

“她不知道。”

“你觉得呢？”

“我看她像是……”

“我真不敢相信你要说的正是我对你的看法。我有几个电话要回。十分钟后我去第一诊室。我需要扩张器，一个八号的和一个十号的。”

他说得对。我刚才正要说，她像是个受害者，没错，我知道受害者通常会做什么。我对她解释手术的重要性和手术前一天要做的术前准备。如果婴儿有不适或者生了严重的尿布疹，要打电话。手术前三小时内不要喂奶。我叫来帕特跟她定好日期，又给她讲了一遍注意事项。

之后我就把她忘了，直到至少一个月过去了，我不知为何突然想到她从没带孩子来做术后检查。我问帕特手术是什么时候做的。

“赫苏斯·罗梅罗？那人真是没脑子。第一次手术没来。连电话都懒得打。我打电话给她，她说没有搭上车。好——吧。于是我对她说，我们安排当天做术前准备，一大早来检查和抽血化验，但是她一定得来。赞美上帝，她来了。可你猜怎么着？”

“手术前半小时她给婴儿喂奶了。”

“没错。弗里汝要去外地，所以我能安排的下一个时间又得是一个月以后。”

和他们一起生活很糟糕。我迫不及待地盼着马诺洛和我团聚。我把我的支票和食品券交给他们。他们只给我一点钱买我需要的东西。我照看蒂娜和威利，但他们不会说西班牙语，根本不理我。卢佩讨厌我在他们家，拉蒙态度和气，只不过他喝醉酒时总是抓住我，从后面戳我。我怕他，更怕卢佩，所以在屋里不干活的时候，我就躲在厨房中我那个小角落里。

“你一小时又一小时的，待在那儿干什么呢？”卢佩问我。

“想事情。想马诺洛。想我的村庄。”

“还是开始想想搬出去的事吧。”

开庭那天，拉蒙得上班，所以是卢佩带我去的。有时候她也会和气些。在法庭上，我们坐在前排。他走进来，戴着手铐，双腿用链子拴在一起，我差点认不出他来。马诺洛是个温柔的人，这么对他太残酷了。他站在法官下面，然后法官说了些什么，两个警察把他带走了。他回头望着我，但我认不出那张愤怒的脸。我的马诺洛。回家的路上，卢佩说事情不妙。她也不明白罪名是什么，但不只是持有毒品，因为那样的话他们就把他送到圣塔丽塔监狱去了。在索尔达德关八年是很重的罪。

“八年？怎么会八年！”

“你现在别给我发神经，不然我就把你丢在这里，丢在大街上。我可是认真的。”

卢佩对我说，我怀孕了，得去诊所。我当时不明白她的意思是我该做人工流产。“不，”我对那女医生说，“不，我想要我的宝宝，小宝贝。他爸爸走了，我只有这个宝宝了。”她开始很温和，但后来她生气了，说我自己还是个孩子，没法工作，怎么能养活孩子？说我自私、固执。“那是造孽，”我对她说，“我不做。我想要我的宝宝。”她把笔记本摔到桌子上。

“我的天哪。至少记得在宝宝出生前做检查。”

她给我一张卡片，上面写着哪天几点去，但是我再也没回去。几个月慢慢过去。我一直在等马诺洛的消息。威利和蒂娜只看电视，不惹麻烦。我在卢佩家生了孩子。她帮我接生，但是拉蒙回家后打了她，也打了我。他说冒出个我已经够糟的了，现在又多出个孩子。

我尽量躲着他们。我们在厨房里有个自己的小角落。小赫苏斯长得很美，模样很像马诺洛。我从慈善商店和佩雷斯给他买漂亮的东西。我仍然不知道马诺洛因为什么坐牢，也不知道什么时候能得到他的音讯。当我问拉蒙时，他说：“跟马诺洛吻别吧。看你自己能不能找个活儿干。”

卢佩上班的时候，我给她看孩子，把家里收拾干净。所有的衣服都是我拿到楼下的自助洗衣店去洗。但是我好累啊。无论我做什么，赫苏斯都哭个没完没了。卢佩对我说，我得带他去诊所。我害怕坐公交车。那些黑鬼抓我，吓唬我。我想他们是要抢我的孩子。

在诊所里，他们又对我发火，说我早该做产前检查，说孩子必须打疫苗，说他长得太小。我说他出生时七磅重，我叔叔称的。“可是，他现在也只有八磅重。”他们给他打了一针疫苗，说我还得复诊。医生说赫苏斯有疝气，可能很危险。他应该去看外科。那里的一个女人给了我一张地图，帮我写上去外科医生诊所要坐哪趟公交车和捷运，甚至还告诉我回来时在什么地方等车。她打电话，帮我预约。

是卢佩开车送我去的，我进去的时候，她和孩子在外面的车里等。我把他们说的话告诉她，开始哭起来。她停下车，摇晃我。

“你现在是个女人了！面对现实吧。我们会给你一段时间，等赫苏斯好了，你就得考虑一下自己的生活。这套公寓太小，我和拉蒙累得要死，而你的孩子没日没夜地哭，更糟糕的是，你也哭。我们都烦透了。”

“我一直在努力帮忙啊。”我说。

“是啊，多谢你了。”

带他去做手术那天，我们都起得很早。卢佩要送她的孩子去日托。那里是免费的，而且比起只跟我一个人在家，他们更喜欢去那里，所以他们很高兴。但是卢佩很生气，因为她需要开很远的车送他们去托儿所，而拉蒙得坐地铁。很吓人，坐公交，倒捷运，然后再倒一趟公交。我紧张得吃不下饭，所以我很饿，又吓得头发蒙。但是后来看到他们跟我说过的那块大牌子，我知道找对了地方。我们需要等很久。我早上六点离开家，到下午三点医生还没给赫苏斯看病。我饿极了。他们把一切解释得清清楚楚，护士告诉我喂奶的时候需要换乳房，这样能多出奶水。医生对赫苏斯很好，说他长得漂亮，但是他认为我伤害了孩子，给护士看孩子胳膊上青色的印子。我以前没有注意到那些印子。没错。我伤了我的宝宝，小宝贝。是昨天晚上他不停哭闹时我捏出来的。我抱着他躺在毯子下面。我紧紧搂着他：“嘘嘘，别哭了，别哭别哭。”我以前从未把他抓得那样紧。他并没有哭得轻一些，也没有哭得更厉害。

两周过去了。我在日历上标出时间。一天，我告诉卢佩我得去做术前检查，准备第二天做手术。

“没门儿。”卢佩说。车送店维修了。她没法送威利和蒂娜去托儿所。所以我没去成诊所。

拉蒙待在家。他在喝啤酒，看运动家队比赛。孩子们在睡午觉，我在厨房里给赫苏斯喂奶。“过来看比赛吧，妹子。”他说，于是我进去了。赫苏斯还在吃奶，但我用一条毯子盖着他。拉蒙站起来又去拿啤酒。他这之前好像没醉，可站起来后就开始东倒西歪，然后倒在沙发旁边的地板上。他拉下毯子，扯起我的T恤。“让我尝尝那个奶子。”说着，他便来吮吸我的另一个乳房。我一把推开他，他撞上桌子，但赫苏斯也掉到了地上，桌子刮伤了他的肩膀。他的小胳膊流着血。我用一张纸巾给他擦洗，这时电话响了。

是外科诊所的帕特女士，她气坏了，因为我没有打电话，也没有去。“对不起。”我用英语对她说。

她说明天有一个手术取消了。我可以在那一天进行术前准备，如果我保证一大早到的话。早上七点。她很生我的气。她说孩子可能会病得很重，会死，要是我总耽误手术，政府会把他从我身边带走。“这你明白吗？”

我说明白，但并不相信他们真会把孩子从我身边带走。

“你明天来吗？”她问。

“来。”我说。我告诉拉蒙第二天我要带赫苏斯去做手术，问他能不能照看蒂娜和威利。

“这么说，我吸了你的奶子，你觉得你要补回来？行，我会在家。反正我也失业了。别动心思，不准告诉卢佩。那样的话不到五分钟就让你滚蛋，我也没意见。但是只要你在这里，我就得尝点甜头。”

这时，他把我拖进卫生间，丢下赫苏斯躺在起居室地板上大哭，任孩子们擂着门。他按着我趴在洗手盆上，砰砰砰一下又一下顶进我的身体，但他醉得太厉害，没有持续多久。他溜到地板上，昏睡过去。我出去。我告诉孩子们，他病了。我抖得太厉害，只好坐下，摇晃着小宝贝赫苏斯，和孩子们一起看动画片。我不知道该怎么办。我念了一遍万福玛利亚，但感觉到处都是噪音，祈祷哪能被听到呢？

卢佩到家时，他从卫生间出来了。从他看我的眼神，我看得出他知道自己做了坏事，但不记得是什么了。他说他要出去。她说好极了。

她打开冰箱。“浑蛋把啤酒都喝光了。阿蜜丽雅，去趟 7－11 好不好？哦，天哪，你连啤酒也买不了。你有什么用？你到底有没有找份工作或找个地方住？”

我对她说，我一直在看孩子，我能去哪儿？我说明天赫苏斯要做手术。

“好吧，一旦有时间，你就开始找。杂货店和药店的布告板上都有招工和出租的广告。”

“我不认字。”

“他们有西班牙语的广告。”

“西班牙语我也不会认。”

“日他丫的。”

我也说了句：“日他丫的。”至少把她惹得哈哈大笑起来。唉，我是多么想念我的村子，在那里，欢笑声如微风般温柔。

“好吧，阿蜜丽雅。明天我帮你找。我会到处打听。帮我个忙，现在看着孩子。我需要喝一杯。我去趟哈利斯科。”

她一定是碰上了拉蒙，他们很晚的时候一起回了家。我和孩子们只有豆子和酷爱速溶饮料。没有面包，没有烙玉米薄饼的面粉。在厨房我们的小角落里，赫苏斯睡得很熟，但是我一躺下他就哭起来。我给他喂奶。我觉得出他能吃到更多奶了，但睡了一会儿后他又哭起来。我试着给他一个安抚奶嘴，但他吐了出来。我又放了一次，紧紧搂住他，小声说："嘘，嘘。"但接着我意识到我是在伤害他，我也不想让医生看到青色的印子，便住了手。他的肩膀全是擦伤和瘀青，已经够严重了，可怜的小东西。我又向圣母玛利亚祈祷，求她帮助我，求她告诉我该怎么办。

第二天早上我离开时，天还黑着。我找人帮我找到该乘的公交车、捷运和另一路公交车。在医院，他们告诉我该去哪里。他们从赫苏斯的胳膊上抽血。一个医生给他检查，但他不会说西班牙语。我不知道他写的是什么，只知道他写的和肩膀相关，因为他是用拇指量过后写的。他用带着疑问的眼神看我。"孩子们推的。"我用英语说，他点点头。他们告诉我，手术要在十一点做，所以我要在八点喂他。但是一小时又一小时过去了，一直到了一点。赫苏斯尖声哭号。我们待的地方有一张床、一把椅子。我一直坐在椅子上，但是后来那床看起来太舒服了，我就躺了上去，把他抱在怀里。我的乳房滴着奶水。它们好像听到他哭似的。我实在受不了，我想就让他吃几秒钟，不会有事的。

弗里茨医生在冲我大吼。我把赫苏斯从怀里拿开，但他摇摇头，又对我点点头，示意我接着喂他。之后一个拉丁裔护士走进来，说现在不能做手术了。她说他们有个很长的排队名单，而我已经搞砸两次了。“你给帕特打电话，再约个时间。走吧，回家吧。明天给她打电话。那孩子需要做手术，听到没有？”

在老家，这辈子还没人冲我发过脾气。

我站起来时一定是晕倒了。醒过来的时候，护士坐在我身边。

“我给你点了一大份午饭。你一定是饿了。你今天吃过东西吗？”

“没有。”我说。她在我背后放好枕头，又在我双腿上放了一张桌子。我吃饭的时候，她抱着赫苏斯。我吃得像动物。吃光了所有的汤、饼干、沙拉、果汁、牛奶、肉、土豆、胡萝卜、面包、沙拉、馅饼；真好吃。

“给孩子喂奶期间，你每天都得好好吃饭。”她说，“你回家能行吗？”

我点点头。是的。我感觉很好，饭真好吃。

“那好啦。准备走吧。这里有些给他的尿布。我一小时前就下班了。我得锁门了。”

帕特的工作很辛苦。我们诊所隶属奥克兰儿童医院，有六个外科医生。每个医生每天的工作都排得满满的。每天也有很多人取消安排，其他人就补上，还会增加几个急诊病人。每天我们还要有一位医生在急诊室待命。各种各样的创伤，手指被剁掉，花生吸进气管，枪伤，阑尾炎，烧伤，所以一天可能有六到八个突发手术。

几乎所有病人都是靠加州低保，还有很多是非法移民，连医保也没有，所以我们的医生没有一个是为赚钱干这行的。在诊所工作的人也心力交瘁。我经常一天工作十个小时。外科医生性格各不相同，而且有时候还可能因为不同原因招人厌烦。但我们即便抱怨，也依然尊重他们，也为他们而自豪，而且感到自己确实能够帮助别人。这是很有意义的工作，和在普通公司干活不一样。这份工作的确改变了我看待事物的态度。

我一直是个愤世嫉俗的人。刚开始在这里上班的时候，我觉得给那些怪异畸形的毒瘾婴儿做十几场手术，只是为了让他们活下来，住上一年院之后还是落得个身体残疾，从一个寄养家庭流落到另一个寄养家庭——这是对纳税人的钱的极大浪费。那么多孩子没有母亲，更别说父亲了。大多数养父母真的很伟大，但有些很可怕。那么多孩子有残疾或脑损伤，这样的病孩子绝对活不了几岁。许多病人患有唐氏综合征。我觉得自己绝对养不了那样的孩子。

此时，我打开通向候诊室的门，托比在那里。全身畸形、摇摇晃晃的托比，不会说话的托比。拉屎撒尿都用袋子的托比，通过肚子上的一个小孔进食的托比。托比张开双臂，笑着来拥抱我。这些孩子仿佛是上帝回应祈祷时发生的小失误导致的后果。所有那些不希望孩子长大的母亲，那些祈祷孩子会永远爱她们的母亲。那些得到回应的祈祷就以托比的样子被送到人间。

毫无疑问，那些托比可能会导致婚姻和家庭的破裂，但如果没有，反而会产生正面作用。男人女人原本在自己和别人身上永远看不到的最深刻的或好或坏的感受、力量与尊严，此时反而被激发出来。在我看来，每一种欢乐都因此变得更有滋味，承诺则因此有了更深刻的维度。我也并不认为自己把这事浪漫化了。我用心研究这些人，因为我看到了那些品质，它们令我惊异。我见过好几对夫妻离异。这好像不可避免。有殉道者般的父母，也有懈怠的父母，有指责别人的，有怨天尤人的，有满怀愧疚的，有借酒浇愁的，有以泪洗面的。我目睹手足间因怨恨做出的行为导致更多的伤害、愤怒和愧疚。可是我看到的更多是，婚姻和家庭关系变得更亲密、更美好。每个人都学习如何应对，都要帮忙，都得诚实，承认生活很糟。当孩子别的什么都不会做，却会亲吻那只帮他梳头的手时，每个人都必须欢笑，每个人都必须心怀感激。

我不喜欢戴安·阿勃丝[①]。小时候我在得克萨斯州，那里有畸形秀，甚至在那时我就讨厌人们对畸形人指指点点、笑话他们。但我对畸形秀也很着迷。我特别喜欢那个没有胳膊、用脚趾打字的男人。但我喜欢他不是因为他没有胳膊，而是因为他确实在写，从早到晚。他很认真地在写什么东西，喜欢自己写的东西。

当那两个女人带着杰伊来找鲁科医生做术前检查时，我承认我相当好奇。一切都很怪异。她们俩都是侏儒，看起来像姐妹，也许确实是。她们个子小小的，脸蛋胖乎乎红扑扑的，头发卷卷的，鼻子翘翘的，笑得很灿烂。她们是一对恋人，毫不尴尬地相互触摸、亲吻和爱抚。她们收养了杰伊，一个有多种严重缺陷的侏儒婴儿。她们的社工，怎么说呢，就像巨人，陪她们一起来，抱着杰伊和他那小小的氧气瓶以及装尿布的袋子。那对母亲各自拿了像挤牛奶用的那种小凳子，坐在检查室里，谈论杰伊，说他现在好多了，眼睛可以聚焦了，能认出她们了。鲁科医生要给他做个胃造口手术，好让他通过肚子上的开口进食。

他是个机警而安静的婴儿，不是特别小，但有颗畸形的大脑袋。那两个女人喜欢谈论他，很乐意告诉我们，她们怎么轮流抱他，给

① Diane Arbus（1923－1971），美国新纪实摄影家，以拍摄侏儒、巨人、变性人、裸体主义者、马戏团畸形人等边缘人群而著称。

他洗澡，照看他。用不了多久他会爬的时候就需要戴头盔了，因为她们的家具只有一英尺左右高。她们给他取名杰伊，因为这名字和欢喜[①]发音相近，而他给她们带来了那么多欢喜。

他对胶布过敏。我要出去找纸质胶带。回过头，看见那两个母亲正踮起脚尖看杰伊，他正趴在检查台上冲她们笑，她们也冲他笑。社工和鲁科医生相视而笑。

“这是我看到的最动人的景象。”我对卡尔玛说。

“这些可怜的人哪。她们现在很开心。但是恐怕他只能再活几年，如果活得了的话。”她说。

“值了。哪怕她们只有今天，没有未来。接下来要忍受的痛苦也值了。卡尔玛，她们的泪水也会是甜蜜的。”我说出这样的话，连自己都惊讶，但我是认真的。我正在学习爱的付出。

鲁科医生的丈夫称她的病人为“河流宝宝”，这让她十分生气。他说以前密西西比人就是这么称呼这样的孩子的。他也是和我们共事的外科医生。不知为何，他几乎总能想办法分到所有像蓝十字[②]这类真正的医疗保险手术。鲁科医生接下了大多数残疾的，或者完全瘫痪的孩子，但这不只因为她是优秀的外科医生。她倾听患者家属的心声，关心他们，于是她接到了很多转诊病人。

今天的病人一个接一个。那些孩子大多年龄大些，很沉。死沉死沉的。我得把他们抱起来，然后按住，好让她给他们取掉旧的胃造口按钮，换上新的。大多数孩子都不会哭。你看得出那一定疼极了，但只有流向他们耳侧的两行泪水，以及这可怕、怪异的咯吱声响，

---

①“杰伊”即“Jay”，和“joy”（欢喜）发音相似。

② Blue Cross，一种美国医疗保险。

如同生锈的大门一般，从身体深处发出。

最后一个病人好酷。酷的不是病人，而是鲁科医生的治疗方法。一个脸蛋红扑扑的漂亮新生女婴，两只手都是六指。人们总开玩笑说，婴儿出生时一定要看是不是每边五根手指、五根脚趾。这种例外比我以为的更常见。通常医生会给他们安排当天出院的小手术。这个婴儿刚出生几天。鲁科医生让我去取塞罗卡因[①]、一根针和一些肠线。她对那根手指的周围区域进行麻醉，然后在两根多余的小指根部打了很紧的结。她给他们一些液体的扑热息痛，以防宝宝之后可能会疼，告诉他们不要碰，很快，就像肚脐一样，多出来的手指就会变黑脱落。她说她父亲过去在亚拉巴马州的一个小镇上做医生，她看他这么做过。

凯利医生曾经接诊过一个双手都是六指的小男孩。他的父母十分想做手术，但孩子不愿意。他六七岁，是个很可爱的小孩。

“不！我想要！它们是我的！我要留着它们！”

我以为老凯利医生会给男孩讲道理，可他竟跟那对父母说，在他看来，这孩子是想继续保留这与众不同的特点。

“有何不可？”他说。那对父母没法相信他竟会这样说。医生对他们说，如果那男孩改变主意，他们还可以来做手术。当然啦，年龄越小越好。

“我欣赏他捍卫自己的权利。握个手，孩子。”他握握那个孩子的手。他们离开了，父母怒气冲冲地骂着医生，孩子却咧着嘴冲他笑。

他会一直这么想吗？要是他想弹钢琴怎么办？假如他改变主意，到时候会不会太晚？为什么六指不行呢？反正手指本来就挺怪，

① Xylocaine，即利多卡因，一种局部麻醉剂。

脚趾、头发、耳朵都很怪。我自己是希望人类长尾巴的。

我正在检查室一边清理、补货，一边想入非非，幻想自己长了条尾巴，或者头上长的不是头发而是树叶，这时听到有人擂门。鲁科医生已经走了，只有我一个人。我打开门，让阿蜜丽雅和赫苏斯进来。她在哭，边说边浑身发抖。他的疝气出来了，她推不进去。

我穿上外套，打开警报器，锁上门，和她一起向急诊室走去。我进去帮她挂号。麦吉医生马上就到。很好。

“麦吉医生是个很和气的老大夫。他会照顾你的赫苏斯。他们很可能会在今天夜里给他做手术。别忘了带孩子来办公室。大约一周之后。给我们打电话。听着，看在上帝的分上，别给他喂奶。”

地铁和公交车上很拥挤，但是我不害怕。赫苏斯睡着了。仿佛圣母玛利亚回应了我的祷告。她告诉我领过我的下一次救济支票后，就回到墨西哥的家乡去。巫医会治好我的宝宝，我妈妈会知道怎么哄他、止住哭闹。我会喂他香蕉和木瓜。不给他吃芒果，因为有时候宝宝吃芒果会肚子疼。我想知道宝宝什么时候长牙。

我到家时，卢佩在看电视剧。她的孩子在卧室睡觉。

“他做手术了吗？”

“没有，出了点事。”

“是啊，我猜就是。你做了什么蠢事，啊？”

我把他放在我们的小角落，没有惊醒他。卢佩走进厨房。

“我给你找了个地方。至少你可以在那里待到找到自己的住处为止。你下一次的支票可以在这里领，然后告诉社保局你的新地址。听到没有。”

“听到了。我想要我的支票钱。我要回家。”

“你疯啦。首先，这个月的钱已经花了。不管你手里有多少，已经是最后一点了。你疯了吗？你要回米却肯州，那些钱连走一半的路都不够。听着，姑娘，你都已经到这里了。去餐馆找份工作，找个能让你住在后间的。见见男人，出门玩玩。你很年轻，很漂亮，只要把自己打扮一下就行。你就跟单身差不多。你现在英语学得挺快。你不能就这么放弃了。”

“我想回家。”

“日他丫的。”说着，她就回去看电视了。

拉蒙从后门进来的时候，我还在那里坐着。我猜他没有看到在沙发上的她。他开始抓我的乳房，亲我的脖子。“糖，我要吃糖！”

“够了。”她说。她对拉蒙说：“把脑袋在水里泡泡，你这臭烘烘的肥猪。”说着便把他推出房间。对我她只是说：“你给我滚。把你那些破烂收拾起来。给你个塑料袋。”

我把所有东西都装进我的手提包和那个袋子，抱起赫苏斯。

“走吧，抱他上车。东西我拎着。”

那地方看起来就像用板子封起来的旧商店，但是有一个牌子，门上方有副十字架。里面没有亮光，但是她咚咚砸门。一个白人老头出来了。他摇着头，用英语说了什么，但是她说的声音更大，把我和赫苏斯推进门，转身走了。

他打开手电筒。他试着和我交流，但我摇摇头。不会英语。他很可能是在说没有足够的床位。房间里排满了简易床，上面睡着一些女人、几个孩子。屋内气味难闻，像葡萄酒、呕吐物和小便混杂的味道。很差，很脏。他给我拿来几条毯子，指指一个墙角，和我的那个厨房角落一样大小。“谢谢你。”我说。

真糟糕。我一躺下，赫苏斯便醒了。他哭个没完。我把毯子支成帐篷的模样，好蒙住声音。但是有些女人在咒骂，说：“闭嘴闭嘴。”她们大多是酗酒的白人老太太，但也有些年轻黑女人，对我推推搡搡。一个小孩用小手打我耳光，像飞快的马蜂。

“住手！”我尖叫，“住手！住手！”

那个男人打着手电筒出来，领我穿过房间，进了厨房，来到一个新的角落。“*我的包！*”我说。他懂了，回去帮我把包拿过来。“很抱歉。”我用英语说。赫苏斯吃过奶，睡着了，但我倚在墙上，等待天亮。我在学英语，我心想。我把我会的所有英语过了一遍。法庭，肯德基炸鸡，汉堡，再见，墨西哥佬[①]，黑鬼，混蛋，婊子，帮宝适，多少钱，日他丫的，孩子们，医院，住手，闭嘴，你好，对不起，《综合医院》，《我的孩子们》，腹股沟疝气，术前，术后，《杰拉尔多》，食物券，钱，汽车，毒品，警察[②]，《迈阿密风云》，何塞·坎赛科[③]，无家可归，真漂亮，没门儿，劳驾，我很抱歉，请，拜托，住手，闭嘴，闭嘴，对不起。圣母玛利亚，请为我们祈祷。

天快亮的时候，那个男人和一个老太太进来了，开始烧水准备做麦片粥。她让我帮忙，指指糖和餐巾纸，让我放在成排的桌子中间。

早饭我们都吃麦片粥和牛奶。那些女人看起来实在糟糕，有些是疯子或醉鬼。无家可归，肮脏不堪。我们都排队等洗澡，轮到我

---

① greaser，对拉丁美洲血统的人（尤其墨西哥人）的美式蔑称。

② 原文为“pólis”，是基于“police”这一英语单词的发音、遵循西语习惯拼读的结果。

③ José Canseco（1964－），古巴裔美国职业棒球手。

和赫苏斯洗的时候，水已经凉了，毛巾只剩下一小块。之后我和赫苏斯也无处可去。那地方白天是给孩子办的托儿所。我们可以晚上回来喝汤，睡一张床。那个男人很好。他让我把包放在那里，这样我只需要带几块尿布。白天我在伊斯特蒙特商场徘徊。我去过一个公园，但后来害怕了，因为男人们会向我走来。我走啊走，宝宝很沉。第二天，那个打过我的小孩给我比画，或是不知怎么我明白了她的意思——你可以坐一天公交车，不停换车。于是我就那样做了，因为宝宝太沉了，这样我就可以坐下，四处看看，或者趁赫苏斯睡着时我也睡，因为夜里我没法睡。一天，我看到了诊所所在的地方。我决定第二天去那里，找那里的人帮助我。于是我感觉好些了。

但是第二天赫苏斯的哭声变了，像狗叫。我看看他的疝气，它耷拉得很长、很硬。我立即上了公交车，但是路还很长，公交车转捷运然后再转一趟公交车。我本以为医生诊室关门了，但是护士还在，她带我们去了医院。我们等了很久，但最后他们总算带他去做手术了。他们说要留他住院一晚上，让我睡在他的小保温箱旁边的简易床上。他们给了我一张券，让我去食堂吃饭。我拿到一个三明治、一杯可乐和一个冰激凌，一些过后吃的小甜点和水果，但是我睡着了，不用在地板上睡的感觉太好了。我醒来的时候，护士在那里。赫苏斯被干干净净地包在一条蓝色毯子里。

“他饿了！”她微笑着说，“他出手术室的时候我们没叫醒你。一切顺利。”

“谢谢你。”哦，感谢上帝！他好了！给他喂奶的时候，我哭着祷告。

“现在没理由再哭了。”她说。她已经用托盘给我端来咖啡、果汁和麦片。

弗里茨医生走进来，不是做手术的医生，是第一次看病时的那位医生。他看看赫苏斯，点点头，冲我微笑，查看他的病历。他提起宝宝的上衣。他的小肩膀上还有一片擦痕和一块瘀青。护士问我是怎么回事。我告诉她，是我之前住的地方的小孩弄的，我已经不在那儿住了。

“他想让你知道，要是他再看到瘀青的话，就要给儿童保护机构打电话了。那些人说不定会把你的孩子带走，或者只是让你跟某个人谈谈。”

我点点头。我想告诉她，我需要跟某个人谈谈。

我们有几天十分忙碌。阿戴克医生和麦吉医生都休假了，所以其他医生忙得不可开交。好几位吉卜赛病人，这总是意味着他们全家——兄弟姐妹、叔伯舅舅——所有人都过来了。这总是引我发笑（不是真的笑，因为医生不喜欢开玩笑，不喜欢不符合职业规范的行为），因为弗里茨医生走进诊室时总要礼貌地同家长打招呼：“早上好。”如果父母双方都过来了，他会对两人分别点头说：“早上好。早上好。”吉卜赛家庭来的时候，他挤进诊室说：“早上好。早上好。早上好。早上好。早上好。”等等等等。我总要憋着，免得笑出声来。他和威尔逊医生好像接诊了很多尿道下裂的婴儿，就是指男婴的阴茎侧面有孔，有时候有好几个，所以撒尿的时候就像花洒。总之，曾经有个叫洛奇·斯泰里欧的吉卜赛婴儿得了这种病，弗里茨医生给他治好了。术后检查时，全家人，大约十二个大人和好几个孩子，全都来了，所有人都和他握手。“谢谢。谢谢。谢谢。谢谢。”

比他的早上好还要麻烦！那景象又动人又好笑，后来我张嘴要说什么，但他瞪了我一眼。他从来不议论病人。实际上医生都不谈论病人。只有鲁科医生除外，但她也谈得很少。

我甚至不知道蕾娜最初确诊的是什么病。她现在已经十四岁，由她的妈妈、一对姐妹和一个弟弟陪着来。他们用一辆她爸爸做的巨型折叠式轮椅推着她。那对姐妹一个十五岁，一个十二岁，男孩八岁，都是漂亮的孩子，活泼有趣。我走进诊室的时候，他们撑着检查台上的她。她光着身子。除了胃造口的按钮，她的身体完美无瑕，绸缎般光滑。她的乳房已经发育。你看不到她嘴里该长牙的地方长出的蹄状东西，她双唇微启，娇美鲜红。一双眼睛如同碧玉，一对睫毛又黑又长。她的姐妹们给她剪了蓬松的朋克头，戴上红宝石的鼻钉，在她大腿上画了蝴蝶文身。埃莱娜在给她的脚趾涂指甲油，托尼帮她把胳膊搁在脑袋后面。他力气最大，是他帮我按住她的上身，她的姐妹们则按住她的腿。但此刻，她玉体横陈，如同莫奈的《奥林匹亚》，纯洁可爱得令人窒息。鲁科医生像我一样，只看着她便是一惊。“天哪，她真美。”她说。

“她什么时候开始来的月经？”她问。

此前我没有注意到她黑亮丝滑的阴毛间丹碧丝卫生棉条的线头。她妈妈说这是她第一次来。她以毫无讽刺的语气说：

“她现在是个女人了。”

她现在有危险了，我心想。

“好吧，按住她。”鲁科医生说。她妈妈抓住她的腰，女孩们按住腿，我和托尼按住她的胳膊。她激烈挣扎着抵抗我们，但鲁科医生终于还是把旧钮取了出来，安上一颗新的。

她是那天最后一个病人。我在清理诊室，给检查台重新铺上干净的纸，这时鲁科医生又回来了。她说："我真为我的尼古拉斯而感激。"

我笑了，说："我也为我的尼古拉斯而感激。"她说的是她六个月大的宝宝，我说的是我六岁大的孙子。

"晚安。"我们说，之后她就去医院了。

我回家，做了个三明治，打开电视，看运动家队的比赛。戴夫·斯图尔特与诺兰·莱恩对垒。打到第十局的时候，电话铃响了。弗里茨医生。他在急诊室，想让我过去。"什么事？"

"阿蜜丽雅，还记得她吗？这里有会说西班牙语的人，但是我想让你和她谈谈。"

阿蜜丽雅在急诊医生的诊室。她被注射了镇静剂，呆呆地望着，眼神比平时更茫然。宝宝呢？他领我到帘子后面的一张床边。

赫苏斯死了。他的脖子折断了。他胳膊上有几片瘀青。警察快要到了，但是弗里茨医生想让我先和她平静地谈谈，看能不能弄清楚发生了什么事。

"阿蜜丽雅？还记得我吗？"

"记得，怎么不记得？你好吗？我可以看看他吗？小宝贝赫苏斯？"

"过一会儿。我需要你先告诉我出了什么事。"

过了一阵我才搞明白，她白天一直坐公交车到处转悠，晚上在一家流浪者收容所过夜。今天晚上她到那里后，两个年轻女人把她用别针别在衣服里的所有钱都抢走了。她们打她，踢她，然后扬长而去。管理那个地方的男人不懂西班牙语，不知道她在说什么。他只是不停地告诉她要安静，把手指按在嘴唇上对她说安静，让宝宝安静。后来那些女人回来了。她们喝醉了，天已经黑了，别的人想睡觉，但赫苏斯哭个不停。这时阿蜜丽雅身无分文，不知道该怎么办。她无法思考。那两个女人来了。一个扇她耳光，另一个夺走赫苏斯，但阿蜜丽雅又把他抢了回来。那个男人来了，两个女人便去躺下。赫苏斯不停地哭。

“我想不出该怎么办。我摇晃他，想让他安静下来，我好想想该怎么办。”

我把她那双小手握在手里。“你晃他的时候他正哭着吗？”

“是的。”

“然后发生了什么？”

“然后他就不哭了。”

“阿蜜丽雅，你知道赫苏斯死了吗？”

“是的，我知道。我知道。”接着她用英语说，“日他丫的。我很抱歉。”

502

“502”是今早《时报》字谜中第一列的提示。容易。那是酒驾的警用代码，于是我写下 DWI[①]。错。我猜康涅狄格州所有开车上班的人都知道该填罗马数字。我曾经历过几个惊慌的时刻，而如今每当酗酒岁月的记忆冒出来时，我还是惊慌不已。但自从搬到博尔德，我学会了深呼吸和冥想，这些总能让我平静下来。

我很高兴在搬到博尔德之前戒了酒。在我生活过的地方中，这是唯一一个不是每个拐角都有酒品店的城市。就连这里的喜互惠超市都不卖酒，星期天当然是绝对不卖的。这里只有几个酒品店，大多在城郊，所以假如你是个哆哆嗦嗦的可怜酒鬼，又赶上下雪天，那就求主怜悯吧。那些酒品店是像塔吉特超市那样的巨无霸噩梦。你恐怕还来不及找到放占边威士忌的货架，就已经死于震颤性谵妄了。

最好的城市是阿尔伯克基，那里的酒品店有免下车窗口，所以

① DWI，即“driving while intoxicated”（酒醉情况下驾驶）的缩写。

出门买酒连睡衣都不用换。但那里星期天也不卖酒。所以，要是我没有提前计划好，总会面临这样的问题：到底该去谁家坐坐，谁家会请我喝酒，而不是果汁酒饮料。

尽管搬到这里之前我已经戒酒多年，但最初还是有些麻烦。无论何时，一看后视镜，我就禁不住说："啊，糟了！"可看到的不过是人人车上都有的车顶架。实际上我从来都没看到过追捕的警车，也没见过谁被逮捕。我在商场见过穿着短裤、吃着本杰瑞牌酸奶冰激凌的警察，还见过一支坐在皮卡中的特警队。六个穿迷彩服的男人，手握大型麻醉枪，在梅普顿路中间追逐一头小熊。

这里肯定是全国最健康的城市。兄弟会或橄榄球比赛时都没人喝酒。没人抽烟、吃红肉或带糖衣的甜甜圈。夜晚你可以一个人在大街上溜达，无须锁门。这里没有黑帮，没有种族歧视。实际上也没有很多种族。

那个讨厌的502。所有这些记忆如潮水般涌回我的脑海中，深呼吸也不管用。我在大学上班的第一天，在喜互惠遇到的麻烦，在圣安塞尔姆出的事，和A相处的那一幕。

如今一切都很好。我深爱我的工作和同事。我有知心朋友。我住在一所漂亮的公寓里，就在桑尼塔斯山脚下。今天，一只黄腹丽唐纳雀落在我后院的一根树枝上，我的猫科兹莫在阳光下睡觉，所以没有去追逐鸟。对于今天的生活，我深怀感激。

所以，如果我坦白自己时不时会冒出一种邪恶的冲动，怎么说呢，就是想把生活搞砸，那么求上帝宽恕我。我无法相信，在受了这么多年罪之后，我竟然还会有这种念头。王警官若是知道了，要么送我去坐牢，要么送我去戒酒。

彬彬有礼的人，这是我们所有人对王警官的称呼。我们称其他警察猪猡，但这称呼绝对不会用在王警官身上。他人十分好，真的。懂章法，合规矩。你绝不会与他发生身体冲突，而同其他警察这则是常有的事。他绝不会把你猛推到车上，或拧着你的手腕上铐，让你一站几个小时。他会一丝不苟地开罚单，宣读你的权利。给你戴手铐时，他说“请允许我”，押你上车时则说“小心碰头”。

他勤勉而诚实，是奥克兰警局中的特例。有他在我们街区执勤是我们运气好。如今我真的为那一次事故深感抱歉。嗜酒者互诫协会里有一个步骤，是向你对不起的人赔罪。我想大多该赔的罪我都赔了。但我还欠王警官的。我确实对不住他。

那时候我还在奥克兰，住在阿尔卡特拉兹大道和电报大道交叉口街角上的那幢蓝绿色大公寓楼上。就在阿尔卡特酒品店上方，紧挨着白马酒店，街对面是 7－11 便利店。位置很好。

7－11 有点像老酒鬼们的接头点。尽管我和他们不同，要每天上班，但周末他们能在酒品店遇到我。早上在六点开门的黑白酒品店门口排队。深夜和 7－11 的那个巴基斯坦裔虐待狂讨价还价。

他们都对我很友善。“你好吗,露小姐？”有时候他们问我要钱，我总会给，有几次我失业的时候，也问他们要过钱。这伙人成员构成有变动,因为有人坐牢了,进医院了,或死掉了。其中的常客是“尖儿”“莫”“小波纹”和“冠军”。这四个老黑人上午会在 7－11，下午则在“尖儿”家院子里的一辆暗淡的浅绿色雪佛兰科威尔里打盹或喝酒。“尖儿”的老婆克拉拉不让他们在屋里抽烟喝酒。无论寒暑阴晴，四个人都在车里过。像小孩子在行车途中一样睡觉，脑袋靠在交叠的双手上，或者直直往前看，仿佛他们是在星期天开车兜风，对每一个开车或步行路过的人评头论足，传着喝一瓶波特酒。

我从公交站沿街走过来时，会喊：“最近好吗？”“莫”会说：“挺好！我有葡萄酒喝啦！”“尖儿”会说：“我有麝香葡萄酒，感觉真好！”他们会问起我的老板，B 医生那蠢货。

“干脆辞了那破工作！去申请社保补助金，这才是你该干的事！妹子，来跟我们一起坐，舒舒服服过日子，用不着工作！”

有一次“莫”说我气色不好，也许需要戒瘾了。

“戒瘾？”“冠军”奚落道，“绝对不要戒瘾。复瘾！这才是办法！”

“冠军”身材矮胖，外穿一件亮闪闪的蓝西装，内穿一件干净的白衬衫，头戴一顶卷边平顶礼帽。他有一只带链子的金表，总是叼着雪茄。另外三个都内穿格子衬衫，外罩毛衣，头戴运动家队棒球帽。

有一个星期五我没去上班。我一定是前一天喝了一夜。早上醒来，我不知道自己去过哪里，但我记得自己回了家，带回一瓶占边威士忌。我把车停在我的公寓楼马路对面的一辆面包车后面。我爬上楼，睡着了，直到被巨大的敲门声惊醒。

“开门，莫兰女士。我是王警官。”

我把那瓶酒藏在书架上，开了门。“你好，王警官。有何贵干？”

“你是不是有辆马自达 626？”

“你知道我有，长官。”

“莫兰女士，那辆车在哪儿？”

“哦，不在这里。”

“你把车停在哪儿了？”

“教堂对面。”我想不起来了。

“再想想。”

“我想不起来了。”

“往窗外看。你看到什么了？”

“啥也没有啊。7－11，电话，煤气罐。”

“有没有停车的地方？”

“对哎。好神奇啊。两个停车位！哦，我停那儿了，一辆面包车后面。”

“你把车停在那里，挂了空挡，没拉手刹。那辆面包车开走的时候，你的车跟着溜到正值交通高峰的阿尔卡特拉兹大道上，接着进入另一条巷子，差点拦上几辆车，然后加速冲上人行道，险些撞伤一对夫妻和婴儿车里的孩子。”

“哦。后来呢？”

“我现在就带你去看后来怎样了。跟我来。”

“我马上就出门。我想洗洗脸。”

“我就在这儿等。”

“拜托。给点隐私嘛，长官。门外等吧。”

我喝了一大口威士忌。刷牙，梳头。

我们默默沿街走着。两个长长的街区。该死。

“想想啊，我的马自达既没撞到东西，也没撞伤人，还是蛮神奇的呢。你不觉得吗，王警官？奇迹啊！”

“哦，其实撞到东西了。神奇的是，当时那几位先生都没在车上。他们下了车，就是为看你的马自达从街上一路溜下去。”

我的车撞在那辆雪佛兰科威尔的右侧挡泥板上。那四个男人站在那里，摇着头。“冠军”抽着雪茄。

“谢天谢地你没在车上，妹子。”“莫”说，“我做的第一件事就是打开车门问：‘她人呢？’”

雪佛兰的挡泥板和车门被撞得凹进去一大块。我车子的保险杠断了，一只头灯碎了，一只转向灯也破了。

“尖儿”还在摇头。“希望你上保险了，露西尔小姐。我这辆老爷车可是损伤严重啊。”

“别担心，‘尖儿’。我有保险。你尽快给我估个价。”

“冠军”对其他人说悄悄话。他们尽量憋着不笑，但是不管用。“尖儿”说：“我们本来就在这儿坐着，谁的事也没碍着，瞧这出的啥事！赞美主！”

王警官正在记录我的车牌号和“尖儿”的车牌号。

“那车有发动机吗？”他问“尖儿”。

“这车是博物馆展品。经典车型。不需要发动机。”

“好吧，我觉得我要试着倒出去，别撞上什么人。”我说。

“别急，莫兰女士。”王警官说，“我得开罚单。”

“罚单！警官，你太无耻了！”

“你不能给这位女士开罚单。事故发生的时候她在睡觉！”

那几个老头围上去，这让他很紧张。

“可是，”他结结巴巴地说，“她犯了鲁莽……鲁莽……”

“不能算鲁莽驾驶。她没在驾驶那辆车！”

他试图思考。他们嘟嘟囔囔，怨声连连。“可耻。真可耻。无辜的纳税人。可怜的人，一切都要她自己承担。”

“我绝对闻到酒气了。”王警官说。

“那是我！”那四个人异口同声，呼着气。

“不行，长官。”“冠军”说，“要是你根本没开车，就不能算酒驾！”

“这是事实！”

“那当然。”

王警官望着我们，表情十分气馁。警用无线电刺耳地响起来。他迅速把便笺簿放进口袋，转过身，匆匆向巡逻车走去，打开警灯和警笛，绝尘而去。

保险支票很快下来，寄给了我，却是开给霍雷肖·特纳的。我把支票交给“尖儿”的时候，那四个男人正坐在车里。一千五百美元。

那天下午，我唯一一次坐进了那辆老爷车。我只能跟在“冠军”后面溜进去，因为另一侧车门打不开。“小波纹”个子很小，坐在我的另一边。他们都在喝高卢波特酒，但给我拿来一大杯科尔特45麦芽酒。他们向我敬酒。“敬我们的露西尔女士！”从那之后，那个街区的人都这样称呼我。

不幸的是，那件事发生在初春。春天和夏天王警官还在那一片巡逻。他每天都得从坐在雪佛兰科威尔里的那几个家伙身边经过，微笑，挥手。

当然，那次之后，我和王警官还有其他几次接触，一点也不愉快。

这里是星期六

乘车从市区到县监狱，一路沿着海湾上方的山顶前行。路两旁树木成行，最后那天早晨雾气蒙蒙，宛如一幅古老的中国画。只有轮胎和雨刷的声响。我们腿上的锁链发出东方乐器般的声音，身穿橙色连身囚服的囚犯们一起摇摆着，如同僧侣。你笑了。好吧，当时我也笑了。我知道我是车上唯一的白人，这些伙计也都不是僧侣。但那真的很美。我笑，也许是因为我觉得自己这样看待事物很傻。“空手道小子”听见我笑。老查兹这会儿准是脑子让酒给泡了。如今要入狱的男人大多只是涉毒的毛孩子。他们不找我麻烦，认为我不过是个老嬉皮。

监狱第一眼望去漂亮极了。爬了很长的坡，来到丘陵间的一片山谷。那片土地曾经是一个叫斯普莱克勒斯的百万富翁的避暑庄园。县监狱周围的田野如同一座法国城堡的领地。那一天，上百棵李树正繁花盛开。贴梗海棠。再往后是一片片水仙花田，接着是鸢尾花。

监狱前面是一片草场，上面放牧着一群野牛。大概六十头。已经生了六头牛犊。出于某种原因，美国所有生了病的野牛都被送到这里。兽医给它们治病，研究它们。你能看出车上哪些伙计是第一次服刑的，因为他们都吓坏了。“哎呀！我靠！他们要拿这些牛给我们吃吗？快他妈的过来瞧瞧。”

监狱和女监舍，汽车修理间和温室。没有人，没有别的房子，所以突然间，你仿佛置身于一片古老的大草原，被穿过迷雾的阳光照耀着。虽然蓝鸟客车每周都有一班，可野牛还是常常会受到惊吓。它们突然狂奔，向绿色的山丘惊逃而去。我像参加狩猎旅行的游客，盼望能看到田野的景象。

我们在有牢房的地下室下车，等着走程序。长久的等待，又来一次肛检。“查兹，现在别再笑了。”“空手道小子”说。他告诉我，“CD”在这里，被犯事了。监狱的黑话就像西班牙语。杯子打碎了自己。不是你违反假释。是警察违反了你。

森尼维尔的黑帮枪杀了“CD”的哥哥。我之前没听说这件事。“CD”的哥哥是教会区赫赫有名的毒贩，我知道“CD”很爱他哥哥。“这可事儿大了。”我说。

“这不废话嘛。警察来的时候，所有人都跑了，只有‘CD’坐在那里，搂着他哥哥的脑袋。他们抓他的罪名只有违反假释条例。判了六个月。他很可能得蹲三个月。然后他就要去找那些狗娘养的算账。”

我很幸运，分到三层（但是看不到风景），牢房里只有两个阴沉的孩子和“空手道”。“空手道”是我在街头认识的。这一层除了我只有其他三个白人，所以我很高兴能和“空手道”分在一起。囚室本该容纳两个人，但通常会有六个，一周之后我们这里还会来两个。“空手道小子”不管干什么，都借机练习举重、踢腿和弓箭步。

我们到这里的时候，负责的警官是马克。他总是喋喋不休地训我。但他知道我喜欢写东西，给我带来一本黄色便笺簿和一支钢笔。说他知道我进来是因为破门入室和盗窃，得在里面待一阵子。“说不定这次你能到第四步，查兹。”那是指你承认所有罪行。

“最好再给我带十来本草稿簿。”我对他说。

关于监狱，说起来都是老生常谈。羞辱。那种等待，那种残暴，那种恶臭，那种伙食，那份没完没了。根本没法描述那永不休止的刺耳噪音。

有两天我抖得厉害。一天夜里，我一定是癫痫发作了，不然就是睡着的时候被五十个家伙暴打了一顿。嘴唇裂了，几颗牙掉了，浑身青一块紫一块。想去医务室，但没有一个警卫肯帮我争取。

“这种罪你以后再不用受了。”马克说。

至少他们还让我待在自己的铺上。“CD”在另一层楼，但在放风的时候，我能看见他在下面的院子里，和别人一起抽烟，听他们说笑。大多数时候他一个人踱步。

说来也怪，有些人就是气势夺人。连外面最凶狠的娘们儿也对他毕恭毕敬，只从他经过时她们都往后退让的样子就看得出来。“CD”并不是他哥哥那样的彪形大汉，但同样强壮、冷静。他们的母亲是华人，父亲是黑人。“CD”留了一条长辫子，垂到后背。他肤色怪异，如同一张深褐色老照片，一杯掺了牛奶的红茶。

有时候他让我联想到马萨伊[①]武士，有时候则是佛陀或玛雅神。

① Masai，应为 Maasai，东非肯尼亚和坦桑尼亚有尚武传统的牧民。

他会站在那里，身体一动不动，眼睛一眨不眨，一站半个小时。他有那种神明一般的冷静漠然。我这样说可能像个神经病或基佬。总之，他对所有人都有那样的影响力。

他刚满十八岁时，我在县监狱遇到了他。当时我们俩都是初次坐牢。我激发了“CD”对书的兴趣。他第一次爱上文字是读斯蒂芬·克莱恩[①]的《海上扁舟》。图书馆的人每周都来，我们把书还回去，再借新的。在这里，拉丁人用一种复杂的手势交谈。我和“CD”则开始用书对话。《罪与罚》《局外人》，埃尔莫·伦纳德[②]。我再一次坐牢时他也在，那时已经换他来向我介绍不同的作家了。

出狱后，我有时在街上遇见他。他总给我钱，挺尴尬的，但我出门就是去乞讨的，所以从来不拒绝。我们会一起坐在公交站的长椅上聊天。如今，“CD”读的书已经比我多了。他二十二，我三十二，但人们总以为我要老得多。我可是感觉自己十六岁左右呢。从那之后我一直醉着，所以对很多事都茫然无知。水门事件[③]发生时我就不知道，感谢上帝。我现在说话仍然像个嬉皮士，还说“时髦”“真逗”这类话。

同一层的人从院子里回来时，威利·克兰普顿敲铁栏杆把我惊醒。“哟，查兹，出啥事啦？‘CD’说欢迎你回家。”

“嘿，你怎么样，威利？”

“挺好。再看几集《灵魂列车》[④]我就走啦。你们哥儿几个该去

① Stephen Crane（1871－1900），美国现实主义作家、诗人。

② Elmore Leonard（1925－2013），美国西部、犯罪、悬疑类型小说家及编剧。

③ Watergate，又称“水门丑闻”，美国政治丑闻事件。1972年，美国共和党尼克松竞选班子的5名成员潜入位于华盛顿水门大厦的民主党全国委员会办公室，在安装窃听器并偷拍文件时当场被捕。尼克松总统因此被迫辞职。

④ *Soul Train*，美国音乐舞蹈电视节目。

注册写作班。他们现在有货真价实的课了。音乐，陶艺，戏剧，绘画。他们甚至还让女监的人过来上课呢。喂,小子,迪克西在班里呢。不骗你。”

“不可能。迪克西来县监狱干吗？”

“空手道小子”曾经替迪克西拉皮条。如今她经营着自己的妇女事业，给大律师、县政委员中的大人物提供姑娘和可卡因。不管她是因为什么进来的,反正很快会出去的。她四十岁左右,风韵犹存。走在街上,你会以为她是内曼·马库斯这样的高端奢侈品百货的买手。她一直装作不认识我，但总会给我五块十块的，附赠一个灿烂的笑容。“拿着，小伙子，去好好吃顿营养早餐。”

“那你们写什么？”

“故事，说唱，诗歌。听我这诗咋样：

> 辆辆警车来又回
> 他们无所谓
> 因为都是黑吃黑

还有：

> 两块黏糊糖
> 换来一根烟
> 一笔大交易”

我和“空手道”笑起来。“你们就笑吧，浑蛋玩意儿。听这个。”

真没想到，他竟然背起莎士比亚的十四行诗来。威利。他深沉的声音压过监狱里疯狂的喧嚣。

"'我怎么能够把你来比作夏天？你不独比它可爱也比它温婉……[1]'

"老师是个白人，年纪挺大。跟我奶奶一样老，但她挺酷的。穿菲拉格慕的靴子。第一天来的时候喷了可可·香奈儿的香水。她不敢相信我竟然知道。现在她喷不同种类的香水，我都知道。'鸦片''依莎提斯''喜悦'。唯一一种我没闻出来的是 Fleurs de Rocaille[2]。"

听起来他念得一丝不差。他和他的 Fleurs de Rocaille 让我和"空手道"差点把脑袋都要笑掉了。

实际上，在监狱里经常听到的一种声音就是笑声。

这里不是那种常规监狱。我在常规监狱待过，圣塔丽塔，瓦卡维尔。我还活着真是个奇迹。县第三监狱因为先进，还上过《六十分钟》。电脑培训,机械,打印。著名的园艺学校。我们为潘尼斯之家、星星餐馆和其他餐厅提供绿植。我就是在那里拿到了普通同等学力证书。

这座监狱的头儿宾汉姆非同一般。一则是他有前科，坐过牢。杀了他爸。为此被判了很重的刑。出狱之后，他去法学院读书，决定改变监狱体系。他了解监狱。

事情要搁到现在，他可以说那是受虐待而自卫，免于被判刑。见鬼，只要给陪审团讲讲我妈的事，我就可以轻松免掉一级谋杀罪。

---

① 出自《莎士比亚十四行诗》，梁宗岱译。

② 法语"洛可可之花"。

讲几个关于我爸的故事，我都能成为他妈的十二宫杀手[1]。

他们要在这座监狱的旁边建座新的。宾汉姆说这座监狱和街头差不多。同样的权力结构，同样的态度，同样残暴，同样毒品横行。新监狱要改变所有这一切。你不会再想回那里去，他说。说实话，现在你多少还是想回到这里来，好休息休息。

报名上课只是为了能见到“CD”。贝文斯夫人说“CD”向她说起过我。

“那老酒鬼？你肯定是老听人说起我吧。我是‘空手道小子’。我会逗你笑。让你走路带风。让你大步流星。”

一个叫杰罗姆·华盛顿的作家写到过这种汤姆叔叔做派。跟白人说话时故意装疯卖傻。说“俺会老有钱，鞋子都塞满票子”这类话。没错，我们喜欢这样。老师笑起来。“别理他，”迪克西说，“他不可救药。”

“不会的，老师，您尽管鼓励我就是。”

其他人朗读作品的时候，贝文斯夫人让我和“空手道”做一个问卷。我本来以为会问我们的教育程度和警方记录，结果却是“描写你理想的房间”“你是一个树桩，把自己描写为一个树桩”这类东西。

我们匆匆地写着，但我听到马库斯在读一个故事。马库斯是个心狠手辣的家伙，印第安人，重刑犯。但他写的故事很好，讲一个小孩看着自己的父亲被几个乡巴佬殴打。故事标题叫《我如何成为一个切罗基人》。

“这是个很不错的故事。”她说。

---

① Zodiac，美国连环杀手。

“这故事就是扯淡。我第一次从什么地方看到时就觉得它很扯淡。我根本不知道我爸是谁。我猜你就想让我们写这样的废话。你肯定自欺欺人地以为，你是在帮我们这群不幸的社会受害者与自己的情感建立联系。”

“我一丁点都不关心你们的情感。我到这里来是教写作的。实际上，你可以撒谎，可依然说出实情。这个故事很好，听起来很真实，无论它是从哪儿来的。”

她边说边退到门口。“我讨厌受害者，”她说，“也绝对不想成为你的受害者。”她打开门，告诉警卫把马库斯带到楼上去。

“要想让这个课程正常进行，我们要做的，就是以生命之托相互信任。”她说。她告诉我和“空手道”，上次布置的作业是描写痛苦。“‘CD’，请读一下你的故事。”

他读完故事时，我和贝文斯夫人相视而笑。“CD”也在微笑。这是我第一次见他真心微笑，露出小巧的白牙。故事讲一个小伙子和一个女孩透过窗户，向北滩的一家旧货店里张望。他们在谈论里面的东西，一张新娘的旧照片，几只小鞋子，一个绣花枕头。

他描述女孩纤细的手腕，她额前的蓝色静脉，她的美丽与无邪，写法让人心碎。金姆哭了。她是田德隆区的一个年轻妓女，是个刻薄的小婊子。

“是啊，挺棒，可写的不是痛苦。”威利说。

“我感受到了痛苦。”金姆说。

“我也是，”迪克西说，“要是有人那么看着我，我死都愿意。”

大家都在争论，说这故事讲的是幸福，不是痛苦。

“是关于爱的。”达伦说。

“爱，不可能。那家伙连碰都没碰她。”

贝文斯夫人说，要注意所有与死去的人有关的纪念物。“夕阳映照在玻璃窗上。所有意象都是关于生命与爱的脆弱。那双细小的手腕。痛苦就在于意识到幸福不会长久。”

“是啊，”威利说，“只是在这故事里，他移花接木令她得到新生。”

“说的啥，黑鬼？”

“那是莎士比亚说的，老弟。这就是艺术的作用。它将他的幸福凝固起来。‘CD’可以随时把它召回来，只要读这故事就行。”

“是，可他又不能跟这故事睡觉。”

“你说得棒极了，威利。我发誓这个班比我教的任何班理解力都强。”她说。还有一天，她说罪犯的头脑和诗人的头脑没多少区别。“问题就在于如何提炼现实，制造我们自己的真实。你们对细节有独到的眼力。你们在一个房间里待两分钟，就将一切人和物看得清清楚楚。你们都能嗅出谎言的气味。”

一次课四小时长。在读自己的作业、听她读作品的间隙，我们边写边说。自言自语，跟她对话，相互交谈。沙巴兹说这里让他想起小时候上的主日学校，一边给耶稣像涂颜色，一边十分小声地说个不停。沙巴兹是名宗教狂热分子，因为殴打老婆孩子入狱。他的诗是说唱与《圣经·雅歌》的混合体。

写作课改变了我和“空手道小子”的友谊。每天晚上我们都在牢房里写故事，读给对方听，轮流朗读。鲍德温的《桑尼的布鲁斯曲》，契诃夫的《渴睡》。

第一天之后我就不再拘谨，朗读了《我的树桩》。森林被大火烧过之后，我的树桩是仅存的一个。它焦黑，死去，一阵风吹过，一片片木炭碎裂剥落。

“我们在其中看到了什么？”她问。

“重度抑郁症。”达伦说。

“我们看到一个燃尽耗空的嬉皮。”威利说。迪克西笑起来。“我看到一个十分可怜的身体形象。”“写得很好，”“CD”说，“我确实能感到，一切是那么凄凉无助。”

“没错，”贝文斯夫人说，“人们常说，写作的时候要说‘真话’。实际上说谎很难。这作业听起来很傻……写树桩。但这一篇让人深有感触。我看到一个痛苦而疲惫的酗酒者。这个树桩可以是我在戒酒之前对自己的描述。”

“你戒酒多久之后感觉到不一样的？”我问她。她说，情况正好相反。首先我得认为自己并非毫无希望，然后才会戒酒。

“哇哦，”达伦说，“我要想听这样的废话，就去参加戒酒互助会了。”

“对不起，”她说，“拜托帮我个忙。这个问题不要出声回答。你们每个人问问自己，你上一次，或者上几次被捕的时候，是因为什么原因——你当时吸毒或醉酒了吗？”沉默。说中了。我们哄笑。德怀特说：“你知道有个叫 MADD① 的组织吧，‘抵制酒驾的母亲’？我们自己建了个组织，DAM②。‘抵制母亲的酒鬼’。”

我加入写作班几周以后，威利走了。我们很舍不得他。两个女人打了起来，于是只剩下迪克西、金姆和凯西三个女生，还有六个男生。后来威利的空缺由维·德拉·兰基填上，于是便有了七个男

① Mothers Against Drunk Driving 的缩写。

② Drunks Against Mothers 的缩写。

生。维弱小，丑陋，是个一脸疙瘩的异装癖，一头金黄的烫发，发根是黑的。他用面包袋上的塑料卡子充当鼻环，每只耳朵下还耷拉着二十个卡子。看达伦和德怀特的表情，好像恨不能宰了他。他说他写过一些诗。“给我们读一首。”

那首诗是对吸毒后的世界夸张而激烈的幻想。他读完，没有人说话。最后“CD”说：“这玩意儿真够劲。咱们再听点别的。”仿佛“CD”给了所有人许可，可以接受这家伙。维从此上了道，到下一次课的时候，他已经很放得开了。你能看得出，能够被人聆听对他有多重要。见鬼，我也有同感。有一次我甚至鼓起勇气写我死去的狗。我甚至不在乎会被人笑话，但并没有人笑。

金姆写得不多。很多是充满懊悔的诗，写她那被强行带走的孩子。迪克西写了很多以“邪恶如此美妙”为题的讽刺性的东西。凯西很了不起。她写海洛因毒瘾。确实打动了我。这里大多数人都卖毒品，但要么不怎么吸，要么太年轻，还不知道年复一年、身不由己地重新回到地狱会对自己造成什么伤害。贝文斯夫人知道。她很少谈起，但是足以让人感到，能够戒瘾是件相当了不起的事。

我们都写出过一些出色的东西。“太棒啦！”贝文斯夫人有一次对“空手道”说，“你每周都在进步。”

“没骗我吧？那，老师，我是不是和‘CD’写得一样好？”

“写作不是竞赛。你该做的是让自己的作品越来越好。”

“但‘CD’还是你最喜欢的。”

“我不偏爱谁。我有四个儿子。我对他们每一个的感情都不同。对你们也一样。”

“但你没有一直劝我们去上学，拿学位。你总是在激励他改变生活。”

“她也激励我们所有人改变。”我说，“迪克西除外。只不过她说得很含蓄。谁知道呢，说不定我会戒酒。不管怎么说，‘CD’是最棒的。这一点我们都知道。我来这儿的第一天就看到他在下面的院子里。你们知道我当时怎么想的吗？我觉得他像一个神。”

“我不知道啥是神。”迪克西说，“但他有明星气质。对吧，贝文斯夫人？”

“饶了我吧。”“CD”说。

贝文斯夫人笑了。“好吧。我承认。我想每个老师有时候都会看到这一点。不只是智力或才华。那是一种精神的高贵，一种无论他想做什么都能做得出类拔萃的品质。”

这时我们都沉默了。我想我们都同意她的观点。但我们替她难过。我们知道他想做什么，要做什么。

之后我们又开始做作业，为我们的杂志挑选文章。她要找人排版，然后让监狱印刷所印出来。

她和迪克西在哈哈大笑。她们俩都喜欢八卦。现在她们在评价几个警官。“他是那种不脱袜子的类型。”迪克西说。“没错。而且事前还要用牙线剔牙。”

“我们还需要更多散文。本周我们试试这个作业，看看你们能写出什么。”她递给我们来自雷蒙德·钱德勒[1]笔记本上的一列标题。我们都要从里面选一个。我选的是《人见人爱的艾尔》。凯西喜欢《这微笑为时已晚》。“CD”喜欢《这里是星期六》。“实际上，”他说，“我

① Raymond Chandler（1888－1959），美国侦探小说家，代表作有《漫长的告别》《长眠不醒》等，他塑造的菲利普·马洛成为冷硬派私家侦探的代表。

觉得该用它做我们杂志的名字。”

“不行，”金姆说，“我们已经答应威利用他的标题，《透过猫眼》。”

“好了，我的要求是，写两到三页，逐渐引向一具尸体。不要让我们真正看到尸体。不要告诉我们将会出现尸体。但故事结束时要让我们知道，会有尸体出现。听明白了吗？”

“明白了。”

“该走了，先生们。”警卫打开门说。“维，过来。”等她打发他回楼上去时，她的香水味已经把他迷晕了。同性恋那一层相当凄惨。一半是年老昏聩的酒鬼，剩下的都是基佬。

我写了一篇很棒的故事。故事登上了那本杂志，我还一读再读。故事讲的是我最好的朋友艾尔。他现在已经死了。只是她说我的作业不合要求，因为我写到了我和女房东发现了艾尔的尸体。

金姆和凯西写了同样可怕的故事。金姆写的是她丈夫打她，凯西写的是一个虐待狂嫖客。你知道最后她们都会把那两个家伙杀掉。迪克西写了一篇细腻的故事，讲一个被单独监禁的女人。她犯了严重的哮喘，但没人能听见她。那种恐怖和不见五指的黑暗。然后发生了地震。结束。

你无法想象，发生地震时，监狱里会是什么景象。

“CD”写的是他哥哥。“CD”大多数故事写的都是小时候与他哥哥有关的事。他们失散、流落到不同寄养家庭中的岁月。他们后来如何偶然在里诺找到彼此。这个故事发生在森尼维尔区。他用平静的声音读着。我们都一动不动。故事写的是引向“CD”的哥哥遇害那天下午和晚上的事。两个帮派狭路相逢的细节。故事以冲锋枪开火、“CD”拐过街角结束。

我胳膊上的汗毛都立了起来。贝文斯夫人脸色煞白。没有人告诉她“CD”的哥哥死了。故事中没有一个字提到他哥哥。这正是高明之处。故事寒光闪烁，气氛紧张，只可能有一种结局。房间里鸦雀无声，直到最后沙巴兹说了声：“阿门。”警卫打开门：“该走了，先生们。”我们鱼贯而出，其他警卫等候女犯。

“CD”被安排在写作班结课两天后出狱。结课那天杂志将会印出来，还会有一场大型派对。犯人们要举办一场艺术展和音乐会。凯西、“CD”和沙巴兹将有朗诵节目。每个人都会分到几本《透过猫眼》。

我们一直为杂志而兴奋，但谁也不知道，看到自己的作品印成铅字会是什么感觉。“‘CD’在哪儿？”她问。我们不知道。她发给我们每人二十本。我们朗读自己的作品，为彼此鼓掌。然后只是坐在那里，一遍又一遍默念自己的作品。

因为有派对，那节课很短。一大帮警卫走进来，打开我们的房间与艺术班之间的门。我们帮忙支起桌子，摆上食物。一摞摞我们的杂志，看起来很漂亮。绿色封面衬着紫色纸桌布。园艺班的人送来大束鲜花。学生绘的画作挂在墙上，做的塑像摆在展台上。一支乐队正在搭台。

首先是乐队演奏，接下来是我们朗诵，之后又是乐队演奏。朗诵很好，音乐很棒。厨房的伙计们送来食物和饮料，大家排成队。在场的有几十名警卫，而他们好像也很开心。就连宾汉姆也来了。所有人都在，只少了“CD”。

贝文斯夫人在和宾汉姆说话。他那样沉稳干练。我看到他点点头，叫过一名警卫。我知道宾汉姆刚刚说让她到楼上去。

她没去多久就回来了，即便需要爬那么多楼梯，穿过六道上锁的铁门。她坐下来，面色苍白。我给她拿来一罐百事可乐。

“你跟他说话了吗？”

她摇摇头。“他躺在那里，盖了条毯子，不回答我。我把杂志从铁栏杆间塞进去。那里面太可怕了，查兹。他的窗户都碎了，雨水潲进去。恶臭。牢房那么小，那么黑。”

“嘿，现在上面可是天堂呢，没有人。想象一下里面挤六个人是什么景象。”

“先生们，五分钟！”

迪克西、金姆和凯西与她拥抱告别。我们男人没有一个和她道别的。我甚至都没法直视她。我听到她说：“保重，查兹。”

我刚刚意识到自己又在做那最后一次作业。而且我仍然违反了要求，提到了那具尸体，告诉了你们，在“CD”离开县监狱的那天，他们杀害了他。

B. F. 与我

只是一个电话的工夫，我就一下子喜欢上他了。沙哑、随和的嗓音，带着笑意，透着性感，你明白我的意思。我们到底是怎么通过声音来辨识人的？电话公司咨询处的女声颐指气使，居高临下，连真人都算不上。有线电视公司的那家伙说我们的事对他们意义重大，他们想让我们满意，可你能听出他语调中的嘲讽。

我曾在一家医院做接线员，整天和从未谋面的不同医生说话。我们都有最喜欢的和无法忍受的医生。大家都没见过莱特医生，但他的嗓音那样圆润而冷静，大家都爱上了他。假如需要呼叫他，我们就会每人在桌上放一美元，抢着接电话，接上他电话的人会赢到那笔钱，并说："您——好，莱特医生。重症监护室正在呼叫您，先生。"我从没有在现实生活中见到莱特医生，但等我找到一份急诊室的工作时，我认识了我打过电话的其他医生。我很快意识到他们的为人正和我们想象的一样。最好的医生是那种立即应答，声音清晰且彬彬有礼的，而最坏的那些常冲我们大喊大叫，说"他们接线台雇的都是废人吗？”之类的话。他们是那种会把自己的病人推给急诊看，把医保病人打发到县医院去的人。那些声音性感的人，在现实生活中也一样性感，真令人惊叹。但是不行，我描述不出刚刚睡醒或正欲入眠的人声音中的那种特质。听听汤姆·汉克斯的声音。算了。好吧，现在是哈维·凯特尔的声音。你要是觉得哈维不性感，那就闭上眼睛听。

我呢，拥有一副动听的好嗓子。我是个坚强的女人，甚至有些刻薄，但因为我的声音，人人都以为我很温柔。尽管我已经七十岁了，可声音听起来还是很年轻。波特·巴恩家居公司的男人们和我调情。“嘿，我敢打赌，你真的会喜欢躺在这个地毯上的。”诸如此类的话。

我一直想找人给我的卫生间铺瓷砖。那些在报纸上登广告的人，想干零活、刷油漆之类的，他们并不真正打算做事。他们要么眼下都已经安排满了，要么就让我听着金属乐队[①]背景音乐的答录回复，而且从来不回电话。试了六次之后，B. F. 是唯一答应过来的人。他接了电话，是的，我是 B. F. 。于是我说，喂，我是 L. B. 。他便哈哈大笑，笑得很慢。我对他说，我有个地板的活儿。他说，那他就是我要找的人了。他随叫随到。我以为他是个二十多岁自以为是的小伙子，长相英俊，刺着文身，留着毛刺刺的发型，开辆皮卡，带一条狗。

他约定要来的那天并没有来，但第二天他打来电话，说出了点事，问下午过来行不行。没问题。那天晚些时候，我看到一辆皮卡，听到他嘭嘭敲我的门，但我过了一阵子才走到门口。我有严重的关节炎，而且氧气管缠在一起了。稍等！我喊道。

① Metallica，美国重金属乐队。

B. F. 扶着墙，抓着扶栏，在爬过三级台阶后，正气喘吁吁，咳嗽不止。他块头超大，挺高，又胖又老。尽管他人还在门外喘气，我还是能闻到他身上的气味。烟草和脏羊毛，酒气汗臭。一双带血丝的婴儿蓝的眼睛，笑眯眯的。我立马就喜欢上他了。

他说他或许也该吸点我的氧气。我对他说，他也该给自己弄个氧气瓶，但他说担心抽烟时把自己炸飞。他上来，进屋，径直走向卫生间。好像根本不需要我指给他在哪儿。我住在一辆拖车里，卫生间的位置也不会超出那几个地方。但他直接咚咚咚走过去，震得整个拖车直摇晃。他测量时，我看了一会儿，然后就去厨房坐着了。我依然可以闻到他的气味。他身上的异味对我如同玛德琳小蛋糕，一开始就唤起我对外公和约翰舅舅的记忆。[1]

臭亦可好闻。林中臭鼬的微弱臭气。赛马场的马粪味。动物园中的老虎最吸引人的一点就是野性的恶臭。看斗牛时，我总喜欢坐在最高处，好将一切尽收眼底，就像在歌剧院，但如果你坐在斗牛场的栅栏附近，就能闻到公牛的气味。

B. F. 在我看来之所以如此奇特，正是因为他那么脏。我住在博尔德，这里一尘不染。没有脏的人。就连跑步的人都像是刚刚冲过澡。我好奇他在哪儿喝的酒，因为我在博尔德也没见过肮脏的酒吧。他看起来像喝酒时喜欢跟人聊天的那种人。

他在卫生间里自言自语，哼哼着喘息着蹲到地板上，测量放床单和毛巾的壁橱。随着一声“见鬼”，他把自己从地上拔起来，我发誓整个房子都在前后摇晃。他走出来，告诉我得需要四十四平方英尺瓷砖。你能相信吗？我说，我买了四十六平方英尺！哦，你很

---

① 典出《追忆似水年华》，玛德琳小蛋糕的滋味触发了主人公的记忆，使他浮想联翩。

有眼力。一双好眼睛。他咧嘴一笑，露出黄褐色的假牙。

“七十二小时内不能在上面走。”他说。

“那太夸张了，我从没听说过这样的事。”

“好吧，可实际就是这样。得等瓷砖粘牢。”

“我一辈子都没听人说过：‘等瓷砖粘牢的这段时间，我们去住旅馆吧。’或者：‘我能不能去你家暂住，好等我家瓷砖粘牢？’从来没听人提过这样的事。”

“那是因为大多数需要铺瓷砖的人家都有两个卫生间。”

“那只有一个卫生间的怎么办呢？”

“铺地毯。”

我买这拖车的时候，里面有地毯。一条橘黄色的长绒地毯，污渍斑斑。

“我受不了那条地毯。”

“我不是怪你。我只是说，七十二小时之内不能踩瓷砖。”

“我办不到。我有心脏病，要服利尿剂。我一天要进卫生间二十次。”

“那就进吧，随便你。但瓷砖要是活动了，你可别怨我，因为我活儿干得很好。”

我们谈好了价钱，他说星期五上午来。很明显，他的腰弯过之后很痛。他张嘴喘着气，一瘸一拐地往外走，停住脚靠在厨房操作台上歇了一会儿，接着又在起居室的炉子边歇了一会儿。我跟着他往门口走，也是走走歇歇。下了台阶，他点了根烟，抬头冲我微笑。很高兴认识你。他的狗在卡车上耐心等着。

星期五他根本没来。他没打电话，于是星期天我试着拨他的电话。无人接听。我找到那张刊登着其他所有号码的报纸。也没有一个人接。我想象出一间西部酒吧，里面坐满铺瓷砖的瓦匠，人人手中拿着瓶酒或纸牌或酒杯，脑袋枕在桌子上睡觉。

他昨天打来电话。我说你好，他说："最近好吗，L. B.？"

"好极了，B. F.。我还以为再也见不到你了呢。"

"我明天过去如何？"

"我没问题。"

"十点钟左右？"

"当然，"我说，"随时恭候。"

等一下

叹息，心跳的节奏，分娩的宫缩，性高潮，都会随时间而汇聚，如同一个个相邻摆放的座钟钟摆，不久就会节奏同步。同一棵树上的萤火虫步调一致地忽明忽暗。日出日落，月盈月亏，而晨报通常都在六点三十五分被抛到门廊上。

人一过世，时间骤停。当然对于死者而言，时光或许停摆，但对于哀悼者而言，时间却彻底脱轨。死亡猝然而至。它忘记潮起潮落，忘记白天的延长与缩短，忘记月圆月缺。它把日历扯得粉碎。你没坐在办公桌前，没在地铁上，没在给孩子们做饭。你却在手术等候室看《人物》周刊，或整夜站在外面的阳台上，瑟瑟颤抖着抽烟。你坐在儿时那间桌上放着地球仪的卧室里，呆呆凝望着虚空。波斯，比属刚果。糟糕的是，当你回归正常的生活，所有的常规，每日的安排，都像毫无意义的谎言。一切都很可疑，不过是哄骗我们的把戏，为的是把我们轻轻摇回到时间宁静无波的无情流淌之中。

当一个人身患绝症，行将离世，时间那让人安心的汹涌流转就会被打乱。太快了，没时间了，我爱你，这件事要做完，那些话要对他说。等一下！我想解释。托比到底在哪儿？要不然，就是时间缓慢到折磨人的程度。死亡就在周围徘徊，你等待它今夜登门，然后等待它明晨降临。每一天你都在一点点道别。哦，看在上帝的分上，赶紧了结吧。你一直盯着“到达”和“离开”显示屏。长夜漫漫，因为哪怕最轻微的咳嗽或啜泣都会把你吵醒，然后你醒着躺在那里，听着她像孩子一样轻柔的呼吸。午后，陪在床边，你根据阳光的移动判断时间，这会儿照在瓜达卢佩圣母像上，这会儿落在炭笔裸体素描上，打在镜子上，移到雕花首饰盒上，映在那瓶芙拉卡斯香水上，反射出耀眼的光芒。卖甘薯的男人在下面的街上吹着口哨，你扶着妹妹走进起居室看墨西哥城新闻，接着又看彼得·詹宁斯主播的美国新闻。猫盘在她的腿上。她戴着氧气罩，但猫毛还是让她喘不过气来。“别！别抱走它们！等一下。”

每天晚上看过新闻，萨丽就会哭。流泪。或许时间并不长，但在她得病的这段时间里，她的哭泣没完没了，痛苦而嘶哑。我甚至都不记得，刚开始的时候我和外甥女梅赛德斯有没有陪她哭。我想没有。我们俩都不是爱哭的人。但我们会搂着她，亲吻她，给她唱歌。我们试图开玩笑：“也许我们该换汤姆·布罗考的节目看。”我们给她倒水，泡茶，冲可可。我记不清她什么时候不再哭了，是她死前不久，但当她终于不再哭泣，才是真正的可怕，那种沉默，久久持续。

她哭的时候，有时会说“不好意思，肯定是化疗的原因。这是某种反应。别管我。”这样的话。但也有时候，她会求我们陪她一起哭。

“我哭不出来，我的阿根廷，”梅赛德斯会说，“但我的心在哭泣。

因为我们知道该来的总会来的，便自动让自己的心硬起来。”她这样说是好心。哭泣简直能把我逼疯。

有一次，萨丽哭着说：“我再也见不到驴了！”这话我们觉得好笑死了。她大发脾气，把她的茶杯、盘子、我们的玻璃杯和烟灰缸统统摔在墙上。她踢翻桌子，冲我们尖叫。冷漠精明的臭婊子！一丝丝同情心或怜悯都没有！

“一滴他妈的眼泪都没有。你们连一点难过的样子都没有。”这时她已经笑了，“你们就像女看守。‘把这喝了。拿着纸巾。往盆子里吐。’”

晚上，我照顾她睡觉，给她药片，帮她注射。我会亲亲她，替她掖好被子。“晚安。我爱你，妹妹，*我的蓄水池*。”我睡在她旁边的一个小房间里，那是间储藏室。我看书，哼曲，写东西，透过胶合板墙，可以听到她。这时候她偶尔会哭，那是最让人难受的时候，因为她努力用枕头闷住这些低低的悲泣声。

最初我会走进她房间，试图安慰她，但那样她好像哭得更厉害，变得更焦虑。安眠药会起反作用，会让她醒来，令她焦躁恶心。于是我只能向外面喊：“萨丽。亲爱的*盐*[①]*和胡椒*，*莎莎酱*[②]，别难过了。”诸如此类的话。

“记不记得在智利的时候，罗莎在我们床上放热砖头？”

“我都忘了！”

“想让我给你找块砖吗？”

“不用了，*亲爱的*。我就要睡着了。”

① Sal，意为“盐”，用作萨丽（Sally）的昵称。

② Salsa，意为“酱汁”，也用作萨丽的昵称。

她做了乳房切除手术和放疗，之后的五年状态很好。真的很好。光彩夺目，美丽动人，和一个叫安德烈斯的好男人相爱，无比幸福。她和我成了朋友，自我们艰难的童年时代以来，这还是头一次。那感觉就像坠入爱河，发现彼此，发现我们共同拥有的东西。我们一起去尤卡坦，去纽约。我去墨西哥，或者她来奥克兰。母亲去世时，我们一起在锡瓦塔内霍度过了一周，整日整夜地聊天。我们消除了父母的阴影和我们姊妹之间的抗争，我感觉我们俩都长大了。

她打来电话的时候我在奥克兰。这时癌细胞已经扩散到她的肺部。全身都是。没有时间了。快点。马上来！

我花了三天时间，辞掉工作，收拾行李，搬出公寓。飞往墨西哥城的航班上，我思考着死亡是如何将时间撕成碎片的。我的正常生活已然消失了。心理治疗，去青年会游泳池里游几圈。星期五的午餐怎么办？格洛丽亚的聚会，明天约的牙医，待洗的衣服，去莫伊书店取书，打扫卫生，猫粮吃完了，星期六照顾孙子，上班时订购纱布和胃造口用的按钮，给奥古斯特写信，同乔西谈话，烤些司康饼，C. J. 要来。更怪异的是，一年之后，杂货店或书店的店员和在街上遇到的朋友，竟然根本没注意到我离开过。

我在墨西哥的机场给她的肿瘤医生佩德罗打电话，想知道情况如何。听起来好像也就几周或一个月的事。“不管怎么说，”他说，“我们还要继续化疗。说不定还能撑半年，一年，也许更长。”

“要是你早告诉我，‘我要你现在来’，我早就来了。”那天晚上我对她说。

“不，你不会来的！”她笑起来，“你很现实。你知道我有佣人帮我打理一切，还有护士、医生、朋友。你会以为我还不需要你。但我现在需要你，来帮我把一切安排好。我想让你做饭，这样阿莉西亚和塞尔吉奥会到这儿来吃饭。我想让你为我读书，照顾我。现在我到了孤单害怕的时候。现在我需要你。”

我们脑海中都有本剪贴簿。定格画面。我们爱的人在不同时期的快照。这一幅是萨丽穿一身深绿色运动装，盘腿坐在床上。她肤色透亮，跟我说话时，碧绿的双眸噙着泪水。没有心机，没有自怜。我拥抱她，感激她对我的信任。

在得克萨斯，我八岁，她三岁，我心怀强烈的敌意，讨厌她、嫉妒她。我们的外婆任我野蛮生长，任由其他大人摆布我，可却守护着小萨丽，给她梳头，只给她烤蛋挞吃，摇着她入睡，给她唱“在遥远的密苏拉”①。但我甚至有她那个时期的快照，她笑眯眯地，以她从未失去的那种令人难以抗拒的可爱，递给我一个泥饼子。

在墨西哥城最初的几个月一晃而过，如同老电影中一页页飞速翻过的日历。木匠像查理·卓别林快动作电影中那样在厨房咚咚地砸，水管工在卫生间当当地敲。男人们修好了所有的门把手和破玻璃窗，打磨了地板。我和米尔娜、贝伦扫荡了储藏室、阁楼、壁橱、书架和抽屉。我们扔出鞋子和帽子、狗项圈、尼赫鲁式上衣。我和梅赛德斯、阿莉西亚把萨丽的所有衣服首饰都拿了出来，贴上标签，准备送给不同的朋友。

慵懒甜蜜的午后，坐在萨丽家的地板上，整理照片，看信，读诗，闲聊，讲故事。电话和门铃从早响到晚。我筛选电话和访客，如果

① 改自密苏里州州歌《密苏里华尔兹》中的一句歌词，结合英语、西班牙语，将“Missouri”（密苏里）拼为“Missoura”（密苏拉）。

她累了，我就打断他们，如果她开心，我就由他们继续，就像跟古斯塔沃在一起时那样。

一个人被诊断出绝症的时候，刚开始会被没完没了的电话、信件和访客所淹没。但是几个月过后，日子变得难熬，也不大有人来探望了。这时候病情恶化，时间缓慢而喧嚣。你听到钟表的嘀嗒声、教堂的钟鸣声、呕吐声和刺耳的喘息声。

萨丽的前夫米格尔和安德烈斯每天都来，但不在同一时间。只有一次碰巧赶在一起。前夫理所当然地受到尊重，这一点令我惊异。他再婚很久了，可依然还要考虑他的自尊。安德烈斯刚进萨丽的房间几分钟。我给他端来咖啡和甜面包。我刚放在桌子上，米尔娜进来说："先生来啦！"

"快！进你的房间！"萨丽说。安德烈斯端起咖啡和甜面包，冲进我的房间。我刚把他关在里面，米格尔就到了。

"咖啡！我需要咖啡！"他说，于是我走进我的房间，拿过安德烈斯手中的咖啡和甜面包，端出来递给米格尔。安德烈斯消失了。

我变得十分虚弱，走路吃力。我们以为是"estress"（西班牙语中没有表示压力的词），但最终，我晕倒在大街上，被送到急诊室。我因为食管裂孔疝出血导致严重贫血。我住院输了好几天的血。

回来的时候，我感觉强壮多了，但我的病把萨丽吓坏了。死神提醒我们，它还在那里。时间又一次加速。我本以为她已经睡着了，站起身想去睡觉。

"别走！"

"我只是去趟卫生间，马上回来。"夜里，如果她噎住或咳嗽，我就会醒来，去看看她有没有事。

现在她输着氧气，很少下床。我在她的房间里帮她洗澡，给她打止痛针和止吐针。她喝一点肉汤，有时候吃饼干。碎冰。我把冰包在毛巾里，在水泥墙上摔啊摔啊摔。梅赛德斯躺在她身边，而我躺在地板上，给她们读书。等她们好像睡着时，我会停下，但她们俩会一起说："不要停！"

好吧。"我们的蓓基当然有许多品行不端的地方，可是她跟大家见面的时候，总是十分文雅得体的，在这一点上，谁也不能说我不对……"[①]

佩德罗抽出她肺中的积液，但她呼吸还是越来越困难了。我决定，我们应该把她的房间彻底打扫一遍。梅赛德斯在客厅里陪着她，我和米尔娜、贝伦扫地，掸尘，擦洗墙壁、窗户和地板。我们搬动她的床，横放在窗户下面，现在她能看到天空了。贝伦在床上铺好熨过的干净床单和柔软毯子，然后我们把她抬回来。她倚靠在枕头上，春日的阳光满满地洒在她的脸庞。

"太阳，"萨丽说，"我能感觉到。"

我靠另一面墙坐着，看她望着窗外。飞机。鸟儿。飞机拉线。夕阳！

晚些时候，我亲亲她，道了晚安，回到我的小房间。她氧气瓶的加湿器像泉水一样汩汩冒泡。我等待听她睡着时的平稳呼吸。她的床垫吱嘎作响。她气喘吁吁，然后呻吟，重重地呼吸。我倾听着，等待着，然后我听到她床上方的窗帘环咔嗒咔嗒的响声。

① 出自英国作家萨克雷的《名利场》，杨必译。

“萨丽，小蝾螈[①]，你在干什么？”

“我在看天空！”

我靠近她，从自己的小窗口往外看。

“嘿，姐姐……”

“怎么了？”我说。

“我能听到你。你在为我哭呢！”

自你去世，七年已经过去。当然我接着要说，时光飞逝。我老了。突然间，一下子。我行走困难。我甚至淌口水。我不锁门，以防在睡梦中死去，但更有可能的是，我就一直这样挨下去，直到被送到什么地方。我已经有点糊涂了。我把车停在街角，因为我常用的停车位被人占了。事后我看到那个空的停车位，就琢磨自己到哪儿去过。我和猫说话，这并没有什么奇怪的，可我觉得很傻，因为那猫已经全聋了。

但时间永远不够用。“真正的时间”——就像我从前教过的犯人所解释的，他们只不过看似拥有无穷无尽的时间。那时间从来不属于他们。

如今我在一个美丽富裕的山城教书。就在爸爸过去采矿的落基山脉间，但与比尤特或科达伦有天壤之别。但我很幸运。我在这里有好朋友。我住在山脚下，窗前会有小鹿优雅娴静地走过。我看到臭鼬在月光下交配；它们尖锐粗粝的叫声如同东方乐器奏出的乐声。

我想念儿子们和他们的家人。我大概每年与他们见一次面，每次都很开心，但我已不再真正是他们生活的一部分。也不是你的儿

① Salamander，意为“蝾螈”，也用作萨丽的昵称。

女生活的一部分。但是,梅赛德斯和安利奎还是来我这里结的婚呢!

还有其他那么多人也走了。以前,当我听人说“我失去了丈夫”,还觉得很可笑。但确实是这种感觉。某个人不见了。保罗、查塔舅妈、巴迪。我理解人们为什么会相信鬼魂,或者办降灵会召唤死者。我会在几个月时间里只想活人,不想死人,但接着一个笑话就会把巴迪唤回来,或者凭借一首探戈或一杯西瓜汁,你就栩栩如生地出现在我面前。你要是能和我说说话该多好。你和我的聋猫一样不顶用。

你上一次出现,是在暴风雪过去几天后。冰雪依然覆盖着大地,但偶尔会有一个暖和天。松鼠和喜鹊叽叽喳喳地叫着,麻雀和小雀们在光秃秃的枝头歌唱。我打开所有的门和窗帘。我在厨房的桌边喝茶,感受到后背上的阳光。黄蜂从门廊上的巢中飞出,在屋里睡意沉沉地浮动,在厨房内嗡嗡绕着困倦的圈子。就在此刻,烟雾警报器的电池没电了,于是开始发出夏日蟋蟀般的鸣叫。阳光抚摸着茶壶、面粉罐和银花瓶。

慵懒的光亮,如同你房间里的一个墨西哥午后。我能看到你脸庞上的阳光。

归巢

我从未在早上看见乌鸦离开那棵树，但每天傍晚，天黑前半小时左右，它们从城市各处飞到树里去。可能是有固定的头鸟在几个街区上空俯冲巡逻，呼唤其他鸟儿归巢，或者可能是每只鸟都先在空中盘旋，聚拢掉队的伙伴，再嗖的一下飞进树中。这景象我已经见多了，你会以为我现在应该能分辨出它们来。但我只看到乌鸦，几十只乌鸦，自远处的各个方向飞来，有五六只似乎在奥黑尔机场上空盘旋，鸣叫不停，然后刹那间沉寂，一只都不见了。那棵树看上去就是普普通通的枫树。你根本想不到里面会栖息着那么多鸟。

第一次看到它们时，我恰好在前廊上。我刚搬到市区，带着便携式氧气瓶，正坐在门廊秋千上看夕阳。通常我坐在后廊上，我常用的氧气管可以够到那里。那段时间我有时候在看新闻，有时候在做晚饭。我是说，我本不会轻易发现那棵特定的树竟在日落时分聚集了那么多乌鸦。

在此之后，它们是不是一起飞往桑尼塔斯山更高处，到另一棵树上过夜去呢？也许吧，因为我起得很早，坐在面向山脚的窗前，竟然从没见过它们从那棵树上飞出来。但我见过鹿，攀上桑尼塔斯山和达科他岭的丘陵之间，见过初升的太阳将山岩映得粉红。如果赶上下雪，天十分冷的话，会有染山霞，那时冰凌会将清晨映照成教堂彩窗般的粉色和珊瑚红色。

当然此时已是冬季。那棵树光秃秃的，上面没有乌鸦。我只是在想乌鸦。我行动不便，爬坡走过那几个街区对我来说太吃力。我想我可以开车，就像巴斯特·基顿[①] 让司机开车带他到街对面那样。可我想那时天色太暗，就看不到树上的乌鸦了。

我甚至不知道为什么要提起这件事。此时喜鹊掠过，白雪映衬下闪烁的青绿色身影。它们发出类似乌鸦的霸道的尖锐鸣叫。当然，我也可以查书，或者给谁打个电话，搞清楚乌鸦的巢居习性。可让我烦恼的是，我只是偶然才注意到它们的。我还错过了什么？也就是说，我一生中有多少次是在后廊，而不是在前廊？有哪些说给我的话我没有听到？有怎样的爱是我没有感受到的？

这些都是毫无意义的问题。我活了这么久，只因为我放下了过去。将悲伤将遗憾将懊悔关在门外。假如我把它们放进来，哪怕只打开一丝自我沉溺的裂缝，砰，门就会轰然洞开痛苦的狂风会在我心中撕扯羞愧会迷瞎我的双眼杯子瓶子摔破罐子倒了窗户碎了我血淋淋东倒西歪踩在撒出的糖与破碎的玻璃上惊恐窒息直到伴着最后一下战栗一声呜咽我关上沉重的门。重新捡拾起那些碎片。

也许这不是一件很危险的事：让过去进来，以一句“假如……会怎么样？”作为开场白。假如保罗离开前我和他说过话，会怎么

① Buster Keaton（1895－1966），美国默片演员、导演。

样？假如我当时寻求帮助，会怎么样？假如我和H结婚，会怎么样？坐在那里，望着窗外那棵此时既无枝叶又无乌鸦的树，每一个“假如……会怎么样？”的回答竟都出奇地让人安心。它们是不可能发生的，这个假如，那个假如。我生命中发生的所有好事坏事都是在意料之内又不可避免的，尤其是那些注定导致我此刻孑然一身的选择和行为。

但假如我回到很久以前，回到我们搬到南美之前，会怎么样呢？假如莫可医生说我一年之内不能离开亚利桑那州，说我需要全面治疗，说我的矫形架需要调节，可能需要做手术治疗我的脊柱侧凸，会怎么样呢？那样我会第二年才和家人团聚。假如我跟威尔逊一家在巴塔哥尼亚生活，每周去图森看一次整形外科医生，往返途中在炎热的公交车上读《爱玛》或《简·爱》，又会怎么样呢？

威尔逊家有五个孩子，都到了可以在杂货店和他们家经营的“甜蜜小店”打工的年龄。上学前和放学后，我和多特在“甜蜜小店”干活，和她同住在阁楼上。多特十七岁，是她家最大的孩子。其实算是女人了。她涂着厚粉底，抹了口红，鼻孔吞云吐雾，看起来就像电影中的女人。我们一起睡草垫子，盖旧被子。我学会了不打扰她，静静躺着，为她的气味而兴奋。她用野根牌发油驯服她那一头红色卷发，晚上在脸上涂抹卸妆洁面乳，而且总在手腕和耳后喷上“花呢”香水。她身上散发着烟味、汗味和默姆牌香体剂的气味，还有我后来才明白是性的某种气味。我们俩身上都有一股陈油味，因为到晚上十点关门前，我们一直都在“甜蜜小店”煎汉堡、炸薯条。我们下班后快步走回家，穿过主街和铁轨，路过边境酒馆，沿大街一直走到她家的房子。威尔逊家的房子是城里最漂亮的。一栋围着尖桩栅栏的两层白色小楼，带一个花园和一片草坪。巴塔哥尼亚的大多数房子又小又难看。矿区小镇的临时住房，漆成了火车站和采矿营地常见的黄油棕糖般怪异的褐色。大多数人都在山上的特伦奇矿和福勒克斯矿上干活，我父亲曾经在这些地方担任主管。他如今在智利、秘鲁和玻利维亚做矿石生意。他本来不想去，不想离开矿山和井下的工作。是我妈妈说服他去的，人人都这么劝他。这是个大好的机会，我们会发财的。

他给威尔逊家付过我的食宿费，但他们都觉得，跟他们家的孩子一样干活对我的性格有好处。我们也确实都卖力干活，尤其是我和多特，因为我们忙到很晚，早上五点就又得起床。我们开门营业，接待三辆公交车上从诺加莱斯前往特伦奇的矿工。车子在十五分钟内陆续到达；矿工们仅有喝一两杯咖啡、吃几个甜甜圈的时间。他们向我们道谢，挥手离开，回见！我们洗刷完餐具，给自己准备午饭吃的三明治。威尔逊太太过来接班，我们就去上学。我还在山上上小学。多特上初中。

晚上我们回到家，她会偷偷溜出去见她的男友塞克斯图斯。他住在索诺伊塔的一座农场，已经辍学在家帮他爸干活了。我不知道她是什么时候回来的。我脑袋一挨枕头就睡了过去。一碰干草便倒头大睡！[1] 我喜欢睡草垫子，就像电影《海蒂》中那样。干草摸着舒服，闻着清香。好像总是我刚一闭上眼睛，多特就又把我推醒。那时她已经洗漱完毕，衣服也穿好了。我洗漱穿衣的时候，她则把头发梳成内卷，化妆。“盯着看啥？没事干就去把被子叠好。”她确实不喜欢我，可我也不喜欢她，所以我并不在乎。去“甜蜜小店”的路上，

① 原文为“The minute I hit the hay!”，“hit the hay”意为“睡觉，就寝”，字面意思是“倒在干草上”。

她会反反复复叮嘱我，千万不要把她和塞克斯图斯约会的事说出去，不然她爸会宰了她。她和塞克斯图斯的事镇上早就人尽皆知了，不然我一定会告诉什么人，不是她家人，而是别的什么人，就因为她太坏了。她对我坏只是基于原则。她觉得就该讨厌这个别人硬塞到她房间的孩子。实际上，除此之外，我们相处得还不错，嘻嘻哈哈，合作愉快，切洋葱，兑汽水，翻汉堡。我们俩干活都麻利高效，都喜欢接触人，大多是那些在早上与我们开玩笑打趣的态度友善的墨西哥矿工。放学后，学校的孩子和镇上的人来店里，喝汽水，吃冰激凌，在自动点唱机上点歌，玩弹球机。我们供应汉堡、肉酱热狗、烤奶酪三明治，还有威尔逊太太做的金枪鱼鸡蛋沙拉、土豆沙拉和卷心菜沙拉。但最受欢迎的菜是威利·托雷斯的妈妈每天下午送来的辣椒菜。冬天是红辣椒，夏天是猪肉和绿辣椒。我们把一摞摞薄面饼在烤架上加热。

我和多特干活那么卖力、那么麻利的一个原因是我们俩在一件事上心照不宣：洗完所有碗盘，清理过烤架，她会和塞克斯图斯出去，九点到十点偶尔会有人来点馅饼和咖啡，由我来应付。大多数时候，我会和威利·托雷斯一起写作业。

威利九点之前在隔壁的金属鉴定所上班。我们曾经同校同级，于是成了朋友。星期六早上，爸爸开着皮卡带我下山买东西，替住在山上特伦奇矿旁的四五户人家寄信。东西买好放进车里后，爸爸会去怀斯先生的金属鉴定所看看。他们会喝咖啡，谈论矿石、矿区、矿脉？抱歉，我当时没留心听。我知道是关于矿物的。在鉴定所的威利就像换了个人似的。他八岁时从墨西哥来到了美国，在学校里很腼腆，所以虽然他比老师布辛格夫人还聪明，但有时候在读写上很吃力。他给我的第一张情人卡是“做我的念人吧”[1]。但没人像笑话我和我的后背矫形架那样笑话他。我一进教室，他们就会喊：“木梁！”因为我个子太高了。他也很高，长着一张印第安人的面孔，高颧骨，黑眼睛。他的衣服干净，但破旧又过小；他的一头黑发长而直，可参差不齐，是他妈妈剪的。我读《呼啸山庄》时，希斯克利夫的形象就像威利，狂野而勇敢。

在金属鉴定所，他仿佛无所不知。他长大后要当地质学家。他教我如何分辨金、黄铜和银。第一次去的那天，爸爸问我们在谈论些什么。我给他展示我学到的东西。“这是铜。石英。铅。锌。”

“真棒！”他说，十分高兴。开车回矿区的家时，他给我上了整整一路的陆地地质课。

其他的星期六，威利给我看了更多的石头。“这是云母。这块石头是页岩，这是石灰岩。”他给我解释矿山测量图。我们在一堆装满化石的箱子里翻找。那些化石是他和怀斯先生在外面找来的。“嘿，这个！瞧这叶子！”那时候我没有意识到自己爱威利，因为我们是不知不觉间亲密起来的，与女孩们整天谈论的那种爱没有任何关系，不像浪漫热恋，也不是怦然心动，更不是“噢！珍妮爱上马文！”[2]之类的感觉。

在“甜蜜小店”的最后一小时，我们关上百叶窗，坐在柜台前，边吃热巧克力圣代边写作业。他可以锁定点唱机，让它一遍遍播放《乘一叶扁舟去中国》《哭》《特克萨卡纳宝贝》。他擅长算数和代数，我擅长文字，于是我们互相帮助。我们相互依偎，腿钩在凳子腿上。

---

① 原文为“Be my sweat-hart”，是“Be my sweetheart”（做我的恋人吧）的笔误。

② ooh Jeeny loves Marvin，指两小无猜。

他甚至会用臂弯钩住我脊背矫形架上凸出的部分，而我也不在意。通常情况下，哪怕有人注意到我衣服下面的矫形架，我都会难堪得要死。

我们连犯困都很有默契。我们从来不说：“啊，我困了，你不困吗？”我们只是同时感到疲倦，在“甜蜜小店”靠在一起打哈欠。在学校教室的两头，我们打着哈欠，相视而笑。

他爸爸在福勒克斯矿的一次矿井塌方中遇难。自从我们来到亚利桑那州，我爸爸就一直试图关掉那座矿。那是他多年来的工作，检查矿区，看矿脉是否耗尽，有没有危险。人们称他为“关门大吉布朗”。他去告知威利妈妈那个噩耗的时候，我坐在皮卡里等。那是我认识威利之前的事。爸爸从镇上开车回家，哭了一路，把我吓坏了。威利后来告诉我，我爸爸一直在努力为遇难矿工和他们的家属争取抚恤金，那帮了他妈妈很大的忙。她还有五个孩子，靠帮人洗衣做饭养活他们。

威利和我一样，起得很早，他劈柴，给弟弟妹妹做早饭。公民课是最难熬的，不可能保持清醒，也没法感兴趣。那节课在三点上。无穷无尽的一小时。冬天，柴炉给窗户蒙上一层蒸汽，热得我们脸蛋红彤彤的。布辛格夫人在两团紫色胭脂下的脸也像着了火。夏天，窗户开着，苍蝇嗡嗡盘旋，蜜蜂嗡嗡飞舞，钟表嘀嘀嗒嗒，让人又热又困。她正在讲第一修正案，讲个没完没了，突然啪的一响！她用尺子在讲台上一敲。“醒醒！醒醒！你们这两只没脊梁骨的水母！坐直了！睁开眼！水母！”有一次她以为我睡着了，其实我只是在闭目养神。她说：“露露，国务卿是谁？”

“艾奇逊，老师。”这让她吃了一惊。

“威利，农业部部长是谁？”

“托皮卡和圣达菲？”

现在想来，我们俩当时都困傻了。每次老师拿公民课本打我们的脑袋，我们就笑得更凶。她让他去走廊罚站，让我去衣帽间罚站，下课后却发现我们俩都蜷着身子睡得死死的。

有几次塞克斯图斯爬进多特的房间。我听到他悄声问：“那孩子睡着了？”

“倒头就睡着。”确实如此。无论我多努力想醒着看看他们在干什么，结果还是睡着了。

这周我遇到一件怪事。我只能看到那些小小的迅疾的乌鸦从我左眼前飞过。我一转头，它们就不见了。而当我闭上眼睛，就看到光影像高速公路上的摩托车飞驰而过。我以为自己出现了幻觉，或者得了眼癌，但医生说那叫飞蚊症，很多人都有这毛病。

“可黑暗中怎么会有光呢？”我问，很困惑，就像过去我搞不懂电冰箱一样。他说我的眼睛告诉我的大脑，那里有光，于是大脑就相信了。请不要见笑。这种毛病不过是加剧了有关乌鸦的幻觉。这也让我又一次想到“森林里倒下的那棵树”[①] 的议题。也许枫树上有乌鸦正是我的眼睛告诉我的大脑的。

一个星期天的早晨，我醒来，发现塞克斯图斯睡在多特的另一边。假如他们俩是更有魅力的一对的话，我可能会更感兴趣。他留着寸头，脸上长着粉刺，一对淡白的眉毛，一颗巨大的喉结。但他

---

① 指一个哲学思考实验：“假如一棵树在森林里倒下而没有人在附近听见，那它有没有发出声音？”即追问存在与感知的关系。

是套牲口和绕桶骑马的冠军，而且他养的猪连续三年赢得了四健会比赛。多特长相平平，十分普通。她画了浓妆，却并不显低俗，只是突出了她棕色的小眼睛和因为突出的上犬牙而合不拢的、永远像是要咆哮般的大嘴。我轻轻推推她，指一指塞克斯图斯。“哦，糟了糟了！”她说着，叫醒他。他钻出窗户，顺一棵棉白杨溜下去，一眨眼就没影了。多特把我按在干草上，逼我发誓一个字都不准说出去。“嘿，多特，到现在我都没说过，对吧？”

“你要是说了，我就把你和墨西哥小鬼的事说出去。”我吓得发抖，她的口气就像我妈。

不用担心妈妈，真好。那时的我变好了。不暴躁，不阴沉。彬彬有礼，乐于助人。我不会像在家里那样弄洒或打碎或碰掉东西。我根本不愿离开。威尔逊夫妇总说我是个可爱的女孩，是干活的好手，说他们感觉我就像是自家人。星期天我们会有全家聚餐。他们去教堂的时候，我和多特一直工作到中午，然后打烊，回家，帮忙做晚餐。威尔逊先生主持餐前的感恩祷告。男孩们你戳戳我我碰碰你，欢声笑语，谈论篮球，我们都谈论——哦，我不记得谈了些什么了。也许我们其实并不大说话，但是气氛友好。我们说：“请把黄油递给我。”“要肉汁吗？”我最喜欢的一点是，我有自己的餐巾和餐巾环，和其他人的一起挂在餐具柜上。

星期六的时候，我搭车去诺加莱斯，然后坐公交车去图森。医生给我做了几个小时像中世纪酷刑那么疼的牵引，直到我再也忍受不了。他们在我身上测量，给我身上扎针，用小锤敲我的腿和脚，以检查神经受损的情况。他们调整矫形架和一只鞋的后跟垫。他们似乎要得出一个结论。不同的医生眯着眼睛看我的 X 光片。他们等待已久的那位名医说，我的脊椎骨离脊髓太近。手术可能会导致瘫痪，会冲击代偿脊柱弯曲的所有器官。手术会很昂贵，不只是手术，在恢复期间，我还得静止俯卧五个月。我高兴的是他们好像不想做手术。我敢肯定，假如他们矫直我的脊柱，我会有八英尺高。但我并不希望他们停止给我做检查；我不想去智利。他们把一张 X 光片留给了我，上面显出威利送给我的一颗银色的心。我 S 形的脊柱，我错位的心脏和他在正中间的心。威利把 X 光片挂在金属鉴定所后间的一扇小窗上。

有些星期六晚上，在很远的埃尔金和索诺伊塔会举办谷仓舞会。真的是在谷仓里举行。方圆好几英里的人都会去，老人，年轻人，婴儿，狗。观光牧场的客人。所有女人都会带上吃的。炸鸡和土豆沙拉，蛋糕、馅饼和潘趣酒。男人们会结伙聚在外面，围着他们的皮卡喝酒。有些女人也会加入，我妈妈就总是这样。中学生喝醉了呕吐，搂着脖子接吻时被人逮住。老太太们结对跳舞，或者和小孩们跳。人人都跳舞。主要是两步舞，但也有些慢舞和吉特巴舞。有些是方块舞和墨西哥舞，比如 *La Varsoviana*，意思是“伸出你的小脚丫，把你的小脚丫放在那儿”，你就一跳一跳再转个圈。他们什么都演奏，从《夜以继日》到《绕道，前方有段泥泞路》，从《哈利斯科，别半途而废》到《来跳蹦蹦舞》。每次都是不同的乐队，但同样由各色乐手组成。这么多五花八门的优秀乐手都是从哪儿来的呢？墨西哥花衣小子号手和锯琴乐手，戴大帽子的乡村吉他手，比波普爵士鼓手，相貌颇似弗雷德·阿斯泰尔[1]的钢琴师。后来我曾听过的水平最接近那些小乐队的演出是在五十年代末期的五点俱

① Fred Astaire（1899－1987），美国演员、舞者、歌手。

乐部。奥奈特·科尔曼的《漫游》。人人都赞不绝口，说他多么新颖，不落俗套。在我听来，那就像得克萨斯－墨西哥民间音乐，像一场出色的索诺伊塔土风舞会。

那些古板的拓荒者型的家庭主妇们，为参加舞会盛装打扮。烫发，腮红，高跟鞋。男人们则是坚忍勤劳的农场主和矿工，成长于大萧条时期。严肃虔诚的工人。我喜欢看矿工的表情。我见过的那些交班时肮脏疲惫的男人，此时正满面红光，无忧无虑，扯着嗓子唱“啊哈，圣安东尼！”或者“哎，哎，哎”，因为不光人人跳舞，而且人人唱歌、叫喊。舞蹈间隙时，威尔逊夫妇时不时慢下来，喘着气问：“你看到多特了吗？”

威利的妈妈和一群朋友一起来参加舞会。她每支舞都跳，总是穿着漂亮的连衣裙，头发高挽，十字架飞舞。她年轻貌美，宛若淑女。跳慢舞时她从来不跟人贴得很近，也不去皮卡边喝酒。不，我并没留意这些。但所有巴塔哥尼亚的女人都注意到了，而且都夸赞她这一点。她们还说她不会守寡太久。我问威利为什么他从不去参加舞会，他说他不会跳舞，而且他还得照看年幼的弟弟妹妹。但是别的孩子都去，为什么他们不能去呢？不，他说。他妈妈也需要找点乐子，偶尔离开他们一会儿。

“那你呢？”

“我没那么在意。我不是故作无私。我和妈妈一样希望她能再找个丈夫。”他说。

要是钻石钻探工在镇上，舞会才会真正活跃起来。我不知道现在还有没有钻石钻探工，但在过去开矿的时代，他们是特殊的种群。总是两人一起，开到时速九十迈，扬起一路烟尘，呼啸着冲进营地。

他们的车不是皮卡或普通的轿车，而是锃亮的双座跑车，漆面亮光闪闪，穿透尘雾。那些男人不像农场工人或矿工那样穿牛仔布或卡其布衣服。也许他们下矿井的时候会穿，但旅行和参加舞会时，他们穿深色西装，搭配丝绸衬衫，扎领带。他们的头发很长，梳成大背头，留长鬓角，有时候还留两撇胡子。尽管我只是在西部矿区见过他们，可他们的车牌都是田纳西、亚拉巴马或西弗吉尼亚的。他们从来不久留，顶多一周。爸爸说他们的报酬比做开颅手术的还高。我想他们是打开好矿脉或发现好矿脉的人。我确实知道他们很重要，他们的工作很危险。他们看起来也很危险，现在我明白，那叫性感。他们冷静而傲慢，身上有种斗牛士、银行劫匪、替补投球手的气质。谷仓舞会上所有的女人，无论老少，都想与钻石钻探工共舞。我也想。钻探工总是想和威利的妈妈共舞。总会有谁家的妻子或姐妹喝多了，最后跟某个钻探工溜到外面去，随后便会发生一场流血冲突，所有男人从谷仓中一涌而出。冲突总以某个人朝天放枪、钻探工遁入黑夜、受伤的勇士带着肿胀的下巴或乌青的眼睛重新回到舞会而告终。乐队就会演奏《你一次次背叛，我忍无可忍》之类的曲子。

一个星期天下午，怀斯先生开车带我和威利上山，到矿上看我家的老房子。那时我思家心切，闻着爸爸种的林肯先生月季，在老橡树下徘徊。周围是悬崖峭壁，眼前是山谷和鲍尔迪山。那里有鹰隼与松鸡，还有工厂滑轮发出的鼓钹般的叮叮声。我想念家人，拼命忍住眼泪，但还是哭了起来。怀斯先生给了我一个拥抱，说别担心，或许学校一放假，我就能和家人团聚了。我看看威利。他摆头示意我看，就在几英尺之外，一只母鹿和几只小鹿正盯着我们。“它们不愿让你走。”他说。

所以我本来可能还是会去南美。但之后智利遭遇了一场可怕的地震，一场全国性的灾难，我的家人全部丧命。我继续在亚利桑那州的巴塔哥尼亚与威尔逊一家生活。高中毕业后我获得亚利桑那大学的奖学金，学习新闻专业。威利也获得了奖学金，主修地质和艺术两个专业。毕业后我们结了婚。威利在特伦奇找到一份工作，我在《诺加莱斯星报》上班，直到我们第一个儿子西尔弗[①]出生。我们住着布辛格夫人美丽的旧坯房（那时她已经去世），房子在山中，在哈肖附近的一座苹果园里。

我知道这听起来很老套，但我和威利从此过着幸福的生活。

假如那场地震真的发生了，会怎么样呢？我知道会怎样。这就是“假如”的问题所在。迟早你会遇到意外。我不可能待在巴塔哥尼亚。我最后还是会去得克萨斯州的阿马里洛。辽阔的原野，筒仓，天空，风滚草，放眼望去，一座山都看不到。与大卫舅舅、哈丽特舅妈和格雷曾外祖母一起生活。他们会把我当成麻烦。一副需要背负的十字架。我将做出很多所谓的“发泄情绪”的行为，咨询师会把这些行为归结为求救。从少管所被释放后不久，我会同一个路过城里的钻石钻探工私奔，奔向蒙大拿，而且，你能相信吗？我的人生最后还是会绕回来，与现在一模一样，坐在达科他岭的石灰岩下，与乌鸦相伴。

①Silver，与前文的“银色（silver）的心”呼应。

露西亚·伯林简介

LUCIA BERLIN
(1936—2004)

创作

露西亚·伯林（1936—2004）一生共发表七十六篇短篇小说，大多数被收录进黑雀出版社(Black Sparrow Press)的三本小说集:《思乡》(1991)、《别情依依》(1993）和《我现在的居所》(1999)。这些集子汇集了她之前在一九八〇年、一九八四年和一九八七年出版的小说集中的作品，也展示了一些新作。

她二十四岁开始发表作品，作品最早刊登于索尔·贝娄主编的杂志《高贵的野蛮人》，以及《新海岸》。后来的小说刊于《大西洋月刊》《新美国写作》以及无数小杂志上。《思乡》曾获美国国家图书奖。

伯林在二十世纪六十年代和七十年代，以及八十年代大部分时期的创作十分精彩，但是时断时续。到八十年代末，她的四个儿子都长大成人，她也战胜了困扰她一生的酗酒问题（酗酒的恐怖、醉汉拘留所、震颤性谵妄，以及偶尔由醉酒引发的滑稽场景的描写，在她的创作中占有特殊的一角）。从那之后，她在创作上一直多产，直到过早离世。

生平

一九三六年，伯林出生于阿拉斯加，原名露西亚·布朗。父亲从事采矿业，因此她在爱达荷、肯塔基和蒙大拿的采矿营地和矿业小镇度过了童年。

一九四一年，伯林的父亲离家参战，母亲带着她和妹妹搬到埃尔帕索的娘家。她的外祖父是当地赫赫有名的牙医，但嗜酒无度。

战争结束后不久，伯林的父亲举家迁至智利首都圣地亚哥，从此她开始了持续二十五年的浮华生活。在圣地亚哥，她出席大大小小的舞会，她的第一支烟是阿里·汗亲王替她点的。中学毕业后，她在父亲的社交场合充当女主人。大多数夜晚，她母亲会拿着酒瓶回房早早休息。

十岁时，露西亚患上脊柱侧凸，一种折磨她一生的脊柱疾病，必须经常佩戴钢制矫形架。

一九五五年，她进入位于阿尔伯克基的新墨西哥大学。此时她的西班牙语已经十分流利，师从小说家拉蒙·森德。不久，她结了婚，生了两个儿子。在二儿子出生前，她的雕刻家丈夫弃她而去。伯林完成学业；也是在阿尔伯克基，她结识了诗人爱德华·多恩，她一生中至关重要的人物。她也结识了多恩的老师，任教于黑山大学的作家罗伯特·克里利，以及多恩的两个哈佛大学的同学，雷斯·牛顿和巴迪·伯林，两人都是爵士乐手。她开始写作。

雷斯·牛顿是位钢琴师，于一九五八年与露西亚结婚。（她的早期小说署名为露西亚·牛顿。）第二年，他们带着孩子搬入纽约的一间阁楼里。雷斯工作稳定，夫妻俩结识了他们的邻居德妮丝·勒富尔托夫和米切尔·古德曼，还有包括约翰·阿尔图恩、戴安·迪·普利玛和阿米里·巴拉卡（当时叫勒鲁瓦·琼斯）在内的其他诗人、艺术家。

一九六一年，伯林与雷斯·牛顿分手，带儿子离开纽约，与他们的朋友巴迪·伯林去了墨西哥。巴迪成为她的第三任丈夫。他魅力十足，很富有，但后来被证实是个瘾君子。一九六一年至一九六八年间，伯林又生了两个儿子。

一九六八年，伯林夫妇离异，露西亚在新墨西哥大学攻读硕士学位。她被聘为代课教师。此后她没有再婚。

一九七一年至一九九四年，伯林在加州的伯克利和奥克兰生活。她做过中学老师、接线员、医院病房管理员、清洁工、医生助理，同时写作，抚养四个儿子，酗酒，最终戒了酒。一九九一年和一九九二年，她主要在墨西哥城生活，照顾她罹患癌症、将不久于人世的妹妹。她母亲于一九八六年去世，很可能是自杀。

一九九四年，爱德华·多恩介绍伯林到科罗拉多大学，此后六年，她在博尔德做访问作家，最后被聘为副教授。她成为极受欢迎和爱戴的老师，任教第二年便获得全校优秀教学奖。

在博尔德的几年中，她如鱼得水，与多恩及其妻子珍妮、安塞尔姆·霍洛以及老朋友鲍比·路易斯·霍金斯等人交往亲密。散文作家斯蒂芬·爱默生、诗人肯沃德·埃尔姆斯里与她结为至交。

由于健康状况恶化（脊柱侧凸导致肺穿孔，到九十年代中期时，她已经离不开氧气瓶），她于二〇〇〇年退休。第二年，伯林在儿子们的鼓励下搬到他们所在的洛杉矶。她战胜了癌症，但于二〇〇四年在玛琳娜得瑞港去世。

原版致谢

在几年的成书过程中，我们收获了来自各方的支持、热忱和努力。这一过程固然有伤感，却也经常带来实实在在的快乐。但愿露西亚能知道。

对先前几本小说集的出版人，在此献上无尽的感谢，包括那些已经无法再接受谢意的人。这一荣誉名单包括：西风影像社（Zephyrus Image）的迈克尔·迈尔斯和霍尔德布鲁克·泰特，龟岛出版社（Turtle Island）的艾琳和鲍勃·卡拉汉，汤布图出版社（Tombouctou）的迈克尔·沃尔夫，柏特龙出版社（Poltroon）的阿拉斯泰尔·约翰斯顿，黑雀出版社（Black Sparrow）的约翰·马丁和大卫·戈丁。上述诸位都尽其所能地给予了慷慨合作。

作家巴里·吉福德和迈克尔·沃尔夫率先为出版此小说集做出了努力。他们和珍妮·多恩、杰夫·伯林、盖尔·戴维斯、凯瑟琳·福赛特、艾米丽·贝尔以及莉迪亚·戴维斯为此书做出了极为慷慨而专业的贡献。在 FSG 出版社——一支涉猎广泛、堪称表率的团队——与艾米丽携手，怀着热忱和承诺投入工作。我想你们都明白露西亚该会多么感激。请相信我也如此。

——S. E.

图书在版编目（CIP）数据

清洁女工手册 / （美）露西亚·伯林著；王爱燕译
. —— 北京：北京十月文艺出版社，2021.8（2025.7 重印）
书名原文：A Manual For Cleaning Women：
Selected Stories
ISBN 978-7-5302-2142-6

Ⅰ.①清…　Ⅱ.①露…　②王…　Ⅲ.①短篇小说－小
说集－美国－现代　Ⅳ.①I712.45

中国版本图书馆 CIP 数据核字（2021）第 078076 号

著作权合同登记号　图字：01-2021-0343

清洁女工手册
QINGJIE NVGONG SHOUCE
[美] 露西亚·伯林 著
王爱燕 译

出　　版　北 京 出 版 集 团
　　　　　北京十月文艺出版社
地　　址　北京北三环中路 6 号
邮　　编　100120
网　　址　www.bph.com.cn
发　　行　新经典发行有限公司
　　　　　电话（010）68423599
经　　销　新华书店
印　　刷　北京盛通印刷股份有限公司
版　　次　2021 年 8 月第 1 版
　　　　　2025 年 7 月第 5 次印刷
开　　本　850 毫米 ×1168 毫米　1/32
印　　张　15
字　　数　327 千字
书　　号　ISBN 978-7-5302-2142-6
定　　价　69.00 元
质量监督电话　010-58572393
如有印装质量问题，由本社负责调换